श्रेष्ठ भारतीय साहित्य

भारतीय ज्ञानपीठ

अपराधी

(उपन्यास)

अपराधी

कपिल ईसापुरी

भारतीय ज्ञानपीठ

लोकोदय ग्रन्थमाला : ग्रन्थांक 1371

ISBN : 978-93-87919-14-3

अपराधी

(उपन्यास)

कपिल ईसापुरी

प्रकाशक : **भारतीय ज्ञानपीठ**
18, इन्स्टीट्यूशनल एरिया, लोदी रोड, नयी दिल्ली–110 003

मुद्रक : भारतीय ज्ञानपीठ, नयी दिल्ली–110003

आवरण : महेश्वर

APARADHI
(Novel)
By Kapil Isapuri

Published by
Bharatiya Jnanpith
18, Institutional Area, Lodi Road, New Delhi-110 003
Ph. : 011-24626467; 23241619 (Daryaganj)
Mob. : 9350536020; e-mail : bjnanpith@gmail.com
sales@jnanpith.net; website : www.jnanpith.net

Second Edition : 2021
Price : Rs. 400

मेरे बच्चों
कासवी एवं कबीर
को समर्पित

अपनी बात

कुछ भी लिखना बहुत दुरूह कार्य है। जब मैं डिप्टी जेलर के पद पर तैनात था, तब अपराध एवं जेल से जुड़ा हुआ कुछ लिखना चाहता था, लेकिन लिख न सका। तब फरिश्ता उपन्यास लिख रहा था। फरिश्ता 2013 में आया था। उसके बाद फिर से व्यस्त हो गया। समय पंख लगाकर उड़ता गया। आखिर किसी तरह से समय का समायोजन किया तथा 'अपराधी' अपना वास्तविक रूप ले पाया।

पिछले चार-पाँच वर्ष काफी उतार-चढ़ाव वाले रहे हैं। उन सभी मित्रों को मैं धन्यवाद देना चाहता हूँ, जिन्होंने इन वर्षों में मेरा साथ दिया। साथ ही ये भी कहना चाहता हूँ कि आप एक बार अपराधी उपन्यास को पढ़ना शुरु कर देंगे तो अन्त होने तक बमुश्किल ही छोड़ पाएँगे। ये आपकी चेतना को एक नए आयाम की तरफ अग्रसर करेगा।

—कपिल ईसापुरी

अपराधी

जेल जैसी भी जगह हो, लेकिन एक चीज तो यहाँ पर है— भौतिकवादी जीवन की तेज रफ़्तार ज़िन्दगी से अलग शान्त एवं प्राकृतिक वातावरण। मशीनों, कृत्रिमता एवं प्रदूषण से इतर मनुष्यों की धीमी रफ़्तार से रेंगती गतिविधियाँ। हरे-भरे पेड़ पौधे साफ-सुथरे गलियारे, बड़ा-सा परिसर। कहीं कोई शोर शराबा नहीं, वही रोज़मर्रा की ठहरी हुई सुस्त ज़िन्दगी। जैसे समय कहीं पीछे चला गया हो।

अल सुबह उठकर गिनती करवाना, दैनिक क्रियाओं से निवृत्त होकर निर्धारित कामों पर लग जाना। कुछ बन्दियों का अदालत जाना, तो कुछ की मुलाकात का आना। रोज़ कुछ नये बन्दियों का आना तथा कुछ पुराने बन्दियों की रिहाई हो जाना।

फिर शाम होते-होते अदालत का वापस लौट आना। बन्दियों का अपनी बैरकों में वापस चले जाना। अगर मन हुआ तो थोड़ा टी.वी. देख लेना, फिर अन्ततः सो जाना। बस ऐसे ही धीमी एवं एकरस ज़िन्दगी को ओढ़े रहता है जेल का परिसर।

एक नितान्त ही अलग दुनिया जिसमें व्यक्ति अपने दुखों के साथ पूरी तरह से अकेला है। यह अकेलापन धीरे-धीरे सूनेपन की चादर ओढ़े हुए अवसाद की तरफ ले जाता है। धीरे-धीरे व्यक्ति बाहरी दुनिया से पूरी तरह असम्बद्ध हो जाता है। जीवन एक बोझ की तरह लगने लगता है।

निराशा एवं अवसाद व्यक्ति के जीवन का हिस्सा बन जाते हैं। लेकिन ज़िन्दा रहने के लिये व्यक्ति खुशी के कुछ पल खोजने का प्रयास करता रहता है। देर रात तक टिमटिमातें तारों को देखते रहने, खेल एवं सांस्कृतिक-अध्यात्मिक गतिविधियों में भाग लेने या दूसरे बन्दियों को जेल में काम करते हुए देखने से दिमाग़ जेल के परिवेश से कुछ समय के लिए दूर चला जाता है। कभी-कभी कुछ अच्छा भी महसूस होता है।

जिस रात नींद कुछ अच्छी आ जाती है, उस सुबह जेल की बैरक से दूर-दूर तक आसमान को निहारना दिमाग़ को कुछ सुकून देता है। उगते सूरज की लालिमा में आवाज़ करते हुए पंछियों को देखने से मन की उदासी में कुछ कमी आ जाती है।

मन जेल की दीवारों को लाँघ कर स्वतन्त्र आकाश में विचरण करने लगता है।

लेकिन जब गिनती शुरू होती है तो खुशी का ये पल तथा वो मन की आज़ादी का भ्रम अपने आप रफूचक्कर हो जाता है। ऐसा लगता है कि हम मनुष्य न होकर कोई वस्तु हैं। लाईन लगाकर गिनती करवाने से कई बार ऐसा लगता है कि हम जैसे मनुष्य रूपी पशु हों, जिन्हें सुबह-सुबह चरवाहा चारे की तलाश में ले जानेवाला है। और शाम को फिर वापस ले आयेगा।

लेकिन हमें तो उतनी भी आज़ादी नहीं है, हमें तो जेल की चहारदीवारी के अन्दर ही बस फड़फड़ाने की कोशिश करनी है। शाम तक फड़फड़ाकर फिर सो जाना है। जहाँ रात में भयानक सपने तथा मोटे मच्छर हमारा इन्तजार कर रहे होते हैं। मानसूनी देशों की जेलों में मच्छर बहुत बड़ी समस्या हैं। मच्छरदानी मिल तो जाती है, परन्तु मच्छर उसमें भी किसी न किसी तरह घुस ही जाते हैं। समय गुज़रने के साथ वह गलकर फट जाती है। नई उतनी जल्दी आ नहीं पाती है। फिर से आप मच्छरों की गिरफ़्त में आ जाते हैं। कई बार पड़ोसी भी खर्राटे वाले मिल जाते हैं, तब आधी-अधूरी नींद के लिये भी बड़ी मेहनत करनी पड़ती है। आप अपने पड़ोसियों को सामान्यत: चुन नहीं सकते हैं।

आज सुबह मैं कुछ तरोताजा महसूस कर रहा था, पता नहीं कैसे गहरी नींद आ गयी थी, और मन-मस्तिष्क की थकान व उदासी कुछ छितरा गयी थी। लेकिन तभी किसी के पिटने की आवाज़ें आयी। ''साले तू...बड़ा नवाब है, जागेगा ही नहीं।'' सामने वाली बैरक से आवाज़ आयी थी, जेल सिपाही ने एक बन्दी को कुछ थप्पड़ लगा दिये थे। कोई बड़ी बात नहीं थी। ऐसा अक्सर हो जाता था। ये आवाज़ें जेल की दीवारों से टकराकर वापस आ जाती थीं।

दरअसल सिपाही भी क्या करें। जेल में सुबह की गिनती से निश्चित होता था कि रात में कोई बन्दी भागा तो नहीं या कोई अन्य समस्या तो नहीं हो गयी है। प्रतिदिन गिनती करवाते-करवाते अब आदत-सी पड़ गयी थी। दिन, माह एवं वर्ष धीरे-धीरे बीतते जा रहे थे।

बस अन्तर ये आया था कि पिछले कुछ सालों में मैं कुछ उम्रदराज दिखने लगा था। दाढ़ी एवं सिर के लगभग एक तिहाई बाल पक चुके थे। स्वास्थ्य काफी गिर चुका था। वजन भी घट चुका था। कुछ लोग कहते थे कि मैं समय से पहले ही बूढ़ा सा दिखने लगा हूँ।

आज कोई जैन मुनि आनेवाले थे—नाम था—गिरिराज जी महाराज। एक हफ्ते से जेल में उनके बारे में चर्चाएँ थीं। नये बन्दियों में ज्यादा चर्चा थी जिन्होंने दिगम्बर सन्तों को नहीं देखा था। शायद उनके मन में किसी आदमी को नंगा देखने की ज्यादा इच्छा थी, बनिस्वत कोई सत्संग करने के या प्रवचन सुनने के। प्रवचन

एवं सत्संग तो जेल में इधर आए दिन होते ही रहते थे। ख़ासकर तब से जबसे नये जेलर साहब आए थे।

किसी भी बन्दी को दूसरों के सामने अपने कपड़े उतारने की हिम्मत तो थी नहीं, सो सन्त को ही देख लें, आखिर बिना कपड़ों के रहने की उनमें हिम्मत कहाँ से आती है।

अन्य कई को तथा मुझे भी इन सन्तों की बातें बोरिंग लगने लगी थीं, वही परलोक एवं नैतिकता की घिसी-पिटी बातें, जिन पर चलकर आप मोक्ष की प्राप्ति कर सकते हैं। फिर भी उन्हें सुनने तो जाना ही था। उनके सामने भीड़ जो बढ़ानी थी तथा मन हो या ना हो तालियाँ भी बजानी थीं। जेल अधिकारियों के ऐसे निर्देश प्राय: रहते थे।

पूर्वाह्न में ही जैन मुनि आ गए, उनके साथ तीन शिष्य तथा दो शिष्याएँ भी थीं। साथ ही दिल्ली एवं गाज़ियाबाद के जैन समुदाय के कुछ गणमान्य व्यक्ति भी उनके साथ थे।

'मुनि गिरिराज महाराज की जय हो'— 'जय हो' से कैदियों ने उनका स्वागत किया। उनके हाथ में मोर के पंखों से बने बड़े से पंखे थे, जिन्हें वे अपने शरीर पर मारते फिराते रहते थे। इससे सफाई भी होती रहती थी। कोई उनके मुख को देखता, कोई ऊपर का हिस्सा, कोई नीचे का और कोई उनके नंगे पैरों को।

कुछ भी कहो किसी के लिए भी नग्न रहना कितना कठिन काम है। दिगम्बर एवं श्वेताम्बर जैनों में दो सम्प्रदाय हैं। दिगम्बर जैन नग्न रहते हैं। दिगम्बर अर्थात ये आकाश ही जिनका वस्त्र है। जैन सदियों से इस परम्परा को ज़िन्दा रखे हुए हैं। जब सिकन्दर ईसा पूर्व में भारत पर आक्रमण करने के लिए आया था, तब उसे कुछ नग्न साधु मिले थे।

विदेशी लोग नग्न साधुओं को देखकर बहुत प्रभावित होते हैं। उन्हें ये अजूबा लगता है। वैसे नग्न रहने से व्यक्ति प्रकृति के साक्षात् सम्पर्क में रहता है। हवा, सूरज की रोशनी, बारिश का पानी— सब उसे स्पर्श करते रहते हैं। व्यक्ति के शरीर की प्रतिरोधक क्षमता बढ़ती है।

लेकिन जेल में माहौल कुछ अलग था। कुछ ही बन्दी ऐसे रहे होंगे, जो उन्हें श्रद्धावश सुनने आए थे। बाकी के लिए तो ये बस मनोरंजन भर था।

वे मंचासीन हुए तो कुछ नये बन्दी उन्हें पास से देखना चाहते थे, ताकि एक नग्न व्यक्ति को पास से देखने का पूरा अनुभव प्राप्त कर सकें। तभी मेरे पास खड़ा एक बन्दी बोला— यार आदमी कपड़ों में जितना सुन्दर दिखता है, उतना वैसे नहीं। मैंने कहा— ''ये तो अपना-अपना नजरिया है। तुम उसके असली मंतव्य पर जाओ— उन्होंने संसार के दु:खों को हरने के लिए सब कुछ त्याग दिया है— वस्त्र

भी। जैसे पैदा हुए थे, बिल्कुल निपट वैसे ही। कौन-सा भाव आप ग्रहण करते हो, ये आप पर निर्भर करता है।''

एक अन्य बन्दी बोला — ''अरे जो कपड़े पहनते हैं—क्या वो सन्त नहीं होते हैं— ये तो निरा ढोंग है।''

मैंने कहा— ''अरे वो तुम्हें एक अलग भाव दे रहे हैं कि ऐसे ही आदमी आया है और ऐसे ही एक दिन चला जाएगा। तब तुम चिन्ता क्यों करते हो। आदमी का संसार में इकट्ठा किया हुआ कुछ भी साथ नहीं जाएगा।'' उसने हूँ-हूँ की आवाज़ की।

मुनि जी का जेल अधिकारी स्वागत करने लगे, वे जितना विनम्र हो सकते थे, उससे भी ज्यादा विनम्र होकर मुनि जी का अभिवादन करने लगे। शायद इससे ज्यादा विनम्रता एक ढोंग में परिवर्तित हो जाती। मुनि जी ने जरूर विनम्रता में सबको पीछे छोड़ दिया था।

मुनि जी— ''प्यारे बच्चों (यद्यपि उम्र में उनसे बहुत से लोग बड़े थे) जहाँ तुम कैद हो, ये तो मामूली कैद है। असल कैद तो ये शरीर है, जिसमें तुम्हारी आत्मा कैद है। तो इस जेल से तो बाहर निकल सकते हो, परन्तु तुम्हें असल आनन्द की प्राप्ति तभी होगी जब तुम्हें निर्वाण की प्राप्ति होगी।

निर्वाण की प्राप्ति आप लोग यहाँ जेल की दीवारों के बीच रहकर भी प्राप्त कर सकते हैं और कईयों के लिए तो ये और अच्छा है, क्योंकि जेल में उनके अपने नहीं हैं, वे घर पर जो छूट गए हैं। अत: जाने-अनजाने में वे सारे बन्धन तोड़ आए हैं, अब बस शरीर के बन्धन से मुक्त होना है। आत्मा को मुक्त करना है। इसके लिये साधना करो, कठिन साधना। जेल में आने को मुक्ति के अवसर में बदल डालो। तुम्हारे पास मुक्ति पाने का सुनहरा अवसर आया है, इसे बेकार न जाने दो। मायावी संसार को समझो, इस नश्वर शरीर को समझो— निर्वाण प्राप्त करो।''

जेल को अवसर बतानेवाली बात पर बन्दियों ने बहुत देर तक एवं बहुत ताकत से तालियाँ बजायीं। मैं देख रहा था कि बुझे चेहरों पर कुछ उम्मीद-सी जग उठी थी। काफी देर तक मुनि जी बोलते रहे। बाद में कुछ बन्दी ऊँघने लगे। कुछ बन्दी इसलिये भी अब मुनि जी को नहीं सुनना चाहते थे, क्योंकि उन्हें तब तक बन चुकी पकौड़ियों के ठंडे हो जाने की चिन्ता थी।

आश्चर्य ये कि मुनि जी एवं उनके शिष्यों ने तो कुछ खाया ही नहीं और वे ऊँचा-ऊँचा सा हाथ हिलाते हुए चल निकले। पता चला कि उन्हें क्या खाना है? कब खाना है? ये सब पूरी तरह से निश्चित था। सूरज निकलने के बाद तथा सूरज छिपने से पहले के बीच के समय में वे अल्पाहार कर लेते थे। बड़ी ही अनुशासित जीवनचर्या थी मुनि जी की।

काफी तेज गति थी उनकी। शिष्याएँ तो लगभग दौड़ रही थीं। थोड़ा आगे जाने पर लोग लेट-लेटकर आशीर्वाद ले रहे थे। कुछ बन्दियों का भी मन था, परन्तु संकोच कर रहे थे, क्योंकि ऐसे में अधिकारियों की डाँट पड़ जाती। साथ आए शिष्य भी आशीर्वाद ले रहे थे। एक शिष्या ने पूरा लेटकर जब मुनि जी से कहा— "मुझे तो पूरा चाहिए"। तो कुछ बन्दी खी-खी करके धीमी आवाज़ में हँस पड़े। पास खड़े एक डिप्टी जेलर ने उन्हें घूरकर देखा। मुनि जी ने भी पूरा आशीर्वाद मन भर कर दे दिया।

काफी देर तक चर्चा हुई, पुनः जेल-जीवन पटरी पर लौट आया। मैं काफी देर तक सोचता रहा मुनि जी के अवसर वाले विचार के बारे में। शायद आत्महत्या करनेवाला व्यक्ति भी दुःखों के भँवर-जाल से मुक्त होना चाहता है। शायद उस शरीर से जिसके माध्यम से उसे बहुत से कठिन रास्तों एवं दुःखों ने धर दबोचा है। लेकिन मुनि जी तो निर्वाण की बात कर रहे थे।

सितम्बर का माह शुरू हो चुका था, मौसमी बदलाव अपना प्रभाव छोड़ रहा था। लगभग जून जैसे ही गरम दिन हो रहे थे। किसी-किसी दिन तो धूप इतनी तेज होती थी कि गरमी सीधे बदन में उतरने लगती थी। जेल में लगभग पैंतीस सौ बन्दी थे, जो कि उसकी क्षमता से चार गुना थे। बन्दी जेल में ठूँस-ठूँसकर भरे थे। बन्दियों में बीमारी का प्रतिशत मौसम बदलने पर बढ़ जाता था। मैं भी बीमार पड़ गया। जेल में अस्पताल था ही, मैं वहाँ से दवाई ले आया। परन्तु हफ्ता गुज़रने के बाद भी मैं ठीक नहीं हुआ, तो मुझे जेल अस्पताल में भर्ती होना पड़ा। उसके लिए भी जुगाड़ करना पड़ता था।

जेल डॉक्टर मनीष मेरे प्रति अच्छी ख़ासी सहानुभूति रखता था। उसे अफसोस था कि मैं इतना बुद्धिमान एवं अच्छा व्यक्ति होने के बावजूद भी जेल आने से बच न सका। उसे मेरे जेल से न छूटने का अफसोस था।

आज भी डॉक्टर ने पूछा, "आप इस मौसम में अपना ख्याल क्यों नहीं रखते हो शिवेन्द्र जी? अब ठीक से आराम करना और दवाई समय से खाना।" वो मुझे बिस्तर पर लिटाकर ही गया।

डॉक्टर कभी-कभी मुझे शिवेन्द्र जी तो कभी इंजीनियर साहब के नाम से पुकारता था। ज्यादातर इंजीनियर साहब ही कहता था। वो मेरा पूरा सम्मान करता था। मैं भी दिल से उसका सम्मान करता था। वो मुझे 'आप' कहकर ही सम्बोधित करता था।

जेल अस्पताल में इधर कुछ निरीक्षण हुए थे, जिससे पहले के मुकाबले बिस्तर काफी साफ मिलने लगे थे। पहले तो मैं अपनी चादर साथ ही लाता था तथा उसे बिस्तर पर बिछाकर ही लेटता था, ओढ़ने के लिए चादर अलग से लाता था।

अब तो सब ठीक लगने लगा था।

दवाई खाने के कुछ देर बाद मुझे सुस्ती आने लगी, मन कुछ स्थिर-सा हुआ तो ध्यान घर की तरफ चला गया।

बच्चे बड़े हो गए थे, दोनों ही पढ़ाई में काफी ठीक चल रहे थे। बस दोनों झगड़ा बहुत करते थे। वर्ष के वर्ष बीतते चले गए थे बिना उन्हें देखे हुए। बस उनके फोटो ही देख पाता था। आँखों की कोरों से आँसू की बूँदें टपक पड़ीं। पता नहीं सामने से कैसे दिखते होंगे? मुझे तो भूल ही गए होंगे?

भावना का एक जोरदार सैलाब आया और मुझे पुराने दिनों की यादों में बहाकर ले गया। मैंने आँखे मूँद ली।

पुराने दिन-हाँ वे पुराने जरूर थे, परन्तु वे ही मेरे अपने दिन थे। अब तो दिन और रात का फर्क सिर्फ रोशनी भर से है। बाकी तो समय बीत रहा है।

नोएडा में सोमवार का दिन था, आज सुबह से ही मौसम काफी अच्छा था। वो स्कूटी चलाते हुए ऑफिस पहुँची थी। मैं गाड़ी पार्किंग में लगा रहा था। हेलमेट लॉक करके जैसे ही वो पलटी, उसकी खूबसूरत निगाहें मेरी निगाहों से मिल गयीं। बरबस ही एक हल्की मुस्कुराहट मेरे होठों पर आह बनकर तैर गयी। वैसे मैं हँसता कम ही था, लेकिन उसकी खूबसूरती ने मेरे होठों को खुलने के लिये मजबूर कर दिया। हम लोग लिफ्ट में साथ-साथ चढ़े। एक अनचाही, अजनबी, बेचैनी को साथ लिये हुए।

''नयी हैं?'' मैंने पूछ ही लिया।

''जी हाँ।'' उसने उतना ही संक्षिप्त जवाब दिया।

''हाय मैं शिवेन्द्र, प्रोग्राम मैनेजर हूँ। तीन साल से इस कम्पनी में हूँ।'' वो बस हल्का मुस्कुरायी। निगाह मुझसे दूर हटा रखी थी। एकदम कोने में दरवाजे के पास खड़ी थी।

''क्या नाम है आपका?''

''मैं नौशीद हूँ, अभी ज्वाइन किया है।'' खूबसूरती की तो इन्तहा थी, खुदा ने बड़े इत्मिनान से जैसे उसे बनाया था। सुर्ख होठों पर हँसी किसी का भी कत्ल कर सकती थी। वो बड़े करीने से लिफ्ट से निकली। वहीं दूसरी मंजिल पर उसका ऑफिस था। मुझे चौथी मंजिल पर जाना था। मन किया कि उसी के साथ लिफ्ट से बाहर आ जाऊँ।

ऑफिस में बैठते हुए बड़ी तेज हुम्म की आवाज़ निकली। नाक नक्शे से ईरानी या अरबी लगती है, कहीं बाहर की तो नहीं है। नाम भी फारसी भाषा का ही

लगता है।

फिर तीन दिन तक वो मुझे दिखायी नहीं दी। मैंने तब तक उसके बारे में सब पता कर लिया था। वो सहारनपुर से थी तथा मुस्लिम थी। दो साल पहले ही पास-आउट हुई थी इंजीनियरिंग कॉलेज से। बहुत जल्द मल्टीनेशनल कम्पनी मिल गयी थी। वो एक जर्मनी की मल्टीनेशनल ऊर्जा कम्पनी थी।

लोग शायद सही कहते हैं कि प्रकृति की सबसे सुन्दर रचना स्त्री ही है। उस पर अगर नौशीद जैसी सुन्दर लड़की हो तो फिर कहने ही क्या? बहुत लड़कियों को मैंने देखा था तथा सम्पर्क में आया था, लेकिन जो खिंचाव मैंने नौशीद के लिए महसूस किया था, वो बेमिसाल था। उसका चेहरा दिमाग़ में जैसे अटक कर रह गया था। फ्लैट पर पहुँचने के बाद भी उस चेहरे ने पीछा नहीं छोड़ा।

तीन दिन बाद वो मुझे गाड़ी पार्क करते हुए मिली। आज वो भी गाड़ी से ही आयी थी। मेरी तो छोटी कार ही थी, लेकिन वो महँगी गाड़ी से आयी थी। एकदम चटक लाल रंग की गाड़ी थी। उसने काली जीन्स एवं नीले रंग का टॉप पहन रखा था। स्पोर्ट्स शूज पहने जैसे ही वो गाड़ी की ड्राईविंग सीट से बाहर आयी, तो मैं बस देखता ही रह गया। मेरी निगाह उस पर अटक कर रह गयी। मेरे इस तरह देखने से वो कुछ झेंप गयी।

पहले उसने ही कहा— "हैलो सर"। मैंने भी बहुत संक्षिप्त-सा जवाब दिया "हैलो नौशीद।"

"आप तो कई सालों से जुड़े हैं न सर इस कम्पनी से।" उसने मेरे साथ-साथ चलते हुए कहा।

"हाँ...हाँ।...अच्छी है कम्पनी। इसमें काम करके मुझे मजा आया। आपको भी जल्दी ही अच्छा लगने लगेगा।" पता नहीं मैं क्यों उतनी सहजता से बात नहीं कर पा रहा था।

"आप सर कहाँ पर रहते हैं?"

"मैं...मैं ग्रेटर नोएडा में रहता हूँ। वहीं पर एक फ्लैट ले रखा है... और आप?" मैं तो स्वयं उससे ऐसा ही सवाल करने वाला था।

"मैं...मैं, सर नोएडा में अपने अंकल-आंटी के यहाँ पर रहती हूँ।" उसने चहकते हुए बताया।

"किसी तरह की जरूरत हो तो झिझकना नहीं,...बेहिचक मेरे से हैल्प ले सकती हैं।" ऐसा कहते हुए उसे मैंने अपना विजिटिंग कार्ड थमा दिया। उसने उसे उलट-पलट कर देखा तथा अपने स्टाईलिश पर्स में रख लिया।

"शुक्रिया सर।" फिर वो अपनी फ्लोर पर लिफ्ट से निकल गयी।

ऑफिस में पहुँचकर मैं अपनी बड़ी-सी कुर्सी में धँसकर बैठ गया। मन

उलाँचे मार रहा था, मन ऑफिस के काम से कहीं दूर चला गया था।

चपरासी को बुलाया तथा एक गर्मागर्म कॉफी का ऑर्डर दिया।

कॉफी की चुस्कियाँ लेते हुए नौशीद का ताजगी भरा चेहरा आँखों के सामने से बार-बार गुज़र रहा था। उससे अगली मुलाकात कब होगी, यही बार-बार सोच रहा था।

एक हफ्ता हो गया था नौशीद से मिले हुए। एक दिन दूर से ही ऑफिस से वापस जाते हुए दिखायी दी थी। मुझे उम्मीद थी कि वो मुझे फोन करेगी या फिर मिलने आएगी किसी काम से। लेकिन न तो उसने फोन किया और न ही वो मुझसे मिलने आयी। मैं ये सोच-सोचकर परेशान था कि उससे आखिर कैसे मिलूँ? वो जूनियर थी, उसके ऑफिस में मिलने जा नहीं सकता था। कैंटीन में भी वो नहीं आती थी।

अगले दिन मैं कुछ जल्दी आ गया, गाड़ी बाहर ही खड़ी करके उसमें ही बैठा रहा और नौशीद का इन्तजार करने लगा। कुछ देर बाद नौशीद उसी चटक लाल रंग की गाड़ी से ऑफिस में घुसती हुई नजर आयी। मैं भी गाड़ी स्टार्ट करके उसके पीछे हो लिया। जल्दी से गाड़ी पार्क की और धीमे-धीमे लिफ्ट की तरफ चल दिया।

''अरे...सर आप,...कैसे हैं?'' नौशीद पीछे से मेरे पास आती हुई बोली।

उसने आज हरे रंग का सूट पहन रखा था। अच्छी दिख रही थी। लेकिन पहली नजर में पहचानना मुश्किल हो रहा था।

''अरे...आपका गेट अप पूरी तरह से बदला हुआ है...मैं तो पहचान ही नहीं पा रहा हूँ आपको।'' मैंने कुछ चकित होते हुए कहा। हालाँकि मुझे लगा कि मैंने कुछ ज्यादा आगे बढ़ते हुए कह दिया।

''हाँ...हाँ... सर मैं कभी-कभी एकदम सादी ड्रैस भी पहन लेती हूँ।'' उसने कुछ सकुचाते हुए कहा।

''मुझे कुछ पूछना था आपसे। मैं फोन भी करनेवाली थी आपको...लेकिन।'' वो कहते-कहते बीच में ही रूक गयी।

''लेकिन क्या... नये लोगों को तो सब कुछ पूछना ही पड़ता है। मेरा फोन नं. तो है ही आपके पास। जब मन हो तब कुछ भी पूछ लिया करो।'' मैंने उत्साहित होते हुए कहा।

''ठीक है सर... मैं कॉल करूँगी आपको।...बॉय सर।'' मुझे लगा कि वो मेरे अति उत्साह को भाँप गयी थी। ऐसा सोचकर मेरा मन कुछ ठंडा पड़ गया।

शाम के चार बजे थे, चपरासी अन्दर आया— ''साहब कोई मिलना चाहता है।...भेज दूँ।''

मेरे दिल की धड़कन बढ़ गयी ''क...कौन?...कौन है मिलने वाला।''

''साहब कोई मैडम हैं... यहीं ऑफिस में साहब हैं वो भी...।'' चपरासी ने कहा।

''हाँ...हाँ भेज दो।'' मेरे मन को लगा शायद नौशीद ही हो...मैं कुछ नर्वस-सा हो गया।... नौशीद दरवाजा खोलते हुए अन्दर आयी।

''सर...कैसे हैं आप?... मैंने आकर डिस्टर्ब तो नहीं किया आपको, बिजी तो नहीं हैं आप?'' नौशीद ने धीरे से मेरे सामने वाली कुर्सी पर बैठते हुए कहा।

''अरे...नहीं...बैठिए आप, अरे रामसेवक, मैडम को पानी पिलाओ।'' मैंने चपरासी से कहा। नौशीद से मैं अपनी खुशी छिपाने की कोशिश कर रहा था। लेकिन मेरे व्यवहार में थोड़ी उत्तेजना आ ही गयी थी।

''सर, कई दिन से आपके पास आना चाह रही थी मैं। कुछ डिस्कस करना था आपसे नये प्रोजेक्ट के बारे में।''

''हाँ...हाँ क्यों नहीं?... बताइए क्या पूछना चाहती हैं?'' मैंने कुछ उत्सुकतापूर्वक उससे कहा। हालाँकि मैं तो उससे कुछ गपशप करना चाहता था।

उसकी प्रोजेक्ट के बारे में जो भी समस्याएँ थीं, मैंने उनको समझा दिया तथा जरूरत होने पर फोन करने या ऑफिस में आ जाने के लिए कहा। फिर काफी देर तक कॉफी की चुस्कियाँ लेते हुए हम लोग बातें करते रहे। वो बहुत रिलेक्स होकर बातें कर रही थी। ऐसा लग रहा था कि जैसे मैं उसे काफी पहले से जानता हूँ।

इस तरह से मुलाकातों का सिलसिला शुरू हो गया। फोन पर भी बातें होने लगीं। वो धीरे-धीरे मुझसे ऑफिस की हर बात शेयर करने लगी। हर बार मिलने पर अपनेपन की एक गन्ध आती थी... जैसे अपनेपन की कोई भाषा थी हम दोनों के बीच। मैं उस अहसास को और अधिक पाने की फिराक में रहने लगा। उसने धीरे-धीरे मुझे 'सर' कहना छोड़ दिया और मुझे मेरे नाम से पुकारने लगी।

लगभग छः माह बीत गए, वो मेरे साथ डेट पर जाने के लिये तैयार नहीं हुई। आखिर एक दिन उसकी कजिन भी उसके साथ मिल गयी, तब कहीं वो मेरे साथ डेट पर जाने के लिये तैयार हुई।

डेट पर आयी भी तो अपनी कजिन को साथ ले आयी। नीली जीन्स एवं गुलाबी टॉप के साथ उसने गले में एक आसमानी स्टॉल डाल रखा था। स्पोर्टस शूज पहने वह बड़े करीने से तैयार होकर आयी थी। ग्रेटर नोएडा में हम एक अच्छे रेस्तराँ में बैठ गए।

कुछ देर बतियाने के बाद मैंने उसे अपनी कजिन को घर भेजने के लिये तैयार कर लिया। कजिन भी बेहद खूबसूरत एवं व्यावहारिक थी। वह खुद ही जाने का बहाना खोज रही थी। जाते समय नौशीद के कान में कुछ खुसफुसाकर गयी। मुझसे बड़े प्यार से विदा ली।

''हाँ तो एम.एन.सी. में काम करनेवाली लड़की इतना झेंप क्यों रही है? अब तो हमारी लम्बी पहचान हो गयी है।''

''नहीं ऐसा नहीं है शिव, आपके साथ कोई नयी थोड़े ही हूँ... बस कभी इस तरह किसी के साथ गयी नहीं। अब्बू एवं भाई जान के साथ ही जाना रहा है बाहर।'' कुछ देर में उसका अकेलापन जाता रहा और वो ऑफिस की तरह ही खुलकर बतियाने लगी।

उँगलियाँ नचाते हुए, आँखे चकरा-चकराकर तथा बात-बात पर खिल-खिलाकर वो मुझसे घंटों बतियाती रही। कुछ बातें तो उसने फिर से रिपीट कर डालीं।

वो बड़े खुले मिजाज व साफ दिल की थी। पाँच फुट आठ इंच लम्बी, गौर वर्ण, स्पष्ट एवं खूबसूरत नैन-नक्श उसकी काबिलियत को कई गुना बढ़ा देते थे। मैं बस उससे चार इंच ही लम्बा था। अगर वो हिल वाली सैंडल पहन लेती थी, तो मेरे बराबर ही हो जाती थी।

ऑफिस के बाद अक्सर हम लम्बी ड्राईव पर निकल जाते थे। वो अब मुझसे सारी चीजें शेयर करने लगी थी।

उसके अब्बू, अम्मी के अलावा उसके दो बड़े भाई भी थे। एक डॉक्टर था, जो काफी अच्छा व्यक्ति था। दूसरा देवबन्द से जुड़ा था तथा पूरी तरह धार्मिक मिजाज का था। वह नौशीद को नौकरी करवाने के बिल्कुल भी पक्ष में नहीं था। किसी तरह शादी होने तक नौकरी करने की उसे इजाजत मिली थी।

मेरे तो बस 'माँ' ही थी, पिताजी बचपन में ही गुज़र गए थे। भाई-बहन कोई था नहीं। माँ ने बड़े जतन से मुझे पाला-पोसा था तथा खुद अपनी सारी इच्छाओं की बलि चढ़ा दी थी।

गाज़ियाबाद के पास में ही मेरा गाँव था किशनपुरा। इससे भी मेरी पढ़ाई में थोड़ा आराम हो गया था। मैंने भी माँ को कभी निराश नहीं किया। हमेशा अपने सभी कामों को सही रूप में अंजाम दिया। अब एक बहुत अच्छे पैकेज पर जॉब कर रहा था। परन्तु माँ साथ में नहीं रहती थी। कहती है कि उसका मन गाँव में ही रमता है।

उसे खेत-खलिहान, पशु, पेड़-पौधे, आम का बाग़ तथा आए दिन तनाव देने वाले लोगों की आदत पड़ गयी थी। वे उसके बहुत ज्यदा अपने थे। हाँ अब उसे मैंने एक मोबाईल खरीदकर दे दिया था। वो रोज़ मेरे खाने के बारे में जरूर पूछ लेती थी।

मैं भी लगभग पन्द्रह-बीस दिन में एक बार उसके पास हो आता था, बीच-बीच में वो भी एक-दो दिन के लिए मेरे पास आ जाती थी। इधर मुझसे एक सुन्दर

सी बहू लाने के लिए कहती रहती थी। चाहें कहीं से भी, किसी को भी ले आ, बस जल्दी से ले आ।

नौशीद अपने अब्बू की लाडली थी। अब्बू तो उसे अमेरिका भेजना चाहते थे, परन्तु भाई नहीं माना। घर वाले उसके लिए लड़का देख रहे थे, लेकिन नौशीद ने उनसे तीन साल का समय ले लिया था। अभी वह मात्र चौबीस वर्ष की ही तो थी। मैं भी वैसे उससे पाँच साल ही बड़ा था।

मैं बहुत ज्यादा महत्त्वाकांक्षी था, मेरे सपने विदेश में ही पूरे हो सकते थे जिसके लिए मैं तैयार था। ऑफिस के काम से मैं कई बार विदेशों में जा चुका था, लेकिन इस बार जर्मनी जाने का प्रस्ताव मिला, तो मेरा मन हुआ कि टाल दूँ, कोई बहाना बना दूँ। अपनी मनोदशा के बारे में नौशीद से जिक्र किया तो उसने जाने के लिये प्रेरित किया।

फिर क्या था हो गयी जर्मनी जाने की तैयारी, नौशीद से विदा लेकर मैं जर्मनी के लिए उड़ गया। परन्तु फ्लाईट में चढ़ते ही मुझे कुछ अखरने लगा। पहली बार नौशीद को लेकर मैं बेचैन हुआ।

हम दोनों साथ में खूब समय बिताने लगे थे। पिक्चरें देखना, डिनर करना, लम्बी ड्राईव पर जाना... इन सबके लिए हम टाईम-मैनेजमेंट कर लेते थे। काम और मौज मस्ती दोनों में हमने बढ़िया सन्तुलन बिठा लिया था। ऐसे में उसे अचानक छोड़ कर जर्मनी जाने से बेचैनी तो होनी ही थी।

हवाई जहाज का लम्बा सफर, फिर वहाँ पर अजनबीपन के साथ रहना... गोरों के बीच मैंने अजीब-सा परायापन महसूस किया। लेकिन जो सपने मैंने देखे थे, वो तो सिलिकॉन वैली में ही पूरे हो सकते थे। इन सपनों के लिए पिछले कई सालों से मैं कड़ी मेहनत कर रहा था।

अब लग रहा था कि अमेरिका में भी तो यह सब महसूस होगा। सपने मुझसे कहीं बहुत ज्यादा तो नहीं छीन लेंगे। अरे नहीं, अमेरिका में लाखों इंडियन रह रहे हैं, वहाँ ऐसा महसूस नहीं होगा। वहाँ परायेपन वाली कोई बात नहीं होगी।

फिर अचानक नौशीद का चेहरा सामने आ गया। मन में प्रश्न उठा कि क्या नौशीद मेरे साथ अमेरिका में होगी? होगी तो किस रूप में? यह साफ नहीं हो पा रहा था। तब तक शादी कर लेंगे क्या... नहीं-नहीं शादी का बन्धन तो कैरियर को तबाह कर देगा। ठीक यह रहेगा कि नौशीद और मैं साथ-साथ अमेरिका चले जायेंगे।

नौशीद अगर साथ गयी, तो बहुत अच्छा लगेगा। लेकिन नौशीद तो तीन वर्ष बाद शादी कर लेगी? तब तो उसकी यादें ही साथ जा पाएँगी। एकाएक वातावरण ने उदासी का आवरण ओढ़ लिया।

इन दिनों यूरोप में इस्लामिक फोबिया घर कर रहा था। छिटपुट आतंकवादी घटनाएँ यूरोप में घटने लगी थीं। अधिकतर के पीछे इस्लामिक आतंकवाद ही था। यूरोप के अमीर लोग हिंसा से बहुत दूर निकल आए थे। वैश्विक शक्तियों के द्वारा जर्मनी पर द्वितीय विश्वयुद्ध के बाद से अहिंसा लाद दी गयी थी। उसका विभाजन भी कर दिया गया था।

लेकिन जर्मनी के लोग बहुत परिश्रमी एवं आत्मसम्मान वाले हैं, वे हिटलर के मनहूस कामों को पीछे छोड़ आगे बढ़ चुके थे। वे अभी भी यूरोप में आर्थिक रूप से नम्बर एक हैं। जर्मनी यूरोप में सबसे सुरक्षित जगहों में से एक माना जाता है।

अत्यधिक सम्पन्नता धीरे-धीरे अहिंसक समाज की तरफ अग्रसर करने लगती है, जो हर तरह से सुरक्षित रहने के भाव को जन्म देने लगता है। यूरोप ख़ासकर पश्चिमी यूरोप तथा कुछ हद तक अन्य विकसित देशों में भी सुरक्षित सम्पन्नता की एक अलग विचारधारा ही विकसित हो रही थी। उच्च कोटि की बुनियादी सुविधाएँ मिलनी चाहिएँ, साथ ही जीवन अत्यधिक सुरक्षित एवं दीर्घायु होना चाहिए।

कुछ मेरे सीनियर अपने अमेरिकी अनुभवों को साझा करते हुए बताते थे कि ऐसा लगता है कि वहाँ पर कोई समस्या ही नहीं है। मुझे ऐसा लगता है कि किसी समस्या का न होना भी अपने आप में एक समस्या है। इससे ज़िन्दगी में जीवन्तता कम हो जाती है, रचनात्मकता घट जाती है और सबसे बड़ा सच ये है कि आप प्रकृति से कट जाते हो।

व्यक्ति प्रकृति को दिखावे का प्यार करता है। वो उसको नष्ट होने से बचा नहीं सकता है, क्योंकि उसे बचाने के लिए उसे अपनी सम्पन्नता एवं सुविधाओं में कटौती करनी होगी, जिनका वो आदि हो चुका होता है। जो उसके लिए आसान नहीं है।

अल्पविकसित देशों में भी उन्हीं सुविधाओं के पाने के सपने हैं। वास्तव में उनके ये सपने भी प्रकृति विरोधी हैं और अन्ततः अपने स्वयं के अस्तित्व-विरोधी भी हैं। ये भौतिकवादी सपने अन्ततः प्राकृतिक सन्तुलन को ही नष्ट करेंगे।

उस समय मेरे भी आम युवाओं की तरह ही सपने थे, जिनके लिए मैं कड़ी मेहनत कर रहा था। तो क्या मैं भी प्रकृति विरोधी सम्पन्नता चाहता था? नहीं-नहीं मैं अपनी तरक्की कुछ अलग तरीके से करूँगा। प्रकृति से जितना छीनूँगा, उसे उससे ज्यादा वापस करूँगा।

इस्लामिक आतंकवाद से यूरोप एवं अमेरिका तथा कुछ अन्य गैर-इस्लामिक देशों में उत्तेजना एवं रोमांच से भरपूर खबरें मिल रही थीं। पूरी दुनिया इस्लामिक आतंकवाद की अपने तरह से व्याख्या कर रही थी। हमारा देश भी ऐसे ही देशों में

शामिल था। यहाँ पर आतंकवादी घटनाओं को कभी भी अंजाम दिया जा सकता था, क्योंकि यहाँ पर सुरक्षा के लिये पर्याप्त संसाधनों की भारी कमी थी। कोई आदमी चाह ले तो, अधिकतर जगहों पर आसानी से बम फोड़ा जा सकता था। हाँ बम फोड़ने के बाद पुलिस आतंकवादियों को बहुत जल्द पकड़ लेती थी।

इस पर अल्पसंख्यकों का मानना था कि उन्हें बस कुछ सफाचट मूछों एवं लम्बी दाढ़ी वाले युवा चाहिएँ, टोपी तो वो स्वयं ही खरीद कर लगा देंगे उनके सिर पर। फिर मीडिया के सामने उनसे सब कबूल करवा लिया जाता था। हालाँकि ज्यादातर पकड़े जानेवाले व्यक्ति जाने-अनजाने उन आतंकवादियों से किसी न किसी रूप में जुड़े अवश्य रहते थे।

एक हिन्दूवादी दोस्त का इस पर कहना था कि अरे वे हैं तो मुस्लिम ही..., और वो भी धर्मपरस्त। मुसलमानों से मिले बिना कोई भी आतंकवादी घटना हो ही नहीं सकती है। तब उनके साथ गलत क्या हुआ? कड़ी कार्यवाही से लोग आतंकवादियों को पनाह देने से डरते हैं।

लेकिन आतंकवादियों को पनाह तो यूरोप जैसे पढ़े लिखे एवं सम्पन्न समाज में भी मिल जाती है। जहाँ के लिये कहा जाता है, कि वहाँ पर रहना ही एक सपने के पूरा होने सरीखा है, वहाँ कोई समस्या ही नहीं है... तब वहाँ भी कुछ लोग असन्तोष क्यों पाले रहते हैं?

अर्थात् धार्मिक पहचान एवं न्याय की समस्या वहाँ भी मौजूद है। सुन्दर लड़कियों एवं सुविधा सम्पन्न जीवन के सपनों को छोड़कर पढ़े-लिखे युवा जेहादी बनने के लिए क्यों तैयार हो जाते हैं? आखिर जेहादी होने का सपना इन सब पर भारी पड़ने लगता है।

इस्लामिक कट्टरपन्थियों के लिए यही सबसे बड़ी जीत है और यही पश्चिमी भौतिक सभ्यता की सबसे बड़ी हार है। वास्तव में ये एक-दूसरे को हराने का रस ज्यादा है, जिसे जुनून की तरह इंसान के दिलों-दिमाग़ में लालच से जोड़कर उतार दिया जाता है। जन्नत की हूरों के सपने सब पर भारी पड़ जाते हैं।

सभी एशियाई थोड़े बहुत सन्दिग्ध मान लिए जाते हैं, क्योंकि वे गोरे नहीं हैं। जर्मनी में कुछ लोगों की नजरों से मुझे भी ऐसा अहसास हुआ।

खैर एक बार नौशीद यदि अमेरिका चली जायेगी तो उसकी शादी का प्लान भी खटाई में पड़ जाएगा। वहाँ वह ज्यादा खुदमुख्तार हो जाएगी तथा शादी को तो भूल ही जाएगी। मन हल्का हुआ तो नौशीद से बात करने की इच्छा हुई, लेकिन टाल गया। क्योंकि थोड़ी देर पहले ही उससे बात कर चुका था।

सर्दी का मौसम पूरी तरह नहीं आया था, फिर भी जर्मनी में काफी ठंड थी। ठंड की वजह से यूरोप में लोग बिना शराब के नहीं रह पाते हैं, सिर्फ इक्का-दुक्का

को छोड़कर। यहाँ पर लगभग सभी लोग मांसाहारी हैं, कुछ ही लोग भारतीय प्रभाव या शाकाहारी होने के लाभ के लालच में मांसाहार को त्याग देते हैं।

मैंने महान गणितज्ञ रामानुजम के बारे में सुन रखा था कि प्रथम विश्वयुद्ध में इंग्लैंड प्रवास के दौरान उनके शाकाहारी होने से उनके शरीर पर विपरीत प्रभाव पड़ा था तथा बाद में अल्पायु में ही वह कालग्रसित हो गए थे। वैसे भी मांसाहारी एवं शराबी न होने से वैश्विक जीवन के लिए व्यक्ति पूर्णत: उपयुक्त नहीं रहता है। इसलिए माँ के लाख मना करने के बावजूद मैं सीमित रूप से मांसाहारी बन गया था।

हाँ शराब मैं नहीं पीता था। जर्मनी की ठंड में ये सोचकर कि यहाँ कौन देख रहा है... एक-दो पैग शराब के लगा लिए। फिर भर पेट खाना खाकर टी.वी. देखने लगा। एक से एक बिन्दास व सैक्सी चैनल देखकर मन उत्तेजना से भर उठा। हालाँकि सेक्स मेरे लिए एकदम नई चीज नहीं थी।

बी.टेक के अन्तिम वर्ष में मेरी एक गर्ल-फ्रैंड थी, उसके साथ खूब मौजमस्ती की थी। लेकिन शादी-वादी वाली बात वहाँ बिल्कुल नहीं थी। मैं तो कुछ सोचता भी था, परन्तु वो तो मुझसे दस कदम आगे थी। बी.टेक करते ही वो लन्दन चली गयी, फिर उसने वापस मेरी तरफ कभी मुड़कर भी नहीं देखा। बाद में मैं भी अपने सपनों के पीछे दौड़ने लगा और धीरे-धीरे उसकी यादों से बाहर निकल आया।

नौशीद के साथ तो अभी तक एक 'किस' भी नहीं किया था, उसे तो अभी 'हग' भी नहीं किया था। बस कभी-कभी उसका हाथ अपने हाथ में ले लेता था। उसका खिलखिलाकर हँसना, फैशन में सतर्क रहना बहुत आकर्षित करता था। उसका लम्बा सुताँ हुआ शरीर, जीन्स में तो परी सरीखा लगता था। सारे उभार सादगी से मिलकर एक अलग तरह के आकर्षण को रचने लगते थे।

ये गौरियाँ तो उसके सामने महज गुड़ियाँ लग रही थीं। इनके चेहरे पर वो रंगत, वो रूमानियत, वो मिजाज... कहाँ? इस समय नौशीद की सादगी से ज्यादा उसके उभार मुझे बरबस अपनी ओर खींच रहे थे। मन कर रहा था कि सात समन्दर पार से एक जोरदार चुम्बन हवाओं के माध्यम से उसे भेज दूँ और वो हवाओं में घुलकर नौशीद के पास पहुँचे और उसके होठों पर, गालों पर चिपक जाए।

फिर ये हवाएँ मेरी बाँहें बनकर उसे चारों तरफ से जकड़ लें और तब तक न छोड़ें, जब तक कि वो मेरा पूरा अहसास न कर ले, कह न उठे... मेरे शिव ये तुम हो, तुम्हारी बाँहें हैं, मैं कब से इनका इन्तजार कर रही थी। जकड़ लो इनमें मुझे और सारी दुनिया से कहीं दूर ले चलो।

बरबस ही मेरे मुँह से निकल पड़ा— नौशीद। शायद मन के दबे हुए भाव एकाएक बाहर झाँक रहे थे। फिर मैं तकिए को बाँहों में दबाकर बिस्तर पर पसर गया। फोन उठाकर मैंने नौशीद को जल्दी जल्दी कई अच्छे से मैसेज कर डाले।

सुबह की ठंडी हवा ने रात की खुमारी को उतारा तो वापस घर जाने की याद आयी। नौशीद के लिए दो अच्छे से 'पैन' पहले ही ले लिये थे। उसे जर्मनी के बने पैन बहुत पसन्द थे।

वापस आने पर पता चला कि आज सुबह ही नौशीद सहारनपुर चली गयी है। फोन देखा तो उसकी कई मिस्ड कॉल एवं मैसेज पड़े हुए थे। उसने सोमवार तक ऑफिस आ जाने का मैसेज किया था।

मैं भी माँ के पास चला गया। शाम होने पर उसे मैंने नौशीद के बारे में बताया। उसके उत्सुक होने पर मैंने बताया कि वो बहुत ही सुलझी हुई एवं नेक दिल इंसान है। किसी का भी दुःख उससे देखा नहीं जाता। सबको खुश देखना चाहती है। रास्ते में उसे कितने भी भिखारी मिल जाएँ, कोई भी खाली हाथ नहीं जा सकता। वो गरीबों एवं अनाथों के लिए कुछ विशेष करना चाहती है।

''और तू तो एक बड़ी कम्पनी का मालिक बनना चाहता है। लालची कहीं का।'' माँ की नजरों से ऐसा लग रहा था कि वो मुझसे कुछ और भी सुनना चाह रही थी।

''वो तुझसे छोटी तो है न उम्र में, उससे कुछ मिलना जुलना है भी या नहीं तेरा।''

''हाँ-माँ ऑफिस में है तो जान-पहचान तो हो ही जाती है।''

''बस जान-पहचान... भोदूँ कहीं का।''

''माँ... जब मैं छोटा था, लगता है तब मैं ज्यादा खुश था। खूब खेलता था, खूब खाता था तथा थक जाने पर तेरी गोद में सो जाता था। तेरी गोद में कितनी गहरी नींद आती थी न माँ। कोई सपना नहीं, कोई चिन्ता नहीं,... बस तू— और मैं तथा बचपन के वे अनगढ़ दोस्त। तूने पढ़ाया-लिखाया ताकि मैं खुश रहूँ। अब देख, न तो मैं तेरी गोद में सो पाता हूँ, न दिन भर अपने दोस्तों के साथ खेल पाता हूँ। हफ्तों तक तुझे देख भी नहीं पाता हूँ।''

''अरे बेटा तू तो हमेशा मेरे दिल में, मेरे पास रहता है। समय के साथ बदलना तो पड़ता ही है बेटा। यहाँ गाँव में रहता तो अब तक किसी झगड़े-फसाद में फँसकर जेल तक काट आया होता। यहाँ के माहौल से निकलकर अच्छे लोगों के बीच तरक्की कर रहा है, और मुझे क्या चाहिए? वैसे अचानक आज तू ऐसी बातें क्यों कर रहा है? तू तो अमरीका से नीचे की बात ही नहीं करता था।''

''माँ'' और मैं माँ के गले से लिपट गया।

''मेरा बेटा।''

फिर मैं काफी देर तक माँ से पुराने दिनों के बारे में बतियाता रहा। बस माँ से एक ही शिकायत थी कि वो बड़े से घर में रात में अकेली रहती थी। रात में कुछ हो

जाए तो कोई देखभाल करनेवाला भी नहीं था। बस एक चाचा पर ही विश्वास था, वो माँ का ध्यान भी रखते थे लेकिन रात में तो एकदम अकेली ही रहती थी। दिन में तो कोई न कोई उसके पास बैठा ही रहता था।

"बेटा जब तक ऊपर वाला नहीं बुलाएगा, तब तक मुझे कुछ नहीं होगा। अभी मुझे बहुत जीना है। अभी तेरे बच्चों को खिलाना है...फिर तेरे बच्चों के बच्चों को भी खिलाना है। ऐसे ही तेरा पीछा छोड़नेवाली नहीं हूँ।"

"माँ तू भी न, कोई बात नहीं मानती है। रात में किसी को अपने पास सुला लिया कर न।" '

'ठीक है बेटा... जरूरत होगी तो मैं देख लूँगी। तू अपना ध्यान रख और एक लीटर दूध नियम से जरूर पी लिया कर। अकेला रहता है तो पूरे घर में गन्दगी किए रहता है। अब घर और अपना ख्याल रखने के लिए किसी को ले आ।"

"माँ तुझे बस शादी की ही पड़ी रहती है। जब सही समय आएगा तो मैं कर लूँगा।"

सोमवार को कैंटीन में नौशीद मिली, तो बताने लगी कि "अब्बू की तबियत खराब हो गयी थी, इसलिये अचानक जाना पड़ा। अब ठीक है। आप बताइए जर्मनी का टूर कैसा रहा?"

"जर्मनी अच्छा, साफ-सुथरा एवं सम्पन्न देश है। लोग खुशमिजाज तथा कर्मठ हैं। लेकिन हम लोगों के लिए अमेरिका ही ठीक है।"

नौशीद ने कहा— "मुझे तो कहीं नहीं जाना है। मुझे तो दिल्ली के आसपास ही रहना है। अब यहाँ भी अवसरों की कमी नहीं है। बड़े से बड़े सपने यहीं पर पूरे हो सकते हैं। अब तो बाहर के लोग भी हमारे देश में अपने सपने पूरा करने के लिए आ रहे हैं।" वो हमेशा ही बाहर जाने के नाम से बिदक जाती थी।

"वो तो ठीक है, पर यहाँ पर वर्क-कल्चर नहीं है, अनुशासन नहीं है और पारदर्शिता का अभाव है। ऊपर से जीवन की वो गुणवत्ता यहाँ अगले पचास वर्ष में भी आने वाली नहीं है। अभी तो यहाँ पर 'लॉ-एंड ऑर्डर' ही बेहिसाब खराब है।

गाज़ियाबाद, ग्रेटर नोएडा में तो और भी बुरा हाल है। हालाँकि हम लोग तो इसके आदी हैं, परन्तु जीवन की सुरक्षा में सुधार हर कोई चाहता है। आए दिन चोरी, चेन स्नेचिंग, जमीनों पर कब्जे, गैंगवार आम बातें हैं यहाँ के जीवन में। इन सब अस्थिरताओं में आपका अपने काम से फोकस हट जाता है। अभी सुबह गाँव से आया तो जाम में फँसकर अच्छा-ख़ासा मूड खराब हो गया, ऑफिस लेट हुआ अलग से।"

"फिर भी अपने लोगों के बीच रहकर आगे बढ़ना ज्यादा सुकून देनेवाली चीज है। क्या आप अपनी माँ को अकेली छोड़कर जा पाएँगे?" उसने मेरी

कमजोरी की तरफ ध्यान दिलाया।

''एक बार सैटेल होने के बाद माँ को भी वहाँ ले जाऊँगा, सब सही हो जाएगा। इतिहास गवाह है जिसने घर छोड़ा है, उसने हमेशा ज्यादा तरक्की की है''

''आपकी माँ कभी अमेरिका नहीं जाएँगी।'' उसने बहुत शान्त भाव से आत्मविश्वासपूर्वक कहा।

''तुम ऐसा कैसे कह सकती हो? वो मान जाएँगी।'' मैं कुछ विचलित हो गया।

''चलिए देखते हैं... काश आप ठीक हों।'' उसने मेरी बेचैनी को भाँपते हुए कहा।

''तुम आज कुछ उखड़ी हुई लग रही हो।''

''नहीं वो बात नहीं है। बस घर की याद आ रही है।'' उसने मुझसे निगाह दूर करते हुए कहा।

''आज बाहर चलोगी शाम को।'' मैंने बहुत प्यार से उससे कहा।

''नहीं...आज नहीं, कल शाम चलते हैं।'' फिर मैंने उसे जर्मनी से लाया हुआ गिफ्ट दे दिया, उसने खुश होते हुए ले लिया।

उसने मेरा दिमाग़ उलझा दिया था। 'माँ' के न जानेवाले विचार ने मुझे अजीब मनोदशा में पहुँचा दिया था। ''...नहीं...नहीं वो मान जाएगी। मैं उसका इकलौता बेटा हूँ। वो गाँव, खेत-खलिहान, पशुओं, आम के बाग़ और वहाँ के झगड़ालू लोगों का मोह छोड़ देगी।''

''देखते हैं।...हुम्म।'' मैं स्वयं से ही बात करते हुए बड़बड़ा रहा था। पिताजी थे नहीं, भाई-बहन भी नहीं थे। तो कहीं न कहीं चेतना में अकेलापन था। बचपन से ही कुछ न कुछ सोचने की आदत थी। जो कि बड़ा होने पर और ज्यादा बढ़ गयी थी। समीचीन मुद्दों पर मैं अक्सर बहुत ज्यादा विचार करता रहता था। प्रकृति एवं पर्यावरण के प्रति मेरा प्रेम हमेशा से ही रहा था। शायद इसे माँ का भी प्रभाव कह सकते हैं। कई बार तो मैं अपने चिन्तन से खुद हैरान रह जाता था। लेकिन इस सोच-विचार, चिन्तन का प्रभाव मेरे काम पर नहीं पड़ता था।

मेरा फ्लैट पन्द्रहवीं मंजिल पर था। यद्यपि मुख्य सड़क कुछ दूर थी, लेकिन शहर की आबोहवा में जैसे प्रदूषण तो हर तरफ घुल ही गया था। ऊँचाई की वजह से मच्छर, मक्खी एवं शोर न के बराबर थे। प्रदूषण भी कुछ कम था। रात में बालकनी में बैठकर दूर तक टिमटिमाती लाइटों का नजारा देखना अच्छा लगता था। ग्रेटर नोएडा को भविष्य के सबसे अच्छे शहरों में माना जाने लगा था। अथॉरिटी बहुत प्लान करके ही शहर बसने दे रही थी। सड़कें एक ख़ास विन्यास में ही बनायी जा रही थीं। शहर का विस्तार आधुनिक एवं वैश्विक मानकों के आधार पर हो रहा था।

कानून-व्यवस्था में अवश्य अधिक सुधार नहीं हो पाया था।

कभी यहाँ पर बहुत गरीबी हुआ करती थी, जमीन भी उतनी उपजाऊ नहीं थी। दूसरे इलाके के लोग अपनी बेटी की शादी यहाँ पर करने से परहेज करते थे। वक़्त बदला, पूँजीवाद एवं उदारीकरण से नोएडा पनपा तथा फिर ग्रेटर नोएडा। आज तो मुआवजा मिलने से यहाँ पर पैसे की भरमार हो गयी है, लोग बड़ी गाड़ियों से चलना अपना शगल मानते हैं।

बहुत से लोग मुआवजा भी डकार गए। बाद में सरकार से फिर से मुआवजे की माँग की गयी। सरकारों पर किसान विरोधी होने के आरोप मढ़े गए, उनका सक्रिय विरोध किया गया। आए दिन धरने दिए गए। उन्हें मुआवजा बढ़वाने में सफलता भी मिली।

कुछ मनचले युवक शराब पीकर मारपीट करने लगे तथा छेड़छाड़ भी करने लगे। कई कम्पनियों से वसूली भी की जाने लगी। गैंगवार तो पहले से चल ही रहा था। इससे औद्योगिकीकरण एवं विकास की प्रक्रिया थोड़ी धीमी पड़ गयी थी।

सम्पत्ति का कारोबार फला-फूला तो बिल्डरों ने भी फ्लैट बनाने की भरमार कर दी। मुझे तो फ्लैट में रहना ऐसा लगता है, जैसे किसी चिड़ियाघर में रह रहे हों, परन्तु अकेला होने तथा सिक्योरिटी के उद्देश्य से रहना पड़ रहा है। एक बार उसमें घुस जाओ तो निकलने में ही आलस्य आता है। नौशीद अभी तक मेरे फ्लैट में नहीं आयी थी, उसे तो इतनी ऊँचाई से ही डर लगता था।

अगर कानून-व्यवस्था सुधर जाए तो ग्रेटर नोएडा वास्तव में सपनों के शहर में तब्दील हो जाएगा। हालाँकि उम्मीद की किरण यह है कि नई पीढ़ी खुद चाहें कैसी भी हो, परन्तु बच्चों को अवश्य अच्छे स्कूलों में पढ़ा रही है। तब कुछ सालों के बाद गुंडा-गर्दी स्वयं ही कम होने लगेगी।

नौशीद हमेशा शाम होने के बाद ग्रेटर नोएडा में नहीं रहना चाहती थी। इसीलिए वह लम्बी ड्राईव पर जाने पर भी शाम होने से पहले नोएडा लौट आती थी। उसे शाम निकट आते ही एक अनजाना भय सताने लगता था। उसकी आंटी के भी सख़्त निर्देश थे कि ऑफिस टाईम के बाद समय से जल्दी घर आ जाना।

हाँ वह छुट्टी में कहीं जाने से नहीं रोकती थीं। उन्हें उसके मेरे साथ घूमने का पता था। वह मुझे अच्छा लड़का मानती थीं। नौशीद ने बताया कि आंटी इधर मुझे लेकर हँसी-मजाक भी करने लगी थीं। नौशीद के बहुत कहने पर मैं एक बार उनसे मिल आया था। उनसे मिलकर मुझे काफी अच्छा लगा था। वो काफी मिलनसार एवं हँसमुख महिला थीं।

मैं गाँव से जुड़ा था, उसी गुंडागर्दी के बीच परवरिश हुई थी। साथ ही लोकल भी था। तब मुझे डर लगने का सवाल ही पैदा नहीं होता था। कई बार तो देर रात में

मैं बाईक या कार लेकर निकल जाता था सड़क पर। हालाँकि माँ ने इस बारे में चेताया था। नौशीद भी मेरी इस हरकत को लेकर कई बार टोक चुकी थी।

डर तो मुझे बिल्कुल नहीं लगता था, लेकिन कहीं न कहीं माहौल की असुरक्षा व्यक्ति के मन को अस्थिर तो करती ही है। जीवन की बेहतर गुणवत्ता इन्हीं वजहों से व्यक्ति चाहता है। अमेरिका जाने की इच्छा में यह भी एक कारण जुड़ा था।

ऑफिस में अब हमारी दोस्ती के बारे में सब जानते थे। सभी को को ये लगने लगा था कि हम लोग जल्द ही शादी कर लेंगे। ऑफिस में मेरे कम ही दोस्त थे। अर्जुन से कुछ ज्यादा पटती थी। उसके बाद मंजूर का नम्बर आता था। दोनों मेरी ही उम्र के थे तथा खूब मेहनती थे।

मंजूर राजस्थान में अलवर का रहनेवाला था, जबकि अर्जुन मुजफ्फरनगर का रहनेवाला था। दोनों ही मजाकिया स्वभाव के थे। नौशीद को लेकर अक्सर छेड़ते रहते थे। दोनों ने अपनी बेस्ट फ्रेंड्स के साथ शादी करने की योजना बना रखी थी। मुझे भी उकसाते रहते थे,

''बेटा हुस्नपरी से दोस्ती की है, बहुत नखरे उठाने पड़ेंगे।'' मैं उनसे नौशीद के सिर्फ दोस्त होने की बात कहता था। एक दिन अर्जुन बोला—

''यार धर्म को लेकर ज्यादा समस्या न हो तो नौशीद तेरे लिए बेस्ट रहेगी।''

''हूँ...नहीं...नहीं— मेरा शादी का फिलहाल कोई इरादा नहीं है। उसके साथ वक़्त गुजारना अच्छा लगता है। बस इतना ही लेखा-जोखा है हमारे सम्बन्ध का।'' मैंने बात को लम्बी न खींचते हुए कहा।

''ये तो हमेशा कहते रहते हो, अरे भाई जब उसका साथ अच्छा लगता है तो ये साथ हमेशा के लिए पक्का कर लो न।'' अर्जुन ने फिर से बात को आगे बढ़ाते हुए कहा।

''यार शादी ऐसा बन्धन हैं, जिसमें मुझे लगता है कि रिश्तों की गर्माहट चली जाती है तथा सपने देखने की इच्छा सीमित हो जाती है। व्यक्ति अधिक सन्तुष्ट एवं व्यस्त हो जाता है। इसलिये अभी तो मेरा शादी का कोई इरादा नहीं है।'' मैंने फिर से बात को टालना चाहा।

''लेकिन नौशीद की शादी ज्यादा दिन तक नहीं रूकेगी। फिर क्या उसके बिना रह पाओगे?'' विश्वासपूर्वक अर्जुन द्वारा कहे गए इन शब्दों ने मुझे तनाव में ला दिया।

''तुमने कभी पूछा उससे इस बारे में।'' अर्जुन ने कुछ गम्भीर होते हुए फिर कहा।

''हाँ... उसकी शादी शायद दो-तीन सालों में हो जाएगी।'' मैंने एक लम्बी साँस छोड़ते हुए कहा।

"थोड़ा गम्भीरता से सोचो तो। अच्छी लड़की है, तुम्हें शायद पसन्द भी करती है। शायद तुमसे शादी भी करना चाहती है। वरना परिस्थिति कुछ विपरीत होने पर एकाएक दबाव में आ जाओगे और कोई न कोई गलती कर बैठोगे। लड़की दूसरे धर्म की जो है। ऐसे मामलों में ज्यादा इन्तजार करना ठीक नहीं रहता है।" अर्जुन ने लगभग चेतावनी देते हुए कहा।

"यार, मुझे अमेरिका जाना है। बहुत कुछ करना है, सब कुछ डिस्टर्ब हो जायेगा।" इस वार्तालाप से अब वाकई मैं कुछ दबाव में आ गया था।

"कैसे डिस्टर्ब हो जाएगा? वह भी जॉब करती है, गम्भीर है, सर्वगुण सम्पन्न है। शादी करके उसे भी साथ ले जाना। तुमसे कम होनहार नहीं है वो। ज़िन्दगी में जैसा हम सोचते हैं, ठीक वैसा तो शायद ही हो पाता है। वो तुम्हारा सहयोग ही करेगी। ये तो पुरानी बाते हैं कि शादी होने से फर्क पड़ेगा।" अर्जुन ने समझाते हुए कहा।

"तुम भी न पीछे पड़ जाते हो... अर्जुन"। मंजूर को देखते ही मैं चुप हो गया।

"क्या बात है? कोई सिक्रेट है क्या? जो मुझसे छुपा रहे हो।" मंजूर ने कुर्सी पर पसरते हुए हम दोनों की तरफ देखते हुए कहा।

"यार तुम ही बताओ, नौशीद की जोड़ी इसके साथ अच्छी लगती है न।" अर्जुन बोला।

"स्मार्ट... कब कर रहे हो शादी?" मंजूर तपाक से बोला।

"अब मुझे चलना चाहिए— मुझे शादी वादी में अभी नहीं फँसना है।" वो दोनों मेरे चेहरे की बेचैनी देखकर मुस्कुराते रहे।

आज ऑफिस के बाद मैं नौशीद से मिले बिना ही चला गया। तभी उसका फोन आया... " अचानक कहाँ निकल गए हैं आप? गाड़ी पार्किंग में नहीं है।"

"हाँ... नौशीद मुझे कुछ काम था, मैं तुमसे कल मिलता हूँ।"

"आज तो आपको आंटी के यहाँ जाना था, भूल गए हैं क्या?"

"ऐं...हाँ याद आया। कल आ जाऊँ ?"

"नहीं आज ही आ जाओ, वो सुबह से ही आपका इन्तजार कर रही होंगी।"

"आना ही पड़ेगा, तो मैं आठ बजे तक आ जाता हूँ। देर तो नहीं हो जाएगी?" मेरा मन नहीं था जाने का।

"ठीक है, बॉय-बॉय"। उसने कहते हुए फोन काट दिया।

इतने में एक बाईक सवार व्यक्ति बगैर हैल्मेट गलत दिशा से बाईक चलाते हुए आया और लगभग मुझसे टकरा ही गया था। मैंने किसी तरह गाड़ी सँभाली। फ्लैट पर पहुँचकर आँखे बन्द करके मैं निढ़ाल होकर लेट गया।

नौशीद ने जब पहली बार मुझसे लिफ्ट में बात की थी, मुझे वो पल याद आ गया। फिर वो सारे लम्हें एक-एक करके याद आने लगे, जो मैंने उसके साथ बिताए थे। उसका हमेशा बेपरवाह होकर बातें करना, खूब सज-सँवरकर ऑफिस आना... लम्बी-लम्बी ड्राईव पर जाना तथा मुझसे गाड़ी लेकर स्वयं चलाना।

फिर वो पल याद आया, जब पहली बार उसने मुझसे हाथ मिलाया था और उसकी नरम उँगलियाँ मेरे हाथों में फिसल कर रह गयी थीं। उस समय भी उसके होठों पर वही आत्मविश्वास से लबरेज मुस्कान तैर रही थी।

हाँ लड़की तो बहुत अच्छी है,... लेकिन शादी के बारे में कभी सोचा नहीं। फिर माँ की शादी को लेकर उम्मीदें भी याद हो आयीं। हाथ-मुँह धुले, कुछ तरोताजा हुआ और नौशीद के घर जाने के लिए निकल पड़ा।

जनवरी का माह चल रहा था। शाम होते-होते सर्दी और अधिक बढ़ गयी थी। मैंने काले रंग का नया सूट पहन लिया था तथा अन्दर एक सफेद रंग की शर्ट डाल ली थी। अच्छे से तैयार हुआ था। गाड़ी चलाते-चलाते मेरे हाथ ठंड से सुन्न पड़ गए थे। मौसम में आज कुछ धुन्ध-सी थी। इसलिये गाड़ी बहुत तेज नहीं चला पा रहा था। धुन्ध जब बढ़ जाती थी तो प्रदूषण का स्तर भी बढ़ जाता था। ऐसे में मूड खराब हो जाता था, ऊपर से दूर का दिखता भी नहीं था।

आंटी उसकी सगी बुआ ही तो थीं। वो मुझे देखकर बेहद खुश हुईं। मैंने उनके पैर छुए तो वे कुछ सकपकायीं। पहली बार जब मैं उनके पास आया था तो मैंने पैर नहीं छुए थे। वैसे इस बार भी ऐसा कोई प्लॉन नहीं था। अचानक ही ऐसा हो गया। नौशीद कुछ मुस्कुराते हुए पीछे हट गयी। उसकी बुआ का कपड़े का अच्छा व्यवसाय था, इस सिलसिले में उसके फूफा एवं उनका इकलौता बेटा अक्सर बाहर रहते थे। आज भी वे दोनों इत्तेफाक से बाहर ही थे। हाँ नौशीद की छुटकी बहन 'फिजा' जरूर वहाँ विराजमान थी। वो मुझे देखकर चहक उठी। ...ऐसा लग रहा था जैसे मैं बेहद ख़ास मेहमान हूँ।

''बेटा, नौशीद मेरी बहुत ही लाडली है। मेरी भी इच्छा थी पढ़ने की... नौकरी करने की...लेकिन कुछ कर नहीं पायी और पूरी तरह गृहस्थ होकर रह गयी। उस समय हम लोगों के सामने किसी भी चीज को पसन्द करने या न करने जैसी कोई बात नहीं रहती थी। अब मैंने ठान रखा है कि नौशीद एवं फिजा की ज़िन्दगी इनकी अपनी होगी – हर तरह से अपनी।'' कहते हुए उन्होंने अपनी निगाहें मेरे पर टिका दी।''

नौशीद एवं फिजा भी सामने ही आकर बैठ गयीं। घर में आधुनिक सुख-सुविधा की सभी चीजें मौजूद थीं। घर की सजावट में थोड़ा इस्लामिक संस्कृति का रंग अवश्य मिला हुआ था।

''बेटा नौशीद ने घर को सँवारने में बहुत मदद की है।'' मैंने सोचा नौशीद मेरे फ्लैट में अभी तक नहीं गयी है, वहाँ पर तो उसे सब कुछ अव्यवस्थित ही लगेगा।

''तुम्हारे बारे में ही हमेशा बातें करती रहती है। जब यह तुम्हारे साथ होती है, तो मुझे कोई चिन्ता नहीं रहती है। इसके अब्बू ने इसकी सारी जिम्मेदारी मुझ पर ही डाल दी है। इसकी शादी भी मुझे ही देखनी है।'' कहते हुए वे थोड़ा रूककर मुझे देखने लगीं। फिर उन्होंने फिजा एवं परिवार के बारे में बहुत सी बातें कीं। नौशीद बहुत कम बोल रही थी, उसे मौका भी नहीं मिल पा रहा था। मैं आगे क्या करना चाहता हूँ? क्या सपने हैं? बहुत सी बातें पूछने के बाद वो मेरी शादी पर आ गयीं।

''शादी का प्लॉन है बेटा अभी या नहीं?''

''अभी पूरी तरह से सोचा नहीं है।... माँ तो जल्दी करने के लिए ही कहती है। लेकिन मैं अभी कैरियर पर ध्यान देना चाहता हूँ...अमेरिका जाना चाहता हूँ।'' मैंने हिचकते हुए कहा।

''नौशीद के अब्बू तो दो साल के अन्दर ही इसका निकाह करना चाहते हैं। मुझसे लड़का देखने के लिए अभी से कहने लगे हैं। लेकिन मैं चाहती हूँ कि इसकी अभी शादी न हो। या हो तो इसकी मर्जी से ही हो।'' उन्होंने प्रश्नवाचक दृष्टि से मुझे देखा।

''जी... अभी ऐसी क्या जल्दी है? ये तो बहुत आगे जा सकती हैं। अभी इन्हें कैरियर पर ध्यान देना चाहिए।'' मैंने घर के सामान पर नजर डालते हुए कहा।

''बेटा इसके पास ज्यादा समय नहीं है। वैसे भी जॉब तो कर ही रही है। अगर कोई इसकी जैसी जॉब वाला लड़का मिल जाए तो शादी में हर्ज ही क्या है?'' एक जैसी सोच एवं जॉब वाले लोगों को शादी से भला क्या फर्क पड़ जाएगा? हाँ शादी इसकी पसन्द के लड़के से ही करवाऊँगी।''

उन्होंने अपने को कुर्सी पर पीछे खींचते हुए लम्बी साँस लेते हुए बात पूरी की। आंटी लगभग पचास साल की रही होंगी। थोड़ा भारी शरीर, गौर वर्ण, भरा हुआ लम्बा चेहरा - लेकिन उम्र अभी उन पर हावी नहीं हुई थी। हँसते हुए उनकी आँखें जैसे बोलने लगती थीं।

''बेटा कभी अपनी माँ से मिलवाओ। उनका गाँव में मन लगता है?'' फिर वही भेदने वाली दृष्टि।

''हाँ आंटी— उनका गाँव में ही मन लगता है। उन्हें भी मेरी शादी की बहुत चिन्ता है। एक सुन्दर बहू चाहिये, वो चाहे कोई भी हो। बस जल्दी चाहिए।'' कहते हुए बरबस ही मेरी निगाहें— नौशीद की तरफ चली गयीं। पहली बार उसके चेहरे पर थोड़ी शर्म की लाली बिखर गयी।

''अच्छा बेटा— गाँव में रहते हुए उनके खयालात बहुत आगे के हैं, तो फिर कैसे बचाते हैं उनकी इच्छा से अपने आपको?'' उन्होंने इस बार थोड़ा मुस्कुराते हुए कहा।

''बस किसी तरह अपने सपनों का सहारा ले लेता हूँ। माँ है— मान जाती है।''

''वैसे मेरा हक़ नहीं है इतना— लेकिन एक नेक राय तुम्हें दे रही हूँ बेटा। माँ का दिल रखने के लिए शादी जल्दी से कर डालो। पढ़े लिखे हो, नौकरी वाले हो। किसी नौकरी वाली लड़की से कर लोगे तो सपने हकीकत में और जल्दी तब्दील हो जाएँगे।'' वो कह तो गयीं, लेकिन उसके बाद कुछ झेंप गयीं। जैसे उन्होंने कुछ ज्यादा ही बोल दिया हो।

उसके बाद नौशीद एवं फिजा ने खाना लगा दिया।

मैंने आंटी से भी साथ में डिनर के लिये कहा। पहले तो उन्होंने टालने की कोशिश की, लेकिन फिर वो मान गयीं।

नौशीद अन्दर गरम-गरम चपाती बना रही थी और फिजा खाना खिला रही थी। सब्जियाँ मेरी पसन्द की ही बनायी गयी थीं। डिनर करते समय आंटी मेरे खाने पर पूरा ध्यान दें रही थीं।

डिनर करने के बाद हमनें कुछ और देर बातचीत की। आंटी अपने परिवार एवं व्यवसाय के बारे में बहुत-सी बाते बताती रहीं। अंकल से उन्हें यह शिकायत थी कि वो माह में पन्द्रह दिन अपने व्यवसाय के सिलसिले में घर से बाहर ही रहते हैं। अपने साथ बेटे को भी लिये रहते हैं। नौशीद के आने से पहले कई बार घर में बोरियत होने लगती थी। अब उनके जाने पर घर में तीन या चार सदस्य प्राय: बने ही रहते हैं।

काफी रात हो चुकी थी, आंटी ये समझ रही थी कि अब मैं घर जाना चाह रहा हूँ।

''तो बेटा हफ्ते में एक बार डिनर पर आ जाया करो। नौशीद इन्हें समय से डिनर पर लाना आगे से तेरी जिम्मेदारी रहेगी।'' नौशीद ने बिना आवाज़ किये मेरी तरफ देखते हुए हाँ में हाँ मिला दी। फिर मैंने सबसे विदा ली तथा जल्द ही फिर से आने का वादा किया।

''नौशीद नीचे तक छोड़ आ''। नौशीद मेरे पीछे-पीछे सीढ़ियाँ उतरने लगी। हम घर के मुख्य दरवाजे के पास आ गए।

''तुम्हारी आंटी मेरी शादी करवाकर ही मानेंगी।'' मैंने बहुत धीमी आवाज़ में कहा।

''वो ऐसी ही हैं। उन्हें शादी की सलाह देने में बहुत अच्छा लगता है। आपको बुरा तो नहीं लगा।'' उसने मेरे से एकदम सटते हुए कहा। मैंने नौशीद का हाथ अपने हाथ में लेकर कहा—

''नौशीद तुम्हें अभी शादी नहीं करनी है प्लीज। पता नहीं तुम्हारी शादी की बात सुनकर मन खराब होने लगता है। तुम्हारी आदत-सी पड़ गयी है।'' कहते हुए मैंने उसके दोनों हाथ अपने हाथों में लेकर दबा दिए। फिर उसके दाएँ गाल पर हल्की-सी थपकी देते हुए विदा ली। उसकी आँखों में नमी आ गयी थी।

''गाड़ी ध्यान से चलाइएगा...।'' उसकी आवाज़ में कुछ अधिक अपनापन था। काफी देर तक वह मेरी तरफ हाथ हिला-हिलाकर बॉय-बॉय करती रही। वह मुख्य दरवाजे से बाहर निकलकर कॉलोनी की सड़क पर आ गयी थी।

नौशीद के घर पर ये महसूस हुआ कि उसकी आंटी उसे बहुत ज्यादा प्यार करती हैं। उन्हें उसकी पसन्द ना पसन्द की, उसकी शादी की बहुत अधिक चिन्ता है। वो किसी भी तरह से नौशीद को खुश देखना चाहती हैं। उनकी बातों से शादी करने का दबाव मुझे भी महसूस हो रहा था।

रात के ग्यारह बज चुके थे। सड़क पर गाड़ियों की संख्या कुछ कम हो गयी थी। इससे प्रदूषण एवं जाम की स्थिति में कुछ सुधार दिख रहा था। आज की शाम काफी अच्छी गुज़री थी, इसलिए मूड काफी अच्छा हो गया था।

गाड़ी ने जैसे ही नोएडा एक्सटेंशन की सड़क पर प्रवेश किया, वैसे ही मैंने गाड़ी की सभी खिड़कियाँ खोल दी। इस समय लोग काफी तीव्र गति से गाड़ियाँ दौड़ा रहे थे। रात का नजारा काफी खूबसूरत दिख रहा था।

रात होने पर हवा का तापमान कुछ गिर गया था। खिड़कियाँ खोलने से हवा अच्छी लग रही थी। बाहर का शोर भी अब दिन जैसा नहीं रहा था। हल्की आवाज़ में मैंने एफ.एम. चला दिया था। किशोर कुमार का एक अच्छा-सा गाना बज रहा था। एफ.एम. खोलते ही उस गाने को जब मैंने बजते हुए पाया तो मैं खुशी से आश्चर्यचकित रह गया। क्योंकि थोड़ी देर पहले यह गाना मेरे दिमाग़ में भी चल रहा था। ऐसा कई बार पहले भी हो चुका था।

मेरा मन अपने गाँव की तरफ चला गया। गाँव में इस समय सभी लोग गहरी नींद में सो रहे होंगे। दिन छिपते ही वहाँ सोने का वातावरण बनने लगता है। लेकिन कुछ सिरफिरे लड़के वहाँ भी अब कभी-कभी ऊँची आवाज़ में देर रात तक टेप-रिकार्डर चलाते रहते हैं। वो खुद तो गाने कम सुनते हैं, दूसरों के घरों में ज्यादा सुनाने का प्रयास करते हैं। बिजली के कनेक्शन बहुत कम लोगों ने ले रखे हैं। लेकिन बिजली का उपभोग प्रायः सभी लोग करते हैं। जो चोरी से उपभोग करते हैं वे बड़े बड़े बल्ब रात भर जलाये रहते हैं। रसोई के बहुत से काम हीटर पर ही निपटा देते

हैं।

इस वजह से गाँव में भी अब पहले जैसी नीरव शान्ति वाली रातें कहीं खो गई हैं। फिर भी शहरो से स्थिति कई गुना बेहतर है। शहरों में तो अब रातें जैसे आती ही नहीं हैं। रात भर गाड़ियों का शोर एवं प्रदूषण हवा में घुला रहता है। फैक्ट्रियों का महीन शौर एवं प्रदूषण घरों तक चुपके चुपके पहुँचता रहता है। वो रातें जो अपने साथ नींद का झोंका लेकर आती थीं, वो शहरो में तो पूरी तरह से विलुप्त हो चुकी हैं। गाँवों में भी वो रातें अपने वजूद को बचाने का अन्तिम प्रयास कर रही हैं।

गाड़ी चलाते हुए सोचने की आदत ठीक नहीं कही जा सकती है। नौशीद मेरी इस आदत से कई बार बहुत परेशान हो जाती थी। लेकिन मैं अपनी इस आदत से मजबूर था तथा अक्सर गाड़ी चलाते-चलाते सोचने का आनन्द लेता रहता था। गाड़ी सोसाईटी के गेट में घुस चुकी थी। फ्लैट पर पहुँचते-पहुँचते साढ़े ग्यारह बज चुके थे। मैं बिना कपड़े उतारे ही निढाल होकर बिस्तर पर उल्टा लेट गया। मूड अभी भी काफी अच्छा था तथा नौशीद एवं उसकी आंटी का चेहरा बार बार दिमाग़ में घूम रहा था।

ओह! नौशीद की आंटी आप क्या चाहती हो? क्या इसमें भी शक़ है कोई? वे नौशीद को मुझे सौंपना चाहती हैं। शायद इससे उनकी कुछ पुरानी दबी हुई इच्छाओं की पूर्ति हो जाए। नौशीद... क्या वो भी मुझसे निकाह करना चाहती है? क्या उनका परिवार भी उसकी आंटी की तरह ही उदार है। नौशीद की बातों से तो ऐसा ही लगता है।

उसने एक बार बताया था कि जब एक सिख लड़के ने उसकी एक कजिन को भगा कर शादी कर ली थी, तो उसके परिवार में वैसा कोहराम नहीं मचा था। जैसा आमतौर पर मचना चाहिए था। हाँ, उसका देवबन्दी भाई जरूर कुछ विरोध करेगा। लेकिन उसकी घर में कम सुनी जाती है।

मेरी माँ, —उसकी तो किस्मत ही खुल जाएगी। तो फिर इस अच्छे से रिश्ते में अवरोध क्या है? क्या मैं हूँ? मैं तो शायद तैयार हो जाऊँ। लेकिन मेरे वो कमबख्त सपने, जो थोड़ी सी बाधा उत्पन्न होने पर ही मुझे कोसने लगते हैं। तो क्या अब मैं अपने सपनों से ही लड़ाई लड़ने वाला हूँ? या उन्हें भी अपना बाराती बनाने वाला हूँ। लेकिन वो बाराती बन कैसे पाएँगे? वो तो बारात ही नहीं चाहते हैं।

कभी-कभी लगता है, ये सपने हमें मशीन मार्फत बना देते हैं। जीवन की ड्राईविंग सीट पर ये स्वयं बैठ जाते हैं और हम जाने अनजाने इनके इशारों पर ड्राईव होते रहते हैं। बस हम सपनों के लिए दौड़ते रहते हैं।

आधुनिकता एवं भोग-विलास से भरपूर जीवन शैली में लगभग हर व्यक्ति सम्पन्नता, भोग-विलास, सम्मान एवं प्रसिद्धि पाना चाहता है। अभाव हर किसी के

अवचेतन में पैठ बना चुका है। प्रकृति प्रदत्त अभाव अर्थात 'अकेलापन' तो पहले से मौजूद है ही हर व्यक्ति में। ये अभाव, अकेलापन नये नये सपनों को जन्म देता रहता है।

सबके अपने सपने हैं, उनमें कुछ हद तक एकरूपता भी है। सब लोग इस दौड़ में या तो भाग रहे हैं या भाग लेना चाहते हैं। कई बार इन अभावों को लोग बच्चों के माध्यम से भी भरना चाहते हैं। ऐसे लोग बच्चों पर अपनी दमित इच्छाएँ, अभाव, सपने, परोक्ष-अपरोक्ष रूप में थोप देते हैं। उन्हें लगता है कि वे अपने बच्चों को सही दिशा दे रहे हैं, क्योंकि वो सब उनके अनुभव एवं अभाव का निचौड़ जो हैं।

परन्तु प्रश्न ये है कि क्या वो उनका सच्चा अनुभव है? या वो उनका सच्चा अभाव है। या उन पर भी समाज द्वारा थोप दिया गया है, जिसका भार उठाने में सक्षम न होने पर उसे बच्चों पर थोप देते हैं। इससे बच्चों पर एक अलग तरह की गुलामी थोप दी जाती है।

मेरे सपने, क्या वो मेरे अपने हैं? या वो भी सब ऐसे ही मेरे जेहन में रच बस गए हैं? बड़ी बात ये है कि इन सपनों के बिना मैं कैसे रहूँगा? अब इन सपनों में नौशीद के हमेशा साथ, आस-पास रहने का सपना भी जुड़ गया था, जिसने फिलहाल अन्य सपनों को झकझोर कर रख दिया था।

''नौशीद, क्या तुम्हारे पापा संगीतकार नौशाद को बहुत पसन्द करते हैं? जो उन्होंने तुम्हारा नाम नौशीद रखा था।'' नौशीद से जब मैंने पहली बार ऐसा पूछा था, तो वो खिलखिलाकर हँस पड़ी थी। जब वो खुलकर हँसती थी और ऐसा वो अक्सर करती थी। तो जैसे उसका सारा तन-बदन हँसने लगता था। उसकी आँखें चमकने लगती थीं, बालों की लटें लौट-पोट होकर उसकी आखों को छिपाने की कोशिश करने लगती थीं।

''नहीं बाबा, उन्होंने बस रख लिया— अच्छा नाम तो है।'' कई लोग इस तरह का प्रश्न उससे पूछ चुके थे। उसने मुझे ऐसा बताया था।

आखिर उसमें बुराई क्या है? मेरे जेहन में उस रात से ही ये प्रश्न जैसे कुंडली मारकर बैठ गया था और अन्य सपनों को किनारे करने में लगा हुआ था।

क्या अपनेपन की, प्यार की कोई भाषा होती है? किसी अपने के मिलने पर हमें अच्छा क्यों लगता है? क्या हम आदतवश ऐसा महसूस करने लगते हैं? लेकिन सभी अपनों के पास भी उतना अच्छा नहीं लगता है। सब सुन्दर लड़कियों के साथ भी अच्छा नहीं लगता है।

सुना है अगर व्यक्ति में किसी इन्द्रिय-विशेष का अभाव हो जाता है, तो उसकी अन्य इन्द्रियों की क्षमता उसकी जिज्ञाशा एवं कर्म के अनुसार बढ़ जाती है।

जैसे अन्धा व्यक्ति बिना देखे ही बहुत सारी चीजें समझ लेता है। तब क्या अभाव किसी मूक भाषा को जन्म देता है? भाव यदि गहरा हो जाता है तो क्या वह भी एक मूक भाषा को जन्म देने लगता है? कभी-कभी ऐसा होता है कि आप किसी व्यक्ति से पहली बार ही मिलते हैं और आप उसके पास में होने मात्र से ही अच्छा महसूस करने लगते हैं।

अब ये कैसे घटित होता है? - ये बताना मुश्किल है। सबका तो पता नहीं, लेकिन मुझे इस तरह की मूक भाषा का एहसास होता है। अच्छे दोस्त बनाने में भी इसी मूक भाषा का अच्छा ख़ासा योगदान होता है। अच्छे दोस्तों या अच्छे रिश्तेदारों के पास बैठने से अन्दर कुछ घटित होने लगता है और हम रिलेक्स महसूस करते हैं, सिक्योर-सुरक्षित महसूस करते हैं। इसीलिये उनका साथ हम बार-बार खोजते हैं।

मुझे इसी तरह की मूक भाषा एवं संवाद का अहसास नौशीद के पास भी होता था। शायद इसीलिये मैं लालची होता जा रहा था। संभवत: उसे भी ऐसा ही होता होगा। शायद ऐसा ही अहसास नौशीद की आंटी को भी हो रहा हो। तभी वे नौशीद के लिये इतनी बेचैन हैं। यही मूक भाषा अब नौशीद को अपना बनाने के लिये मुझे प्रेरित कर रही थी।

आज शाम मैं उसे रेस्टोरेंट ले आया था। हम दोनों ही रास्ते भर बहुत कम बोले थे, कुछ बेचैनी भी थी दोनों के जेहन में। दोनों ने हल्का-फुल्का नाश्ता किया। नाश्ता करते-करते हल्की-फुल्की बातें हुईं तो माहौल कुछ हल्का हुआ। वो भाँप रही थी कि आज शायद मैं उसे अपने फ्लैट पर ले जाने के लिए कहूँगा।

''मैडम कुछ और लेंगी?'' मैंने उसकी रिस्ट वॉच पर हाथ फिराते हुए कहा। उसने आज पहली बार उसे पहना था। हल्के नीले रंग की काफी खूबसूरत दिख रही थी।

''हाँ...आईसक्रीम का... चाकलेट आईसक्रीम का ऑर्डर दे दीजिए।'' उसने मुझसे अपना हाथ छुड़ाते हुए कहा। फिर उसने अपने पर्स में हाथ डाला और एक नयी वॉच मुझे थमाते हुए कहा— ''अच्छी लग रही थी, एक आपके लिए भी ले आयी।''

''थैंक्यू टू मच।... मैं कल ही सोच रहा था एक वॉच खरीदने की।...कैसी है?'' फिर मैंने खोलकर देखी। काले रंग की बहुत प्यारी-सी घड़ी थी। काफी महँगी भी लग रही थी।

''आपको अच्छी लगी।'' उसने मेरी आँखों में देखते हुए कहा।

''हाँ...हाँ..., बहुत प्यारी, बिल्कुल तुम्हारी तरह।'' उसने मेरी बात इग्नोर करते हुए कहा ''पहनकर दिखाइए न।''

''अभी, यहाँ पर...कैसा लगेगा?'' मैंने चारों तरफ देखते हुए कहा।

“कोई नहीं देख रहा है... पहनकर दिखाइए न। आपकी कलाई पर मुझे अच्छी नहीं लगेगी, तो मैं दूसरी ले आऊँगी।” उसने कुछ जिद करते हुए कहा।

“कैसी लग रही है मैडम को।” मैंने घड़ी को कलाई में घुमाते हुए कहा।

“बहुत स्मार्ट।” उसने मेरी कलाई को घुमाते हुए कहा।

बैरा आईसक्रीम ले आया था। हल्के हरे रंग के सूट एवं ऊँची हिल की सैंडल पहने हुए आज वो आधुनिकता एवं परम्परा का शानदार मेल लग रही थी। हल्के हरे रंग के पर्स की चैन को वह कई बार खोलकर देख चुकी थी।

आईसक्रीम खाते हुए भी कुछ बेचैन सी थी। मैंने उसकी बेचैनी को भाँपते हुए कहा— “क्या बात है? आज कुछ परेशान सी दिख रही हो?”

“...नहीं, कोई बात नहीं है।... बस यूँ ही। ऐसा तो कुछ ख़ास नहीं हैं।” कहते हुए उसने ऐसे देखा कि जैसे कहना चाह रही हो कि आप ही हो बेचैनी की असली वजह।

“आज घर पर तो देर से आने के लिए बता के आयी हो न।” मैंने आईसक्रीम खाते-खाते पूछा।

“हाँ...हाँ, लेकिन, समय से तो मैं पहुँच ही जाऊँगी।” उसने मुझसे नजरें बचाते हुए कहा।

“आज के लिए कुछ वादा किया था... कुछ याद आ रहा है नौशीद?” मैंने उसकी नेल पॉलिश पर उँगलियाँ फिराते हुए कहा।

“क्या-क्या? कैसा वादा?...मुझे...मुझे तो कुछ याद नहीं आ रहा है?” उसने फिर से नजरें चुराते हुए कहा।

“क्या? तुम्हें याद नहीं हैं?... आज मेरा फ्लैट देखने जानेवाली थीं तुम। अब कुछ याद आया?” मैंने शिकायती भाव के साथ उसके कुछ पास आते हुए कहा।

“हाँ...हाँ, कहा तो था मैंने ऐसा।...लेकिन...शिव,...क्या हम किसी और दिन का प्लॉन रखें? किसी और दिन आपका फ्लैट देखने चलें।” उसने बहुत धीमी सी आवाज़ में कहा।

“हूँ... क्यों? आज क्या हुआ? मेरा तो आज का ही मन था।” मेरा मूड फीका पड़ गया।

“आज मेरा मन नहीं है। घर जाने का मन कर रहा है।” उसने टालने वाले अन्दाज़ में कहा।

“नौशीद... मेरा बहुत मन है तुम्हें अपना फ्लैट दिखाने का। आज मना मत करो। तुम्हारा ज्यादा समय नहीं लूँगा और तुम्हारे घर तक छोड़ भी आऊँगा।” मैंने लगभग प्रार्थना के स्वर में कहा।

''किसी दिन छुट्टी में रखते हैं न।... फिर आपके यहाँ ही लंच भी करेंगे।... आज तो जल्दी रहेगी।''

''कोई नहीं। आज थोड़ा समय ही सही।...बाद में किसी और दिन लंच भी रख लेंगे।'' उसकी चुप्पी को देखते हुए मैंने आगे कहा ''नौशीद हमें इतना समय हो गया है एक साथ घूमते हुए।... अब हम एक-दूसरे के बारे में सब कुछ जान चुके हैं। क्या तुम्हें मुझ पर अब भी विश्वास नहीं है?''

''नहीं...नहीं, ऐसी बात नहीं हैं। बस मन नहीं है।'' उसने मेरे हाथ को सहलाते हुए कहा। मेरा मन कुछ उदास हो गया। मैं कल से ही इस पल का इन्तजार कर रहा था। मुझे पूरा विश्वास था कि आज वो मेरी बात जरूर मानेगी। लेकिन मैं ज्यादा दबाव भी नहीं बनाना चाहता था।

कुछ देर चुप रहने के बाद उसने ही फिर से शुरुआत की— ''अब घर चलें शिव।''

''हाँ-हाँ।'' मैंने बेमन से कहा। फिर वेटर से बिल ले आने के लिए कहा।

मैंने कार स्टार्ट की तथा उसके घर की तरफ मोड़ दी। दोनों चुप थे। कुछ देर चलने के बाद उसने गाड़ी रोकने के लिए कहा। मैंने गाड़ी रोक दी...''अब क्या हुआ?'' मेरे शब्दों में कुछ तल्खी आ गयी थी।

''आप भी न शिव... बच्चों की तरह रूठ जाते हैं। ऐसे नाराज हो रहे हैं, जैसे कल से हम लोग मिलेंगे ही नहीं।'' उसने खिड़की खोलकर बाहर निकलते हुए कहा।

''अब क्या हुआ? बाहर क्यों निकल गयी हो?... जल्दी चलो। मुझे वापस भी आना है।'' मैंने अन्दर ही बैठे-बैठे कहा। लेकिन वो बाहर निकलकर इधर-उधर देखने लगी।

''क्या हुआ? बताएँगी भी मैडम।'' मैं भी गाड़ी से बाहर आ गया तथा उसके बगल में आकर खड़ा हो गया।

''शिव... क्या आप मुझे अपना अच्छा दोस्त मानते हैं?'' उसके अचानक ऐसा पूछने पर मैं चौंक गया।

'' ऐसा क्या हुआ? अचानक ये प्रश्न क्यों?... हम तो इतने समय से साथ में अच्छा वक़्त व्यतीत कर रहे हैं।''

''नहीं... आप बताइए न प्लीज।''

''बेशक...इसमें तो कोई शक़ हो ही नहीं सकता है। तुम मेरी अच्छी दोस्त हो।''

''अच्छी दोस्त?'' उसकी आवाज़ एवं व्यवहार में अब पहले जैसी बेचैनी नहीं रही थी।

"हाँ...हाँ...अच्छी दोस्त..., नौशीद तुम मेरी सबसे अच्छी दोस्त हो। तुम जब पास होती हो, तो जैसे कोई मूक भाषा संवाद शुरू कर देती है...अन्दर कुछ घटित होने लगता है...तुमसे मिलने के बाद मैं अन्दर से बहुत बदल गया हूँ।" मैंने ढलते सूरज की तरफ देखते हुए कहा। शाम होने लगी थी। नौशीद साथ में थी, इसलिए सूरज का छिपना कुछ और अधिक बेहतर लग रहा था।

"सच में शिव...मुझे भी कुछ-कुछ ऐसा ही लगता है।... कुछ अलग है हमारी दोस्ती में, जिससे दुनिया के सारे बन्धन दरकने लगते हैं।...इंशाअल्लाह सब ठीक-ठाक रहे।" फिर हम दोनों कुछ पल यूँ ही सूरज की लालिमा को बढ़ते हुए देखते रहे।

"अब चलें मैडम।" फिर वो चुपचाप गाड़ी में आकर बैठ गयी। मैंने गाड़ी स्टार्ट की तो उसने कहा "कहाँ चल रहे हैं?"

"तुम्हारे घर, और कहाँ?" मैंने शान्त भाव से कहा। मेरा मन अब ठीक हो गया था।

कुछ रूककर उसने मेरे चेहरे को देखते हुए कहा "अच्छा शिव... आपका इतना मन है तो गाड़ी को घुमा लीजिए।"

"कहाँ... कहाँ के लिए।" मैंने आश्चर्यचकित होते हुए कहा।

"अरे... आपके फ्लैट पर जाने के लिए। अभी हम लोग ज्यादा दूर तो आए नहीं हैं।... लेकिन आप वादा कीजिए, मुझे समय से घर छोड़ आएँगे।" उसने बिना किसी बेचैनी के कहा।

"ऐ... नौशीद...तुम भी न... मूडी कब से होने लगीं।..." मैंने खुशी से झूमते हुए कहा।

"आपका चेहरा उतर गया था।... लग रहा था, जैसे कुछ ज्यादा ही बुरा हो गया है।...इसीलिए।" उसने अपने निर्णय पर सफाई देते हुए कहा।

"नहीं...वो बात नहीं है... बस आज मेरा मन था।"

नौशीद खुश थी। गाड़ी पार्क करके हम लोग लिफ्ट की तरफ बढ़ गए। लिफ्ट में वो फिर से कुछ चुप सी हो गयी। मैं फ्लैट में अकेला रहता था... शायद फ्लैट के एकान्त की आहट से वो फिर से हिचकने लगी थी। फिर से उसके चेहरे पर कुछ बेचैनी एवं परेशानी के भाव उभर आए थे।

कुछ ही पलों में हम फ्लैट के गेट पर खड़े थे। मैंने ताला खोला तथा नौशीद को अन्दर चलने के लिये कहा। वो बिना ना-नुकुर किए अन्दर आ गयी। घर कुछ ज्यादा ही अस्त-व्यस्त था।

"क्या हाल बना रखा है आपने घर का, लाइए मैं ठीक किए देती हूँ।" फिर वो एक-एक कर सारा सामान ठीक करने लगी। उसने आज हल्के हरे रंग के सूट पर

पर नीले रंग का दुपट्टा पहन रखा था। सामान सही करते समय जब उसका दुपट्टा उसे परेशान कर रहा था तो उसने उसे एक तरफ रख दिया।

उसके शरीर के समस्त उभार उस सूट में दिख रहे थे। पीछे गले पर काफी नीचे तक कमर खुली हुई थी। काम करने से वक्षस्थल पर उसका कुर्ता कुछ सिकुड़ा-सिकुड़ा दिख रहा था। वह जब झुकती थी तो उसके उरोज़ झलकने लगते थे तथा अन्दर से दूधिया रंग की गोलाईयाँ दिखने लगती थीं।

आज उसने लिपिस्टिक बहुत हल्की, लेकिन चटक लाल रंग की लगायी हुई थी। अपने काले बालों को पीछें खींचकर उनमें एक स्टाईलिश रबर बैंड लगा रखा था। उसकी खामोशी तथा फ्लैट की ऊँचाई का सन्नाटा एक रोमांटिक माहौल को पैदा कर रहा था।

वो जब तक फ्लैट को सही करती रही, तब तक मैं दो ग्रीन टी बना लाया। पहली बार थोड़ा चिहुँक कर बोली— ''अरे मैं बना लाती चाय, आप भी न।'' अन्दर आकर खामोशी के जिस आवरण ने उसे अपने वश में कर लिया था, उसे तोड़ने की वो कुछ कोशिश कर रही थी।

''मैडम, यू.एस.ए. में रहना है— वहाँ पर तो सारे काम मिलकर ही करने पड़ते हैं। ड्राईवर तक भी रखना मुश्किल है। सारी राजशाही का मजा अपने देश में ही है।''

''अभी तो आप इंडिया में ही हैं न। आप उड़कर तुरन्त बाहर चले जाते हैं। ऐसी क्या जल्दी है बाहर जाने की आपको?'' उसने कुछ शिकायती अन्दाज़ में एक तरफ बैठते हुए कहा। दुपट्टा उसने कन्धों पर डाल लिया था।

''अच्छा ये लो, पहले ये बताओ कैसी बनी है।'' मैंने चाय उसके हाथ में देते हुए कहा।

''बहुत अच्छी बनी है। क्या खाना भी बना लेते हैं?'' उसने आँखे चौड़ी करते हुए कहा।

''अरे हाँ... भई, मैंने तुम्हें बताया तो था। मैं कई डिश बनाना जानता हूँ।'' मैंने कुछ याद करते हुए उससे कहा।

''अरे हाँ...हाँ'' वो भी याद करते हुए बोली।

''अच्छा ये बताओ, तुम्हें मैं कैसा लगता हूँ? मेरे बारे में तुम कैसा सोचती हो? कैसा महसूस करती हो?'' मैंने उसकी तरफ थोड़ा झुकते हुए पूछा। अचानक ऐसी बात सुनकर वो कुछ सकपका गयी। मेरी तरफ से उसने नजरें हटाते हुए अपना दुपट्टा कुछ ठीक कर लिया।

''ये सब अचानक क्यों पूछ रहे हैं? अरे आप तो अच्छे हैं ही।... हमने इतना वक़्त साथ में गुजारा है... और मेरा विश्वास आप पर लगातार बढ़ता ही गया है।

आपके साथ वक़्त गुजारना मुझे अच्छा लगता है।'' उसने डबल बैड पर अपनी कोहनी टिकाते हुए बहुत धीमी आवाज़ में अपनी बात पूरी की।

''लेकिन तुम्हारी तो जल्द ही शादी हो जाएगी और मैं यू.एस.ए. जाने की सोच रहा हूँ। तब तुम्हे मेरी कमी नहीं खलेगी।'' मैंने उसके चेहरे पर नजरें गड़ाते हुए कहा।

उसने कुछ नहीं कहा, बस वो अपलक मुझे देखती रही। फिर शर्माकर उसने मेरे चेहरे से नजरें हटा लीं। उसके चेहरे पर कुछ शिकायती भाव उभर आया था।

मैंने उसके दोनों हाथ अपने हाथों में ले लिए, फिर उसे थोड़ा अपने पास खींच लिया। उसने ज्यादा प्रतिरोध नहीं किया। मैंने उसे और अपने पास खींच लिया, फिर उसके हाथ छोड़ दिये तथा उसके कन्धो पर अपनी बाँहें डाल दी।

''मैंने बहुत सोचा है नौशीद, मुझे तुम्हारा साथ चाहिए। तुम्हें रोज़ देखने की आदत पड़ गयी है। तुम्हारी शादी की बातों से मैं घबरा गया हूँ। तुम साथ रहती हो तो मैं अपने को बहुत मजबूत महसूस करता हूँ। एक मूक भाषा है, आकर्षण है... जो मुझे लगातार तुम्हारी तरफ खींच रहा है। अब शायद कुछ और नहीं हो सकता है।'' उसने मेरे होठों पर उँगली रख दी। मैं कुछ और बोलना चाहता था।

मैंने उठकर खिड़की से पर्दा हटा दिया। नीचे मुख्य सड़क पर गाड़ियाँ रेंगती हुई दिख रही थीं। अँधेरा हो चुका था तथा खिड़की बन्द होने के बावजूद हल्की-हल्की हवा रिस रही थी। तभी पीछे से नौशीद आयी और मुझसे सटकर खड़ी हो गयी।

''मैं आपके सपनों में बाधा नहीं बनूँगी, कभी भी नहीं । आपकी तरक्की देखकर मुझे बेहद अच्छा लगता है।... आपके सपने जरूर पूरे होंगे।'' उसने बहुत हौले-हौले अपने शब्द कहे। मैंने उसका हाथ अपने हाथ में ले लिया और उसे धीरे से चूम लिया।

''तुम बहुत अच्छी हो नौशीद, शायद मैं तुम्हें मोहब्बत करने लगा हूँ... बहुत ज्यादा''। मैंने पलटकर उसे अपनी बाँहों में भर लिया।

फिर उसको धीरे से बिस्तर पर बिठाया तथा बत्ती बन्द कर दी। नाईट बल्ब जला दिया।

''बत्ती क्यों बन्द कर दी। मुझे अँधेरे से डर लगता है।'' नौशीद हल्के स्वर में बोली।

''इस अँधेरे में सन्नाटा नहीं है, मैं तुम्हारे साथ हूँ।'' फिर मैंने उसे बिस्तर पर लिटा दिया। वो औंधे मुँह लेट गयी।

''ये क्या कर रहे हो शिवेन्द्र... ये सब ठीक नहीं है।'' वो लगभग फुसफुसाते हुए बोली।

"कुछ नहीं... बस अपनी नौशीद को पास से महसूस करना चाहता हूँ, अपने में समा लेना चाहता हूँ... समेट लेना चाहता हूँ।" मैंने अपना आधा भार उसके ऊपर डालते हुए कहा। मैंने उसकी खुली कमर पर अपने होंठ टिका दिए तथा उसके पंजों में अपने पंजे फँसा लिये। वो हल्के अन्दाज़ में नहीं-नहीं करती रही।

मेरे होंठ उसकी कमर की परिधि नापते हुए उसके गालों पर जा पहुँचे, फिर आँखों पर, फिर माथे पर तथा अन्ततः उसके होठों पर जाकर ठहर गये। फिर कई मिनट तक बहुत हौले-हौले उसके नर्म होठों पर फिसलते रहे। वहाँ से उरोज़ों पर...

. फिर... "ओह शिवेन्द्र, अब मुझसे कभी अलग मत होना।"

"नहीं...नहीं... नौशीद, तुम मेरी हो... तुम्हें कोई भी मुझसे जुदा नहीं कर सकता।"

"ओह... ओह"

"हाँ... हाँ तुम मेरी हो। बस मेरी।"

दोनों बदन एकाकार हो गए थे तथा प्यार की भाषा को पूर्णतः समझ चुके थे।

लगभग घंटा भर मैं उसके खूबसूरत जिस्म को सहलाते हुए उससे बतियाता रहा। अँधेरे में भी उसका दूधिया बदन चमक रहा था। उसके बदन के घुमाव व उभार मुझे अभी भी मदहोश कर रहे थे।

"आज यहीं रूक जाओ नौशीद। आंटी से कुछ बहाना कर देना प्लीज"। मैंने प्यार से उसकी पीठ थपथपाते हुए कहा।

"नहीं... नहीं, मैं फिर किसी दिन आ जाऊँगी। रात में रूकना ठीक नहीं है।" उसने जैसे किसी निद्रा से जागते हुए कहा।

"ठीक है, तो जल्दी चलो वरना फिर काफी रात हो जाएगी।" मैंने अपनी बाँहों की गिरफ़्त से उसे छोड़ते हुए कहा।

वो उठी और वॉशरूम चली गयी तथा जल्दी से तैयार होकर बाहर आ गयी। मैंने भी कपड़े पहन लिये तथा बत्ती जला दी। उसे बाँहों में लेते हुए कहा—

"मैं भी जल्दी से तैयार हो जाता हूँ।"

"ठीक है, चलिए छोड़ आइए घर के पास तक। लेकिन अब आपको ज्यादा रात हो जाएगी।" उसने कुछ सकुचाते हुए कहा। वह मुझसे बात करते हुए झेंप रही थी। उसने अपना पर्स उठाया तथा उसमें से चटक लाल रंग की लिपिस्टिक निकाली और पहले की तरह हल्की सी लगा ली।

"अब चलें"। उसने मेरी तरफ घूमते हुए कहा।

"हाँ... हाँ चलते हैं।" मैंने उसको चूमते हुए कहा।

फ्लैट का मतलब, जैसे कबूतरखाना। जैसे एक कबूतर खाने में बहुत से कबूतर साथ-साथ रहते हैं, और शोर मचाते रहते हैं। वैसे ही मनुष्यों के इस दड़वे,

अर्थात सोसायटी में भी बहुत से लोग धरती से आसमान के बीच लटके रहते हैं तथा हवा में घुला हुआ शोर एवं प्रदूषण उनको दबोचे रहता है।

कई लोग इससे बचने के लिए ही सबसे ऊँची मंजिलों पर रहना पसन्द करते हैं। परन्तु जहाँ न अपनी जमीन है और न अपनी छत, ऐसे घरों में रहना, वो भी महँगे-मन को खटकता तो है ही। मेरे जैसे ग्रामीण पृष्ठभूमि वाले लोग तो मजबूरी में रहते हैं। बस यहाँ पर एक ही फायदा है— सिक्योरिटी।

शायद यही है सभ्यता का विकास, जहाँ पर मनुष्य गावों के खुले एवं प्राकृतिक निवासों से निकलकर इन दड़बों में बन्द हो जाता है। दिन भर मशीनों एवं कम्प्यूटरों के साथ समय बिताकर रात में इन दंड़वों में बन्द होकर टी.वी. देखता है। प्रोटीन युक्त खाना खाकर... अगर बीमारियों से मुक्त है तो देर रात तक पार्टियाँ करता है तथा पत्नी या किसी अन्य के साथ सेक्स करता है। सुबह देर से उठकर बेड टी लेना पसन्द करता है तथा अखबार पढ़ता है। अखबार न आए तो उसका पूरा दिन खराब हो जाता है।

बच्चों के लिए उसके पास समय नहीं है, रिश्तेदार-नातेदार बोझ बन गए हैं। क्योंकि जो थोड़ा बहुत समय बचता है, वो उसे ई-मेल, टिवटर, व्हाट्स-अप एवं फेसबुक पर व्यतीत करना पसन्द करता है।

मनुष्य का सारा जीवन अप्राकृतिक हो चुका है। उसमें अपने पूर्वजों जितनी ताकत एवं स्टेमिना नहीं बचे हैं। चेहरे पर पहले जैसी चमक दिखायी नहीं देती है। वो बेचैन एवं उद्विग्न-सा बना रहता है— धैर्य लगभग समाप्त हो चुका है।

अभी मैंने एक अखबार में पढ़ा था कि जितना आज एक वर्ल्ड रिकार्डधारी मनुष्य सौ मीटर एवं दो सौ मीटर की दौड़ को पूरा करने में समय लेता है, उतनी तो मध्य काल में प्राय: हर मनुष्य की क्षमता थी। आज हड्डियों में वैसी ताकत नहीं रह गयी है। जिम जाने से बॉडी एक सुन्दर आकार तो ले लेती है, परन्तु प्राकृतिक ताकत एवं क्षमता का वैसा मेल नहीं हो पाता है, जैसा होना चाहिये।

मुझे प्रकृति, पेड़ पौधे, पशु पक्षी एवं खुला आसमान हमेशा से आकर्षित करता रहा है। मैंने सपने बड़े अवश्य देखे थे, लेकिन उन सपनों में प्रकृति का रंग हमेशा घोले रखा था। अब प्रकृति की सुन्दर छटा लिए नौशीद भी उन सपनों में अपने पंख पसार चुकी थी। उसके साथ में जीवन बिताने का सपना अपनी जड़ें जमा चुका था।

बातें करते-करते एवं सोचते हुए कैसे नौशीद का घर आ गया, पता ही नहीं चला। उसके और मेरे सम्बन्धों ने आज एक नई करवट ली थी, शायद इसीलिये उसने रास्ते में बहुत कम बात की थी।

"बाय-बाय, कल मिलते हैं। क्या सोचते आ रहे हैं? जाते समय नहीं

सोचिएगा।'' जल्दबाजी में वो कार की खिड़की भी बन्द करना भूल गयी।

''बॉय...'' मैंने एक मीठी सी मुस्कुराहट के साथ गाड़ी मोड़ ली।

उस रात कई सवालों का जवाब मुझे स्वयं मिल गया था तथा सपनों में बाधाओं वाला मसला अब समाप्त हो गया था। नौशीद से शादी का पक्का मन बनाकर ही मैं नींद में गया था।

अगले कुछ दिनों तक नौशीद मुझसे कुछ बचती रही। लेकिन शनिवार की शाम को मैंने उसे रेस्टोरेंट में जाने के लिए मना लिया।

''क्यों बच रही हो इस तरह मुझसे।'' मैंने कॉफी की चुस्की लेते हुए कहा।

''नहीं...नहीं, ऐसा कुछ नहीं हैं।... घर से शादी के लिए कुछ लड़कों के फोटो आए हैं। कहा गया है कि लड़का तो पसन्द कर लो।...अगर पसन्द आ जाता है तो शादी एक या दो साल बाद कर लेना। मेरा भाई दबाव बनाता रहता है।'' उसने मुझसे दूर देखते हुए कहा।

''अब इतनी जल्दी ये शादी की बात कहाँ से आ गयी?'' मैंने कुछ अविश्वास-सा करते हुए कहा।

''आंटी भी दबाव बना रही हैं।... वो कह रही हैं कि यदि मुझे कोई लड़का पसन्द है तो कोई बात नहीं।... उसके बारे में मैं उन्हें बता दूँ और यदि कोई पसन्द नहीं है तो फिर यदि किसी अच्छे लड़के का रिश्ता आ जाता है तो कोई हर्ज नहीं है उसे पसन्द करने में।'' उसने कुछ चुभती निगाह से मुझे देखते हुए कहा।

''तुमने क्या कहा?'' मैंने निगाह बचाते हुए कहा।

''मैं क्या कहती? बस चुप हो गयी।'' उसने फिर वैसी ही निगाह से मुझे देखा।

''कुछ और लोगी?'' मैंने बहुत प्यार से उसे देखते हुए कहा। आज उसने सफेद टॉप तथा नीली जीन्स पहन रखी थी तथा अपने पसन्दीदा एडीडास के स्पोर्ट्स शू भी पहन रखे थे।

''नहीं... मन नहीं है। शिव,...आंटी हमारे रिश्ते के बारे में शायद जानना चाह रही हैं। वो अक्सर तुम्हारे बारे में कुछ सवाल पूछती रहती हैं।'' वो अब मुद्दे पर आने लगी थी।

''तुम क्या चाहती हो नौशीद? तुम्हारी क्या इच्छा है? क्या तुम भी शादी करना चाहती हो इतनी जल्दी?'' मैंने कुछ बेचैन होते हुए कहा।

''बात शादी की नहीं हैं। आंटी हमारे रिश्ते की सच्चाई जानना चाहती हैं।... वो मुझे अच्छे से जानती हैं। मैंने उनसे हमेशा सारी बातें शेयर की हैं। उन्होंने हमेशा मेरी इच्छाओं का ख्याल रखा है। वो बहुत अच्छी हैं शिव।'' कहते-कहते उसका गला कुछ रुन्ध गया।

मैंने उसके दोनों हाथ अपने हाथ में ले लिए। हम रेस्टोरेंट की पहली मंजिल पर बैठे थे। इस समय केवल दो लोग ही हमारे अलावा वहाँ पर बैठे थे। शीशे की बड़ी-बड़ी खिड़कियों से बाहर का दृश्य अच्छा लग रहा था।

रेस्टोरेंट मुख्य सड़क से कुछ अन्दर था। उसके एक तरफ सड़क थी, तो एक तरफ बड़ा सा पार्क था। उसमें छोटे-छोटे बच्चे फुटबॉल खेल रहे थे। वो खेल कम रहे थे और आपस में झगड़ ज्यादा रहे थे। हम दोनों की निगाह बार-बार उनकी तरफ चली जाती थी।

उनमें जो सबसे छोटा बच्चा था, वो सबसे अच्छी फुटबॉल खेल रहा था। वो लगभग आठ वर्ष का रहा होगा। कई बार बड़े बच्चों से फुटबॉल छीनने के प्रयास में गिर भी चुका था। लेकिन दुबला-पतला होने के बावजूद भी फुर्तीला था।

''नौशीद शादी तो मैं भी करना चाहता हूँ... लेकिन अभी नहीं।'' नौशीद ने आँखे फैलाते हुए, चेहरा मेरी तरफ कर लिया। उसके होंठ कुछ खुल गए थे। मैंने बात को आगे बढ़ाते हुए कहा—

''अभी कैरियर भी तो देखना है, कितने सपने देखें हैं उसके बारे में।''

''शादी? किससे?'' उसके शब्द इस एक शब्द पर आकर ही ठहर गए।

''किससे? क्या मतलब है तुम्हारा नौशीद? अरे भई तुम्हीं से शादी करना चाहता हूँ... क्या तुम्हें कोई एतराज है?'' उसे शायद इतनी जल्दी हाँ की उम्मीद नहीं थी।

''मुझसे...शिव? क्या सच कह रहे हैं? मुझे तो विश्वास ही नहीं हो रहा है।'' वो खुशी एवं उल्लास को छुपाने की कोशिश तो कर रही थी, लेकिन सफल नहीं हो पा रही थी। उसका चेहरा शर्म से लाल हो गया था। वो मुझसे नजरें चुरा रही थी। उसने अपने चेहरे को हाथों से छुपाते हुए कहा ''या-अल्लाह।''

''अरे, इसमें इतना चौक क्यों रही हो? तुम इतनी ज्यादा स्मार्ट हो, तुमसे तो हर लड़का शादी करना चाहेगा।''

''शिव...क्या वाकई आप तैयार हैं? आंटी तो बहुत खुश हो जाएँगी। वो सब सँभाल लेंगी। वो तो मेरा निकाह आप ही से चाह रही थीं। पता नहीं क्यों वे आपको बहुत ज्यादा पसन्द करती हैं। वैसे आप हैं भी बहुत अच्छे।''

''और तुम्हारा क्या? क्या तुम खुश नहीं हो।''

''हाँ बाबा, इसमें कहने की क्या बात है? मुझे शर्म आती है।''

''तुम शर्माती भी हो...। चलो अब थोड़ा सेलिब्रेट कर लें। लम्बी ड्राईव पर चलते हैं। गाड़ी तुम्हीं चलाओगी।''

फिर हम लोग लम्बी ड्राईव पर चले गए। वो बहुत खुश थी। गाड़ी की सारी खिड़कियाँ खोल दीं थी। उसके लम्बे, घने, काले बाल सीट के पीछे झूल रहे थे।

उसके चेहरे से चिन्ता एवं बेचैनी की लकीरें मिट गयी थीं। उसे खुश देखकर मुझे भी काफी अच्छा लग रहा था।

रात में फोन पर उसने बताया कि आंटी बहुत खुश हैं। आंटी ने अपने होने वाले दामाद को जल्द ही घर पर डिनर के लिए बुलाया है। फिर तो फोन पर वो घंटों मुझसे बतियाती रही।

एक हफ्ते बाद उसके अंकल घर पर नहीं थे। उसी दिन मुझे डिनर पर बुलाया गया था। मुझे ये सोचकर ही अजीब लग रहा था कि आंटी मुझसे शादी को लेकर ढेर सारे प्रश्न करेंगी।

...अरे, जब हाँ ही है, तो फिर प्रश्न ज्यादा क्या करेंगी। अब रोज़ शाम को नौशीद घंटों मुझसे फोन पर चिपकी रहती थी। बातचीत अक्सर आंटी एवं अपने परिवार से जुड़ी हुई रहती थी।

उसका मेरी माँ से मिलने का बहुत मन था। इसलिए उसकी आंटी के यहाँ जाने से पहले मैं माँ को घर बुलाने पर विचार कर रहा था। आज ही मैंने गाँव में चाचा को फोन किया था, जिससे वो मेरी माँ से बात करवा सकें।

माँ को मैंने सब कुछ संक्षेप में समझा दिया। वो मान गयी।

अगले दिन वो घर पर सुबह ही पहुँच गयी। चाचा भी साथ आए थे। उन्हें नोएडा में कोई काम था, इसलिए वो माँ को छोड़कर तुरन्त ही चले गए। माँ को कुछ दिन मेरे यहाँ ही रूकना था।

शाम को नौशीद को मैं फ्लैट पर लेकर आ गया। उसने आज आसमानी रंग का अच्छा-सा सूट पहन रखा था। उस पर गहरे नीले रंग का दुपट्टा डाल रखा था। दरवाजा खोलते ही माँ के चेहरे पर मुस्कान फैल गयी।

नौशीद ने अपना दुपट्टा सँभालते हुए माँ के पैर छू लिए।

''जीती रहो। सदा खुश रहो।'' माँ ने सिर पर हाथ फिराते हुए आशीर्वाद दिया। वो देखते ही समझ गयी।

हम लोग ड्राईंग रूम में बैठ गए।

''अरे, बेटा इसे कुछ खिलाएगा भी या नहीं।'' माँ लगातार नौशीद के हाव-भाव को ही पढ़ने का प्रयास कर रही थी।

''हाँ...हाँ, अभी कुछ लाता हूँ।''

''तू क्या लाएगा। तुम लोग बैठकर बातें करो, मैं ही कुछ लाती हूँ।'' नौशीद ने माँ को रोकने की कोशिश की। उसने स्वयं चाय बनाने के लिए कहा, लेकिन माँ नहीं मानी।

''मम्मी के चेहरे पर ही आपका नाक-नक्शा पड़ा है।'' नौशीद ने धीमी आवाज़ में कहा।

''हाँ... सब लोग यही कहते हैं।... बस कद-काठी पापा पर गयी है।'' ऐसे मौके पर पापा का नाम याद आने पर मन कुछ उदास हो गया। आज वो होते तो कितना अच्छा लगता। कितना प्यार करते थे हम दोनों को। नौशीद को भी ढ़ेर सारा प्यार करते।

नौशीद मेरे मन को भाँप गयी। उसे मैंने पापा के बारे में सब बता रखा था। उसके मन में मेरे पापा को लेकर बहुत इज्जत थी। उसके हाव-भाव से लगा, शायद वो भी मेरे पापा को मिस कर रही थी।

''पापा की याद आ रही है न आपको।'' उसने मेरे हाथ को हल्का दबाते हुए कहा।

''हाँ, आ रही है। वो हमेशा मेरे साथ रहते हैं।... लेकिन तुम्हें कैसे पता चला?'' मैंने उसकी आँखों में झाँकते हुए कहा।

''बस पता चल जाता है मुझे भी।... अब आपको काफी समझने लगी हूँ।'' उसने खुश होते हुए कहा। तब तक माँ चाय ले आयी थी।

माँ ने आज भी धोती के साथ कुर्ता ही पहना हुआ था। मैंने उससे कुर्ता न पहनने को कहा था। लेकिन वो नहीं मानी, उल्टे मुझे हिदायत देने लगी कि अपनी परम्परा एवं पहनावे को नहीं भूलना चाहिए।

''बिटिया वैसे तो सब कुछ घर-परिवार के साथ ही अच्छा लगता है। लेकिन मैं अपने बेटे को जानती हूँ वो बहुत सोच-समझकर ही फैसला लेता है। तुम दोनों राजी हो, एक-दूसरे को पसन्द करते हो। मेरे लिए इतना ही काफी है। आखिर ज़िन्दगी में हमेशा साथ तो तुम्हें ही रहना है।'' माँ उठकर नौशीद के पास चली आयी तथा उसकी ठुड्डी को ऊपर उठाते हुए बोली—

''बिटिया तुम तो बहुत ज्यादा सुन्दर हो। मेरा बेटा बहुत भाग्यशाली है कि उसे इतनी सुन्दर व पढ़ी-लिखी लड़की मिली है।'' फिर वो अपनी जगह पर जाकर बैठ गयी। नौशीद ने कुछ शरमाते हुए मेरी तरफ देखा।

वो अन्दर गयी तथा वापस आकर एक बहुत ही सुन्दर-सी सोने की अँगूठी नौशीद को पहनाने लगी। नौशीद मेरी तरफ देखने लगी, मैंने उसे पहनने का इशारा कर दिया। उसके बाएँ हाथ की उंगली में ही वो अँगूठी आ पायी। उसमें भी कुछ टाईट ही थी।

''बिटिया ये मैंने अपनी होनेवाली बहू के लिए पहले से बनवा ली थी। तुम्हारे हाथ में बहुत अच्छी लग रही है। अपनी उंगली के हिसाब से सुनार से सही करवा लेना।'' नौशीद ने माँ की हाँ में हाँ मिला दी।

थोड़ी देर बाद वो माँ से कुछ खुलकर बातें करने लगी। माँ भी आज बहुत खुश थी। वो तो कब से शादी के लिये मेरी हाँ का इन्तजार कर रही थी। पापा की

कमी को तो वो भी सुबह से ही महसूस कर रही थी। लेकिन वो उनके बारे में शायद बोलने से बच रही थी। माँ ने अब तक नौशीद से उसके परिवार के बारे में सब-कुछ पूछ लिया था। नौशीद को धैर्य से काम लेने की उसने सलाह दी थी।

आंटी एवं अंकल के बारे में सुनकर उसे थोड़ा ठीक लगा। उसने आंटी से मिलने की इच्छा भी जतायी। लेकिन मैं पहले आंटी से स्वयं मिलना चाहता था, बाद में आंटी को माँ से मिलवाना ठीक था।

नौशीद को आज भी मुझे ही छोड़ने जाना पड़ा। वो आज भी गाड़ी नहीं लायी थी घर से, टैक्सी से ही आयी थी।

''मम्मी बहुत अच्छी हैं शिव। गाँव में रहने के बावजूद वो बहुत मैच्योर हैं। उन्हें किसी से बात करने में कोई हिचक भी नहीं है। उल्टे मैं ही उनके सामने कुछ हिचक रही थी।''

''मुझसे तुम्हारे बारे में वो पहले ही सब कुछ पूछ चुकी थी।... वो वाकई में बहुत मैच्योर तथा मानसिक रूप से मजबूत है।''

नौशीद को छोड़कर वापस आया तो तब तक माँ को नींद आने लगी थी। गाँव में वो बहुत जल्द ही सो जाती थी। उसे यहाँ भी वही आदत थी।

''छोड़ आए बेटा उसे।'' माँ ने एक तरफ बैठते हुए कहा।

''हाँ, माँ... बहुत जाम रहता है सड़क पर शाम को।'' मैंने अपने कपड़े उतारते हुए दूसरे कमरे से ही तेज आवाज़ में कहा।

''बेटा लड़की बहुत समझदार और अच्छी है। तुझे अपने काम की रत्ती भर चिन्ता करने की जरूरत नहीं है। वो तेरे काम में बिल्कुल भी खलल नहीं डालेगी। उसके आने से तेरी दिनचर्या और अच्छी हो जाएगी। अभी तो तू बहुत अस्त-व्यस्त रहता है।''

''हाँ माँ... शायद तू ठीक कह रही है। अब मुझे भी ऐसा ही लगने लगा है। अभी तो कल उसकी आंटी से मिलने जाना है। उसके बाद ही आगे का देखते हैं।'' फिर खाना खाने के बाद मैं बिस्तर पर पड़े-पड़े देर रात तक सोचता रहा।

हम लोग साथ-साथ ही ऑफिस से निकले तथा मेरी गाड़ी से आंटी से मिलने के लिये समय से पहुँच गए। आंटी बड़ी बेसब्री से मेरा इन्तजार कर रही थीं। दरवाजा खोलते ही वो बेसब्री उनके चेहरे पर स्पष्ट नजर आ रही थी। वो तथा उनके कुछ पीछे खड़ी फिजा बेहद खुश नजर आ रही थीं। मैंने आंटी के पैर छुए तथा फिजा ने मुझे आदाब किया।

ड्राईंग रूम में नया सोफा आ गया था। कमरा बेहद खूबसूरती से सजा हुआ था। आंटी-अंकल की एक बड़ी-सी फोटो भी दीवार पर टाँग दी गयी थी। वो उनकी शादी के समय की ही थी। फोटो में आंटी एवं अंकल बेहद खूबसूरत नजर

आ रहे थे। आंटी में कुछ कुछ नौशीद की झलक नजर आ रही थी।

''ये बेटा हमारी शादी के वक़्त का फोटो है। समय यूँ ही गुज़रता चला जाता है। कितनी दुबली-पतली सी थी मैं उस समय।...कुछ नौशीद की तरह ही थी।'' उन्होंने नौशीद की तरफ प्यार से देखते हुए कहा।

''हाँ, आंटी... वही मैं देख रहा था।... समय किस तरह हम लोगों में परिवर्तन ले आता है। समय किसी का इन्तजार नहीं करता है... वो तो बस अपने निश्चित नियमों के साथ बढ़ता ही जाता है।'' मैंने फिर से फोटो को गहराई से देखते हुए कहा।

''हाँ, बेटा... इसी से तो समय रहते ही सब काम कर लेने चाहिए। समय यूँ ही खिसकता जाता है।'' उन्होंने मेरी तरफ से निगाह हटाते हुए कहा।

तब तक फिजा खाने के लिए ढेर सारी चीजें ले आयी थी। मेरी पसन्द-नापसन्द का ख्याल रखा गया था। फिजा एवं आंटी, दोनों ही आज काफी अच्छे कपड़े पहने हुई थीं। नौशीद ने जीन्स एवं टॉप पहन रखा था। वो इस समय रसोई में चुपचाप काम में लगी हुई थी। उसने मुझे व आंटी को अकेला छोड़ रखा था।

''कुछ खाओ तो बेटा... तुम तो बहुत कम खाते हो। इस उम्र में तो जितना भी खा सको वो कम ही है। बाद में तो दुनिया भर की पाबन्दियाँ लग जाती हैं खाने-पीने पर। अब मुझे ही देखो, कितना मन करता है सब चीजें खाने का। लेकिन डॉक्टर ने सब अच्छी चीजों को खाने पर रोक लगा रखी है।'' उन्होंने मुँह बिचकाते हुए कहा। उन्होंने इस तरह से मुँह बनाया कि फिजा के साथ-साथ मेरी भी थोड़ी हँसी छूट गयी।

''खैर छोड़ो मेरी बात।... बेटा मैं तुम लोगों के बारे में सोचकर बहुत खुश हूँ। मुझे तो पूरा विश्वास था कि एक दिन तुम नौशीद के लिए हाँ बोलोगे। तुम दोनों की जोड़ी बहुत अच्छी जँचेगी। नौशीद तुम्हारी हमेशा बड़ाई करती रहती है, वो तुम्हें बहुत ज्यादा पसन्द करती है।''

मैं चुप रहा, तो वो फिर से बोलने लगीं ''देखो बेटा ये तुम्हारा ही घर है। यहाँ पर बिल्कुल खुले मन से बातें करो। अभी थोड़ा छिप-छिपाकर तुम लोगों की शादी की बात चलानी होगी। एक बार शादी हो जाए, तो फिर मैं नौशीद के परिवार को भी मना लूँगी। मैं बस नौशीद को खुश देखना चाहती हूँ।...वैसे, बेटा तुम्हारी मम्मी ने नौशीद को बड़ी प्यारी अँगूठी दी है। उन्हें भी साथ में ले आते तो अच्छा रहता।''

''हाँ-हाँ, वे भी आ जाएँगी।... आपके पास समय हो तो किसी दिन आप आइए न मेरे फ्लैट पर। आप इसी बहाने मेरा फ्लैट भी देख लेंगी।'' मुझे लगा कि शायद वे स्वयं मेरे फ्लैट को एक बार देखना चाह रही थीं।

''हाँ-हाँ बेटा क्यों नहीं। जब तुम कहो, तब मैं समय निकालकर आ जाऊँगी।... लेकिन मैं दिन में ही आ पाऊँगी।''

''हाँ-हाँ, आंटी इसी रविवार को आप आ जाइए न। माँ भी अभी मेरे पास रहेगी।'' तब तक नौशीद भी आ गयी थी हमारे पास। उसके चेहरे से लग रहा था कि जैसे वो सारी बातें सुन रही थी।

''हाँ-हाँ ठीक है बेटा, मैं आ जाऊँगी।'' उन्होंने नौशीद की तरफ देखते हुए कहा। कुछ पल रूककर वो असली मुद्दे पर आ गयीं—

''बेटा, नौशीद के घर से बहुत दबाव है लड़का पसन्द करने का। मुझ पर भी दबाव है। जब तुम लोग शादी का फैसला ले ही चुके हो, तो थोड़ी जल्दी ही शादी हो जाए तो अच्छा रहेगा। इस तरह की शादियों को ज्यादा टालना ठीक नहीं रहता है।'' उन्होंने कुछ रूकते-रूकते अपनी बात कही। फिर कुछ झिझकते-झिझकते बोलीं।

''वैसे बेटा तुम दोनों ही समझदार हो। जो सोचोगे, वो बेहतर ही रहेगा। बेटा कुछ और खाओ न।'' मैं भी आज कुछ न कुछ खाए ही जा रहा था। आंटी कुछ पल के लिए अन्दर चली गयीं। मैंने नौशीद से आँखे मिलायीं, तो ऐसा लगा, जैसे वो कहना चाह रही हो कि आंटी की बातों से बचकर निकलना आसान नहीं हैं। आंटी वापस आकर फिर से बैठ गयीं।

''बेटा... ये फिजा है न, इसने तो अभी से तुम लोगों की शादी की तैयारियाँ शुरू कर दी हैं। इसे नाचने का बहुत शौक है। हाँ शादी में तो नहीं नाच पाएगी... लेकिन शादी के बाद तो हम लोग एक छोटा-सा फंक्शन जरूर रख सकते हैं। उसमें ही अपनी इच्छा पूरा कर लेगी।'' उन्होंने फिजा की तरफ प्यार भरी नजरों से देखते हुए कहा।

''जी, आंटी। आप सही कह रही हैं।'' मैंने बहुत संक्षिप्त सा उत्तर दिया।

''बेटा... कुछ विचार तो किया होगा। कब तक करनी है शादी।'' उन्होंने अब सीधा प्रश्न ही दाग दिया।

''जी... जी! हाँ, मैं भी सीरियसली सोच रहा हूँ इस बारे में। अभी कुछ समय चाहिए मुझे। आप बिल्कुल चिन्ता न कीजिए। मैं... हम दोनों आपके सहयोग से सब सँभाल लेंगे।'' मैंने उन्हें दिलासा देते हुए कहा।

''फिर भी बेटा! बड़ों को तो चिन्ता होती ही है... मुझे लगता है कि जल्दी शादी हो जाए तो सारी चिन्ता खत्म हो जाएगी।... और बेटा तुम लोग भी ज्यादा सुकून से रहोगे। तुम लोग और अच्छे से अपना काम करने लगोगे।... मैं तो बस सलाह ही दे सकती हूँ।'' उन्होंने बहुत ठंडे दिमाग़ से कहा। उन्हें इस वार्तालाप से कुछ सुकून तो प्राप्त हुआ था।

कुछ देर और बात करने के बाद मैं वहाँ से चल दिया। आज नौशीद के साथ फिजा भी मुझे नीचे तक छोड़ने आयी।

अब हर रोज़ सोशल मीडिया एवं फोन पर नौशीद से कई बार सम्पर्क हो जाता था। वो माँ से आंटी को मिलाने के लिए बेचैन थी।

रविवार का दिन पूरी तरह से अपना होता है। सुबह देर से उठना, चाय की चुस्कियाँ लेते हुए धीरे-धीरे अखबार पढ़ना। फिर फोन पर तसल्ली से बातें करना। लेकिन आज सुबह ही नौशीद का मैसेज आ गया था कि वो, फिजा एवं आंटी के साथ लगभग ग्यारह बजे तक मेरे फ्लैट पर पहुँच जाएँगी।

मैंने समय देखा तो दस बज चुके थे। मैं जल्दी से नहाया तथा मार्केट से खाने-पीने का सामान लेने के लिए निकल गया। माँ से सब पहले ही बता दिया था। वो कब से तैयार होने के लिए कह रही थी।

''ले माँ, सब ले आया।''... फिर उसे समझा दिया कि पहले कौन-सी चीज लानी है तथा बाद में कौन-सी।

दस मिनट ही हुए होंगे कि दरवाजे की घंटी बज उठी। मैंने लपककर दरवाजा खोला तो तीनों लोग सामने खड़े थे। थोड़ा अन्दर आते ही मैंने आंटी के पैर छू लिए। फिजा खूब बन-ठन कर आयी थी। उसने नौशीद को भी पीछे छोड़ दिया था। उसने बहुत टाईट फिट नीली जीन्स तथा चटक लाल रंग का टॉप पहना हुआ था।

नौशीद एवं आंटी दोनों ही साड़ी पहनकर आयी थीं। नौशीद ने हल्के पीले तथा नीले रंग की साड़ी पहन रखी थी। मुझे देखते ही वो शरमा गयी थी। आज उसने पहली बार मेरे सामने साड़ी जो पहनी थी। साड़ी पहने हुए फोटो में तो उसे मैंने कई बार देखा था। इसीलिए वो थोड़ा झेंप रही थी।

माँ अन्दर से आयी तो नौशीद ने उसके पैर छुए। मैंने आपस में परिचय कराया। माँ व आंटी आमने-सामने बैठ गयीं। कुशल-क्षेम पूछने के बाद माँ पानी एवं मिठाई ले आयी। माँ रह-रहकर नौशीद को ही देखे जा रही थी। नौशीद उनकी नजरों से बचने का प्रयास कर रही थी।

माँ चाय बनाने के लिए उठी तो नौशीद ने उसे रोक दिया तथा फिजा को साथ लेकर रसोई की तरफ चली गयी।

मैं भी उन दोनों के पास चला गया तथा कहाँ क्या रखा है, ये समझाने लगा।

''आज तो जीजू आप दीदी के सामने कहीं भी टिक नहीं पा रहे हो।'' फिजा ने मजाकिया अन्दाज़ में कहा।

''हाँ...हाँ भई, साड़ी में तो नौशीद बहुत खूबसूरत दिख रही है।'' मैंने उसकी हाँ में हाँ मिलाते हुए कहा।

''अच्छा जी, तो क्या जीन्स में मैं खराब दिखती हूँ?'' नौशीद ने पलटकर

कहा।

"दीदी साड़ी में थोड़ी तो बेहतर लग रही हो।" फिजा फिर से बोली।

"तेरे को घर पर बताऊँगी।" कुछ रूककर वह फिर बोली— "आप यहाँ क्यों तसरीफ फरमा रहे हैं? जाइए इन्तजार कीजिए।"

मैंने भी वहाँ से खिसकना ही बेहतर समझा। तब तक आंटी एवं माँ आपस में घुल-मिल गयी थीं। चाय पीने के बाद आंटी सीधे मुद्दे पर आ गयीं—

"आपसे मिलने का बहुत मन था। अब मेरी सारी शंकाएँ समाप्त हो गयीं। मुझे विश्वास हो गया है कि नौशीद को यहाँ पर अपने घर की कमी नहीं खलेगी।"

"कमी क्यों खलेगी? वो तो मेरी बेटी जैसी है। हमारा तो परिवार पूरा हो जाएगा।" माँ ने आंटी की बात को आगे बढ़ाया।

"अब बस यही इच्छा है कि सब कुछ ठीक से हो जाए और कुछ जल्दी से हो जाए। आप तो खुद समझदार हैं।" आंटी ने प्रश्नवाचक दृष्टि से माँ को देखा। फिर मुझे देखकर थोड़ा झेंप गयीं।

"हाँ ये तो है।...मैं तो कब से इससे शादी करने के लिए कह रही हूँ।... पता नहीं हमेशा अपने सपनों की बात करता रहता है। अरे भई, दोनों पढ़े-लिखे हैं।... नौकरी वाले हैं।... शादी करने से तो नुकसान का सवाल ही नहीं है।" कहते हुए माँ ने मेरी तरफ देखा। मैंने उसे थोड़ा सख़्त नजरों से देखा।

वो थोड़ा बदलते हुए बोली— "खैर, जब इसकी मर्जी है कुछ समय लेने की, तो हमें भी थोड़ा इन्तजार करने में क्या बुराई है? नौशीद को तो हम सबने अपनी बहू मान ही लिया है।...आप बिल्कुल चिन्ता न करें।"

"जी, वो तो यकीन है हमें।" आंटी अब कुछ अच्छे मूड में आ गयीं। आंटी ने घूम-घूमकर सारा घर देखा। दोपहर के खाने के लिए मैंने होम डिलीवरी का ऑर्डर कर दिया था। खाना समय से आ गया। खाना खाते समय आंटी गाँव के बारे में माँ से पूछती रहीं। आंटी इस बात से खुशु हुयीं कि मेरा गाँव गाज़ियाबाद के पास ही में था।

विदा होते समय माँ व आंटी दोनों ही कुछ भावुक हो गयीं।

उनके जाने के बाद माँ ने कहा "बेटा, परिवार काफी अच्छा है। वो सब लोग जब जल्दी से शादी चाह रहे हैं, तो तुझे क्या समस्या है?"

"माँ, तू भी न।...अरे, मैं सोच रहा हूँ न। सब सोच-समझकर ही सही फैसला लूँगा।" अब इस बारे में मुझसे और बात मत कर।" माँ को टालते हुए मैं टी.वी. देखने लगा।

टी.वी. अवश्य देख रहा था, लेकिन मन शादी की बात पर ही अटक गया था। नौशीद का शाम को फोन आया। कहने लगी कि आंटी अब निश्चिन्त हो गयी

हैं। मैंने कुछ देर उसे सुनने के बाद कहा "नौशीद क्या तुम भी शादी जल्दी करना चाहती हो?"

"मैं...मुझसे क्यों पूछ रहे हैं? जैसा आप चाहते हैं, वैसा ही ठीक रहेगा।" वो मेरे द्वारा एकाएक ऐसे पूछे जाने पर चौंक गयी थी।

"क्या सच में बहुत दबाव है तुम्हारी आंटी पर,...तुम सब पर?"

"दबाव तो जरूर है, लेकिन आप ज्यादा दबाव मत लीजिए। इंशाअल्लाह सब ठीक हो जायेगा।"

"मैं तब से यही सब सोच रहा था।...तुम समझा देना आंटी को। अगर किसी अनहोनी का डर होगा या दबाव जरूरत से ज्यादा बढ़ जायेगा, तो हम लोग उसी समय शादी कर लेंगे। वैसे आज मैं तुम्हे बहुत मिस कर रहा हूँ।"

"मैं...भी,... शिव...आई लव यू टू मच।" उसके बाद बातचीत में वो रिलैक्स हो गयी। मैंने भी कुछ बेहतर महसूस किया।

अब नौशीद रोज़ ही कुछ न कुछ बनाकर लाने लगी थी। इस पर अर्जुन एवं मंजूर मुझे छेड़ते रहते थे। मैंने भी उन्हें अपने इरादे के बारे में बता दिया था। तब से वे हमारे रिश्ते को गम्भीरता से लेने लगे थे।

आंटी को डर था कि हमारे अफेयर का पता कहीं सहारनपुर न लग जाये। वो ऐसी स्थिति के बारे में सोच कर ही डर जाती थीं। वो शादी होने तक किसी भी तरह की कोई अड़चन नहीं चाहती थीं। शादी एक बार हो जायेगी तो वो फिर स्थिति को सँभाल ही लेंगी।

मैं भी अब समझ चुका था कि अब शादी का टालना किसी भी तरह से उचित नहीं रहेगा। अगर अंकल को कहीं पता चल गया तो फिर और ज्यादा आफत आ सकती है।

शनिवार की शाम को हम दोनों मेरे फ्लैट पर चले आये थे। आज नौशीद मुझसे आराम से बैठकर बात करना चाह रही थी। हम दोनों अपनी अलग-अलग गाड़ियों से फ्लैट पर पहुँचे थे।

वो चाय बना लायी तथा हम लोग सोफे पर बैठकर चाय पीने लगे। "क्या कहना चाह रही हो नौशीद? कुछ परेशान-सी लग रही हो" मैंने उसके गाल पर एक थपकी देते हुए कहा।

"शिवेन्द्र मुझे लगता है कि अब हमें कुछ ठोस फैसला लेना ही होगा। बड़े लोगों की बात मानना ऐसे समय में ठीक ही रहता है।" वो कुछ रूकते-रूकते बोली।

"हाँ मैं भी अब ऐसा ही सोच रहा हूँ। आंटी हमारा बहुत सहयोग कर रही हैं। हमें भी उनकी बात मान लेनी चाहिये। जल्द ही हम सही तारीख देखकर शादी

कर लेते हैं।'' उसकी आँखों में झाँकते हुए मैंने कहा।

''सच शिवेन्द्र'' उसने शरमाते हुए अपनी निगाहें मुझसे दूर हटा लीं।

''हाँ भई, तुम यह खुशखबरी अपनी आंटी को दे देना। हम लोग ग्रेटर नोएडा में कोर्ट मैरिज कर लेंगे। मैंने सब पहले से ही सोच लिया है। आंटी और तुम्हें बिल्कुल भी परेशान होने की जरूरत नहीं है। मैं सब सँभाल लूँगा। मैं समय से पहले ही सारी तैयारी कर लूँगा।'' उसने खुशी से अपने चेहरे को अपने हाथो से छुपा लिया फिर अचानक उसने घूमते हुए मेरे गालों को चूम लिया— ''आई लव यू टू मच शिव।''

''तुम्हारे घर वालों को इस शादी से बहुत दुख पहुँचेगा। कहीं वो तुमसे ज्यादा नाराज तो नहीं हो जाएँगे। आंटी बाद में सब सँभाल तो लेंगी ना।''

''नहीं... नहीं, मेरे घर वाले मुझे बेहद प्यार करते हैं। कुछ दिन नाराज रहेंगे, लेकिन धीरे-धीरे वे मान जायेंगे। मैं अपने अब्बू की लाडली बेटी हूँ। अभी बताने से सारा मामला बिगड़ सकता है। बाद में आंटी अपने तरीके से सब सँभाल लेंगी।'' उसने कुछ निश्चिन्त होते हुए कहा।

''हाँ, तुम ठीक कहती हो। बाद में ही बताना ठीक रहेगा।'' मैंने बात को विराम देते हुए कहा। मैं देख रहा था कि घर वालों का नाम आने से उसका मूड थोड़ा उखड़ गया था। कुछ देर बाद हम लोग लम्बी ड्राईव पर चले गये।

एक हफ्ता पहले से ही मैं माँ के साथ मिलकर शादी की तैयारी कर रहा था। इकलौते लड़के की शादी पंडाल में न होकर कोर्ट में हो रही थी, इस बात का दर्द माँ के चेहरे पर बार-बार झलक ही आता था। ऊपर से रिश्तेदारों के उलाहनों का भी दबाव था।

लेकिन कुल मिलाकर वो बहुत खुश थी। नौशीद के सारे कपड़ों पर अन्तिम मुहर उसने ही लगायी थी। इस बार खरीदारी करते समय उसने कोई कंजूसी नहीं दिखाई थी।

आखिर शादी की तारीख आ ही गयी। आज सुबह हम दोनों ही कुछ जल्दी उठ गए थे। एक बेचैनी-सी, जो कि कई दिनों से पीछे लगी हुई थी, आज उसमें बहुत ज्यादा बढ़ोत्तरी हो गयी थी। माँ की हालत भी कुछ ऐसी ही थी। वो कुछ घबरायी हुई भी थी।

मैं सुबह-सुबह बालकनी में आकर खड़ा हो गया था। अभी सूरज की तपिश

बढ़ी नहीं थी, इसलिए बालकनी में कुछ ठंडी हवा बह रही थी। दूर सड़क पर धुएँ के गुब्बार उठाती हुई गाड़ियाँ सरपट दौड़ रही थीं।

वो तीन नवम्बर की तारीख थी, दिन मंगलवार का था। मेरे एवं नौशीद के लिये बहुत बड़ा एवं ख़ास दिन था। मंगलवार का दिन माँ की मर्जी से तय किया गया था। वो मंगल के दिन को शुभ मानती थी। वो आज के दिन के लिए कथा, हवन सब पहले ही करवा चुकी थी। फिर भी वो गाँव की अन्य महिलाओं की तरह धार्मिक नहीं थी। वो पूजा-पाठ भी कभी-कभी ही करती थी।

हाँ, आज सुबह से ही उसने खूब पूजा की थी। पूरे घर में अगरबत्ती, धूपबत्ती सब जलायी थीं। घर में साफ-सफाई तथा पुताई पहले ही हो चुकी थी। घर में जरूरी सजावट एवं शादी के बाद की तैयारी भी करवायी जा चुकी थी।

नौशीद का फोन आ चुका था कि वे लोग बस घर से निकलने ही वाले हैं। उन्हें पहले मेरे फ्लैट पर ही आना था। यहीं से हमें कोर्ट मैरिज के लिए एक साथ जाना था।

चाचा भी गवाह लेकर पहुँचने ही वाले थे। चाचा बहुत अच्छे थे। पापा जब तक थे, तब तक वो हम लोगों के यहाँ ज्यादा नहीं आते-जाते थे। लेकिन पापा के गुज़रने के बाद उन्होंने हमेशा बुरे वक़्त में हमारा साथ दिया था। माँ को तो गाँव में उनका बहुत बड़ा सहारा था। मुझे वो अपने बेटे की तरह ही मानते थे।

थोड़ी देर बाद चाचा गवाहों के साथ पहुँच गए। हमने राहत की साँस ली। फिर मैंने जरूरी कागजातों को एक बार फिर से चैक किया तथा उन्हें सूटकेस में सँभाल कर रख लिया। माँ तो पहले ही तैयार हो गयी थी। मैं भी अब जल्दी से तैयार हो गया तथा क्रीम कलर का एक नया सूट पहन लिया।

नौ बजे तक आंटी, नौशीद एवं फिजा भी पहुँच गए। सब लोगों को साथ में देखकर आंटी को तसल्ली हुई। वो समझ गयीं कि सारी तैयारी ठीक है।

हम सबने एक-एक कप चाय पी तथा कुछ देर बातचीत के बाद हम लोग दो गाड़ियों से निकल पड़े। ठीक दस बजे हम लोग कोर्ट में पहुँच गए।

नौशीद बहुत ज्यादा तैयार होकर नहीं आयी थी, बस वो एक साधारण-सी मेहरून रंग की साड़ी पहने हुए थी। वो हाथों में नयी चूड़ियाँ, माँ के दिए दो कंगन तथा नये सैंडल पहने हुए थी। एक छोटी-सी बिन्दी भी उसने अपने माथे पर लगा रखी थी। उसके चेहरे पर आज बेचैनी के साथ परिपक्वता के भाव थे। मुझसे थोड़ा शरमा रही थी तथा मेरे सामने आने से बच रही थी। उससे ज्यादा तो फिजा एवं आंटी तैयार होकर आयी थीं। माँ भी आज अच्छे से तैयार होकर आयी थी।

रजिस्ट्रार अन्तधार्मिक शादी को लेकर थोड़ा परेशान दिखा, उसने अनेक प्रश्न किये। हमने बड़ी सहजता से उसके जवाब दिये। दोनों पक्षों के परिजनों एवं गवाहों

के उपस्थित होने एवं लड़की-लड़का के अच्छी जॉब पर होने से वो सन्तुष्ट दिखा। अन्ततः शादी सम्पन्न हो गयी।

सभी लोगों के चेहरे पर खुशी की लहर उमड़ पड़ी। माँ एवं आंटी तो लगभग खुशी से रोने ही लगीं। हमने माँ एवं आंटी के पैर छूकर आशीर्वाद लिया। फिजा ने पहली बार जीजू कहकर मुबारकबाद दी। नौशीद का चेहरा शर्म से लाल हो गया था। वो कनखियों से मुझे बार-बार देखे जा रही थी।

"बेटा, मेरी नौशीद अब तुम्हारे सुपुर्द है। उसे कभी दुःख मत देना- बड़े करीने से पली बढ़ी है। तुम्हें बहुत चाहती है।" आंटी ने मेरे गाल पर हाथ रखते हुए कहा।

"आंटी, कैसी बात कर रही हैं? आपको कभी शिकायत का मौका नहीं मिलेगा।" मैंने आंटी का हाथ अपने हाथ में लेते हुए कहा।

फिर सब लोग मेरे फ्लैट पर आ गए। वहाँ पर छोटी सी पार्टी का इन्तजाम था। दोस्तों में मैंने केवल अर्जुन एवं मंजूर को ही बुलाया था। वो समय से आ भी गए थे। हल्के संगीत की धुनों पर हम लोग कई घंटों तक मस्ती में डूबे रहे। एक-एक कर सब लोगों ने अपने पसन्दीदा गानों पर डांस किया... माँ को छोड़कर। सबसे अच्छा डांस किया फिजा ने। वो आज सबसे ज्यादा सज कर आयी थी।

नौशीद ने बहुत हल्का मेक-अप किया था तथा आज जो मेहरून रंग की हल्की-सी साड़ी पहन रखी थी, वो घर आकर एक भारी मेहरून रंग की साड़ी में तब्दील हो गयी थी। अब उसने ज्वैलरी का पूरा सैट पहन लिया था, जो मैंने उसको गिफ्ट किया था। आंटी ने भी उसको एक अच्छा ज्वैलरी सैट गिफ्ट किया था। माँ ने बस दो भारी से कंगन नौशीद को दिये थे, जिन्हें उसने कोर्ट मैरिज के समय पहना था।

मैंने ग्रे कलर का सूट पहन रखा था। कपड़ों की बात अपनी जगह थी, आज सब कुछ नया तथा विशेष था। कार्यक्रम के नाम पर तो ज्यादा कुछ नहीं था, परन्तु मेरे जीवन का अभी तक का सबसे अच्छा कार्यक्रम था।

खूब नाच-गाना हुआ, जब सब थक गए तो डिनर के लिए सब बैठ गए। दोपहर से ही खाना बनानेवाले आ गए थे। उन्होंने ही नाश्ता व खाना तैयार किया था।

काफी अच्छा खाना बनाया था उन्होंने। सब लोगों के चेहरे पर अब सुकून का भाव था। आंटी एवं नौशीद भी बेहद रिलेक्स दिख रही थीं।

नौशीद के पैरों में कुछ अतिरिक्त ऊर्जा आ गयी थी, थकान का प्रभाव उस पर कहीं से भी नजर नहीं आ रहा था। और माँ... वो तो आज अपनी उम्र को पीछे छोड़ आयी थी। चाचा से लगातार कुछ न कुछ बात किए जा रही थी। उसके चेहरे पर मैंने

वर्षों बाद इतनी खुशी देखी थी।

शाम होते-होते सब लोग चले गए, आंटी सबसे बाद में गयीं। ढ़ेर सारी हिदायतें देते हुए तथा यह कहकर...''नौशीद परसों से तुम्हारा घर फिर से वही है... बस दो रात यहाँ पर रूक जाओ''। चाचा भी रात होते ही गाँव चले गए थे।

''नौशीद बेटा ऊपर वाले का ध्यान रख, एक दिन तेरे अब्बा एवं अम्मी जरूर तेरे से मिलने आएँगे।'' माँ ने नौशीद के मन को तसल्ली देते हुए कहा। नौशीद सब लोगों के जाने के बाद कुछ उदास हो गयी थी।

''जी...मम्मी'' नौशीद ने नम आँखों से हामी भरी। ऐसे वक़्त में उसे अम्मी एवं अब्बू की याद तो आनी ही थी।

माँ ने उसके दुख को और सतह पर ला दिया था। वो अब दूसरे कमरें में चली गयी थी। कुछ देर बाद मैं वहाँ पहुँचा तो उसे सिसकते हुए पाया। मैंने उसे अपने गले से लगा लिया तथा उसके आँसू पोंछने लगा।

''शिव अम्मी, अब्बू एवं भाईयों की बहुत याद आ रही है। उनसे मिलने का बहुत मन कर रहा है।'' उसने सिसकते हुए कहा।

''सब ठीक हो जायेगा, देखना एक दिन हम दोनों साथ में सहारनपुर जाएँगे।''

''इंशा अल्लाह।'' फिर काफी देर तक वो सिसकती रही और मैं उसे समझाता रहा।

रात के बारह बज चुके थे। शहर के अधिकतर लोग सो चुके थे। लेकिन नीचे सड़क पर गाड़ियों की आवाज़ाही लगभग वैसी ही बनी हुई थी। अन्तर ये था कि अब व्यापारिक वाहनों की संख्या बढ़ गयी थी। मैंने खिड़की से पर्दा हटा दिया था। चाँद अपनी पूरी आभा बिखेर रहा था। बिस्तर पूरी तरह से सजा हुआ था। नौशीद बिस्तर पर नयी नवेली दुल्हन की तरह सजी हुई बैठी थी। उसने अभी भी मेहरून रंग की वो भारी-सी साड़ी ही पहन रखी थी।

उसके हाथों एवं पैरों पर बड़े करीने से मेंहदी लगी हुई थी। शादी वाली रात यानि सुहागरात बैडरूम में धीरे से उतर आयी थी। मैंने कुर्ता पायजामा पहन रखा था तथा अब नौशीद के पास आकर बैठ गया था।

''मैडम क्या सोच रही हैं? कम से कम इन जेवरात एवं भारी साड़ी को तो उतार दीजिये।'' मुझे उसे इस तरह सजी हुई बैठे देखकर हँसी आ गयी।

''बस यूँ ही, कुछ ख़ास नहीं सोच रही हूँ। शिव सब कुछ प्लान के हिसाब से ठीक से निपट गया। मुझे तो कई दिन से बहुत चिन्ता सता रही थी। अब राहत महसूस हो रही है। ...बस एक ही कमी रह गयी है।'' उसने मेरी तरफ घूमते हुए कहा।

''क्या?'' मैं समझ रहा था कि वो क्या कहना चाह रही है।

''काश... सब कुछ पारम्परिक तरीके से हो जाता। दोनों पक्षों के सब लोग आते, बारात आती, बैंड बाजा बजता, पटाखे छूटते, शानदार तरीके से सजावटें होतीं... सारी रस्में निभाई जातीं, तो ये सब हमेशा के लिये यादगार लम्हा बन जाता। हमारी शादी के तो फोटो भी नहीं खिच पाये, वीडियोग्राफी की तो जाने ही दीजिए।'' उसने लम्बी साँस छोड़ते हुए कहा।

''सब कुछ बिना किसी बड़े तनाव के हो गया। ये क्या कम बड़ी उपलब्धि है? बाकी सब समय के साथ ठीक हो जायेगा। कुछ दिन बाद हम लोग हनीमून मनाने के लिये कहीं चलेंगे, तो ढेर सारे फोटो खींच लेंगे तथा वीडियो भी बना लेंगे।''

फिर उसने कपड़े बदल लिये तथा जेवरात भी उतार दिये। बस एक बहुत ही झीनी-सी गुलाबी रंग की नाईटी पहन ली। हल्की मध्यम रोशनी में चाँद की चाँदनी उतर रही थी, एक बहुत रोमांटिक वातावरण निर्मित हो रहा था।

उसके बाद दो घंटे तक हम लोग आपस में बातें करते रहे। धीरे-धीरे उसकी उदासी में कमी आ रही थी। अब वो अच्छा महसूस कर रही थी। बिस्तर पर पड़े हुए ताजे फूल अब कुछ मुर्झा से गये थे, लेकिन अभी भी पर्याप्त खुशबू छोड़ रहे थे। काफी देर से वो मेरे सीने से चिपकी हुई थी।

उसने अपने आप ही उठकर नाईट बल्ब को बन्द कर दिया तथा मेरे सीने से सटकर लेट गयी। माहौल अब और रोमांटिक हो चला था। मेरे हाथ उसकी नाईटी के झीनेपन पर फिसलने लगे थे। होठों ने अपनी हरकतें शुरू कर दी थीं। धीरे-धीरे वो मदहोश होने लगी थी तथा मुझे बार बार चूम रही थी।

''ओह शिवेन्द्र, अब आप मेरे हो गये हैं सदा के लिये।''

''हाँ, नौशीद... सारे तनाव, सारे भय अब समाप्त हो गये हैं। तुम सदा के लिये मेरी हो गयी हो।''

''हाँ... हाँ... ओह...।''

हाँ... नौशीद... मेरी प्यारी, कोमल सी... नौशीद।''

उसकी हरकतों में आज विस्तार था। धीरे-धीरे मैं उस विस्तार में डूबता चला गया। वो पिंघल कर मेरी बाँहों में समा गयी। चाँद अभी भी अपनी पूरी आभा बिखेर रहा था। उसका दूधिया रंग चाँद की चाँदनी से एकाकार हो चुका था।

मेरी आँखे सुबह देर से खुलीं। किसी ने मुझे उठाया नहीं। नौशीद थोड़ा पहले उठकर तैयार हो चुकी थी तथा अब वह नाश्ता तैयार कर रही थी। माँ बाल्कनी में बैठी हुई अखबार पढ़ रही थी। हालाँकि वो छोटे अक्षरो को चश्मा लगाकर भी बड़ी मुश्किल से ही पढ़ पाती थी। उस जमाने में वो कक्षा दस तक पढ़ी हुई थी।

दो दिन बाद नौशीद बुझे मन से अपनी आंटी के यहाँ चली गयी। फिर हम

दोनों ने ही ऑफिस जाना शुरू कर दिया था।

हनीमून के लिये हमने कई जगहों पर विचार किया, लेकिन अन्ततः शिमला को चुन लिया गया। उसके एक हफ्ते बाद हमने एक-एक दिन के अन्तराल पर पन्द्रह-पन्द्रह दिन की छुट्टियाँ ऑफिस से ले ली। आंटी ने अंकल से कह दिया था कि नौशीद किसी काम के सिलसिले में पन्द्रह दिन के लिये चंडीगढ़ जानेवाली है।

जाने से एक दिन पहले ही नौशीद मेरे पास आ गयी थी। शाम को ही हमने सारी तैयारी कर ली थी। सुबह जल्दी उठ गये और शिमला के लिये चार बजे ही निकल पड़े। हमने एक इनोवा कार किराये पर कर ली थी।

मैंने ट्रैक सूट पहन रखा था तथा नौशीद ने बहुत हल्का सा सूट पहन लिया था। ताकि लम्बा सफर बोझिल न लगे। सुबह-सुबह भीड़ काफी कम थी, इसलिये काफी जल्दी हम लोग दिल्ली को पार करके मुख्य हाईवे पर पहुँच गये। यहाँ की हवा कुछ साफ-सुथरी थी। मैंने थोड़ी-थोड़ी खिड़कियाँ खोल दीं तथा हवा का आनन्द लेने लगे। नौशीद ने आज बिल्कुल भी मेकअप नहीं किया था। वो बिना मेकअप के भी उतनी ही सुन्दर दिख रही थी।

ड्राईवर लगभग पचपन वर्ष का रहा होगा। वो मध्यम कद काठी एवं साफ रंग का एक स्वस्थ व्यक्ति था। गाड़ी को बहुत लय में तथा ठीक-ठाक गति से चला रहा था। हमारी बातचीत पर उसका बहुत ध्यान नहीं था।

नवम्बर का माह था तथा सुबह-सुबह थोड़ी ठंड थी, जो कि शहर से बाहर आकर और बढ़ गयी थी। नवम्बर में शिमला का मौसम बहुत सुहावना रहता है। इसी उम्मीद में हमने 'शिमला' जाने का प्लान बनाया था। होटल पहले ही बुक करवा लिया था। हमें ग्यारह बजे तक शिमला पहुँचने की उम्मीद थी।

हाईवे का सफर अब काफी अच्छा लग रहा था। नौशीद ने अपना सिर थोड़ा बाहर निकाल लिया था तथा आँखे बन्द कर ली थीं। वो मौसम का भरपूर लुत्फ उठा रही थी।

''शिव मन कर रहा है कि मौसम के ये पल यूँ ही ठहर जाएँ और हम लोग शिमला तक इसका आनन्द लेते रहें।''

''अरे...जैसे ही पहाड़ों की शुरुआत होगी, वैसे ही ये सफर और अधिक सुहाना लगने लगेगा।'' कुछ रूककर मैंने फिर कहा।

''कुछ खाना हो तो इस हाईवे पर एक से एक अच्छे ढाबे हैं...। बता देना।''

''हाँ...जब भूख होगी, तो बता दूँगी। अभी तो किसी चीज का मन नहीं है।'' उसने फिर से अपने सिर को खिड़की से बाहर निकाल लिया था तथा अपनी आँखें मूँद ली थीं।

कुछ देर बाद मौसम कुछ शुष्क होने लगा तथा धूप की तपिश बढ़ने लगी।

अब कुछ देर के लिये रूकने का मन कर रहा था। ड्राईवर ने भी हमारे मूड को भाँपते हुए कहा, ''साहब चाय पीने का मन है, अगर आप कहें तो आगे के ढाबे पर गाड़ी रोक लूँ। वहाँ पर पराठा तथा लस्सी बहुत अच्छी मिलती है।''

मैंने नौशीद की तरफ देखा, उसने हाँ में सिर हिला दिया।

''हाँ, रोक लेना। तुम्हें जो नाश्ता करना हो कर लेना। हम भी कुछ ले लेंगे।'' मैंने ड्राईवर से कहा।

ड्राईवर ने कुछ आगे जाकर एक ढाबे, जिस पर लिखा था ''मामा-भांजे का ढाबा'' पर गाड़ी रोक दी।

''साहब अच्छा है न ढाबा...और नाम भी मजेदार है।''

मैंने नौशीद के चेहरे को देखा, वो भी नाम पढ़कर मुस्कुराए बिना नहीं रह सकी। हमने पराठा व लस्सी मँगवाई तथा धीरे-धीरे नाश्ता करने लगे। नौशीद को लस्सी बहुत पसन्द आयी।

जैसे ही पहाड़ी सफर की शुरुआत हुई, मन कुछ और ताजा होने लगा। ड्राईवर बहुत सधे हाथ का था, उसकी ड्राईविंग में झटके बहुत कम लग रहे थे।

पहाड़ों के बीच अनेक गाड़ियाँ दौड़ रही थीं। उनमें बैठे लोग नगरों, महानगरों की भीड़, प्रदूषण एवं काम के बोझ से थककर पहाड़ों की वादियों में थकान मिटाने या पिकनिक मनाने जा रहे थे। गाड़ियों की पों-पों एवं उनका प्रदूषण पहाड़ों की ऊँचाईयों एवं हरियाली में कमजोर पड़ता जा रहा था।

नौशीद को ये सफर बहुत भा रहा था। हम दोनों काफी सटे हुए बैठे थे तथा एक-दूसरे के हाथ को थामे हुए थे। उसने दुपट्टे से अपने सिर को ढक रखा था।

आखिर साढ़े ग्यारह बजे तक हम शिमला पहुँच गए।

शिमला एक खूबसूरत हिमालय की घाटी, अत्यधिक बसी हुई। हम लोग एक शानदार होटल में ठहरे।

सारा सामान ड्राईवर ने कमरे में रखवा दिया था। होटल का कमरा काफी अच्छा था। नौशीद होटल एवं कमरे को देखकर काफी खुश थी। कमरे की बड़ी-बड़ी ग्लास की खिड़कियों से दूर दूर तक विशाल पहाड़ों की सुन्दर श्रृंखला दिखाई दे रही थी। होटल अच्छी लोकेशन पर था तथा काफी ऊँचाई पर भी बना था। वहाँ से शिमला का लगभग सम्पूर्ण नजारा दिख रहा था।

कपड़े बदलकर जल्दी ही हम लोग बिस्तर पर पसर गये। कुछ देर आराम करने के बाद हमने कमरे की बालकनी में बैठकर चाय पी। तब तक बादल घिर आये थे तथा देखते ही देखते हल्की बूँदा-बाँदी शुरू हो गयी थी।

उस दिन हम लोग थकान की वजह से आस पास ही टहल आये, ज्यादा दूर तक नहीं गये। आराम करना ही बेहतर समझा। फिर रात में समय से खाना खाने के

बाद काफी देर तक हम लोग टी.वी. देखते रहे तथा खिड़कियों से पहाड़ों एवं शिमला का खुबसूरत नजारा निहारते रहे। जैसे-जैसे रात बढ़ती गयी, नौशीद रोमांटिक मूड में आती गयी।

अगले दिन से हम लोग दिन भर मस्ती करते, मॉल रोड पर घूमते, उस पर बैठकर बातें करते, दूर-दूर तक पहाड़ों को निहारते। फिर तरह-तरह के कपड़े पहनकर फोटो खिंचवाते। रात में देर रात तक टी.वी. देखते, बातें करते, फिर चाँदनी रात में प्यार की अठखेलियाँ करते हुए सो जाते।

शिमला आधुनिक शहर तो है ही, साथ ही पहाड़ों की सुन्दर घाटी में भी बसा हुआ है। मॉल रोड सचमुच बहुत आकर्षक है तथा यहाँ पर बना चर्च भी काफी बड़ा है। यहाँ पर्यटकों की बाढ़-सी आयी रहती है। छुट्टियों एवं वीकेंड पर तो यहाँ पर भीड़ और अधिक बढ़ जाती है। कई बार तो एकदम मैदान जैसा अनुभव होने लगता है। लेकिन शाम को माँल रोड पर टहलते हुए आप देश-दुनिया की चिन्ताओं से दूर चले जाते हैं।

नवम्बर में शाम होते-होते ठंड काफी बढ़ जाती है। गर्म कपड़े पहनने ही पड़ते हैं। नौशीद का मन था कि हम शिमला के आस-पास के पर्यटन स्थलों पर भी घूमें, लेकिन मैंने शिमला में ही आराम करने का फैसला लिया।

कैसे पन्द्रह दिन गुज़र गए, पता ही नहीं चला। शिमला की ताजी एवं ठंडी हवा में नौशीद का रंग और निखर आया था।

दूरी व वातावरण बदलने से वो पूरी तरह खिल उठी थी। उसका अभी और रूकने का मन था, लेकिन मैं नहीं माना। ऊपर से उसकी आंटी की भी जल्दी ही आने की हिदायत थी।

शनिवार का दिन था तथा लोगों की भीड़ शिमला आ रही थी। ऐसे में होटल से एक कि.मी. चलने पर ही हम लोग जाम में फँस गए। सुबह ग्यारह बजे हम लोग होटल से निकले थे और जाम से निकलते-निकलते हमें तीन घंटे लग गए। शिमला से चार कि.मी. आगे तक जाम लगा हुआ था। पुलिस के सख़्त निर्देशन में ही जाम खुल पाया।

नौशीद का तो पूरा 'मूड' ही खराब हो गया। एक तो उसका अभी और रूकने का मन था। ऊपर से ये जाम मिल गया।

"मैं कह रही थी आपसे, अभी कुछ दिन और रूक जाते हैं या निकलना ही था तो सुबह-सुबह निकलते। अब घर पहुँचते-पहुँचते काफी रात हो जाएगी।" उसने परेशान होते हुए कहा।

"कल सुबह ऑफिस जाना है। इसीलिए शाम तक पहुँचना चाह रहे थे।... अभी भी दस बजे तक पहुँच जाएँगे। रात में दिल्ली में जाम नहीं मिलेगा।" मैंने

उसे कुछ तसल्ली देने की कोशिश की।

''परेशान न होइए मैडम, हम रात में दस बजे से पहले ही पहुँच जाएँगे। सफर में ऐसा तो होता ही रहता है।'' ड्राईवर भी बातचीत में कूद पड़ा।

धीरे-धीरे पहाड़ों की वादियों ने हमारे सफर को आच्छादित कर लिया। नौशीद ने फिर से कार की खिड़की हल्की-सी खोल ली तथा अपना सिर थोड़ा बाहर निकलते हुए आँखें मूँद लीं। वो बायीं खिड़की पर बैठी थी। फिर से उसने मेरा हाथ पकड़ लिया था। उसका मन अब ठीक हो गया था।

दिल्ली-चंडीगढ़ हाईवे पर हमने 'सिंह दा ढाबा' पर खाना खाया तथा एक जगह चाय भी पी। शिमला की मीठी यादों पर बातचीत करते हुए सफर कैसे कट गया, पता ही नहीं चला। घर पहुँचते-पहुँचते रात के साढ़े नौ बज चुके थे।

माँ हमारा इन्तजार कर रही थी। उसने खुश होते हुए दरवाजा खोला। फिर कुछ देर तक शिमला एवं सफर के बारे में बातचीत हुई। माँ समझ गयी थी कि हम दोनों थके हुये हैं। उसे भी नींद आ रही थी। हम लोग लेटते ही गहरी नींद में चले गए।

अगले दिन हम देर से उठे। माँ के लिए नौशीद पाँच साड़ियाँ खरीद कर लायी थी। माँ ने इतनी साड़ियों पर पहले तो खुशी जाहिर की, फिर आगे से ज्यादा खर्च न करने की हिदायत भी दी।

नौशीद ने सुबह बढ़िया नाश्ता बनाया। नाश्ता करते-करते नौशीद बोली— ''मेरा आज ऑफिस जाने का मन नहीं है। मैं यहीं मम्मी के साथ रहूँगी।... दो दिन बाद ऑफिस जाऊँगी।''

''अरे...आंटी क्या सोचेंगी? उनसे बात तो कर लो।'' मैंने नौशीद के अचानक लिए फैंसले पर कुछ चौंकते हुए कहा।

''मैंने आंटी को बता दिया है।... वो मान गयी हैं।'' नौशीद ने तसल्लीपूर्वक कहा।

''अरे बेटा ये तो बहुत अच्छी बात है। कुछ दिन और साथ-साथ रह लोगे, इससे अच्छी क्या बात रहेगी?'' माँ ने खुश होते हुए कहा।

''अच्छा तो मैं अकेला ही ऑफिस जाऊँगा। तुम लोग यहाँ आराम करोगे।'' मैंने शिकायती लहजे में कहा। हालाँकि मुझे नौशीद के रूकने से बहुत खुशी हो रही थी।

नौशीद ने मुझे समझाते हुए कहा ''आप भी रूक जाइए, ऑफिस में किसी को कह दीजिए। एक दिन तो चल जाएगा।''

फिर मैंने भी उस दिन ऑफिस जाना टाल दिया। ऑफिस में अपने सीनियर्स को इसकी जानकारी दे दी।

इसके बाद हम लोग दोपहर बाद नोएडा के एक मॉल में पिक्चर देखने के लिए निकल गए। वहाँ पर पिक्चर देखी तथा ढेर सारी खरीदारी की। वापस आते समय नौशीद ने मेरी गर्दन पर अपनी बाँहों का घेरा डालते हुए कहा ''अब मेरा आंटी के यहाँ जाने का मन नहीं कर रहा है।... मेरा वहाँ मन नहीं लगेगा। आप कुछ कीजिए न।''

''अरे। मन तो मेरा भी नहीं कर रहा है। परन्तु आंटी के यहाँ तो जाना ही पड़ेगा। इसी में हम सबकी भलाई है। कुछ दिन और इन्तजार सही।'' मैंने उसके सिर को बहुत प्यार से सहलाते हुए कहा।

''हाँ... सो तो है।'' फिर उसका मन कुछ उदास हो गया।

मैं अगले दिन ऑफिस चला गया। नौशीद घर पर ही बनी रही। शाम को मुझे नौशीद को उसकी आंटी के घर छोड़ना था। नौशीद बेमन से तैयार हुई। बहुत थोड़ा सा सामान लेकर उसने भीगे मन से 'माँ' से विदा ली।

रास्ते में वो मुझसे कम ही बोली। विदा होते समय उसका मन खराब हो गया।

''अरे, जल्दी ही सब सामान्य हो जाएगा और हम लोग साथ रहने लगेंगे।''

''इंशा अल्लाह ऐसा ही हो।'' और फिर वो मेरे सीने से चिपककर रोने लगी।

''अम्मी की बहुत याद आ रही है।''

''सब ठीक हो जाएगा। देखना अम्मी हमारे घर पर जल्दी ही आएँगी तथा सब कुछ भूलकर हमें प्यार करने लगेंगी।''

''अपना व मम्मी का ख्याल रखिएगा।'' फिर हाथ हिलाते हुए वो चली गयी।

हम दोनों को अब अलग-अलग रहना अखर रहा था। अभी भी हमें ऐसा लग ही नहीं रहा था कि हमारी शादी हो चुकी है। क्योंकि शादी के बाद भी हम लोग अभी तक अव्यवस्थित तरीके से ही रह रहे थे। अभी भी उसके घर वालों को पता चलने का डर बना हुआ था। हम तभी साथ में रह पाते थे जब उसके अंकल काम के सिलसिले में घर से बाहर रहते थे।

फिर भी अब मन में पहले जैसी उथल-पुथल एवं अस्थिरता नहीं थी। अमेरिका जाने का उतावलापन भी अब पहले जैसा नहीं रहा था। अब कुछ और साल यहीं पर रहने का मन बना लिया था।

बाद में हम लोगों को कुछ सालों के लिये सिर्फ पैसा कमाने के लिये अमेरिका जाना था। जिससे कि मैं अपनी मल्टी नेशनल कम्पनी को स्थापित कर पाऊँ तथा नौशीद गरीबों के लिये एक हाईटेक स्कूल खोल सके। जाहिर है कि इतना

पैसा अभी अपने देश में कमाना आसान नहीं था।

हमने आंटी एवं माँ से विस्तार से चर्चा की कि अब हम लोगों को नौशीद के घर वालो को सब कुछ बता देना चाहिए। क्योंकि एक न एक दिन तो उन्हें पता चल ही जाना है। ऐसे में हम अगर बता देंगे तो फिर भी कुछ राहत रहेगी। आंटी पहले तो इस मुद्दे को टालने लगीं, लेकिन फिर उन्हें भी यह विचार ठीक लगा। उन्होंने कहा कि अभी केवल नौशीद की अम्मी को ही बताते हैं। बाद में वे ही अपने घर पर सबको बता देंगी।

आंटी ने नौशीद की अम्मी को किसी बहाने से घूमने के लिये नोएडा बुला लिया। वो दोपहर बाद तक आंटी के घर पहुँच गयी। इत्तेफाक से अंकल उस समय काम के सिलसिले में बाहर गये हुए थे। नाश्ता पानी करने के बाद उन्होंने बहुत ठंडे दिमाग़ से अम्मी से बात चलायी—

''भाभी आपसे एक बात कहनी है।'' उन्होंने कुछ डरते हुए कहा।

''क्या?... कहो ऐसी परेशानी वाली क्या बात है?'' उन्होंने संदेह की नजर से आंटी को देखते हुए कहा।

''वो आपसे डर लगता है न।... कहीं आप नाराज न हो जायें। आपको मुझ पर पूरा विश्वास तो है न।'' आंटी ने बहुत धीमी आवाज़ में कहा।

''अरे... ऐसा क्या हो गया है? जल्दी बताओ, मेरी बेचैनी को इतना क्यों बढ़ा रही हो?'' वो अधीर हो उठीं।

''वो नौशीद के बारे में ही कुछ बात करनी थी।'' नौशीद उस समय ऑफिस गयी हुई थी तथा कुछ देर बाद उसे वापस आना था।

''हाँ भई... बताओ तो सही।'' उन्होंने कुछ नाराजगी दिखाते हुए कहा।

''समय कम था, हम आपको डर की वजह से कुछ बता नहीं पाये। हमें मजबूरी में बहुत जल्दी में उसकी शादी करनी पड़ी।'' आंटी ने घबराते हुए अपनी बात पूरी की।

''क्या?... या अल्लाह। किससे? कब? तुमने सब बरबाद कर डाला।'' उन्होंने चिल्लाते हुए कहा।

''वो लड़का बहुत अच्छा है, उसी की कम्पनी में इंजीनियर है। अच्छा है, सुन्दर है तथा नौशीद को बेइन्तहा प्यार करता है। दोनों ने कोर्ट मैरिज कर ली है।'' आंटी अपनी बात खत्म भी नहीं कर पायी थीं कि अम्मी ग़ुस्से में आकर अपना माथा ठोकने लगीं।

''तुम मुझे पागल कर दोगी।... कौन है? किसी और धर्म का है क्या?'' उन्होंने आशंकित होते हुए कहा।

''भाभी उसका नाम शिवेन्द्र है, वो यहीं गाज़ियाबाद के पास के गाँव का

रहनेवाला है। लड़का बहुत शरीफ है, नौशीद का बहुत ख्याल रखता है। उस पर किसी तरह की कोई पाबन्दी नहीं लगाता है। वो पूरी तरह से उसके घर में महफूज है। मैंने सब कुछ पहले जाँच पड़ताल करके ही निर्णय लिया था। हाँ वो हिन्दू जरूर है।'' आंटी ने परेशान होते हुए बहुत धीमी आवाज़ में कहा।

''हिन्दू? तुम उसकी कैसी फूफी हो? क्या तुम पर इसी दिन के लिये हम लोगों ने विश्वास किया था? इसीलिये उसे तुम्हारे घर पर रखा था। तुम हमारी इकलौती लड़की की ज़िन्दगी की ठेकेदार बन कर बैठ गयीं। क्या रिश्तेदार ऐसा ही करने के लिये होते हैं?'' कहते हुए वो अपना सिर पकड़ कर बैठ गयीं। इतने में नौशीद भी ऑफिस से लौट आयी। माहौल को भाँपकर वो सहम गयीं तथा अम्मी को नमस्ते करके उनसे कुछ दूर होकर बैठ गयी। कुछ देर बाद वो हिम्मत करके उनके पास जाते हुए बोली—

''अम्मी, मेरी प्यारी अम्मी, मुझे, आंटी को माफ कर दो। हमें बहुत मजबूरी में ऐसा करना पड़ा। भाई से बहुत डर लगता है। तुम सब लोग उस दिन हमें दिनभर याद आते रहे, मैं तो कई बार उस दिन रोयी। इसमें आंटी की कोई भी गलती नहीं है।'' नौशीद अम्मी के पैरों के पास नीचे जमीन पर ही बैठ गयी तथा तेज आवाज़ में रोने लगी। आंटी भी उसके पास आ गयीं तथा उसे चुपाते-चुपाते वह भी रोने लगीं। घर का माहौल पूरी तरह से तनावपूर्ण हो गया।

''भाभी... मेरी अच्छी भाभी, मुझे... हम दोनों को माफ कर दो। भैय्या से भी मैं माफी माँग लूँगी। नौशीद भी परिवार के सभी सदस्यों से माफी माँग लेगी। हम सब अचानक हुई इस शादी से बहुत दुखी हैं। परिस्थितियाँ ऐसी बन गयी थीं कि हम लोग मजबूर हो गये थे।'' आंटी लगभग आत्मसमर्पण करते हुए बोलीं। लेकिन अम्मी अभी भी कुछ नहीं बोलीं, वो नाराज होकर दूसरे कमरें में चली गयीं तथा अन्दर से कमरा बन्द कर लिया।

वो अगले दिन सहारनपुर जाने की तैयारी करने लगीं। आंटी एवं नौशीद घबराकर उनसे फिर से माफी माँगने लगीं। किसी तरह से वो अम्मी को उस दिन जाने से रोक पायीं।

वो कई दिन तक यूँ हीं नाराज रहीं तथा उन्होंने कुछ खाया पिया भी नहीं। वो एक दो बार घर से बाहर जाती थीं, शायद वहाँ ही कुछ खाकर चली आती थीं। आंटी को उनके सहारनपुर जाने का डर अभी भी सता रहा था।

अन्ततः आंटी एवं नौशीद ने उन्हें मना ही लिया। नौशीद उनकी बहुत ही लाडली बेटी थी। नौशीद उनके गले से लगकर फूट-फूट कर खूब रोयी। उनके मन का सारा मैल धुल गया।

उनके मानने से हम सबको काफी राहत पहुँची, लेकिन अभी भी नौशीद के

घरवाले समस्या बने हुए थे। अब आगे उन्हें कैसे इस बात की जानकारी दी जाये, इस पर हम लोग विचार कर रहे थे। आखिरकार अम्मी ने ही सहारनपुर स्वंय बताने की जिम्मेदारी ली। वो भी स्वयं घबरा रही थीं, क्योंकि नौशीद के देवबन्दी भाई से वो भी डरती थीं। वो इस मामले में एफ.आई.आर. तक करवा सकता था।

आज वो मुझसे मिलने आई थीं। उन्होंने फ्लैट में घुसते ही चारों तरफ अपनी नजर दौड़ायी। आंटी एवं नौशीद भी साथ आयी थीं। मैंने आगे बढ़ते हुए आंटी एवं अम्मी के पैर छू लिये। उन्होंने बैठते ही माँ के बारे में पूछा। मैंने माँ के गाँव जाने के बारे में बता दिया।

उन्हें मेरे बारे में नौशीद पहले ही सब कुछ बता चुकी थी। नौशीद ने फोन पर बताया था कि वो मेरे बारे में सुनकर सन्तुष्ट हो गयी थीं। लेकिन उनकी बातों में अभी भी इस बात का दर्द झलक ही रहा था कि उन्हें उनकी इकलौती लड़की की शादी का पता समय रहते नहीं चल पाया था। हमें भी अब लग रहा था कि अम्मी को शादी से पहले विश्वास में लिया जा सकता था।

उन्होंने ये सुझाव दिया कि हम लोग नोएडा में शिफ्ट हो जायें। वहाँ पर नौशीद आंटी से जल्दी-जल्दी मिलती रहेगी तथा हम लोगों का ऑफिस भी पास में रहेगा। मैंने उनके इस सुझाव पर गम्भीरता से विचार करने के लिये कहा।

वो आज साड़ी पहन कर आयी थीं। उनकी लम्बाई नौशीद से अधिक ही थी। नाक नक्शा नौशीद से थोड़ा अलग था, लेकिन अच्छा लग रहा था। रंग एकदम साफ था। वो थोड़ी गम्भीर स्वभाव की लग रही थीं। नौशीद ने भी ऐसा ही बताया था।

फिर हम लोगों ने नाश्ता किया। अम्मी ने सारे घर को अच्छे से देखा, रसोई की हर चीज को चैक किया। अब उनका मूड ठीक हो गया था। हम लोग ड्राईंग रूम में बैठे थे। बातचीत के दौरान आंटी ने कहा कि घर पर मैं नौशीद के अंकल से सब कुछ छुपाते-छुपाते थक गयी हूँ। किसी तरह उनको भी अभी समझा दिया जाये। अभी भाभी भी हैं, वो ज्यादा शोर शराबा नहीं कर पाएँगे।

अगले दिन शाम को जब अंकल घर पर लौट आये तो नौशीद की अम्मी ने उन्हें अपने ढंग से सब कुछ बता दिया। उनके रहते वो बहुत ज्यादा ग़ुस्सा जाहिर नहीं कर पाये। हालाँकि अन्दर से उनका मूड खराब हो गया था। वो इस बात से भी नाराज थे कि उनकी अनुपस्थिति में आंटी एवं नौशीद ने मिलकर इतना सब कुछ कर डाला। ये जरूर उन्होंने कहा कि इस सबसे फिजा पर बुरा प्रभाव पड़ सकता है। वैसे वो भी धार्मिक रूप से उदार व्यक्ति थे। व्यापारी होने से और अधिक उदार हो गये थे।

नौशीद अब मेरे पास ही रहने के लिये आ गयी थी। जिस दिन वो आयी

उसके साथ अम्मी एवं आंटी भी मेरे फ्लैट पर आ गयीं। आंटी तो चली गयीं लेकिन अम्मी हमारे यहाँ ही रूक गयीं। फिर मैंने अगले दिन माँ को भी घर पर बुला लिया। अम्मी माँ से मिलकर और अधिक सन्तुष्ट हो गयीं। अब वो अपनी बेटी के निर्णय पर खुश थीं। नौशीद बता रही थी कि उन्होंने उससे कहा था कि बेटा वैसे तो सबकी उपस्थिति में ही सब कुछ होना चाहिये था, क्योंकि शादी सिर्फ एक ही बार होती है। परन्तु ऐसी शादियों में ऐसा हो नहीं पाता है। उन्हें इस बात से काफी सुकून था कि लड़का हिन्दू होने के बावजूद बहुत ही नेक तथा व्यवहारकुशल था।

उसकी अम्मी ने कुछ दिन तक तो अपने परिवार से इस राज को छुपाने की कोशिश की, लेकिन फिर उन्होंने अपने घर में सबको ठन्डे दिमाग़ से बता दिया। हमारे बहुत ज्यादा खुश रहने की बात भी जोड़ दी। जैसे ही उन्होंने बात खत्म की, सुनकर सब लोग सन्न रह गये थे।

बड़ा बवाल होने से बच गया, देवबन्द वाला भाई तो मान ही नहीं रहा था। मेरी बोटी-बोटी एक करने की बात कर रहा था। लेकिन तूफान आया और शांत होता चला गया। जिनके पराए हो जाने का भय हमें लगातार सता रहा था, अब सब अपने हो गए थे। ''ऑनर किलिंग'' जैसी घटना की इस शादी में आशंका भी उत्पन्न नहीं हो पायी थी।

धीरे-धीरे सब शान्त हो गया, नौशीद अब बहुत खुश थी। उसके परिवार वालों का मेरे यहाँ आना जाना हो गया। उन्हें मेरा स्वभाव बहुत पसन्द आया। अब्बू तो, हर जगह मेरी प्रशंसा ही करते थे।

इसी खुशी में बच्चे भी आ गए, वो भी जुड़वा - एक लड़का एवं एक लड़की। चारों तरफ खुशी ही खुशी। सभी लोग ये मान रहे थे कि एक ही बार में परिवार पूरा हो गया। नौशीद के देवबन्दी भाई को छोड़कर उसके परिवार के सारे लोग घर आए तथा कई दिन तक घर पर रूके रहे। आंटी एवं फिजा भी कई दिन तक रोज़ आती रहीं।

फिजा ने तो बच्चे होने से पहले से ही नौशीद की बहुत सेवा की थी, वो पिछले दो माह से लगभग मेरे यहाँ ही रह रही थी। इसके चलते उसकी पढ़ाई में भी बाधा उत्पन्न हुई थी। माँ भी उसकी सहायता कर रही थी।

दोनों के नाम भी तय हो गये, बच्ची का नाम जहीन तथा बच्चे का नाम सिकन्दर रखा गया। दोनों बच्चे बड़े ही खूबसूरत थे। माँ तो खुशी से पागल थी। कई माह तक उसने गाँव का मोह छोड़ दिया था तथा बच्चों का ख्याल रखने लगी थी। खुशी के माहौल को देखते हुए माँ मुझे चेताते हुए बोली-

''बेटा तुम भी अच्छे, नौशीद भी अच्छी और बच्चे भी बड़े प्यारे हैं... अब किसी बात की कमी नहीं हैं। बस किसी की हाय मत ले लेना तथा लोगों की कुढ़न

से बच कर रहना। लोग किसी की खुशी को पचा नहीं पाते हैं, वो भी इतनी खुशी को।''

नौशीद कई माह से छुट्टी लेकर घर पर ही बच्चों की देखभाल कर रही थी। मेरा मन भी ऑफिस में कम ही लगता था। मासूम बच्चों को दिन भर गोद में खिलाने का मन करता रहता था। धीरे-धीरे बच्चे मुझे अच्छे से पहचानने लगे थे। मैं जब ऑफिस से लौटकर वापस घर आता था तो दोनों बिस्तर पर लेटे-लेटे हरकतें तेज कर देते थे तथा उनकी आँखो से ऐसा लगता था कि जैसे वो मेरी गोद में आना चाह रहे हों। ऑफिस की सारी थकान चन्द पलों में ही दूर हो जाती थी।

समय गुज़रता गया और नौशीद की एक साल की छुट्टियाँ अब समाप्त होने को आ गयीं। घर पर एक नौकरानी हमने पहले ही रख ली थी। माँ व नौकरानी मिलकर बच्चों को सँभाल लेते थे। नौशीद पर बच्चों का भार बहुत कम हो गया था।

हम लोगों ने विचार करने के बाद नौशीद के ऑफिस जाने का फैसला किया। उसे अगले सप्ताह से ऑफिस ज्वाईन करना था। शुरू शुरू में बच्चों को अकेले छोड़कर जाना नौशीद को बहुत अखरा। लेकिन धीरे-धीरे माँ ने नौकरानी की सहायता से बच्चों को ठीक से सँभाल लिया था।

बच्चे धीरे-धीरे बड़े हो रहे थे। नौशीद ने कुछ माह से अपना वजन घटाने पर ध्यान देना शुरू कर दिया था। वो फिर से छरहरी काया वाली हो गयी थी। यह देखकर मैं तो आश्चर्यचकित था ही, ऑफिस में भी संगी साथी हैरान थे।

मेरा प्रमोशन हो गया था तथा पैकेज में भी बढ़ोत्तरी हो गयी थी। काफी दिन से मैं छोटी कार बेचकर बड़ी कार लेना चाह रहा था। लेकिन बेच नहीं पाया था। इधर मेरा एक जूनियर साथी मेरी कार को लेने का इच्छुक था। मैंने नौशीद से विचार करके कार उसको बेच दी।

फिर इस बात पर काफी माथा पच्ची की गई कि नई कार कौन-सी ली जाये। काफी विचार विमर्श के बाद हम लोगों ने टाटा की सफारी लेने का फैसला किया। रविवार के दिन हम लोग कार खरीद लाये।

जिस दिन कार ली, उस दिन नौशीद मेरे साथ लम्बी ड्राइव पर गयी, कार उसने स्वयं ही ड्राइव की।

बच्चे अब प्ले स्कूल में जाने लगे थे। हमने अब चार बैडरूम का फ्लैट ले लिया था, उसी सोसायटी में कुछ नीचे यानि दसवीं मंजिल पर। वो कार्नर का फ्लैट था। काफी अच्छा तथा खुला-खुला सा था।

नौशीद बच्चों को लेकर एक बार अपने घर भी घूम आयी थी। बच्चों के आने से आपसी सम्बन्ध और अच्छे हो गए थे। नाम भी ऐसे थे कि उनके घर वालों को

और अधिक करीबी महसूस होती थी। नौशीद की अम्मी को जहीन से बहुत लगाव था और फिजा जब भी आती थी वो सिकन्दर को गोद में ही लिये रहती थी।

ताजमहल एक अजूबा...जो हमारे बहुत पास था, नौशीद के बार-बार कहने पर भी मैं अभी तक उसे दिखाने नहीं ले जा पाया था। वो इसलिये भी क्योंकि मुझे पुरानी इमारतों एवं विरासत को देखने में बहुत ज्यादा रस नहीं आता था। नौशीद की जिद ने हमारा ताज देखने का प्लान बनवा ही दिया। हालाँकि इस समय मौसम काफी गर्म चल रहा था।

वो बीस मई की तारीख थी, दिन रविवार का था। बच्चों की छुट्टियाँ चल रही थीं। माँ घर पर ही थी। हम लोग सुबह जल्दी उठ गये तथा सुबह छः बजे ही नाश्ता करके घर से निकल गये। गाड़ी मैं ही चला रहा था। हम लोग अकेले ही सफर करना चाह रहे थे।

यमुना एक्सप्रेस वे पर जैसे ही कार चढ़ी, नौशीद प्रफुल्लित हो गयी। एक्सप्रेस वे बनने से ग्रेटर नोएडा एवं आगरा की दूरी बहुत जल्दी तय हो जाती थी। हालाँकि रास्तें में कई टोल पड़ते थे जिससे काफी समय खराब हो जाता था। एक्सप्रेस वे के दोनों तरफ जगह-जगह पर कई अच्छे रेस्टोरेंट भी खुल गये थे। जिससे खाने पीने की कोई समस्या नहीं रह गयी थी।

सबसे बड़ी समस्या गाड़ियों की स्पीड की थी। लोग खाली सड़क देखते ही मन माफिक गति पर गाड़ियाँ दौड़ाने लगते थे। जिससे कई बार गाड़ियों के नये टायर भी फट जाते थे। ऐसे में एक्सीडेन्ट जब होता था तो वह भयानक ही होता था। कोई न कोई मौत निश्चित ही हो जाती थी।

हम दोनों ही इस चीज से वाकिफ थे। इसलिये मैं गाड़ी बड़े आराम से चला रहा था। गाड़ी की गति सौ के आसपास ही बनी हुई थी। रास्ते में हम लोग चाय पीने के लिये रूकना चाहते थे, लेकिन फिर टाल गये। इसी वजह से हम लोग लगभग सवा नौ बजे तक ताज परिसर में पहुँच गये।

जल्दी से हम लोगों ने गाड़ी पार्क की, तथा टिकट ले लिये। इस समय भी काफी लोग वहाँ पहुँचे हुए थे। कई विदेशी पर्यटक भी वहाँ पर घूम रहे थे। देखकर काफी अच्छा लग रहा था। नौशीद ने एक अच्छा सा फोटोग्राफर करने के लिये कहा। बड़े आराम से एक फोटोग्राफर मिल गया, उसने थोड़ा बहुत गाईड का भी काम किया।

नौशीद की खुशी देखते ही बनती थी। हम लोग काफी देर तक ताज देखते रहे। मुख्य गुम्बद में पहुँच कर ताज की महानता का हमें अनुभव हुआ। नौशीद लगातार मेरा हाथ थामे हुए थी। हमने ढेर सारे फोटो साथ में खिंचवाये।

वाकई में शाहजहाँ ने कमाल की कृति बनवाई थी। संगमरमर पर नक्काशी देखते ही बनती थी। उस समय न ऐसी मशीनें थीं और न ही आज जितने संसाधन एवं कौशल। फिर ऐसे अजूबे को बनवाना कितना कठिन व थका देने वाला कार्य रहा होगा। कितना अधिक धन खर्च हुआ होगा।

सच में शाहजहाँ शौकीन तो रहा ही होगा, साथ में कला का पारखी भी रहा होगा।

दु:ख की बात ये थी कि ताजमहल तो विश्वस्तरीय रचना है, परन्तु उसके आसपास सफाई एवं आधारभूत संरचना की स्थिति खराब थी। जिससे पर्यटकों को समस्याओं का सामना करना पड़ता था।

नौशीद लगातार मेरा हाथ पकड़े हुए थी तथा अब तक कई बार पहले ताज न देखने का अफसोस जता चुकी थी।

जो फोटो हमने खिंचवाए थे, वो भी अब मिल चुके थे। फोटो बहुत प्यारे आए थे। नौशीद उन्हें बार-बार पलट कर देख रही थी। अब हमें यह लग रहा था कि माँ एवं बच्चों को भी ले आते, तो अच्छा रहता।

फिर हमने तय किया कि जल्द ही फिर आएँगे। बच्चों एवं माँ को भी साथ में लाएँगे तथा ताजमहल के साथ-साथ मथुरा, वृन्दावन भी घूमेंगे।

रास्ते में वो शाहजहाँ एवं मुमताज की प्रेमकहानी को बार-बार बयाँ करने लगी।

''वैसे ताजमहल तो अमरकृति है, लेकिन कुछ इतिहासकार शाहजहाँ के महत्त्व को कई कारणों से कम करके आंकते है, जैसे— उसके कई रानियाँ थीं, हरम भी था। ऐसे में किसी एक रानी से बेइन्तहा मोहब्बत होना सम्भव ही नहीं था। उसने मोहब्बत से ज्यादा अपनी शान दिखाने के लिये ताजमहल का निर्माण करवाया था।

इस निर्माण में उसने बेहिसाब धन-दौलत लुटा दी, उसी के समय में राजसत्ता धन के अभाव से जूझने लगी तथा उसने अपनी स्थिति को मजबूत करने के लिए कट्टरपंथ को बढ़ावा दिया। जो बाद में औरंगजेब के समय बहुत ज्यादा बढ़ गया।'' मैं एकाएक बोलता चला गया। वो मेरी बात सुनकर भड़क गयी—

''आप भी बहस को कहीं से कहीं ले जाते हैं... अरे, कोई भी वजह रही हो, लेकिन उसने एक 'नायाब' चीज तो बनाई ही है। इसे आप या कोई भी नकार नहीं सकता है। मध्यकाल में निरंकुशता तो हर जगह ही थी।'' उसका मूड खराब हो गया।

मैंने बहस को ज्यादा बढ़ावा न देते हुए नौशीद की हाँ में हाँ मिला दी, "हाँ वैसे शाहजहाँ ठीक ही था, वो दाराशिकोह को बहुत पसन्द करता था। मैं तो इतिहासकारों के नजरिये की बात कर रहा था।"

"आप भी न... कुछ भी बोलने लगते हैं। इतना अच्छा मूड था मेरा।... कितना सुन्दर व रूमानियत भरा दृश्य था ताजमहल को निहारना।"

"सच में नौशीद।...बस मैं यूँ ही बोल गया। ताजमहल की तो पूरी दुनिया कायल है। तुम्हारे साथ में फोटो खिंचवाना बेहद यादगार एवं शानदार रहा। मैं तो टाल ही रहा था, लेकिन तुम मुझे ले ही आयीं।" मैंने उसके चेहरे की तरफ निगाह करते हुए कहा।

"हाँ... और क्या?... वो एक इमारत भर नहीं है... वो प्रेम की अनूठी निशानी है। ये निशानियाँ हमें प्रेम की गहराई की याद दिलाती रहती हैं। जो भी राष्ट्राध्यक्ष अपने देश में आता है, उसकी ताजमहल को देखने की इच्छा जरूर होती है। अखबारों में उनकी परिवार सहित ताजमहल के साथ फोटो छपती रहती हैं।" नौशीद ने खिड़की खोल रखी थी। वो ताजी हवा का आनन्द ले रही थी। हवा में गर्मी जरूर थी, लेकिन खराब नहीं लग रही थी।

"हाँ-हाँ, नौशीद... मुझे दुःख है, मैंने तुम्हारा दिल दुःखाया। मुझे बहुत अच्छा लग रहा है तुम्हारे साथ। ताजमहल की खूबसूरती देखकर मेरा मन भी अच्छा हो गया है।...मेरी तो तुम ही मुमताज हो।" मैंने उसे छेड़ते हुए कहा।

"धत...आप भी न।" उसने कुछ लजाते हुए कहा। अब उसका मन फिर से कुछ ठीक हो गया था।

"नौशीद, अब बच्चों की आदत हो गयी है। उनके बिना कुछ अधूरा सा लगता है। उनकी हरकतें देखने का मन करता रहता है।" मैंने एक लम्बी सी साँस छोड़ते हुए कहा।

"हाँ, सो तो है।... लेकिन ताजमहल को मैं आपके साथ अकेले ही देखना चाहती थी। मैं जब भी ताजमहल को देखने की कल्पना करती थी, तो उसमें मेरे अलावा सिर्फ आप ही होते थे।... बच्चों एवं माँ को अगली बार ले आएँगे।" उसने मेरी तरफ झुकते हुए मेरी बायीं बाँह पर हाथ रखते हुए कहा।

"सच में नौशीद, जब हम दोनों ताज को निहार रहे थे, तो उस पल मुझे एक ख़ास अनुभूति हो रही थी।"

"मुझे भी वैसा ही लग रहा था।"

फिर हम दोनों बच्चों के बारे में ढेर सारी बातें करते रहे। बस रास्ते में एक रेस्टोरेंट में रूके खाना खाने के लिए। हमें अकेले में बाहर साथ खाना खाए हुए काफी समय हो गया था।

रेस्टोरेंट काफी अच्छा था। वहाँ भी काफी विदेशी सैलानी थे तथा कुछ न कुछ खा रहे थे। हम लोगों ने मसाला डोसा व इडली ली और खाने लगे। नौशीद ने बाद में लस्सी भी मँगा ली अपने लिए। मैंने लस्सी नहीं पी, क्योंकि मुझे लस्सी पीने से सुस्ती आने का भय था। मैं गाड़ी जो चला रहा था। मैंने अपने लिये एक चाय मँगा ली।

नौशीद और मैं काफी खुश थे तथा रिलैक्स हो गए थे। हम दोनों को ही शादी के पूर्व के दिन याद हो आए थे। मैं रास्ते भर नौशीद को उन बातों पर छेड़ते हुए आया।

वो भी सिर्फ झूठी नाराजगी दिखा रही थी। वो आज गुलाबी रंग की साड़ी पहने हुए थी तथा बेहद स्मार्ट दिख रही थी। साड़ी में वो हमेशा ही ज्यादा खूबसूरत दिखती थी।

साड़ी को पहनने का तरीका भी उसका कुछ अलग था। आज जो साड़ी उसने पहन रखी थी, वो उसकी आंटी ने उसे दी थी। वह खरीदारी के समय अक्सर नौशीद को साथ ही ले जाती थीं।

''बच्चे माँ को परेशान कर रहे होंगे। काफी देर हो गयी है हमें।'' मैंने नौशीद से कहा।

''शायद याद कर रहे हों।...मम्मी सँभाल लेती हैं दोनों को। दोनों मम्मी के पास मुझसे भी ज्यादा खुश रहते हैं। वो उन्हें बाहर घुमाती रहती हैं तथा नयी-नयी चीजें दिखाती रहती हैं। आप उन्हें लेकर परेशान न हों।''

तभी एक बाईक सवार मेरी बगल से बड़ी तेजी से निकलकर चला गया। मैं घबरा गया। वो बस कार से लड़ते-लड़ते बचा। नौशीद चिल्लायी ''देखकर चलाइयेगा। यहाँ सब ऐसे ही बाहियात तरीके से बाईक या गाड़ी चलाते हैं।...आपकी स्पीड भी कुछ ज्यादा है। आप एक्सप्रेसवे से नीचे आ चुके हैं। थोड़ी स्पीड कम कीजिए।''

''देखा उसको। मरते-मरते बचा है। ऊपर से हेलमेट भी नहीं पहन रखा था। इस देश में कोई भी व्यक्ति नियम-कानून को नहीं मानना चाहता है। कानूनों को तोड़ने में ही सब लोग अपनी शान समझते हैं। उसे हेकड़ी से जोड़कर देखते हैं।'' मैंने परेशान होते हुए कहा।

''ध्यान से चलाइए। यहाँ पर कुछ हो जाता है, तो लोग लड़ने-मरने के लिए तैयार हो जाते हैं।'' नौशीद ने मुझे शांत करते हुए कहा।

''यूरोप को ही ले... या फिर अमेरिका की बात करें तो वहाँ हर आदमी नियम-कानून को मानता हे। चौराहों पर, सड़क पर हर कोई नियमानुसार चलता है। यहाँ पर सब ऊँट-पटांग चलते हैं। हर जगह गैर कानूनी रूप से कट बने हुए हैं।

अनेक जगह गड्ढे हो जाते हैं, तो उन्हें कोई भरता नहीं है। कागज पर ही सड़कें बनती रहती हैं तथा उनकी मरम्मत होती रहती है।

छोटी-छोटी नौकरियों के लिए शिक्षा एवं योग्यता की आवश्यकता है, लेकिन विधायक, साँसद, मन्त्री, मुख्यमन्त्री, या प्रधानमन्त्री बनने के लिए कोई योग्यता नहीं चाहिए। पूरा प्रदेश या पूरा देश चलाने के लिए किसी शिक्षा एवं योग्यता की आवश्यकता नहीं है। न ही कोई ट्रेनिंग करनी पड़ती है। वहाँ लोकप्रियता ही एकमात्र योग्यता है। इसीलिए गरीब एवं अशिक्षित देशों में या तो लोकतन्त्र पनपता नहीं हैं या पनपता है तो वो अर्धलोकतन्त्र या विकलांग लोकतन्त्र के रूप में सामने आता है।''

''थोड़ा गाड़ी रोक लीजिए।... घर तो जल्दी ही पहुँच जाएँगे। एक-एक कुल्फी खा लेते हैं। बहुत दिन से सड़क पर खड़े होकर कुछ खाया नहीं है।'' नौशीद ने कुल्फी वाले की तरफ इशारा करते हुए कहा।

''ठीक है- रोक लेता हूँ। मैं भी गाड़ी चलाते-चलाते बोर हो गया हूँ।'' मैंने गाड़ी को कुल्फी वाले से थोड़ा दूर रोकते हुए कहा।

कुल्फी काफी अच्छी थी। नौशीद ने दूसरी भी ले ली। सरपट दौड़ती गाड़ियों के बीच पैदल चलने वाले लोग काफी संभल कर चल रहे थे। अब पैदल व साईकिल सवार लोग सड़क पर निरीह समझे जाते हैं। एक तरह से महानगरीय व्यवस्था पर अब वे बोझ बन गए हैं।

''हाँ, ये तो मुझे भी लगता है कि मंत्रियों, मुख्यमन्त्री एवं प्रधानमन्त्री को बेहद योग्य होना चाहिए। मध्यकाल तक बात अलग थी। तब वीरता एवं सैन्य रणनीति पर भी देश एवं समाज का भाग्य जुड़ा रहता था।... लेकिन आधुनिक काल में व्यवस्था काफी जटिल हो चुकी है। तब कामकाजी योग्यता ही मुख्य पैमाना होना चाहिए।'' नौशीद ने वार्तालाप को आगे बढ़ाते हुए कहा।

''हमारे यहाँ के अधिकतर राजनेता सत्ता एवं पैसे के भूखे रहते हैं। वे राजनीति की शुरुआत ही इन दोनों चीजों की भूख से करते हैं। उन्हें देश, समाज से कोई वास्ता नहीं रहता है। देश व समाज के लिए त्याग की भावना वाले लोग अब उँगलियों पर गिने जा सकते हैं। ये लोग नेटवर्किंग, चालाकी एवं पाखंड से राजनीति की सीढ़ियाँ चढ़ते हैं। इस क्रम में वे चापलूसी की पराकाष्ठा को पार कर जाते हैं। चापलूसी करते-करते उनका अपना जमीर बहुत पहले मर चुका होता है। सत्ता उनके लिए बस भोग की वस्तु बनकर रह जाती है।

इसीलिए इस देश में आज़ादी के इतने वर्षों बाद भी वैसी ही कुव्यवस्था बनी हुई है। यही हाल रहा तो इस देश का कोई भविष्य नहीं है।'' अब तक हम लोग कुल्फी खत्म कर चुके थे। सड़क किनारे पेड़ों के झुण्ड की लम्बी कतार थीं। वहाँ

खड़े होना हमें अच्छा लग रहा था।

''मैं नहीं मानती कि इस देश का कोई भविष्य नहीं है। हमें इतना निराश नहीं होना चाहिए। देखना धीरे-धीरे सब ठीक हो जाएगा।'' उसने काफी विश्वास के साथ कहा।

''चाहता तो मैं भी यही हूँ।...अब तुम ही बताओ, हर साल लगभग डेढ़ से दो करोड़ की आबादी इस देश में बढ़ रही है। क्या इतने संसाधन हैं इस देश के पास? हम कितने लोगों के लिए रोज़गार सृजन कर पाएँगे। कितने लोगों को भरपेट भोजन, जरूरी शिक्षा एवं स्वास्थ्य सेवाएँ दे पाएँगे।

हर साल इतनी ज्यादा गाड़ियाँ इन सड़कों पर बढ़ती जा रही हैं... परिवहन विभाग के पास सुरक्षित परिवहन का कोई रोड मैप नहीं है। रोज़ाना लोग एक्सीडेन्ट में मर रहे हैं, घायल हो रहे हैं।... ज़िन्दगी पूरी तरह से असुरक्षित है यहाँ पर।'' मैं बस बोले जा रहा था।

''इतना भी नकारात्मक मत सोचिए। हमारी संस्कृति बेहद मजबूत एवं खूबसूरत है। धीरे-धीरे व्यवस्थित भी हो ही जाएँगे। बाहर जाने के बाद सभी लोग खुश नहीं हो जाते हैं।... बस पैसा कमाने की मशीन बनकर रह जाते हैं।'' नौशीद ने अपनी बात रखते हुए कहा।

''ऐसा नहीं है। अमेरिका में बहुत ही उच्च गुणवत्ता वाला जीवन भारतीय लोग जी रहे हैं। वहाँ पर सभी लोग अच्छा जीवन जी रहे हैं। शासन, प्रशासन लोगों के प्रति जवाबदेह एवं संवेदनशील है। हम लोग सदियों से आत्ममुग्धता के शिकार रहे हैं। उनकी एकतरफा बुराई करते आये हैं। उनकी भी अपनी संस्कृति है। भारतीय लोग वहाँ पहुँचकर भी अपनी संस्कृति को बचाए रखते हैं। वहाँ पर जीवन-प्रत्याशा को देखो, कितनी ऊँची हैं।'' मैंने अपने पक्ष में तर्क दिए। परन्तु नौशीद भी पीछे नहीं हटी।

''हमें खुदा ने जहाँ पैदा किया हैं। मेरा मानना है, हमें वहीं पर शानदार जीवन जीने की कोशिश करनी चाहिए।... हमें अपने देश व समाज को ही बेहतर बनाने की कोशिश करनी चाहिए। ताकि हमारी आने वाली पीढ़ी को हमारे देश व समाज पर गर्व हो।

...अपनों से दूर जाने के बाद...कुछ बेहतर मिल भी गया तो क्या मजा आएगा? अब देखो न मम्मी गाँव तक छोड़ने के लिए तैयार नहीं हैं,...जबकि हमारे यहाँ सारी सुविधाएँ हैं।... लेकिन मम्मी गलत नहीं हैं। वो वहीं पर जीवन को बेहतर तरीके से महसूस करती हैं। अपना-अपना नजरिया है। मैं आपको भी गलत नहीं कह रही हूँ। यही बात मुझ पर भी लागू होती है। मैं भी शायद अपनी जगह सही हूँ।'' नौशीद बातचीत को अब विराम देना चाह रही थी। तभी उसके फोन की

घंटी बजी। उधर से माँ बोल रही थी।

"बिटिया, कहाँ रह गए हो? काफी देर हो गयी है।... मुझे कुछ घबराहट सी हो रही है।"

"मम्मी, हम बस पहुँचने ही वाले हैं। यहीं परी चौक के पास हैं।... बच्चे परेशान तो नहीं कर रहे हैं?" नौशीद ने पूछा।

"नहीं बिटिया,...बच्चे तो आराम से खेल रहे हैं। पता नहीं मेरा ही मन कुछ देर से घबरा रहा है। इसीलिए बात की, जल्दी से घर आ जाओ।" माँ की बात सुनकर हमें तसल्ली हो गयी।

"चलिए अब चलते हैं।... मम्मी कुछ परेशान सी हैं।" नौशीद ने कार की तरफ बढ़ते हुए कहा।

कार परी चौक की तरफ दौड़ने लगी। मैंने कार की खिड़कियाँ अब बन्द कर दी थीं तथा ए.सी. चला दिया था। मेरे मन में एक बेचैनी उभर आयी थी कि आखिर माँ का मन क्यों घबरा रहा है? फिर सोचा कि उसे अकेले-अकेले फ्लैट में बोरियत हो रही होगी।

नौशीद का भी मन कुछ खराब हो गया था। मेरे दिमाग़ में लगातार विचार आ-जा रहे थे।

परी चौक आ गया, लेकिन जल्दबाजी में हम दूसरी रोड पर मुड़ गए। मैंने गाड़ी वापस ली तथा कुछ तेजी से घुमा दी। तभी अचानक बिना हेल्मेट के एक बाईक सवार बहुत तेजी से गाड़ी से आ टकराया तथा गाड़ी का आगे का शीशा तोड़ते हुए गाड़ी के पीछे जा पड़ा। उसकी बाईक एक तरफ जा गिरी, बाईक के परखच्चे उड़ गए थे।

सब कुछ इतनी तेजी से घटित हुआ कि मेरे तो होश ही उड़ गए, नौशीद भी घबराहट से सन्न रह गयी। मैंने गाड़ी पूरी तरह रोक दी थी, परन्तु वो इतना तेज था कि उसका सन्तुलन पूरी तरह से बिगड़ गया तथा साईड से शीशा तोड़ते हुए नीचे जा गिरा।

मैं हड़बड़ाहट में नीचे उतरा, उसका सिर फट चुका था। पूरा शरीर खून से लथपथ था। उसके पास भीड़ इकट्ठा होने लगी "अरे देखो मार डाला।"

"या खुदा, ये क्या हो गया?" नौशीद ने घबराते हुए कहा।

"अरे नहीं... नहीं, मेरी कोई गलती नहीं है, यह खुद ही बहुत तेज था। इसे जल्दी अस्पताल पहुँचाना होगा।" मैंने इकट्ठा हो रही भीड़ की तरफ देखते हुए कहा।

तभी उसके कई साथी वहाँ आ पहुँचे तथा मुझ पर टूट पड़े। तेजी से चिल्लाते हुए एक लड़के ने मेरा गिरेहबान पकड़ लिया तथा तेज आवाज़ में बोला-

"बहुत बड़ा गवर्नर का बच्चा है तू, तू बचेगा नहीं। हमारा गाँव पास में ही है,

तुझे हम सब मार डालेंगे। गाड़ी है तो किसी पर भी चढ़ा देगा।'' उस हट्टे-कट्टे युवक ने यह सब कहते हुए मेरे जबड़े पर एक जोरदार घूंसा रसीद कर दिया। मैं चिल्ला कर रह गया। मुझे बहुत ग़ुस्सा आया। मन किया कि उस लड़के का मुॅंह तोड़ दूँ। लेकिन परस्थिति पूरी तरह से मेरे खिलाफ थी।

''मुझे अकेला मत समझो, मैं भी पास ही का हूँ। मेरी कोई गलती नहीं है। ये बिना हेलमेट के था तथा बहुत स्पीड से बाईक चला रहा था। मैं कहीं भाग नहीं रहा हूँ, इसके बहुत खून बह रहा है। पहले इसे अस्पताल पहुँचा दो।''

''तू इसकी चिन्ता मत कर। अरे किशन तू जल्दी से मदन को कैलाश अस्पताल लेकर जा। हम इस बिगड़ैल नवाब को सँभालते हैं।'' उसने मेरी शर्ट को पकड़ते हुए किशन को इशारा किया।

सभी लड़के हट्टे कट्टे तथा चौबीस-पच्चीस साल के थे। भीड़ काफी बढ़ चुकी थी, मुझे नौशीद की चिन्ता हो रही थी। मैं किसी तरह पुलिस को फोन करना चाहता था, परन्तु उन्होंने मेरा फोन भी तोड़ दिया। नौशीद भी गाड़ी से निकलकर मेरे पास पहुँच गयी। स्थिति भांप कर वो हाथ जोड़कर सबसे माफी माँगने लगी तथा अस्पताल का खर्चा करने की बात करने लगी।

लेकिन वो लोग कुछ भी सुनने को तैयार नहीं थे। वो नौशीद से भी बदतमीजी से पेश आने लगे। मेरा धैर्य जवाब दे रहा था।

इतनी देर में करीब दस-पन्द्रह लड़के और वहाँ आ पहुँचे। मैं पुलिस-पुलिस चिल्लाने लगा। उन्होंने मुझे और नौशीद को एक गाड़ी में डाला और भीड़ से अलग लेकर जाने लगे। मैंने काफी विरोध किया लेकिन सब बेकार गया। कई लड़कों ने एक साथ मुझे जकड़ रखा था। अगर मैं अकेला होता तो हाथापाई करके भागने की भी कोशिश करता, लेकिन नौशीद के होने से मैं चाहकर भी ज्यादा आक्रामक नहीं हो पाया। नौशीद लगातार माफी माँग रही थी। मैं भी कई बार सॉरी बोल चुका था।

पन्द्रह मिनट तक वो ऐसे ही गाड़ी दौड़ाते रहे...तभी पास में बैठे व्यक्ति के फोन से मुझे कुछ बातें सुनाई पड़ीं तथा उस व्यक्ति का चेहरा कुंद सा पड़ गया।

वो बोला ''क्या सच में?'' मैं समझ गया कि मामला बिगड़ गया है। तीन चार लड़को ने अभी भी मुझे पकड़ रखा था। मैं ठीक से हिल भी नहीं सकता था।

''अब तू नहीं बचेगा. मदन को तूने मार डाला। ये तेरी बीवी है न, इसका वो हाल होगा... वो भी तेरे सामने कि तू बर्दाश्त नहीं कर पाएगा।'' एक बड़े से घर के पास गाड़ी रूकी। उसके पीछे दो-चार गाड़ियाँ और रूकीं, यही कोई पन्द्रह-बीस लड़के रहे होंगे। कई ने अपने हाथ में डंडे ले रखे थे। एक के हाथ में चाकू तथा एक के हाथ में पिस्टल थी।

तभी एक लड़के ने नौशीद का हाथ पकड़ लिया और उसे घर के अन्दर लेकर

जाने लगा। मुझे भी वो उसी घर में ले गये। अन्दर पहुँचते ही उन्होंने घर का दरवाजा बन्द कर लिया।

घर में इस समय हम लोगों एवं उन लड़कों के अतिरिक्त कोई नहीं थी। घर में काफी धूल जमी हुई थी तथा वह देखने पर गन्दा लग रहा था। शायद काफी दिन से उसमें कोई रहा नहीं था। लेकिन घर काफी अच्छा एवं बड़ा सा था।

तभी एक लड़का नौशीद की साड़ी को खींचने लगा, उसे देखकर मेरा खून खौल उठा।

''देखो, इसे जाने दो। ये तो बिल्कुल भी दोषी नहीं है।'' मेरा इतना कहना था कि घूसें-लात, थप्पड़, डंडे मुझ पर बरसने लगे। नौशीद चिल्लायी—

''खुदा के वास्ते हमें छोड़ दो, हम इंजीनियर हैं, अच्छे घर के हैं। जो होना था, वो हो चुका, अब वो बदल नहीं सकता। हमें जाने दो... आपको जितना पैसा चाहिए, हम लोग दे देंगे।''

तभी चाकू वाले लड़के ने चाकू मेरी कमर के ऊपरी हिस्से में घुंसा दिया। मेरी आखों के आगे बिजली कौंध गयी। फिर पिस्टल वाले लड़के ने पिस्टल मुझसे सटा दी। एक दूसरा लड़का नौशीद के कपड़े फाड़ने लगा, उसका कमर के ऊपर से ब्लाउज फट गया।

''या-खुदा हमें इनसे बचा ले, हमने तेरा क्या बिगाड़ा है?'' नौशीद गिड़गिड़ाने लगी। वो फिर से चिल्लायी। ''अच्छे भले हम लोग घर पहुँचने वाले थे, ये तूने अचानक क्या कर दिया?... ऐ खुदा अब सब तुझे ही ठीक करना होगा।''

''अरे...ये तो मुसलमान है... तभी खुदा-खुदा कर रही है।'' एक चिल्लाया।

''नहीं, नहीं वो वैसे ही कह रही है, मेरा नाम शिवेन्द्र हैं, चाहें तो आप पता कर सकते हैं।'' मैंने स्थिति को तेजी से भाँपते हुए सफाई दी।

''नहीं नहीं मुसलमान ही हो। तभी बदमाशी कर रहे हो। तभी सड़क पर लोगों को कुचल रहे हो। तू फिक्र मत कर, हम तेरी खूबसूरत बीवी को सँभाल लेंगे। अरे इस बेचारी को बैडरूम में लेकर जाओ, परेशान हो रही है।''

मुझे लगा कि ये लोग मुझे तो मार ही डालेंगे... ये नौशीद का भी बुरा हश्र कर देंगे। मैं पिस्टल वाले लड़के के पैर पकड़कर नौशीद को छोड़ देने की भीख माँगने लगा। लेकिन वो नहीं पिघला और उसने अपने जूते से मुझे मारा। फिर पिस्टल मुझसे सटा दी— ''हम कोई गवाह नहीं छोड़ेंगे - तेरे घरवालों को पुलिस अलग से फँसाएगी।''

मैंने पूरी ताकत से झपट्टा मारा तथा उससे पिस्टल छीन ली तथा फिर बाहर जाने के लिये रास्ता माँगते हुए ग़ुस्से में चिल्लाया। तभी पीछे से एक लाठी मेरी पीठ पर इतनी तेजी से पड़ी कि मैं मर्माहत होकर चीख पड़ा। एक-एक कर मुझ पर

लात-घूंसे, डंडे बरसने लगे तथा वही व्यक्ति मुझसे पिस्टल छीनने की कोशिश करने लगा।

अचानक पिस्टल से गोली चल निकली और वो लड़का पीछे की तरफ लुढ़क गया। उसके सीने से खून का फव्वारा बह निकला, सारे लड़कों ने उसे घेर लिया

''अरे चौधरी को मार डाला।''

''अरे एक और को मार डाला।'' पूरा माहौल एकाएक गमगीन हो गया, हमारी तरफ से उनका ध्यान हट गया। नौशीद की सिट्टी-पिट्टी गुम हो गयी थी।

मैंने माहौल को भाँप कर तेजी से उसका हाथ पकड़ा तथा तुरन्त उसे लेकर घर से बाहर निकल आया। एक गाड़ी में बैठकर हम भाग निकले। उस समय सिर्फ जान बचाने का ध्यान था— चोटें ज्यादा होने का आभास भी बहुत कम था।

मैं सरपट गाड़ी दौड़ा रहा था। समझ में नहीं आ रहा था कि कहाँ जाऊँ? एक मन कर रहा था कि थाने जाऊँ... फिर सोचा पहले माँ व बच्चों के पास जाऊँ। हाँ यही ठीक रहेगा, पहले बच्चों के पास चलते हैं। बदहवास शरीर एवं फटे कपड़ों के साथ फ्लैट में भी जाना अजीब सा लग रहा था। मेरा फोन तो पहले ही टूट गया था। नौशीद का फोन भी उसके साथ हुई छीना झपटी में कहीं गिर गया था।

सोचा कि पहले गाड़ी के पास चलें, यानि परी चौक के पास। परन्तु गाड़ी तो पुलिस उठाकर ले गयी होगी? गाड़ी की भी चिन्ता हुई। साथ ही इस गाड़ी से जाने पर गाड़ी चोरी का इल्जाम भी लग सकता था।

मैंने गाड़ी परी चौक की तरफ मोड़ी, सोचा पुलिस मिल जाएगी तो उसे सारी चीजें बता देंगे। नौशीद मुझे मना करने लगी, बोली-

''पहले आंटी के घर चलो, फिर सोचेंगे।''

''अरे रास्ता उधर से ही छोटा पड़ेगा, और कोई रास्ता दिखायी नहीं दे रहा है।'' मैंने उसकी बात पर ध्यान न देते हुए बदहवासी में कहा।

दिल की धड़कनें मुँह को आ रही थीं। हर तरफ अँधेरा ही अँधेरा नजर आ रहा था, जैसे एकाएक किसी ने सब कुछ छीन लिया हो। सब कुछ लुट गया हो।

''या - खुदा, या खुदा - तूने ये कर दिया। सब कुछ खत्म हो गया।'' नौशीद रोते हुए बोले जा रही थी। गाड़ी सफेद रंग की फार्चुनर थी। मुआवजे वाली गाड़ी लग रही थी। सारी खिड़कियाँ बन्द थीं। मैं गाड़ी इतनी तेज दौड़ा रहा था कि कई बार दूसरी गाड़ियों पर झपट सी लगने से बच गयी।

''हम आज क्यों गये ताज देखने?... मम्मी को इसीलिये घबराहट हो रही थी।'' नौशीद बार बार यही शब्द बड़बड़ाये जा रही थी।

परी चौक पर हमारी गाड़ी अभी भी खड़ी थी, उसे पुलिस वालों ने एक तरफ

खड़ा कर दिया था। एक पुलिस वाला उसके बोनट से लग कर कुछ लिख रहा था। टूटी-फूटी बाईक भी उसके आगे ही एकतरफ पड़ी हुई थी।

नौशीद बोली — "यहाँ से चलो, बिल्कुल मत रूकना, बिल्कुल नहीं। बस जल्दी चलो आंटी के घर"।

अचानक बच्चों व माँ का चेहरा आँखो के सामने से घूम गया, मन तड़प उठा। लगा कि शायद अब न देख पाऊँ उनको — "ओह ये ऊपर वाले ने कहाँ फेंक दिया है हम दोनों को?"

"अरे वो लोग कहीं हमारे फ्लैट पर भी न पहुँच जाएँ।" सोचकर मैंने गाड़ी की स्पीड और तेज कर दी। छुट्टी का दिन था, इसलिये सड़क पर जाम नहीं था। हम आधे घंटे में आंटी के घर पहुँच गये।

घंटी बजायी, फिर बजायी...बजाते ही रह गये। आंटी ने दरवाजा खोलते हुए कहा "अरे इतनी भी क्या जल्दी है?"

हमें बदहवास देखकर वो घबरा गयीं — "क्या हुआ अचानक? बिना फोन किये ही कैसे? सब खैरियत तो है?" नौशीद ने जल्दी से अन्दर आकर दरवाजा बन्द कर लिया... हमारा हाल देखकर आंटी का दिल बैठ गया।

"क्या हुआ? तुम खुदा के वास्ते कुछ बताओगे भी?" फिर संक्षेप में मैंने सब कुछ बता दिया।

आंटी ने सब सुना, उन्हें तो जैसे विश्वास ही नहीं हुआ। वो बस... या खुदा!...या खुदा ही करती रह गयीं। नौशीद के फटे कपड़े देखकर वो रो पडीं। फिर उन्होंने मेरे जख्म देखे, एकाएक वो बेहद घबरा गयीं।

आंटी के फोन से मैंने चाचा को फोन करके सारा मामला बता दिया। उनसे कहा कि वे दस-पन्द्रह लोग लेकर मेरे फ्लैट पर तुरन्त पहुँच जाएँ। फिर मैंने आंटी से उस फार्चुनर गाड़ी को कहीं और भिजवाने के लिये कहा, जिससे हम आए थे। गाड़ी को पुलिस लाईन के आस-पास ही छुड़वाना ठीक रहेगा। जिससे हमारा अभी किसी को पता न लग पाये।

हालाँकि पता तो चल ही जाना था। पुलिस को हमारे फोन के सिमकार्ड तो मिल ही गये होंगे। गाड़ी नम्बर से मेरे गाँव का भी पता चल ही जायेगा।

आंटी ने फोन किया, जल्दी से दो युवक आ पहुँचे। आंटी ने उनके कान में फूँककर कुछ कहा— वे हाँ में हाँ मिलाते हुए गाड़ी की चाबी लेकर घर से निकल गए।

थोड़ी देर में आंटी ने बताया कि उन्होंने गाड़ी को ग्रेटर-नोएडा पुलिस लाईन के पास छोड़ दिया है।

चाचा ने फोन पर बताया कि वे फ्लैट पर पहुँच गए हैं। थोड़ी देर बाद फिर

से फोन पर चाचा ने बताया कि कुछ लोग फ्लैट खोलने के लिये दरवाजा पीट रहे थे तथा उनके बाकी लोग सोसायटी के बाहर खड़े थे। उन्हें उन पर ग़ुस्सा आ गया तथा उन्होंने उन सबकी अच्छे से मरम्मत करवा दी है। उन लोगों को अच्छी तरह से समझा भी दिया है। अब वे उनके फ्लैट की तरफ झाकेंगे भी नहीं। बच्चे एवं माँ ठीक थे। बच्चे माँ को कुछ देर से परेशान कर रहे थे, नौशीद को याद कर रहे थे।

चाचा से मैंने स्थिति सामान्य होने तक वहीं रूकने के लिये कह दिया।

आंटी ने हम दोनों को गुनगुना पानी दिया, फिर हल्दी मिलाकर गरम दूध दिया। तब तक अंकल भी ऑफिस से आ गए थे। ''सब किस्मत का खेल है, बच्चे कितने अच्छे से रह रहे थे। सारा खेल बिगड़ गया।...खैर खुदा ने बिगाड़ा है, वही सब सम्भालेगा भी।'' आंटी परेशान होकर बड़बड़ा रही थीं।

जहाँ पर चाकू लगा था, वहाँ पर घाव गहरा था। खून अभी भी थोड़ा थोड़ा बह रहा था। सिर में भी एक जगह पर चोट खुल गयी थी। अंकल ने मुझे दूध के साथ एक पेन किलर दी। अंकल ने दोनों जगह पर मरहम लगाकर ठीक से पट्टी बांध दी थी। इसमें आंटी ने अंकल का सहयोग किया।

कुछ देर बाद भी खून जब नहीं रूका तो अंकल पास में ही अपने एक डॉक्टर मित्र के पास चले गये। थोड़ी देर बाद उन्हें अपने साथ घर पर लेकर चले आये। मेरी हालत देखकर पहले तो वो घबरा गये, लेकिन पूरा मामला समझ कर उन्होंने मेरे ठीक हो जाने का आश्वासन दिया।

फिर उन्होंने कुछ इंजेक्शन मुझे लगाये तथा दवाई की एक खुराक अपने सामने ही दूध से मुझे खिलवा दी। अगले पाँच दिन की दवाईयाँ उन्होंने पर्चे पर लिख दीं। जिन्हे अंकल शीघ्र ही बाजार से खरीद कर ले आये। डॉक्टर अंकल तब तक घर पर ही मेरे साथ रहे।

उन्होंने ठीक से दवाई के बारे में समझा दिया तथा ढंग से पट्टी करते रहने के लिये भी कहा। उन्होंने कहा कि मेरी किस्मत अच्छी थी कि मैं बाल बाल बच गया, अगर चाकू थोड़ा इधर उधर हो जाता तो बहुत ज्यादा नुकसान हो सकता था। फिर वो हालत में कुछ सुधार देखकर अपने घर चले गये।

आंटी ने नौशीद की तबियत खराब होने का बहाना बनाते हुए उसके घर भी खबर कर दी। हालाँकि उसकी अम्मी ने कुछ शक सा करते हुए पूछा–

''अरे अचानक कैसे? नौशीद ने बताया नहीं। आज सुबह तो नौशीद ने फोन किया ही था तथा ताज देखने जाने की बात की थी।''

''अंकल, अब क्या किया जाये? पुलिस मुझे ढूंढ रही होगी। ये नौशीद भी न, इसे क्या जरूरत थी बीच में कूदने की? चुपचाप गाड़ी में बैठी रहती – और मौका मिलते ही गाड़ी चलाकर घर चली आती... मैं अकेला होता तो किसी तरह

उनके चंगुल से निकल ही आता। कम से कम वो कम्बख्त तो गोली से न मारा जाता। अब तो जेल जाना तय है, सब बर्बाद हो गया।'' एकाएक मेरे आँसू निकल आये।

''बेटा सब अचानक होता चला गया... नौशीद तुम्हें इतने लोगों के बीच कैसे छोड़ देती? तुमने जान-बूझकर तो किसी को मारा नहीं। किस्मत में सब लिखा होता है... ऐसी घड़ी में कोई क्या कर सकता है?... अब आगे की सोचो।'' आंटी ने माथा पकड़ते हुए कहा।

''पुलिस तो यहाँ भी खोजते-खोजते देर रात तक पहुँच ही जायेगी। वे लोग खतरनाक हैं, उनसे हमें बचकर रहना होगा। वे केवल जेल भिजवाकर ही सन्तुष्ट नहीं होंगे। वे बदला लेने की फिराक में रहेंगे। उन्हें अपनी कमजोरी नहीं दिखानी है। नहीं तो वो हम लोगों पर हावी हो जायेंगे।'' अंकल ने सतर्क करते हुए कहा।

''अंकल वैसे चाचा ने उनके लोगों को सबक सिखा दिया है तथा अपने गाँव के बारे में भी बता दिया है। अब वो कोई भी दुस्साहस सोच समझकर ही करेंगे। हाँ, पुलिस से बचना बहुत मुश्किल है।'' मैंने चाचा के फ्लैट पर पहुँचने तथा बाकी की सभी बातें बता दी।

''तब तो बेटा वो लोग थाने में रिपोर्ट लिखवा चुके होंगे या लिखवा रहे होंगे। हमें भी कुछ करना होगा। क्यों ना हम भी रिपोर्ट लिखवा दें?'' अंकल ने मेरे कन्धे पर हाथ रखते हुए कहा।

''क्या? नहीं... अंकल... आप फिलहाल एक काम कीजिए... जल्दी से बच्चों व माँ को यहाँ ले आइये, बाकी जो होगा देखा जायेगा।'' मैंने बेचैन होते हुए कहा। नौशीद का बुरा हाल था, वो आंटी से लिपटकर बस रोए जा रही थी।

अंकल जिन कपड़ों में थे उन्हीं में निकल गए।

पूरे घर में सन्नाटा छाया हुआ था। फिजा का चेहरा तो घबराहट से पीला पड़ गया था। अभी कुछ देर पहले सब-कुछ कितना अच्छा लग रहा था। रास्ते में खड़े हम लोग कुल्फी खा रहे थे। देश-विदेश की बातें कर रहे थे। कुल्फी खाने के बाद जैसे ही गाड़ी में बैठे सब बदलने लगा, फिर बदनसीबी ने सब कुछ अपने पंजों में जकड़ लिया।

माँ फोन पर घबरा रही थी। उसकी ममता को अनहोनी की सुगबुगाहट संभवत: पहले ही मिलने लगी थी।

''आंटी...ये सब क्या है? कितनी मुश्किल से सब ठीक हुआ था। अभी-अभी तो सब लोग राजी हुए थे। अच्छे-भले 'ताज' देखकर आ रहे थे।...फिर सब-कुछ बिगड़ता चला गया। दो लड़कों की मौत हो गयी।... बचना अब संभव नहीं है।... कहीं वो नौशीद का भी रिपोर्ट में नाम न लिखवा दें। तब तो पूरा घर ही खत्म

हो जाएगा।'' मैंने रूंधे गले से आंटी से कहा।

''बेटा... मेरा अच्छा बेटा।... तुम होश से काम लो। तुम लोगों ने कुछ नहीं किया है। सब कुछ पहले से तय था। खुदा ही तुम लोगों को इस बला से निकालेगा। जरूर कोई न कोई रास्ता निकलेगा''। उन्होंने मेरे सिर पर हाथ फिराते हुए कहा।

थोड़ी देर बाद अंकल बच्चों व माँ के साथ वापस आ गए। बच्चे आते ही मुझसे व नौशीद से चिपट गए। मैंने दोनों को बाँहों में ले लिया। आखों की कोरों से आँसू निकल आए। मन कर रहा था कि उन्हें बस यूँ ही बाँहों में लेकर चूमता रहूँ। शायद उनसे बिछुड़ने का समय आ गया था।

माँ को सब कुछ अंकल से पता चल गया था। वो किस्मत को कोसे जा रही थी, ''अरे, मुझे सुबह से ही किसी अनहोनी का डर सता रहा था। बेटा, लोगों से तुम्हारी खुशी देखी नहीं जा रही थी। उनकी हाय तुम्हें ले डूबी। अब क्या होगा? इन मासूम बच्चों का क्या होगा? नौशीद मेरी बच्ची तूने तो अभी कुछ भी नहीं देखा।'' माँ का रूदन बढ़ता जा रहा था।

''अरे... इतना परेशान न होइए आप लोग... जो हो चुका, उसको तो बदला नहीं जा सकता है। शान्त रहकर ही कुछ सोचना पड़ेगा। दुर्घटना तक मामला होता तब तो कुछ नहीं होता, परन्तु पिस्टल से मरने वाले लड़के ने सारा मामला बिगाड़ दिया है। वैसे आत्मरक्षा की बात पर केस रफा-दफा हो जाना चाहिए। हम बड़े से बड़ा वकील करेंगे। मामला शांत होने पर विपक्षी लोगों से ले-देकर कुछ समझौता भी हो सकता है।

वे भी धीरे-धीरे महसूस करेंगे कि सब कुछ एकाएक होता चला गया, उनसे हमारी कोई दुश्मनी नहीं थी... बल्कि गलती तो उन्हीं की है। वे ही इतने तैश में आ गए कि हमारी बच्ची की आबरू तक उतारने पर आमदा हो गए, वरना बात इतनी न बढ़ती। पिस्टल की गोली भी तो छीना-झपटी में ही चली है। आत्मरक्षा की बात तो यहाँ पर भी है ही।

खुदा का शुक्र है कि वक़्त रहते उन लोगों के चंगुल से हमारे बच्चे भाग निकले, वरना वे दरिन्दे पता नहीं क्या कर डालते?'' अंकल ने ढांढस बँधाते हुए कहा।

मैं बच्चों को गोद में उठाए बिस्तर पर पसर गया, थकान व दर्द से मुझे सुस्ती आ रही थी। लेकिन चिन्ता आँखे बन्द नहीं होने दे रही थी। रात होने वाली थी। अनजान, खतरनाक व रहस्यमय भविष्य मेरा, मेरे बच्चों का, माँ का, मेरी पत्नी का इन्तजार कर रहा था।

बच्चे बड़े हो रहे थे। अब उनका नाक-नक्शा व रंग खिलने लगे थे। वो

गोल-मटोल से बहुत प्यारे थे। दोनों का ही नाक-नक्शा नौशीद पर पड़ा था, बस माथा व सिर मुझ पर पड़े थे... दोनों शक्ल-सूरत में लगभग एक जैसे थे। लड़के की लम्बाई थोड़ी अधिक थी।

दोनों एक ही स्कूल में साथ-साथ जाते थे... अब आपस में थोड़ा झगड़ने भी लगे थे... शाम होने पर बच्चों के साथ वक़्त गुजारना अच्छा लगता था। अब आने वाली शामें इनके बिना ही गुजारनी होंगी। वे भी कुछ न कुछ खालीपन का अहसास करेंगे। बस उसे जाहिर नहीं कर पाएँगे। पापा शब्द का इस्तेमाल करना धीरे-धीरे भूल जायेंगे।

मैं बच्चों को अन्दर के कमरे में ले गया, फिर फिजा को आवाज़ लगायी। वो आयी तो मैंने उसे नौशीद को भेजने के लिये कहा।

''नौशीद - मेरे अन्दर जैसे कुछ भी नहीं बचा है... वे सपने जो हमेशा से मेरे साथ थे। अब कहीं गायब हो गए हैं... तुम लोगों के बिना मैं ज़िन्दा नहीं रह पाऊँगा।'' मैंने उसे बाँहों में ले लिया, बच्चे नीचे टांगो से चिपक गए।

''बहुत छोटा साथ रहा नौशीद, मुझे माफ कर देना। मैं तुम्हें कुछ भी नहीं दे पाया... तुम्हें इस जंगली दुनिया में अकेला छोड़कर जा रहा हूँ।... सब तुम्हें ही सहेज कर रखना है। मेरा तो अब पता नहीं... कभी तुम लोगों से यूँ मिल भी पाऊँगा या नहीं।''

फिर हम दोनों बहुत देर तक गले लगे हुए सिसकते रहे।

''मेरा दिल कहता है, एक दिन आपके साथ बहुत अच्छा होगा। हम फिर साथ होंगे।'' कहते-कहते उसका गला रूंध गया। मैंने बत्ती बन्द की तथा बिस्तर पर सब लोग साथ में लेट गए।

नौशीद मेरे दायीं तरफ लेटी थी तथा बच्चे मेरे ऊपर थे। नौशीद ने एक बच्चा अपनी तरफ खिसकाते हुए मुझे पकड़ लिया।

''खुदा सब ठीक कर देगा। आप को सब्र से काम लेना होगा। हमने कभी किसी का दिल नहीं दुखाया है।... देखना सब सुधर जाएगा।'' नौशीद ने मेरे कान के पास बहुत धीमे-धीमे रूक-रूक कर कहा। वो मुझे समझा तो रही थी, लेकिन उसकी आवाज़ सदमे से बैठी जा रही थी।

''नौशीद...क्यों हो गया ये सब? काश हम ड्राईवर को साथ में ले जाते या फिर तुम उस समय गाड़ी में ही बैठी रहतीं और मौका पाकर वहाँ से भाग जातीं। तब मैं तो स्वयं को बचा ही लेता।''

''नहीं... जो होना था, उसे कोई कैसे रोक लेता।? ड्राईवर के बिना तो हम लगभग हमेशा ही चलते हैं। ये कोई पहली बार तो नहीं था। सब जैसे पहले से ही निश्चित था। थोड़ी देर पहले ही एक बाईक सवार गाड़ी की चपेट में आने से बाल-

बाल बचा था। हमारी क्या गलती थी? मैं गाड़ी से नहीं उतरती, तो वो आपको ले जाते तथा फिर न जाने आपके साथ क्या करते?

अगर चौधरी की जान न जाती तो भी हम शायद न बच पाते। वे शायद हम दोनों को ही मार डालते। वो कोई सबूत नहीं छोड़ते। मैं ये नहीं कह रही हूँ कि हमारे बचने के लिए चौधरी की मौत का होना जरूरी था। लेकिन ये भी सच है कि सब तेजी से बिना सोचे-समझे ही होता चला गया।... हम दुश्चक्र में फँसते चले गए।''

''हाँ...अब मुझे भी ऐसा ही लग रहा है कि अगर तुम साथ न होतीं। तो मैं उन्हें, उनके बरताव को बरदास्त नहीं कर पाता। वे भले ही संख्या में ज्यादा थे, फिर भी मैं उनसे सड़क पर ही भिड़ जाता। वे अगर किसी तरह मुझे गाड़ी में डाल भी लेते, तो भी उनसे छूटकर भागने की पूरी कोशिश जरूर करता। इस सब में मैं बच भी सकता था और मारा भी जा सकता था।

तुम्हारी वजह से उनका पूरा ध्यान मुझपर नहीं टिक पाया, फिर चौधरी की मौत हो गयी और हम मौका पाकर वहाँ से भाग निकलने में सफल हो गये। ऐसे मौके पर तुम मुझे छोड़कर भला कैसे जा सकती थीं? मुझे ज्यादा दुख इस बात का है कि मैं उन दो लोगों की मौत का कारण बन गया हूँ।'' मैंने अफसोस एवं चिन्ता के साथ कहा।

''न...नहीं। उनकी मौत स्वयं उनके बुरे कर्मों की वजह से हुई है। आपने किसी को भी नहीं मारा है। खुदा सब देख रहा है। आप बिल्कुल भी दोषी नहीं हैं।... आप अपने मन पर इस तरह का बोझ न रखे। दोषी तो वो लोग हैं, जिन्होंने अपनी आवारागर्दी से हमारा जीवन चौपट कर दिया है।'' उसे लगा कि वो कुछ ज्यादा बोल गयी है, वो कुछ रूककर फिर बोली— '' इंशाअल्लाह वक़्त के साथ सब ठीक हो जाएगा।''

''नौशीद शरीर में बहुत ज्यादा दर्द है। अब सिर भी दर्द से फटा जा रहा है।'' मैंने माथे को दबाते हुए कहा। नौशीद ने मेरे बालों में अपनी उँगलियाँ डाल दीं तथा हल्के दबाव के साथ उन्हें फिराते हुए बोली—

''आप बिल्कुल चिन्ता मत कीजिए। सोचना बन्द कर दीजिए। अब तो हम सब साथ हैं... मेरी अम्मी, अब्बू, अंकल, आंटी सब साथ देंगे। आपके चाचा तो हैं ही।'' उसने अपनी उँगलियाँ मेरी आखों पर लाते हुए कहा।

मैंने आँखे बन्द कर लीं। दिमाग़ बहुत तेजी से इधर-उधर भाग रहा था। पुलिस के किसी भी समय घर पर पहुँच सकती थी। बस यही कुछ पल सुकून के थे, जिनमें हम सब साथ में लेटे हुए थे।

दिमाग़ में अजीब-अजीब से नकारात्मक ख्याल आ रहे थे। उनमें एक ख्याल

ये भी था कि काश मैं... हम सब अमेरिका चले गए होते... तो ये सब न होता। मेरा कभी पुलिस से वास्ता तक नहीं पड़ा था। जेल के नाम से ही अन्दर तक सनसनी फैल रही थी।

अचानक ही अच्छा जीवन स्थगित हो गया था। मेरा ही नहीं...बच्चों, माँ एवं नौशीद, सभी का। नौशीद अभी भी मेरे सिर में उँगलियाँ फिरा रही थी। बच्चे अब कुछ बेचैन होने लगे थे। उन्हें शायद भूख लग रही थी। उनकी नींद का भी वक़्त हो रहा था।

कुछ देर बाद नौशीद बाहर गयी तथा बच्चों के खाने के लिये चिप्स ले आयी। वे दोनों लपक कर चिप्स खाने लगे। इतने में माँ भी आ गयी।

''माँ-देख तेरा बच्चा अब इतना बड़ा हो गया है कि तेरी गोद तो छोड़... अब इन छोटे घरों में भी नहीं रह पाएगा। इससे तो माँ मैं गाँव में ही रहता... पढ़ता-लिखता ही नहीं।''

''नहीं-नहीं बेटा, ऐसा मत सोच। तेरे पिता हमेशा कहते थे कि जितना ज्यादा बुरा वक़्त आता है, उसके बाद उतना ही ज्यादा अच्छा वक़्त भी आता है। बेटा...मेरा बेटा, घबरा मत... हम सब हैं न।...ऊपर वाला न करें, अगर तुझे जेल जाना भी पड़ा तो सब लोग मिलकर जल्दी ही तुझे जेल से बाहर निकाल लेंगे। तू जल्दी ही इस समस्या से बाहर आ जायेगा।'' कहते हुए माँ मेरे गले से चिपक गयी तथा स्वयं भी रोने लगी।

सारे घर में जैसे मातम का माहौल था। अंकल फोन पर अपने एक वकील मित्र से बात कर रहे थे...। बात करने के बाद उन्होंने कहा—

''जमानत जल्द ही मिल जायेगी।... सेल्फ डिफेन्स का साफ मामला बनता है'' लेकिन उनके लहजे में वो आत्मविश्वास नहीं था, जिसकी सब उम्मीद कर रहे थे।

तभी टी.वी. पर लगभग सारे चैनल इसी खबर की रिपोर्टिंग करने लगे थे—ब्रेकिंग न्यूज-''इंजीनियर पति-पत्नी का कारनामा- एक को गाड़ी से कुचला- दूसरे को मारी गोली...'' आदि-आदि...

धीरे-धीरे मामला इतना सनसनीखोज बन गया कि घर में तनाव पूरी तरह से पसर गया। सभी को लगने लगा कि पुलिस किसी भी समय घर पर पहुँच सकती है।

ऑफिस के लोगों के फोन अंकल के फोन पर आने लगे। दोस्तों के फोन भी आए... अर्जुन व मंजूर से भी बात हुई। दोनों ने सहानुभूति दिखायी तथा हिम्मत से काम लेने के लिये कहा।

रात के दस बज चुके थे... दोनों बच्चे सो चुके थे, तभी घर की घंटी बजी।

दरवाजा खोला तो एक दरोगा एवं चार–पाँच पुलिस वाले सामने खड़े थे... बिना पूछे ही घर के अन्दर चले आए।

''इंजीनियर साहब... शिवेन्द्र जी घर पर हैं क्या? हमें उनसे कुछ पूछताछ करनी है।'' हर तरफ सन्नाटा था... शहरी रात आज कुछ अधिक स्याह लग रही थी, जैसे घर कहीं शमशान के किनारे बना हो... और गीदड़ों के रोने जैसी आवाज़ें आ रही हों।

''बैठिए दरोगा जी हैं अन्दर इंजीनियर साहब– अभी बुलाते हैं।'' अंकल ने दरोगा जी को बड़े प्यार से बैठने का इशारा करते हुए कहा।

मैं अन्दर बैठा हुआ बच्चों को देख रहा था— दोनों छोटे–छोटे फरिश्ते लग रहे थे। उन्हें ये पता नहीं था कि पापा को आज उनसे लम्बी जुदाई लेनी है। नौशीद भय की वजह से कुछ बोल नहीं पा रही थी। मैंने दोनों बच्चों को चूमा, फिर नौशीद को बाँहों में लेकर चूमा तथा बाहर निकल आया। तब तक पुलिस वाले पानी के साथ मिठाई खाने लगे थे। मैं दरोगा के पास आकर बैठ गया...

''जी दरोगा जी... मैं ही हूँ शिवेन्द्र... बताइए क्या पूछना है?'' दरोगा ने मुझे ऊपर से नीचे तक घूरकर देखा।

''एक रिपोर्ट लिखवायी गयी है आपके खिलाफ। एक लड़के को गाड़ी से कुचलकर मारने की तथा दूसरे को गोली मारकर हत्या करने की।'' मुझे एक बार फिर से ध्यान से देखने के बाद कुछ देर रूककर वह फिर से बोला–

''शकल से तो आप कहीं से भी इस तरह के नहीं लगते हैं।'' मैं बी.टैक. था। एम.एन.सी. में जॉब कर रहा था। एक दरोगा से ज्यादा रसूख मैं अपना समझता था। दरोगा के इस तरह से पूछने पर पहले तो मुझे बहुत खराब लगा लेकिन परिस्थिति को भाँपते हुए मैंने ज्यादा ध्यान नहीं दिया। फिर मैंने विस्तार से दरोगा को सारी बात बता दी तथा दरोगा की प्रतिक्रिया का इन्तजार करने लगा। एक पुलिस वाला मेरी कही गयी बातों को लगातार नोट कर रहा था।

''जी... उन्होंने रिपोर्ट में लिखवाया है कि आप परी चौक पर एक सौ बीस किलोमीटर प्रति घंटे से अधिक की गति पर गाड़ी चला रहे थे, जिससे वो लड़का अपनी बाईक सहित आपकी गाड़ी की चपेट में आ गया। उसके साथी उसे अस्पताल लेकर गए... आपने तो उसे देखने तक की जहमत नहीं उठायी। वे लोग आपको पुलिस के हवाले करना चाह रहे थे, तो आपने उनकी ही पिस्टल से एक और लड़के को उड़ा दिया तथा वहाँ से भाग निकले...।'' दरोगा ने संक्षेप में सब बता दिया।

''वो लोग बहुत ताकतवर तथा खतरनाक हैं... आपने उनसे ऐसी आफत कैसे मोल ले ली?'' दरोगा ने कुछ रूक रूककर बात को पूरा किया।

''चीजें... कैसे घटित होती चली गयीं, मुझे तो पता ही नहीं चला. जैसे सब

कुछ कहीं ओर से संचालित हो रहा था। मेरे हाथ में जैसे कुछ भी नहीं था... बिना कुछ किए ही अब मेरी गिरफ़्तारी भी होगी, मुझे बेवजह ही परिस्थितियों के द्वारा अपराधी बना दिया गया और सजा भी शायद मुझे ही होगी।

यह अनजाने नियम कौन बना रहा है? जैसे सब कुछ की स्क्रिप्ट कोई और लिख रहा था। उनकी मौत होने के बाद सारी गलती मेरी हो गयी। जबकि वे लड़के शहरों में रहने लायक तो दूर, शहर में घुसने लायक भी नहीं हैं।'' मैंने बड़े ठंडे व टूटे हुए मन से अपनी बात रखी।

''हम जानते हैं इंजीनियर साहब... आप बेकसूर हैं। आप इन झमेलों में क्यों पड़ेंगे? आप पढ़े-लिखे हैं, अच्छे घर के भी हैं। हमने दुनिया देखी है, आप वैसे नहीं हैं। लेकिन किस्मत ने आपको फँसा दिया है... और दुश्मनी भी मोल ले ली है एकदम जाहिल व उजड्ड लोगों से। हम पर ऊपर से बहुत दबाव है आपकी गिरफ़्तारी का।''

दरोगा ने कुछ हमदर्दी दिखाते हुए कहा। थोड़ा रूकते हुए उसने फिर कहा ''आपको हमारे साथ अभी चलना होगा।''

''सुबह ले जाइएगा इसको... ये कहीं चला थोड़े ही जाएगा? अब इतनी रात को? एक रात तो घर पर रह लेगा।'' माँ ने लगभग गिड़गिड़ाते हुए कहा।

''माँ जी... हम तो सरकारी नौकर हैं। हमारे हाथ में कुछ भी नहीं हैं...।'' दरोगा ने माँ की तरफ सहानुभूति से देखते हुए कहा। सामान्यत: पुलिस वालों के चर्चित व्यवहार से दरोगा का व्यवहार कुछ ठीक था।

''चलते हैं दरोगा जी, कुछ कपड़े ले लेता हूँ। शायद उनकी जरूरत पड़ेगी- रात में तो अब वहीं रहना पड़ेगा।'' कहते हुए मैं अन्दर कमरे में कुछ कपड़े लेने चला गया। मई माह में इतनी ज्यादा तपिश थी कि दिन में तो घर से बाहर निकलना मुश्किल था। रात में भी वही उमस व गर्मी परेशान कर रही थी। घर या गाड़ी में तो एयरकंडीशन की हवा में ज्यादा पता नहीं चल पाता था। लेकिन अब तो शायद उस गर्मी, उमस व तपिस का सामना करना पड़ेगा।

एक बैग में अंकल का लोवर तथा टी-शर्ट, साथ में दो चादर रख लीं। एक दिन के लिए इतने कपड़े पर्याप्त थे। कल का कल देखा जायेगा। बच्चों के सिर पर हाथ फिराया। नौशीद तो गुमशुम हो गयी थी... वो बिना बोले ही मेरे साथ कमरे से बाहर निकल आयी। माँ ने हिम्मत बढ़ाते हुए विदा किया। पिता के गुज़रने के बाद मेरे लिए वो ही माँ-बाप - संरक्षक, सब रही थी। उसमें शेर जैसा कलेजा था। उसकी आखों में करूणा एवं आत्मविश्वास की झलक मुझमें कुछ भरोसा जगा रही थी।

पुलिस की गाड़ी में सब लोग बैठ गए, वो एक सफेद रंग की जिप्सी थी।

ऊपर नीली बत्ती जल रही थी। ड्राईवर सीट पर एक दुबला सा सिपाही बैठा था। मुझे पीछे की सीट पर सिपाहियों की चौकस निगाहों के बीच बैठाया गया। दरोगा आगे ड्राईवर के पास बैठा था। उनके लिए तो जैसे किसी को गिरफ़्तार करके ले जाना एक रूटीन प्रक्रिया का हिस्सा था। सभी मेरी इतनी जल्दी गिरफ़्तारी से सन्तुष्ट दिख रहे थे।

''इंजीनियर साहब आप भले आदमी हैं, हमारा काम आपने आसान बना दिया। वरना इस तरह के मामलों में इतनी जल्दी हमारा काम पूरा नहीं होता है। केस सही से लड़ियेगा तो ही छूट पाएँगें। बड़े ही बदमाश लोग हैं ये।'' दरोगा ने मुझे कुछ सांत्वना देने की कोशिश की। मैंने उसकी बात का कोई जवाब नहीं दिया। घर से कदम बाहर रखते ही मेरा मन पूरी तरह से टूट गया था।

सिपाही गाड़ी को फर्राटा स्पीड पर दौड़ाए जा रहा था। जहाँ भीड़ होती थी, वहाँ हूटर बजाकर निकालता था। सिपाही आपस में लगातार बातें कर रहे थे तथा इशारों-इशारों में आपस में एक-दूसरे को कुछ समझा रहे थे। बीच-बीच में कभी हँस भी लेते थे। हूटर के शोर एवं उनकी बातचीत के बीच मुझे बहुत खराब लग रहा था।

हम लोग काफी जल्दी ग्रेटर नोएडा थाने पहुँच गए। मुझ पर धाराएँ लगी थीं—304ए (लापरवाही से वाहन चलाकर मृत्युकारित) तथा 302।

रात में वहीं थाने के लॉक-अप में मुझे बन्द कर दिया गया। मच्छर काटने लगे तो मैंने डयूटी वाले सिपाही से मच्छरों की शिकायत की, कुछ करने के लिए कहा। उसे शायद मुझ पर तरस आ गया। थाने में सब मेरे बारे में जान गए थे, मेरे साथ बरताव भी बहुत अच्छा हुआ था। बस वही कुछ पल खराब गुज़रे, जब पीड़ित समूह के कुछ युवक मुझसे गाली-गलौच तथा बदतमीजी करने लगे थे।

''शायद इससे आपका काम चल जाएगा।'' सिपाही ने मोर्टिन का एक पैकेट व माचिस देते हुए मुझसे कहा। थाने का परिसर थोड़ा खुला था। रात घनी होने पर गर्मी कुछ कम हो गयी थी। हाँ मच्छर जरूर कुछ मोटे थे। मैंने चादर बिछा ली और उस पर पैर पसारकर बैठ गया। पूरे दिन का घटनाक्रम आँखों के आगे से घूम गया। ऐसा तो बस फिल्मों में ही देखा था। अपने जीवन को फिल्म बनते हुए देखना पड़ेगा, ऐसा कभी विचार भी नहीं आया था।

सुबह ताजमहल और अब थाने का लॉक-अप... सुबह कोर्ट में पेश होना पड़ेगा। फिर संभवत: जेल जाना होगा। माँ, नौशीद... आंटी, सब अभी जाग रहे होंगे। किसी को नींद कैसे आ सकती है? कोई छोटी मोटी घटना थोड़े ही है ये। आगे सब कैसे संभलेगा, मुझे इसकी सबसे ज्यादा चिन्ता सता रही थी। नौशीद व माँ अकेले कब तक रहेंगी आंटी के घर पर? अंकल को पता नहीं कैसा लगेगा? देर

रात तक मैं सोचता रहा और मच्छरों को उड़ाता रहा।

सुबह पुलिस कोर्ट ले गयी, वहाँ पर सुनवाई हुई तथा मुझे चौदह दिन की रिमाण्ड पर गाज़ियाबाद की डासना जेल भेज दिया गया। कोर्ट परिसर में नौशीद व अंकल पहले से मौजूद थे। दोनों बहुत परेशान थे। जेल जाने का फैसला होते ही नौशीद तो बेहोशी जैसी हालत में आ गयी, अंकल ने किसी तरह उसे सँभाला। फिर कुछ देर उससे बातचीत हुई, वो रोती ही रही। अंकल ने अगले दिन जेल आने का वायदा किया।

अब मैं इंजीनियर से अपराधी बन चुका था। इंजीनियर बनने के लिए मैंने एक लम्बा वक़्त लिया था तथा घोर परिश्रम किया था, लेकिन परिस्थितियों ने मुझे महज चन्द घंटों में ही अपराधी बना दिया था।

मुझे कल से ही पिता जी की बार बार याद आ रही थी। पिताजी होते तो शायद मुझे बचाने का कोई न कोई रास्ता अवश्य निकाल लेते। सभी लोग उनकी बहुत इज्जत करते थे। वो बहुत सीधे थे।

अब तो कोई भी रास्ता बचा ही नहीं था। कुछ ही समय में मुझे जेल पहुँच जाना था।

जेल...एक ऐसा संसार जो प्राय: अधिकतर मनुष्यों के लिए अनदेखा ही रहता है। वैसे न ही देखें तो अच्छा है। इससे पहले मैंने भी कभी जेल नहीं देखी थी। बड़ा सा गेट, बाहर... पुलिस वाले। बड़े गेट के बगल में एक छोटा सा गेट।

जेल का छोटा गेट खोला गया। मेरे तथा साथ आये सिपाही के अन्दर आते ही गेट बन्द हो गया। गेट बन्द होते ही मेरा दिल बैठ गया । जो सिपाही मुझे छोड़ने आया था, वो काफी अच्छा था। मुझे कोर्ट से यहाँ तक काफी सम्मान देते हुए लाया था। मेरी हालत देखकर उसका भी दिल पसीज गया था। रास्ते भर कुछ अन्य उदाहरण देते हुए मुझे समझाते हुये आया था।

जेल सिपाही मुझे गौर से देख रहे थे। कुछ बन्दी भी अगल-बगल टहल रहे थे। जेल सिपाही ऐसे देख रहे थे कि जैसे कह रहे हों कि सही मुर्गा आया है जेल में।

सिपाही ने कहा ''अरे भई इंजीनियर साहब हैं... किस्मत ने इन्हें फँसा दिया है।'' जेल सिपाही ने 'अच्छा...अच्छा' कहकर औपचारिकता पूरी की।

मेरी व मेरे सामान की काफी अच्छे से तलाशी ली गई। ज्यादातर सामान जमा करवा लिया गया। सारे पैसे भी जमा कर लिये गये। कुछ खुले रूपये ही किसी तरह

से मैं बचा पाया।

फिर वो सिपाही प्रविष्टि की प्रक्रिया पूरी करके बाहर चला गया।

एक सिपाही एवं एक नम्बरदार मुझे अन्दर की तरफ लेकर जाने लगे। कुछ आगे चलकर देखा तो कुछ बन्दी एवं जेल के सिपाही बॉलीबॉल खेल रहे थे। मेरा मन बहुत खराब था, इसलिए मैं ज्यादा ध्यान नहीं दे पाया। मुझे मुलाहिजा बैरक ले जाया जाना था।

दोपहर ढल चुकी थी, शाम के पाँच बज चुके थे। जेल के अन्दर चहल पहल हो रही थी। शहर जैसी तपिस यहाँ पर नहीं थी। जेल के अन्दर काफी पेड़ पौधे नजर आ रहे थे। बन्दी व सिपाही इधर से उधर टहलते हुए दिखाई दे रहे थे। मैंने काफी अच्छे कपड़े पहन रखे थे, इस वजह से मैं सबसे अलग दिख रहा था। मुख्य गेट से बैरक तक पहुँचने के दौरान लोग मुझे गौर से घूर घूर कर देख रहे थे। तभी पीछे से एक आवाज़ आई "जल्दी करो... अदालत आने का समय हो रहा है।"

बैरक में पहले से ही बहुत ज्यादा बन्दी थे, किसी तरह से मेरे लिए भी जगह बनायी गयी। मैंने कुछ साफ सुथरी जगह की इच्छा जतायी... नम्बरदार को इनाम देने का इशारा भी किया। उसने एक कॉर्नर में एक साफ सी जगह मुझे दिलवा दी तथा मुझसे अपनी चादर बिछाने के लिये कहा।

मैंने चारों तरफ देखा। बैरक के कई बन्दी मेरे इर्द-गिर्द इकट्ठे हो गये थे। मुझे अजीब सा लग रहा था। इस बैरक में बन्दी अपने निजी कपड़ों में ही रहते थे। इसमें नौ दिन तक प्रत्येक बन्दी को रहना पड़ता था... इक्का दुक्का अपवाद को छोड़कर। फिर उसके बाद सभी बन्दियों को अन्दर सर्किल की बैरकों में जाना पड़ता था।

मैं सुबह से भूखा था, कुछ देर बाद मुझे भूख के साथ प्यास भी लगने लगीं। तभी मुझे अन्दर कैन्टीन का पता चला, मैंने कुछ पैसे नम्बरदार को देकर थोड़ा नाश्ता व चाय मँगवायी। चादर पर बैठकर जब नाश्ता कर रहा था, तब दो-तीन पढ़े-लिखे तथा समझदार से दिखने वाले बन्दी मेरे पास आए तथा कुछ चीजें बताने लगे।

उनसे मुझे कई चीजें पता चलीं। अगले दिन दोपहर बाद मुलाहिजा भी होना था... जिसके बारे में भी उनसे ही पता चला। ये भी उन्होंने बताया कि मुलाहिजा के समय सब कुछ सच-सच बताना चाहिए, नहीं तो मार पड़ने की आशंका रहती है।

शाम को मैंने कुछ नहीं खाया था। भूख बिल्कुल लग ही नहीं रही थी। दो तीन बार प्यास तेज लगने पर पानी जरूर पी लिया था।

जेल की पहली रात – वो रात बहुत भयानक थी। परिवार छूटा, घर छूटा तथा पूरी की पूरी दिनचर्या छूट गयी थी। रात भी अब पूरी तरह से जेल की रात थी। शहर से दूर, झींगुरों की गूँज से भरा हुआ सन्नाटा, निपट अकेलापन... कोई अपना नहीं,

सब कुछ नया तथा अधूरापन एवं बन्धन लिए हुए।

नींद तो आँखों में दूर-दूर तक नहीं थी। बैरक के सभी बन्दी सो चुके थे। नम्बरदार जाग रहे थे। ड्यूटी वाले सिपाही इधर से उधर घूम रहे थे। दिन-भर की जद्दोजहद ने मुझे इतना थका दिया था कि ऐसा लग रहा था कि कहीं बीमार ही न पड़ जाऊँ। मच्छरों की भनभनाहट के बीच रात भर यूँ ही करवटें बदलता रहा।

अगले दिन तबियत थोड़ी खराब हो गयी। बन्दियों ने समझाया कि जेल में अस्पताल है, वहीं से दवाई ले आऊँ। मैं दवाई ले आया। वहीं पहली बार मेरी डॉक्टर से मुलाकात हुई थी, जो कि बाद में धीरे-धीरे बढ़ती चली गयी थी।

थोड़ी देर बाद पता चला कि मुझसे कोई मिलने आया है। मुलाकात पर्ची पर नाम देखा तो नौशीद व अंकल के नाम थे। माँ शायद बच्चों की वजह से नहीं आयी थी।

बैरकों से बन्दी मुलाकात के लिये निकाले जाने लगे। नम्बरदार एक बैरक से दूसरी बैरक में आ जा रहे थे। मुझे भी नम्बरदार द्वारा आवाज़ लगाई गयी। मैं बाहर निकल आया। विचाराधीन बन्दी हफ्ते में दो दिन अपने परिजनों से मुलाकात कर सकते थे। मेरे विचार से नये बन्दियों के लिये हफ्ते में दो दिन पर्याप्त नहीं थे।

सारे बन्दी इकट्ठा हो गये तथा उन्हें लाईन बनाकर मुलाकात घर की तरफ ले जाया जाने लगा। मैं काफी धीमी गति से सबसे पीछे चल रहा था।

हम लोग एक पतली सी गैलरी में इकट्ठा हो गये। गैलरी में काफी दूर तक जाल लगा हुआ था। जाल के उस तरफ बन्दियों से मुलाकात करने के लिये आनेवाले लोग खड़े थे और जाल के इस तरफ बन्दी लोग खड़े थे तथा अपने-अपने परिजनों को तलाश रहे थे। बड़ी मुश्किल से मैं जाल पर खड़े होने के लिये जगह तलाश पाया। फिर किसी तरह मैंने आवाज़ लगाकर अंकल व नौशीद को अपने सामने बुलाया।

कई महिलायें अपने बच्चों को गोद में लिये हुए मुलाकात कर रही थीं। कई बच्चें अत्यधिक हो रहे शोर में रोये जा रहे थे। गरीब, अमीर सभी जाल के दोनों तरफ मुलाकात के लिये खड़े हुए थे।

इतनी तेज आवाज़ गूँज रही थी कि मैं क्या, शायद ही कोई ठीक से सुन पा रहा हो। अंकल शायद ये समझाने की कोशिश कर रहे थे कि उन्होंने कोई अच्छा वकील कर लिया है और मैं जल्द ही रिहा हो जाऊँगा।

नौशीद बस रोए जा रही थी। उसका मुँह जैसे सूख गया था, वो अपने साथ ऐसा अहसास लिए थी कि मेरा मन अन्दर तक हिल गया। अंकल कुछ देर के लिए उसे मेरे पास अकेला छोड़ गए। उसने उधर से जाल में उँगलियाँ डालीं, मैंने इधर से उँगलियाँ। मैंने उसके पंजों को पकड़ने की कोशिश की, परन्तु पूरी तरह से पकड़

नहीं पाया।

उसने रोते रोते बताने की कोशिश की कि उससे घर पर वक़्त नहीं कट रहा है। पास के लोग बहुत तेज आवाज़ में बात कर रहे थे। मैंने उसे समझाने की कोशिश की कि सब उसे ही सम्भालना है... बच्चों को... माँ को...। और हाँ उससे लम्बी छुट्टी लेने के लिये भी कहा।

मुलाकात का समय खत्म होने को आया तो उसने बताया कि उसने कई जोड़ी कपड़े, चादर, तौलिया, खाने की कुछ चीजें तथा थोड़ी मिठाई भी सामान में रखवा दी है। उसकी उँगलियाँ छोड़ते समय मुझे बच्चों की याद आयी, लेकिन मैंने अपने आपको रोक लिया।

दोपहर को खाने का समय हुआ, लेकिन कुछ भी खाने का मन नहीं हुआ। नौशीद ने पानी की खाली बोतल भेज दी थी, मैंने हैन्डपम्प से उसे भर लिया, उससे ही प्यास व भूख दोनों शांत हो गयीं। हैन्डपम्प का पानी पीते समय उसके दूषित होने का ख़्याल आता था, लेकिन हर बार दिमाग़ को वहाँ से हटा लेता था।

दोपहर बाद जेलर साहब ने नये बन्दियों को मुलाहिजा के लिये बुलाया। मुझे भी बुलाया गया। जेलर साहब रतन लाल छोटे कद एवं सांवले रंग के लगभग बावन वर्ष के व्यक्ति रहे होंगे। सब लोग उनके सामने जमीन पर बैठ गये। मैं बड़ी मुश्किल से अपना मन मारकर जमीन पर बैठा। जेलर साहब मुझे बड़े गौर से देख रहे थे। शायद वो मेरी मनोदशा को भाँपने की कोशिश कर रहे थे।

एक-एक करके सभी बन्दियों को बुलाया गया तथा सभी की निजी जानकारियों को रजिस्टर में दर्ज किया गया। इस दौरान उनसे उनके कपड़े उतारने के लिये भी कहा गया। मेरा भी नम्बर आया। जेलर साहब ने जैसे ही जानकारी दर्ज की वो थोड़ा पसीज गये तथा मुझे मेरे कपड़े उतारने के लिये ज्यादा नहीं कह पाये। मेरा कपड़े उतारने का बिल्कुल भी मन नहीं था। उन्होंने मेरी जानकारी मुझ पर विश्वास करके दर्ज कर ली। मैंने जेलर साहब को थैंक्यू कहा।

उन्होंने मुझसे मेरे केस के बारे में थोड़ी बहुत जानकारी ली, वो समझ गये कि मुझे मेरी किस्मत ने फँसा दिया है। मुझे उनका स्वभाव ठीक ठाक ही लगा। हालाँकि उससे ज्यादा उन्होंने मुझमें दिलचस्पी नहीं ली।

नौशीद ने खाने पीने का काफी सामान भिजवाया था। मैंने सिपाहियों से प्रार्थना करके बड़ी मुश्किल से थोड़ी मिठाई मँगवा ली थी। अभी तक मैंने उस सामान में से कुछ भी नहीं खाया था।

मेरे सामने वाले बन्दी ने मुझे बताया कि यहाँ पर पैसे एवं खाने का सामान सभी की निगाह से बचाकर रखना पड़ता है। वरना मौका मिलते ही कोई न कोई बन्दी उस पर हाथ साफ कर देता है। उस बन्दी का नाम अजय था तथा वो कल से

ही मुझसे बात करना चाह रहा था। वो अच्छे घर का लग रहा था। उसकी उम्र यही कोई बीस बाईस वर्ष की रही होगी।

मैंने बेमन से थोड़ा नमकीन, कुछ बिस्कुट एवं थोड़ी मिठाई खा ली। अजय को भी मैंने साथ में शामिल कर लिया। जेल के पानी का स्वाद मुझे ठीक ठाक लग रहा था। जब भी प्यास लगती थी तो मैं बोतल भर लेता था तथा उसे समय समय पर पीता रहता था।

शाम हो गयी तथा खाने का समय हो गया। अजय ने समझाया कि यहाँ पर ऐसा ही खाना बनता है। पहले दिन उसे भी बहुत समस्या हुई थी, लेकिन अब वो दो तीन चपाती खाने लगा था। मैंने उसके साथ बैठकर आज एक चपाती किसी तरह से खा ली थी।

नौशीद ने सामान के साथ एक मच्छरदानी भी भिजवा दी थी। किसी तरह से मैंने उसे लगाया और उसमें चादर बिछाकर मैं लेट गया। दवाई अभी चल रही थी, मैं दवाई समय से खा रहा था। दवाई खाने के बाद दिमाग़ में थोड़ी सुस्ती आने लगी।

कुछ देर तक मैं करवटे बदलता रहा। कल से ही गर्मी एवं उमस से मेरा बुरा हाल था। बैरक में पंखे तो चल रहे थे, लेकिन वे भी गरम हवा ही फेंक रहे थे। मैंने सारे कपड़े उतार दिये थे, सिर्फ एक निक्कर ही पहना हुआ था। मच्छरदानी लगने से काफी आराम हो गया था, मच्छर अब नहीं लग रहे थे। पिछली दो रातों से मैं सो नहीं पाया था, इसलिये कुछ देर करवटें बदलने के बाद नींद मुझे कब आ गयी पता ही नहीं चला।

सुबह चार बजे ही मेरी आँखे खुल गयी थीं। नींद आज भी पूरी नहीं हो पायी थी, लेकिन थोड़ा आराम जरूर मिल गया था। दवाई ने भी अपना काम किया था।

दो दिन और बीते तो मैं जेल का खाना थोड़ा बहुत और खाने लगा। तीन दिन बाद नौशीद अकेले ही मुझसे मुलाकात करने आयी थी। वो यह सोचकर परेशान थी कि मुझे जेल का खाना खाना पड़ रहा है। वो अपने साथ फिर से कुछ खाने पीने की चीजें ले आयी थी।

अब मैं मुलाहिजा बैरक से सर्किल की बैरक में आ गया था। वहाँ पर भी मैंने अपने बिस्तर के लिये कुछ साफ सुथरी जगह ले ली।

धीरे-धीरे कुछ बन्दियों, सिपाहियों एवं अधिकारियों से मेरी थोड़ी बात होने लगी। कई बन्दियों ने जेल में आने की अपनी अपनी कहानियाँ भी मुझे सुनाई थीं।

अदालत परिसर में सुनवाई के दौरान पहले नौशीद मिलती थी, तो वो मेरी रिहाई के लिये उतावली दिखती थी। लेकिन धीरे-धीरे उसका ये उतावलापन चिन्ता में बदलने लगा था। क्योंकि मेरे जल्दी छूटने के आसार धीरे-धीरे खत्म होने लगे

थे। उसके चेहरे से निराशा साफ झलकने लगी थी। मैं भी धीरे-धीरे अवसाद वाली मनोदशा से ग्रस्त रहने लगा था। गहरी उदासी ने मुझे अन्दर तक दबोचना शुरू कर दिया था।

जेल ऐसी दुनिया, जिससे मुकम्मल पहचान बहुत कम लोगों को ही होती है। जो मुलाकत करने आते हैं, उनको भी शायद बहुत ज्यादा नहीं। उनसे कहीं ज्यादा तो जेल के अधिकारियों, सिपाहियों, कर्मचारियों को जेल से वास्ता रहता है और कहीं न कहीं वे भी अर्द्ध-कैदी की तरह ही नौकरी पर्यन्त रहते हैं।

इस बात का अहसास मुझे कुछ समय बाद होने लगा था। क्योंकि वे लोग भी अधिकतर समय जेल परिसर में ही गुजारते थे। वहीं पर चाय पानी भी कर लेते थे तथा कभी-कभी शाम को कुछ खेल भी लिया करते थे।

शुरू-शुरू में बहुत कष्ट हुआ। जेल में समय गुजारना यातना के समान लगता था। घर की बहुत चिन्ता रहती थी। लेकिन परिस्थिति ने मुजरिम बनाया, तो परिस्थिति ने ही मन पर धीरे-धीरे नियंत्रण करना भी सिखा दिया।

बहुत से बन्दी मुझसे कोई न कोई खेल खेलने के लिये कहते रहते थे, वो जानते थे कि इससे मेरी उदासी हल्की पड़ जायेगी। लेकिन मेरा मन खेलने के लिये नहीं करता था। दरअसल मैं उन लोगो के बीच कुछ अकेला-अकेला महसूस करता था। हम लोगों की सोच एवं पृष्ठभूमि में काफी अन्तर था।

उधर नौशीद एवं माँ ने भी धीरे-धीरे बुझे मन से घर को सँभाल लिया था। बच्चों की अब पहले जैसी चिन्ता नहीं रही थी।

अदालत पर मैं जल्दी जल्दी जा रहा था। मुकदमे की सुनवाई काफी तीव्र गति से हो रही थी। नौशीद से अदालत परिसर में तथा सुनवाई के वक़्त मुलाकात हो जाती थी। विरोधी पक्ष ने मजबूत गवाह पेश किए थे। मेरा वकील विरोधी पक्ष की दलीलों के सामने पूरी तरह से टिक नहीं पा रहा था।

नौशीद वकील से खुश नहीं थी। उसे ऐसा लग रहा था कि हम केस हार रहे हैं तथा मुझे सजा पड़ ही जाएगी। विरोधी पक्ष समझौते को बिल्कुल भी तैयार नहीं था।

नौशीद ने नया वकील किया तो उसने केस के लिये कुछ बेहतर लड़ाई लड़ी। लेकिन पलड़ा अभी भी विपक्ष का ही हावी रहा। नौशीद का रंग फीका पड़ता जा रहा था। आंटी उसे समझाती रहती थीं, लेकिन असलियत वो भी जानती थीं।

मेरे सामने नौशीद अपने भावों को नियंत्रित करने का प्रयास करती रहती थी, लेकिन उन्हें पूर्ण रूप से छुपा नहीं पाती थी। मेरी हालत तो और भी खराब हो चुकी थी। मुझे तो जैसे अन्दर ही अन्दर कोई चीज खाये जा रही थी।

धीरे-धीरे समय बीत रहा था। साल भर से ज्यादा समय मुझे जेल में हो गया

था। अगले हफ्ते सुनवाई की तिथि फिर से लगी हुई थी। इस बार आशा थी कि मुकदमें का कोई न कोई निर्णय हो ही जायेगा।

सुनवाई से पहले की रात मेरी आँखों से नींद पूरी तरह गायब थी। सुबह जल्दी ही मैं तैयार हो गया, अदालत जाने का समय हो आया। तभी रास्तें में डॉक्टर से मुलाकात हो गयी। अब तक उससे ठीक ठाक परिचय हो चुका था। उसने मुझे आज के लिये शुभकामनायें दी। उसने कहा कि भाग्य आज मेरा साथ देगा तथा फैसला मेरे पक्ष में ही जायेगा। ये आत्मरक्षा का मामला बनता है। कम से कम जमानत तो मिल ही जायेगी।

उनकी बातों से समर्थन पाकर मुझे भी लगने लगा कि शायद आज मुझे अदालत से कुछ राहत मिल जायेगी। अगर छोटी मोटी सजा हो भी गयी तो भी साल भर से ऊपर तो मुझे जेल में हो ही गया था, तब आराम से जमानत मिल जायेगी।

अदालत निकल चुकी थी तथा बन्दियों को लाईन में लगाकर लिखत-पढ़त के बाद गाड़ी में बिठाया जाने लगा था। आज गाड़ी में कुछ ज्यादा ही भीड़ हो गयी थी। सभी बन्दी कुछ दबा दबा सा महसूस कर रहे थे। गाड़ी चल पड़ी तो मैंने पीछे की तरफ जाल से बाहर देखना शुरू कर दिया।

नौशीद अदालत परिसर में अंकल के साथ पहले से ही मेरा इन्तजार कर रही थी। उसके अनुसार वकील कह रहा था कि ज्यादा से ज्यादा दो साल की सजा ही हो सकती है। ऐसे में आराम से जमानत मिल जायेगी। मामला स्पष्ट रूप से आत्मरक्षा से जुड़ा हुआ बनता है।

मेरा नम्बर आने पर सुनवाई शुरू हुई। जज साहब यही कोई चालीस की उम्र के आस-पास के रहे होंगे। वे गोल चेहरे, भारी शरीर तथा गौर वर्ण के व्यक्ति थे। अब तक सुनवाई करते करते वे थक चुके थे। लेकिन मेरा मामला आते ही वे कुछ उत्सुक दिखाई दिये। काफी देर तक दोनों वकीलों के बीच बहस चलती रही। दोनों वकील अपने-अपने तर्कों पर अडिग रहे।

मेरा वकील लगातार आत्मरक्षा के मुद्दे को उठाता रहा। लेकिन विरोधी वकील मेरे वकील पर अन्ततः भारी पड़ गया। जज साहब भी उसके तर्कों से सहमत दिखाई दे रहे थे। फैसले का वक़्त आ गया था। जज साहब ने मेरी सजा का ऐलान कर दिया।

अदालत से मुझे आजीवन कारावास (सश्रम) हुआ। जैसे ही मुझे सजा सुनाई गयी, वैसे ही सब कुछ ठहर सा,... थम सा गया। ऐसा लगा कि आँखों के आगे सारी दुनिया घूम गयी हो, मैं गश खाकर गिरने ही वाला था। लेकिन अदालत में नौशीद के रोते हुए बदहवास चेहरे ने मेरे अन्दर जैसे किसी आन्तरिक शक्ति का

संचार कर दिया और मैं गिरते-गिरते संभल गया।

मुझे ऐसा लगा, जैसे मेरी कहानी खत्म हो गयी है। जीवन का यह अध्याय अपने अन्तिम चरण में पहुँच चुका है और सिर्फ पूर्ण विराम लगना बाकी है। मेरे बच्चे, मेरी पत्नी...माँ... सब के सब जेल की चाहरदीवारी ने हमेशा के लिए पराए बना दिये हैं।

एक बारगी तो मन किया कि कोर्ट परिसर से भाग जाऊँ। जब मेरी कोई गलती ही नहीं, तो मैं यह सजा क्यों भोगूं? कहीं न कहीं तो छुपने की जगह मिल ही जाएगी। लेकिन सिपाहियों को देखकर एवं अनजाने रास्ते के बैरियर ने मुझे असहाय सा बना दिया।

नौशीद बेहोश होकर वहीं गिर पड़ी, अंकल ने उसके चेहरे पर पानी छिड़का, तो उसे होश आया। अंकल ने उसे किसी तरह खड़ा किया। अंकल उसे सँभालने की कोशिश कर रहे थे। आज मेरे ससुर भी आए हुए थे, वे भी रो रहे थे... बस नियति नहीं रो रही थीं। वो शायद हँस रही थी, देखो मनुष्य की क्या औकात है? तुम्हारे ही कानून से हम तुम्हें मार डालते हैं... और तुम लोग सब कुछ जानकर भी मुँह देखते रह जाते हो।

तथाकथित पीड़ित पक्ष काफी हद तक सन्तुष्ट था... वो सजा मिलने के बाद मेरी तरफ ऐसे देख रहे थे, जैसे उन्होंने मेरा शिकार कर लिया हो। उनका वकील हमारे वकील पर भारी पड़ गया था। वे हम पर भारी पड़ गए थे और शायद जज एवं न्याय पर भी, वरना इतनी बड़ा सजा मुझे न मिलती।

जेल वापस आने पर कई साथी बन्दियों ने सहानुभूति दिखायी। कई अधिकारी भी मेरे लिए दुखी थे। अधिकतर लोग जानते थे कि मैं बेकसूर हूँ तथा फँस गया हूँ।

वह रात मेरे जीवन की सबसे ज्यादा काली रात थी। पूरी रात उत्तेजना एवं निराशा में जागकर किसी तरह काटी, मुँह से अचानक अपशब्द निकल पड़ते थे। बगल में सोने वाला बन्दी कई बार मेरी हरकतों से जाग चुका था. फिर सांत्वना देकर सो जाता था। सुबह होते होते मैं बीमार पड़ गया।

सजा पड़ते ही बन्दियों के कपड़े बदल जाते थे। ढीली-ढाली सी सफेद शर्ट व पाजामा। जो कपड़े अब तक पहनता था, वो मेरे लिए अब ढ़ेर मात्र बनकर रह गए थे। मैंने हाथ मुँह धुले और बेमन से जेल वाले कपड़े पहन लिए। कपड़े पहनते ही मन पूरी तरह उदास हो गया। नौशीद की याद आने लगी, उसका तो और अधिक बुरा हाल हो रहा होगा।

डॉक्टर सब कुछ जानता था, उसने दवा कम दी और समझाया ज्यादा।

दो दिन बाद नौशीद मुलाकात करने आयी। ऐसा लग रहा था कि वो बीमार चल रही है। मैंने इस बारे में उससे पूछा, तो उसने इस बात को टाल दिया। बुझे मन

से वो बार बार मुझे दिलासा देने व समझाने का प्रयास करती रही। लेकिन उसकी दबी हुई आवाज़ एवं चेहरे से झलकती हुई निराशा उसकी मनोदशा को बता रही थी।

वो कह रही थी कि हम लोग जल्द ही हाईकोर्ट में अपील करेंगे और मैं बरी हो जाऊँगा। उसके अनुसार वक़्त आने पर खुदा हमारी जरूर सहायता करेगा। मेरे कैदी वाले कपड़ो पर जैसे ही उसकी निगाह पड़ी वो अपने आँसुओं को रोक नहीं पायी। उसने मुझसे दूसरी तरफ चेहरा घुमाते हुए अपने आँसुओं को पोंछा। अब वो मेरे सामने ही सिसकने लगी। उसके धैर्य का बाँध टूट चुका था। आखिर वो भी अपनी भावनाऐं मुझसे ही तो व्यक्त करती। मैंने उसे समझाने की काफी कोशिश की, लेकिन वो काफी देर तक यूँ ही सिसकती रही।

नौशीद की एक साल से अधिक की छुट्टियाँ भी अब खत्म हो गयी थीं। बच्चे कुछ और बड़े हो गए थे। उन्हें पता ही नहीं था कि पापा कहाँ चले गए हैं। हाँ एक पापारूपी खालीपन उनकी चेतना में अवश्य रहा होगा, पापा की तरह उन्हें प्यार से कोई भी गले नहीं लगाता होगा। तभी तो कुछ चिड़चिड़े हो गये थे। माँ भी कुछ कमजोर हो गयी थी।

कुछ समय पहले नौशीद ने अंकल से कहकर ग्रेटर नोएडा की जगह नोएडा में एक फ्लैट किराए पर ले लिया था। बेचारी माँ को गाँव छोड़कर शहर में रहना पड़ रहा था। उसके लिये ये सजा की तरह हो गया था।

नौशीद के अम्मी-अब्बू व भाई-बहन भी अक्सर आ जाते थे। अपने घर-वालों के आने-जाने से नौशीद को एक अतिरिक्त सहारा मिल गया था। नौशीद की अम्मी तो एक-दो बार पन्द्रह से बीस दिन तक रूककर भी गयी थीं।

लेकिन नौशीद का बदमाश भाई अभी भी नहीं पिघंला था। वो और अधिक समस्या पैदा करने लगा था। वो नौशीद से दूसरा विवाह करने के लिये कहने लगा था। नौशीद के डाँटने के बावजूद भी वो बाज नहीं आता था। वो कहता था "अरे अब वो छूटने वाला नहीं है। कब तक उसका इन्तजार करती रहोगी।"

नौशीद घर बैठने से और ज्यादा थकी-थकी एवं उदास रहने लगी थी, वो अक्सर बीमार भी पड़ने लगी थी। इसीलिये मैंने उससे काम पर जाने के लिये कहा, वहां ऑफिस के संगी-साथियों से मिलने पर उसे उदासी से कुछ हद तक बाहर आने में मदद मिलेगी।

घर बैठे-बैठे पुरानी जमा पूँजी भी खत्म होने की कगार पर पहुँच गयी थी। आगे खर्चे और अधिक बढ़ने वाले थे। सभी लोगों के समझाने पर वो मान गयी और फिर से काम पर जाने लगी। माँ घर पर बच्चों को सँभाल लेती थी।

कुछ बन्दी साथियों एवं अधिकारियों ने मुझसे हाईकोर्ट में अपील के लिए

कहा, लेकिन मेरा मन नहीं था। मेरा तो जैसे न्याय पर से विश्वास ही उठ गया था। अपनी आँखो से न्याय की देवी को हारते देखा था। तर्कों-कुतर्कों से अन्याय को हावी होते देखा था।

धीरे-धीरे जेल के बारे में मेरी राय बदलती गयी। जेल व जेल के लोग पहले से अधिक अपने लगने लगे। जेल में आये गरीब एवं अक्षम लोगों को न्याय मिल ही नहीं सकता था, वे तो वकील तक करने में असमर्थ थे। पूरी तरह से नियति के अधीन। जेल में आधे से ज्यादा बेकसूर लोग थे, जो किसी न किसी तरह फँस गये थे। बाहर निकलने की न तो उनमें सामर्थ्य थी और न ही इच्छा-शक्ति।

अधिकतर की मुलाकातें भी धीरे-धीरे बन्द हो जाती हैं। जो उनके अपने हैं वे भी बार-बार मुलाकात करने में असमर्थ हैं, तथा बाहरी दुनिया उनके लिए हर समय एक कठिन चुनौती है। वे धीरे-धीरे अपनों से पूरी तरह कट जाते हैं तथा फिर यह भी भूलने लगते हैं कि वे कभी किसी के बाप, बेटे या भाई भी थे। वे दुनिया से असम्बद्ध हो जाते हैं। जेल ही उनके लिए सब कुछ रह जाती है।

लेकिन जीवन का जाल ऐसा है कि वे जीवन से असम्बद्ध नहीं हो पाते हैं और केवल खाने व सोने के लिए वे लगातार ज़िन्दा रहना चाहते हैं और क्यों न रहें वे ज़िन्दा? मरकर भी क्या हासिल होने वाला है? ज़िन्दा रहने पर कुछ दिख रहा है, सुनाई दे रहा है... जेल यानि सीमित दुनिया में उनका सीमित हस्तक्षेप भी हो रहा है।

उनके लिए सबसे बड़ी समस्या सेक्स है। अगर वे जवान हैं और सक्षम हैं...तब जवानी से भरी उन रातों की यादें उन्हें सोने नहीं देती हैं, जिनमें उन्होंने सेक्स का भरपूर आनन्द भोगा था। अपनी प्रेमिका या जीवन संगिनी की यादें उन्हें गहरी तड़प में डाले रहती हैं।

अभाव...वो भी लम्बा...या हमेशा का, अगर किसी भी चीज का हो जाये तो उससे व्यक्ति का उस चीज के प्रति लगाव और बढ़ जाता है। ऊपर से सेक्स का अभाव... बड़ा मुश्किल है सेक्स के बगैर रहना। जेल सेक्स के बगैर एक अभिशाप बन जाती है।

हाँ कुछ अप्राकृतिक चीजें भी मैंने इन दिनों सुन रखी थीं। जिन्हें सुनकर ही मेरा जी खराब हो गया था। बेचारे, सच में बेचारे... एक तरह से सीमित मनुष्य... अर्द्ध मनुष्य ही यह लोग कहे जा सकते हैं।

मैं स्वयं इस समय अपने आपको कमजोर एवं अधूरा सा महसूस करने लगा था। हताशा एवं निराशा मेरे मन में इतनी गहरा गयी थी कि मैं किसी दूसरे मनुष्य में तब्दील हो चुका था।

जेल में मुझे लगभग तीन वर्ष हो गए थे। जेल परिसर तथा वातावरण अब मुझे अबूझ एवं अपरिचित नहीं लगता था। एक-दो मित्र भी बन गए थे। डॉक्टर से और अच्छी मित्रता हो गयी थी। नौशीद एवं माँ मुझसे समय से मिलने आ जाती थीं। नौशीद ने घर एवं ऑफिस को काफी हद तक सँभाल लिया था। अब वो मुझे अपनी परेशानियों को काफी कम करके दिखाती थी।

मैं नौशीद से नई-नई किताबें लाने के लिए कहा करता था। मैं इधर कई किताबें पढ़ चुका था। अधिकतर धार्मिक एवं आध्यात्मिक ही थीं। कुछ दर्शन की किताबें भी थीं, जिन्हें मैं पढ़ रहा था। कुछ वक़्त कट जाता था इनके साथ। बाकी सोचने, विचारने एवं उससे उपजे तनाव में कट जाता था।

जब तक सजा नहीं पड़ी थी, तब तक बाहरी दुनिया से कुछ सम्पर्क हो जाता था। कोर्ट जाते वक़्त गाड़ी से बाहर झाँकते हुए ही जाता था, इससे सड़क पर जीवन की झलक मिल जाती थी। फिर कोर्ट में कुछ खुलापन मिल जाता था। अपनों से मुलाकात हो जाती थी। अब तो जेल की चाहरदीवारी ही एक बड़ी सी कोठरी बन गयी थी।

जेल में अन्दर साफ सफाई पर काफी ध्यान दिया जाता था। बन्दियों के कपड़ों से ज्यादा जेल साफ रहती थी। अन्दर कई प्रकार के गेम, जैसे क्रिकेट, बालीबॉल तथा बैडमिन्टन प्राय: होते रहते थे। बालीवाल तो खेली ही जाती थी प्रतिदिन।

मेरा मन जेल की अन्य गतिविधियों में कम लगता था। जो सपने मेरे अन्त:करण में रचे-बसे थे, उनके बिखरने के बाद मेरा सबकुछ बिखर-गया था। मुझे आसमान को ताकते रहना, उसमें उड़ते परिन्दों को देखते रहना पसन्द था। उड़ते परिन्दों को देखकर हमेशा लगता कि कितने आज़ाद हैं ये सब, और कितने जीवन्त भी। बस इनकी चेतना ही तो सीमित हैं।

जेल आने से पहले मैं वहाट्स अप, फेसबुक, ई-मेल पर काम करता रहता था। यहाँ सब कुछ बन्द हो चुका था। यहाँ तो बस नौशीद एवं माँ से मुलाकातें तथा

नौशीद के लिखे पत्र ही मेरे लिए सब कुछ था। एक-दो बार तो ऐसा हुआ कि मैंने नौशीद व माँ से भी मिलने से मना कर दिया था। मन ज्यादा खराब होने पर कुछ भी अच्छा नहीं लगता था।

बच्चों का चेहरा अक्सर आँखों के सामने से गुज़र जाता था। लाल टी शर्ट एवं सफेद स्कर्ट-निकर में दोनों स्कूल वैन से जाते थे। नौशीद ने बताया था कि लड़का ज्यादा शैतान है तथा दिन भर लड़की को परेशान करता रहता है।

मन में विचार आता था कि जैसे महाभारत में संजय ने दिव्य दृष्टि से महाराजा धृतराष्ट्र को सारे युद्ध का आँखों देखा हाल सुनाया था, काश ऐसी ही कोई दिव्य दृष्टि या शक्ति वास्तव में रही होती और मैं उसका इस्तेमाल करके बच्चों... घर के बारे में देख सकता... उन्हें बड़े होते देख सकता। नौशीद को ऑफिस जाते देख सकता।

यूँ तो नौशीद ने बीस से भी ज्यादा पत्र मुझे लिखे थे... परन्तु उसमें एक तो बहुत ही गहरा था. उसे मैं अक्सर पढ़ लेता था—

''प्रिय शिवेन्द्र''

वक़्त ने हमें अलग कर दिया है। हम शरीर से जरूर अलग हो गए हैं, परन्तु मन के अहसास से हमें कोई अलग नहीं कर सकता है। जिस दिन से आप गए हैं, उस दिन से जैसे आप अपने साथ मेरा बहुत कुछ अपने साथ ले गए हैं। मेरा बहुत-कुछ आपके साथ चला गया है। घर में रहूँ या ऑफिस जाऊँ, ऐसा लगता है कि मेरे वजूद का बड़ा हिस्सा आपके साथ ही जेल में चला गया है। आपसे मुलाकात करने के बाद ऐसा लगता है कि जैसे हर बार मेरा थोड़ा-बहुत वजूद वहाँ छूट जाता है।

मुलाकात घर से निकलकर घर पहुँचना बहुत भारी काम होता है। घर आती हूँ तो घर की हर चीज के साथ आपकी याद आती है, आपके वजूद की कमी उन सब चीजों के साथ भी महसूस होती है।घर के कमरे, सौफा, बैड, किचन- सब जगह कुछ खालीपन एवं अधूरेपन का अहसास होता है। वो पौधे जो आपने गमलों में पिरोए थे, वो जैसे आपको याद करते रहते हैं। वो भी कुछ उदास एवं बुझे-बुझे नजर आते हैं।

घर आने पर बच्चों से लिपट पड़ती हूँ। अपने वजूद को बच्चों में खोजती हूँ, परन्तु बच्चे भी आप ही की याद दिलाते हैं। उनको देखकर मन फट पड़ता है, चीखने का मन करता है... चिल्लाने का मन करता है- खुद को कोसने का मन करता है। बच्चों की क्या खता है? फिर आपके दिए हुए सारे गिफ्ट देखती हूँ, उनमें आपको खोजती हूँ... आप अपने साथ बहुत कुछ ले गए हैं शिवेन्द्र।

आप कब आओगे, मेरा मर जाने का मन करता है... आपकी हालत सोचकर रूक जाती हूँ। बच्चे मेरे दु:ख पर भारी पड़ जाते हैं। आपका दु:ख मेरे दु:ख पर भारी

पड़ जाता है। कम से कम मेरे पास बच्चे हैं... मम्मी हैं... बाहर की दुनिया है। आपके पास तो वो भी नहीं हैं, आपके पास तो बस जेल की चाहरदीवारी है तथा उससे जुड़ा हुआ अंधकार का सन्नाटा है... भयानक खालीपन है।

मेरा वजूद वापस लौटा दो शिवेन्द्र। जल्दी से घर आ जाओ... किसी भी तरह आ जाओ... बस आ जाओ, पंछियों की तरह उड़कर चले आओ।

... खुदा के लिए शिवेन्द्र। या खुदा...

खुदा के लिए परेशान मत होना... अपना ख्याल रखना।

आपकी

''नौशीद''

वो किताबें ज्यादा नहीं पढ़ती थी, परन्तु सोचती काफी ज्यादा थी। इसीलिये उसके व्यक्तित्व में एक गम्भीरता आती जा रही थी। उसके चेहरे से अब ज्यादा परिपक्वता झलकने लगी थी। वो मुलाकात के समय मुझसे बच्चों को मिलाना चाहती थी। मैं ही दिल पर पत्थर रखकर मना कर देता था... .मुझसे मिलने पर बच्चों के मन में कई सवाल पैदा होते, जिनका जवाब देना नौशीद के लिए मुश्किल होता।

ऑफिस में नौशीद बड़े बेमन से जाती थी। जिसका प्रभाव उसकी कार्यशैली पर पड़ रहा था। उसके जूनियर उससे आगे निकल गए थे। वह बस घर चलाने के लिये ही ऑफिस जाती थी। ऑफिस के लोगों ने शुरू में तो हमारे बारे में कुछ रूचि ली। लेकिन अब वो सब समाप्त हो चुका था।

जेल में भी केवल अर्जुन एवं मंजूर ही कुछेक बार मुझसे मिलने आए। अब उन्होंने भी जेल में आकर मुलाकात करना बन्द कर दिया था। लेकिन ऑफिस में नौशीद के लापरवाह व्यवहार के बावजूद उसके प्रति माहौल ठीक ही था। अर्जुन एवं मंजूर भी उस पर थोड़ा ध्यान देते थे।

कई बार ऐसा सुनने में आया कि गाँव में चाचा को छोड़कर बाकी सब लोग कहीं न कहीं यही चाहते हैं कि मैं जेल से बाहर न आने पाऊँ। किसी को सस्ती जमीन मिलने का लालच, किसी को जमीन को यूँ ही जोतते रहने का लालच, किसी को ईर्ष्या की अग्नि शान्त होने का लालच। कहने का अर्थ है कि मेरे अन्दर रहने से अनेक अन्य लोगों को भी लाभ होने वाला था।

इधर हफ्ते में एक या दो बार अस्पताल में यूँ ही दवाई के बहाने मैं डॉक्टर से मिलने चला जाता था। शुरू में तो मैं उससे कम ही मिलता था। लेकिन कुछ माह से उससे मिलने का लालच बढ़ गया था। वो भी मुझसे मिलकर खुश होता था।

यूँ तो अस्पताल में कई बन्दी थे... लेकिन मुझे केवल छत्रपाल सिंह, जो कि एक कुख्यात डाकू रह चुका था, उससे बात करना कुछ कुछ ठीक लगता था।

लम्बी-लम्बी मूछों तथा भरे हुए भारी शरीर पर उसका फूला हुआ चेहरा अच्छा लगता था। रंग गेहूँआ, लम्बाई मध्यम थी, उम्र यही कोई पचपन से साठ के बीच रही होगी।

वो मुझे देखकर तुरन्त ही बिस्तर पर उठकर बैठ गया तथा उसने मुस्कुराते हुए मेरा स्वागत किया –

''आइए इंजीनियर साहब।'' यूँ तो वो चम्बल में अपने कारनामों से कुख्यात था, परन्तु गाज़ियाबाद में उसके भाई की ससुराल थी। ससुराल में उसके भाई से कुछ विवाद हुआ, उसने बीहड़ों से आकर दो-तीन लोगों को ठोक दिया। पिछले तीन माह से उसी केस में यहाँ बन्द था। उसे अपने किये पर कोई पछतावा नहीं था।

''साहब हमने यही कोई पन्द्रह से बीस आदमियों को टपकाया है... लेकिन मजबूरी में। हमारे काम के बीच में रूकावट बनकर आ गए थे, इसलिये उनको टपका दिया।... वैसे भी मौत तो ऊपर वाला ही देता है... हम तो जरिया थे बस उनकी मौत का।'' डकैती को वो मरदों वाला काम मानता था

''साहब हम जो लूटते हैं, एक हिस्सा अपने साथियों में बाँट देते हैं तथा शेष हिस्सा गरीबों में बाँट देते हैं-... हम कोई टाटा-बिरला तो बनने से रहे।... अरे साहब असली डकैत तो ये सफेद पोश बड़े नेता, भ्रष्ट व्यापारी एवं बड़े अधिकारी हैं... गरीबों के हिस्से का सारा पैसा डकार लेते हैं और जनता की नजरों में बने रहते हैं माननीय... या साहब। पुलिस हम जैसे गरीबों के रक्षकों को परेशान करती है।

अरे, हमने तो सरकार एवं पुलिस के जुल्म को कमजोर किया है...अगर डकैत न होते तो बड़े लोगों को मौत का भय कैसे होता? तब तो ये और भी बेकाबू एवं बेरहम हो जाते। हम गरीबों, कमजोरों को सहारा देते हैं। वामपंथी लोग तो वैसे भी चोरी, डकैती को गुनाह नहीं मानते हैं साहब। ये तो बस अमीरों से छीनकर गरीबों में बाँटने का एक तरीका है साहब।''

उसकी सबसे अच्छी चीज उसकी साफगोई एवं वाकपटुता थी। ग्रामीण पृष्ठभूमि तथा कम पढ़ा लिखा होने के बावजूद भी उसके तर्क बेजोड़ थे। उसे अपने किए पर पछतावे के बजाए गर्व था। मुझसे कहता था— ''घबराओ मत इंजीनियर साहब-मुझे बाहर निकलने दो... सब ठीक कर दूँगा... आपको तुरन्त बाहर निकलवा दूँगा।'' उसके अनुसार –

''वह एक या दो साल से ज्यादा जेल में नहीं रहेगा। उसके बहुत बड़े-बड़े लोगों से सम्पर्क हैं— वे खुद ही उसको बरी करवा देंगे। कुछ दिन बाद उसके भाई की ससुराल वाले डर के मारे खुद ही सारे केस वापस ले लेंगे और फैसला कर लेंगे। उसके अनुसार वे अभी उसके बारे में कम जानते हैं-जैसे ही पूरी तरह जान जाएँगे खुद-ब-खुद समझौता कर लेंगे।''

छत्रपाल मूल रूप से फिरोज़ाबाद का रहनेवाला एवं सीधा साधा इन्सान था। लेकिन गाँव में उसके परिवार पर काफी अत्याचार हुआ, तो वह बदला लेने के लिये डाकू बन गया। हालाँकि अब डाकू धीरे-धीरे कम होते जा रहे थे। पुलिस की दबिश से बचना अब आसान नहीं रह गया था। शुरू में पुलिस ने उसे भी मारने की कई योजनाएँ बनायी थीं, लेकिन वो कभी राजस्थान, तो कभी मध्य प्रदेश तो कभी चम्बल भागने में सफल हो जाता था। जब भागते-भागते परेशान हो गया तो चम्बल की घाटी को नियमित ठिकाना बना लिया। फिर तो चम्बल की घाटी उसका दूसरा घर बन गयी। पहले छोटा गिरोह बनाया, बाद में ठीक-ठाक गिरोह का सरदार बन गया।

डाकुओं के बीच उसकी एक अलग साख बन गयी थी। वो नाजायज किसी को नहीं सताता था तथा अपने साथियों का हिस्सा भी नहीं मारता था। उन्हें लगभग अपने बराबर हिस्सा ही देता था। हथियारों के एवं अन्य खर्चों को काटकर।

धीरे-धीरे वो अच्छे व उच्च नैतिक मूल्यों वाले डकैत के रूप में बीहड़ में प्रसिद्ध हो गया। पुलिस में भी उसका भय था, क्योंकि आम लोग उसका सम्मान करते थे। उसके बारे में पुलिस को सटीक सूचना नहीं मिल पाती थी।

उसके अलावा, एक नया बन्दी अभी-अभी जेल में आया था, जो सालों से पत्रकारिता कर रहा था तथा पर्यावरण जागरूकता के लिये काम कर रहा था। बातचीत में पता चला कि देश में जहाँ भी आधुनिकीकरण के कारण पर्यावरण को नुकसान होता है, वह बेचैन हो उठता है। कुछ सालों से वो तथा उसके कई अन्य साथी उत्तराखंड एवं हिमाचल प्रदेश में काफी सक्रिय रहे थे।

उसकी एक प्रेमिका भी उसी के साथ थी तथा इन्हीं कार्यों में सहयोग करती थी उसका। परन्तु पिछले साल पिथौरागढ़ के पास एक बड़ी सड़क के निर्माण से हज़ारों पुराने पेड़ों के अस्तित्व पर संकट आ गया था। तो उसके सारे दोस्तों ने बड़ा भीषण आन्दोलन चलाया उस सड़क के निर्माण को रोकने के लिए।

मुख्यमन्त्री से मिले... यहाँ तक कि प्रधानमन्त्री से भी मिले, परन्तु कोई हल नहीं निकला। देहरादून में एक बड़े विरोध के बीच पुलिस लाठीचार्ज में उसकी प्रेमिका श्रद्धा विष्ट गम्भीर रूप से घायल हो गयी, दुर्भाग्यवश उसकी बाद में मौत हो गयी।

वो उसकी प्रेमिका ही नहीं थी। वो उसके लिए सब कुछ थी। दोनों बहुत गहरे स्तर तक जुड़े हुए थे। वो हमेशा श्रद्धा से पुलिस की पहुँच से थोड़ा दूर रहने के लिए कहता रहता था, क्योंकि आन्दोलन को श्रद्धा की बहुत जरूरत थी। वो आन्दोलन की आत्मा थी। लेकिन श्रद्धा थी कि जोश में सब भूल जाती थी तथा अक्सर पुलिस से भिड़ जाती थी।

उस दिन भी ऐसा ही हुआ, चेतन मना करता रहा। एक बार तो उसे पकड़कर पीछे भी ले आया। लेकिन जैसे ही वो उसका हाथ छोड़कर आगे गया। वो फिर उसके पास पहुँच गयी। पुलिस को आन्दोलन को कुचलने के सख़्त निर्देश थे। देखते ही देखते लाठीचार्ज शुरू हो गया। एक लाठी जैसे ही चेतन को लगी, श्रद्धा ग़ुस्से से बौखला गयी। उसने पुलिस ऑफिसर को तमाचा जड़ दिया। बस फिर क्या था? पुलिस ने सभी को दौड़ा-दौड़ाकर बेरहमी से पीटा। चोट तो चेतन को भी काफी आयी थी, लेकिन श्रद्धा के सिर में गम्भीर चोटें पहुँची थी। उसका सिर फट गया था।

श्रद्धा की मौत के बाद पहले तो कई माह तक वो सदमें में चला गया था। बाद में धीरे-धीरे सामान्य होकर आन्दोलन से जुड़ गया तथा फिर आन्दोलन की कमान भी सँभाल ली। वक़्त गुज़रने के साथ वो श्रद्धा से भी ज्यादा उग्र होता चला गया। उसे उपभोक्तावादी संस्कृति से घृणा हो गयी थी।

ग्रेटर नोएडा में भूमि अधिग्रहण को लेकर सरकार से किसानों का विरोध चल रहा था। किसान महीनों से मुआवजा राशि बढ़ाने की माँग कर रहे थे, उनकी और भी कुछ माँगे थीं। धीरे-धीरे आन्दोलन उग्र होता गया। देश भर में चर्चा का विषय बन गया। वो शुरू में तो आन्दोलन से जुड़ने में झिझक रहा था, परन्तु बाद में किसानों से मिलने के बाद उससे जुड़ गया। बाद में एक उग्र धरना प्रदर्शन को लेकर शासन से किसानों का विवाद गहरा गया।

पुलिस पर पथराव हो गया तथा पुलिस गोली में दो किसानों की मौत हो गयी। उसे तथा कुछ अन्य आन्दोलनकारियों को जेल भेज दिया गया। जेल आते ही वह कुछ बीमार हो गया तो अस्पताल में भर्ती हो गया। चेतन रावत नाम है उसका। उम्र यही कोई चालीस वर्ष, रंग गोरा, छोटी तथा फूली आँखें, लम्बा-तिकोना चेहरा, शरीर छरहरा, लम्बाई लगभग छः फुट। उसे मनुष्यों के भौतिकवादी कारनामों से नफरत ही हो गयी थी। उसके अनुसार-

"हज़ारों साल में मनुष्य ने कंक्रीट के दैत्याकार शहर बना लिये हैं, वनों को फाड़ डाला है, नदियों को जहरीला कर दिया है। पहाड़ों को काट डाला है, उन्हें भेद डाला है। समुद्र को अशान्त तथा प्रदूषित कर दिया है, हवा को साँस लेने लायक नहीं छोड़ा है। शहरों में पानी, हवा, खाने की चीजें... सब की सब प्रदूषित हैं।

बेवजह का इतना अधिक शोर शराबा हो गया है कि कान फट पड़ते हैं। संस्कृति प्रदूषित हो गयी है। शिक्षा, खेल, संस्कृति, मनोरंजन, सब के सब उपभोक्तावाद के जंजाल में फँस चुके हैं। बच्चे प्रकृति से पूरी तरह कट रहे हैं।

आबादी इतनी बढ़ रही है... तथा बढ़ चुकी है कि वो पृथ्वी के सारे संसाधनों को शीघ्र ही चट कर जाएगी। हर व्यक्ति सम्पन्न होना चाहता है.. सम्पन्न होने के

सपने देखता है, बड़ा आदमी बनना चाहता है... बड़े का अर्थ है... प्रकृति के संसाधनों की लूट।

हर आदमी प्रत्यक्ष एवं अप्रत्यक्ष रूप से या तो पृथ्वी के संसाधनों को लूट रहा है या उन्हें लूटने के सपने देख रहा है। हर व्यक्ति बड़ा पद, बड़ा नाम चाहता है। अधिकतर व्यक्ति बड़ी गाड़ी, बड़ा घर, ढेर सारे पैसे... आदि चाहते हैं... अब ये सब उपलब्ध तो प्रकृति की कीमत पर ही होंगे।

हज़ारों साल में मनुष्य के इतर प्रकृति का शेष हिस्सा कमजोर होता चला गया है और मनुष्य सुरक्षित होता चला गया है। वो अपने आपको और अधिक सुरक्षित करने में लगा हुआ है। लेकिन इस सबसे आज उसके पास न तो साँस लेने के लिये पहले जैसी शुद्ध हवा बची है, न पहले वाला शुद्ध पानी... यहाँ तक कि अधिकांश देशों में खाने-पीने की चीजें भी मिलावटी ही परोसी जा रही हैं।

जटिल बीमारियों से जरूर कुछ हद तक मुक्ति पायी है, परन्तु कुछ अन्य नई जटिल बीमारियाँ भी पनप गयी हैं। मनुष्य मध्यकाल तक शारीरिक रूप से जितना मजबूत था, उतना आज मजबूत नहीं रह गया है। प्रकृति से पूर्णतः कटता जा रहा है। इससे वह मानसिक रूप से भी पहले की तरह सन्तुलित नहीं रह गया है। हाँ दिमाग़ की तीव्रता में जरूर वृद्धि हुई है, लेकिन दिमाग़ी तीव्रता को उपभोक्तावाद ने पूरी तरह से जकड़ लिया है।

तब सन्तुलन के अभाव में उसका भविष्य भी सुरक्षित नहीं हो पाया है। हर साल पृथ्वी का तापमान बढ़ रहा है। दूसरी तरह से देखें तो पृथ्वी पर भौतिकवादी समृद्धि बढ़ रही है, प्राकृतिक गरीबी बढ़ रही है। अब विकासशील देशों में भी विकास गति पकड़ रहा है... तब तापमान और तेजी से बढ़ने वाला है। जिसका अंजाम ऐसा होने वाला है, जिसकी मनुष्य ने कल्पना भी नहीं की है।

तापमान का सर्वाधिक बुरा प्रभाव अत्यधिक घने आबादी वाले तथा गर्म जलवायु वाले देशों पर ही पड़ने वाला है। महज कुछ डिग्री तापमान की बढ़ोत्तरी से गर्म एवं गरीब देशो में सूखे तथा भुखमरी की महामारी उत्पन्न हो जायेगी। जो कालान्तर में अनेक सामाजिक, सांस्कृतिक एवं भौतिक समस्याओं को जन्म देने लगेगी। इससे सम्पूर्ण विश्व की अर्थव्यवस्था असन्तुलित होने लगेगी।

पूरी दुनिया व्यापारिक मानसिकता की बनती जा रही है। बड़े-बड़े शहरों में विशालकाय घरों में रहने वाले आधुनिक विकासपरक चिन्तकों को प्रकृति के पलटवार की चिन्ता लगभग नगण्य है। मनुष्य अपना अन्त स्वयं लिख रहा है।''

वो कभी भी हल्के मूड में नहीं रहता था, हमेशा गम्भीरता का आवरण ओढ़े रहता था। आज भी मुझे देखकर लेटे-लेटे ही हल्का सा हाथ हिलाया। जो भी हो उसके विचारों ने मुझे अन्दर तक झकझोर डाला था। उससे मिलने पर मुझे पुराने

दिनों की यादें ताजा हो आयीं। जब मैं भी मुक्त भाव से प्रकृति के बारे में सोचा करता था, कुछ कुछ चेतन की तरह ही। अब तो मेरा चिन्तन जैसे ठहर गया था।

जब जीवन ही ठहर गया तो चिन्तन की परवाह किसे थी। वह केवल विरोध ही नहीं करता था, बल्कि उसने व उसके साथियों ने पहाड़ों में लाखों पेड़-पौधों को लगाया था तथा उनकी देखभल भी की थी।

''कैसे हो चेतन भाई... कब तक हो हमारे साथ... ?'' मैंने उसकी तरफ आते हुए कहा

''जल्दी ही छूट जाऊँगा... मुझे तो यूँ ही फँसा दिया है। कोई बड़ी धारा भी नहीं लगी है।... ज्यादा समय लगा तो जेल में ही पौधे रोपने लग जाऊँगा... पड़े-पड़े बहुत बोरियत होती है।'' उसने बड़े आराम से कहा।

''अरे चेतन बाबू हमारे बुन्देलखंड में भी कुछ पौधे वगैरह लगवाइए। कुछ पानी-वानी के लिए तालाब, नहरें बगैराह बनवाइये... किसान आपको बहुत दुआ देंगे। हम आपका पूरा सपोर्ट करेंगे।'' छत्रपाल कुछ दूर से ही तेज आवाज़ में बोला। वह कुछ ऐसे अन्दाज में बोला कि डॉक्टर की हँसी छूट पड़ी -

''अरे चेतन बाबू ये आपको भी अपने गिरोह में शामिल कर लेंगे।'' डॉक्टर हँसते हुए बोला। चेतन छत्रपाल को पसन्द करता था... वो भी अपनी हँसी को पूरी तरह दबा नहीं पाया।

''क्यों नहीं छत्रपाल जी... वहाँ भी काम किया जायेगा।'' चेतन ने छत्रपाल को दिलासा देते हुए कहा।

''चेतन बाबू आपने चमत्कार कर दिया। ये इंजीनियर साहब सालों से गुमसुम से रहते थे, लेकिन आपसे मिलते ही इनकी उदासी टूट गयी।... आप में कुछ बात तो है।'' डॉक्टर मरीज को देखते-देखते ही बोला।

चेतन की नजरें मुझ पर आ टिकीं, जैसे वो मुझसे पूछना चाह रहा हो कि ऐसा क्या है उसमें...वो तो खुद उदास है। शायद उदासी ने ही उदासी को तोड़ा था। मुझे डॉक्टर का ऐसे टोकना उस वक़्त अच्छा नहीं लगा। मैं आज कुछ बातें करने के मूड में जो था।

चेतन के आने से मुझे अच्छा लगा था, कुछ जड़ता, उदासी जरूर टूटी थी। उसके विचारों की गहराई से भी मैं प्रभावित था। प्रकृतिप्रेमी तो मैं भी रहा ही था। उससे बात करने से मैं खुद को रोक नहीं पाता था।

''जेल तो उदास बना ही देती है डॉक्टर साहब... यहाँ कौन रहना चाहता है। शुरू-शुरू में मैं भी बहुत उदास-परेशान हो गया था, लेकिन अब वो बात नहीं है। फिर मुझे पता है... मैं ज्यादा दिन यहाँ नहीं रहूँगा। लेकिन इंजीनियर साहब तो वाकई में बुरे फँस गए हैं... जैसा मैंने इनके बारे में जाना है छत्रपाल जी से।'' चेतन

मेरी तरफ देखते हुए बोला।

"कोई चिन्ता की बात नहीं है... जैसे ही मैं जेल से निकलूँगा, मैं बहुत जल्दी इंजीनियर साहब को बाहर निकाल लूँगा।" छत्रपाल दिलासा देते हुए बोला।

"...बात वैसी भी नहीं है... जैसा आप लोग सोचते हैं। मेरा परिवार... बच्चे नहीं होते और मैं बिल्कुल अकेला होता तो शायद इतना बुरा महसूस न होता। इस सबसे जेल बहुत भयानक लगती है।" मैंने कुछ सफाई सी पेश करते हुए कहा।

"मैं बरसों से जेल में डॉक्टर हूँ... .बहुतों को देखा है... परन्तु आप जैसी उदासी बहुत कम देखी है। आपकी बात अपनी जगह सही है... लेकिन यहाँ बहुत से ऐसे लोग हैं... जो गलत फँस गए हैं, आजीवन कारावास... यहाँ तक कि फांसी भी हुई है... और उनकी तरफ से कोई केस भी लड़ने वाला नहीं रहा है।

लेकिन सबको यहाँ पर माहौल के हिसाब से ढलते हुए देखा है... परन्तु आपकी उदासी तो दूसरों को भी अपने आगोश में लेने लगती है... सच में मैं भी उदास हो जाता हूँ कई बार आपकी उदासी को देखकर। कुछ बदलिए इंजीनियर साहब।" डॉक्टर ने एकाएक काफी खुलकर कहा।

"सच है डॉक्टर साहब... शायद उन सबके उतने सपने नहीं होंगे। जब आपके ऐसे सपने बिखरते हैं, जो आपके अस्तित्व का हिस्सा बन चुके हों... तो वो तड़प गहन उदासी का आवरण ओढ़ लेती है। ये उसी उदासी का आवरण है... जो कि बहुत गहरा है। उसमें उतरकर मेरी झाँकने की हिम्मत नहीं होती है।

सपने केवल आपके ही नहीं टूटते हैं, बिखरते हैं, बल्कि आपसे जुड़े आपके हर ख़ास के बिखर जाते हैं। फिर भी अब मैं कुछ जीना सीखने की कोशिश कर रहा हूँ।" मैंने कुछ खुलकर अपने आपको साझा किया। बात कुछ ज्यादा गम्भीर हो चली थी। इसलिये माहौल एकाएक ठहर सा गया, उसने चुप्पी सी ओढ़ ली। तभी चेतन ने उस चुप्पी को तोड़ते हुए कहा—

"हाँ... सपने टूटना बहुत गहरा असर छोड़ता है, ख़ासकर तब जब दूर-दूर तक उनके फिर से पूरा होने की उम्मीद ही नहीं नजर आती है। भविष्य को अपने हाथों से फिसलते हुए देखना भयावह है। आप कुछ दूसरी तरह के व्यक्ति बनने लगते हैं... मेरे साथ भी ऐसा हो चुका है... उस दर्द को सिर्फ और सिर्फ आप ही महसूस कर सकते हैं।" मुझे पता था कि उसकी प्रेमिका की मृत्यु जब हुई थी, तो वो टूट गया था। शायद उसी दर्द की तरफ वो इशारा कर रहा था। एकाएक मेरा मन कुछ भीग गया, आँखे कुछ नम होने लगीं। मैं खिड़की की तरफ मुँह करके खड़ा हो गया तथा नजर बचाते हुए आँखे पोंछ ली।

"क्या बाबू लोग, आप लोग इतना जल्दी क्यों परेशान हो जाते हैं? अरे अभी आप लोगों की उम्र ही क्या है? और इतनी उदासी इंजीनियर साहब, ऊपर

वाला आपकी परीक्षा ले रहा है। और मैंने बोला है न कि मैं बाहर गया और आप भी बाहर आ गए समझो।

कौन आपने जानबूझकर उन लोगों को मारा है... हमने तो मारा है सोच-समझकर...लेकिन जरा भी उदासी नहीं। अरे गीता तो पढ़ी है न... कोई किसी को नहीं मार सकता, कर्म करते जाओ फल की चिन्ता मत करो...।'' वो कमर सीधी करते हुए आत्म विश्वास से भरते हुए बोला।

''तब इंजीनियर साहब ने कौन-सा बुरा कर्म कर दिया, जो अच्छे भले ज़िन्दगी बसर करते हुए फँस गए?'' चेतन ने कुछ प्रश्नवाचक मुद्रा में पूछा।

''बस यहीं से रहस्य की शुरुआत हो जाती है चेतन बाबू।... पता नहीं इस सबके पीछे कौन-सी शक्ति है... परन्तु जो भी हो... कोई भी शक्ति हो, उसके अपने निश्चित नियम होते होंगे।... इंजीनियर तो और भी हैं... आखिर वे क्यों नहीं फँसे?

बाईक तो और भी कई लोग बड़ी तेजी से, बड़े बेढंग से चलाते हैं... वे क्यों नहीं आए इंजीनियर साहब की गाड़ी के नीचे? फिर गाड़ी के नीचे आने से वो मर क्यों गया...? फिर उसके बाद एक और मौत... सब अचानक व एकाएक घटित हो गया।

ऊपर से देखने पर हमें एकाएक अवश्य लगता है... लेकिन उसके पीछे कोई रहस्यमय शक्ति रही होगी... और कोई न कोई रहस्यमयी कहानी भी होगी... और अगर हम जान गए तो फिर रहस्यमय क्या रह जाएगा?'' डॉक्टर ने दार्शनिक पुट लाते हुए कहा।

''आपके कहने का अर्थ है कि सब कुछ निश्चित है... लेकिन रहस्यमय होने के कारण हम उसे बस जान नहीं पाते हैं। मैं यह नहीं मान सकता हूँ। फिर तो इन्सान प्रकृति को जैसे उजाड़ रहा है, बरबाद कर रहा है... वह भी बस किसी रहस्यमय शक्ति की ही देन है... बकवास।'' चेतन कुछ बेचैन होते हुए बोला।

''नहीं... मैं इस पर पूरी तरह निश्चित नहीं हूँ... कि सब कुछ पहले से ही निश्चित है।... मैं बस किसी रहस्यमयी शक्ति की बात कर रहा हूँ... मैं यह भी नहीं कह रहा हूँ कि रहस्मय शक्ति सब कुछ न्यायपरक ही कर रही है। हो सकता है कि वो किसी बड़े लक्ष्य को ध्यान में रखकर ये सब करती हो और वहीं पर हमारी स्वतन्त्रता की सीमा खींच दी जाती हो। वैसे भी ये कहाँ की तुक है कि केवल मनुष्य को ही पूर्ण स्वच्छन्द होने का अवसर प्राप्त हो।'' डॉक्टर ने अपने को कुछ और स्पष्ट किया।

''हाँ... ये तो मुझे भी लगता है कि मनुष्य की स्वच्छन्दता पर ब्रेक अवश्य लगना चाहिए, वरना वो अपनी उपभोक्तवादी मानसिक गुलामी के कारण पूरी

प्रकृति को उजाड़ देगा...। उसे कुछ न कुछ सबक मिलता रहना चाहिए। तभी उसकी निरंकुश प्रवृत्ति पर रोक लग सकती है।

अगर हम रहस्यमयी शक्ति की बात करें... चलिए, उसे मान भी लेते है, तो भी ये प्रश्न है कि अगर रहस्यमय शक्ति का कोई बड़ा लक्ष्य है तो वो मनुष्य को क्यों सबक नहीं सिखा रही है? मनुष्य पूरी पृथ्वी को लूट रहा है। क्या जब सब कुछ समाप्त हो जाएगा तभी ये रहस्यमयी शक्ति जागेगी? नहीं...नहीं ऐसा कुछ नहीं है... पर्दे के पीछे ऐसा कुछ नहीं है।

मनुष्य ने अपने को सँवारा है अपने कर्मों से और वो स्वयं को बिगाड़ भी अपने कर्मों से ही रहा है। अपनी तकदीर, अपना मुकद्दर वो स्वयं लिखता है... अब वो अपनी बदकिस्मती भी स्वंय लिख रहा है। बस वो ही उसे बदल सकता है... प्रकृति के साथ मिलकर अपनी तकदीर को बदल सकता है...बस वो ही।'' चेतन ने खिड़की की तरफ एकटक देखते हुए कहा।

''हाँ...हाँ... मनुष्य स्वयं अपनी तकदीर का निर्माता है... ऐसा ही कुछ मैं भी सोचता था, परन्तु एक अन्ध-घटना ने यहाँ जेल में ठूँस दिया है। हम दूसरों से घिरे हैं... दूसरे मनुष्यों से ही नहीं, हम कुछ अदृश्य शक्तियों से भी घिरे हैं। हमें स्वतन्त्र सीमित रूप में ही कहा जा सकता है। हमारी स्वतन्त्रता दूसरों...एवं कुछ अन्य अदृश्य शक्तियों से सम्बद्ध है।

यह सम्पूर्ण सम्बद्ध अस्तित्व ही शायद स्वतन्त्र हो सकता है... केवल मैं... मेरा अस्तित्व अपने में पूर्ण नहीं है... न ही हो सकता है। हमारी स्वतन्त्रता पर अन्य व अदृश्य अन्य शक्तियाँ बोझ एवं सीमितता की तरह हैं। हमारे सपने केवल हमारे ही नहीं है, वह कहीं और से भी जुड़े है। वह वहाँ भी जुड़े हैं जहाँ हम देख नहीं पाते हैं. हम स्वयं अपने में अधूरे ही हैं।'' मुझे आश्चर्य हुआ कि मैं गम्भीर वार्तालाप से जुड़ गया था तथा मेरा अन्तस अचानक फूट पड़ा था।

''अरे वाह इंजीनियर साहब आप तो बड़े चिन्तक निकले।'' डॉक्टर ने चुटकी ली।

''यही तो... यही तो हम नहीं समझ पा रहे हैं कि हम पूर्णतः स्वतन्त्र नहीं हैं... हम प्रकृति से पूर्णतः सम्बद्ध हैं। हमारे सपने प्रकृति के सपनों से भी जुड़े होने चाहिएँ... हम प्रकृति से अपने को अलग करने पर तुले हुए हैं। यह अलगाव तथा अलगाव की भावना बढ़ती जा रही है। यही चीज सम्पूर्ण पृथ्वी को रसातल की तरफ खींचे ले जा रही है।'' चेतन ने मेरी बात से अपनी बात को जोड़ते हुए अपनी बात पूरी की।

आज का दिन बन्दियों की आपस में मुलाकात के लिए खुला हुआ था। महिला बन्दियों की बैरक जेल के मेन गेट के पास ही थी, आगे चलकर एक खाली

मैदान के बीच में पुरूष बन्दी महिला बन्दियों से मुलाकात कर रहे थे। छत्रपाल बातचीत को बीच में छोड़कर ही 'सपना' से मिलने चला गया था।

वो कोई बीस साल की खूबसूरत लड़की थी। नैन नक्श तीखे, सांवला रंग तथा साढ़े पाँच फीट की लम्बाई... बला की खूबसूरत थी वो और उतनी ही बड़ी ठग व चोर भी थी। पता नहीं कितनी बी.एम.डब्लू., मर्सीडीज व अन्य महँगी कारें व उसमें बैठे पुरूषों को उसने लुटवाया था।

उसे लिफ्ट देने में तो व्यक्ति अपने भाग्य की प्रशंसा ही करता था। फिर कहीं एकांत में पहुँचते ही उसकी कनपटी पर अपने पर्स से पिस्टल निकालकर लगा देती थी... उसके साथी गाड़ी एवं उस बेचारे लोभी 'व्यक्ति' को लूट लेते थे।...

कई बार जेल आ चुकी थी। उसे इसका कोई अफसोस नहीं था... हमेशा आकर्षक मुस्कान उसके होठों पर तैरती रहती थी। जेल अधिकारी, बॉर्डर व कर्मचारी, सभी उसकी माँगे पूरी कर देते थे। वैसे कोई बहुत ऊट-पटांग माँग भी नहीं रखती थी। वो बहुत व्यावहारिक थी।

छत्रपाल का उस पर दिल आ गया था। हालाँकि वह उससे तीस वर्ष से भी ज्यादा बड़ा था। लेकिन उसने छत्रपाल को अपने झांसे में ले लिया था। लोग बताते थे कि छत्रपाल ने उससे वादा किया था कि वो उसे जेल से निकाल लेगा, परन्तु बदले में सपना उसके गैंग में शामिल होगी।

सपना इस पर खुशी से तैयार हो गयी थी। वो भी छोटी-मोटी चोरी तथा बार बार जेल में आना, इस सबसे बोर हो गयी थी- अब कुछ और आकर्षक व रोमांचक चीज चाहती थी। छत्रपाल तो उसके लिए एक माध्यम था।

मैं उनके पास से गुज़रा, तो दोनों ने नजरें चुरा लीं। अचानक मेरे मन में विचार आया कि अगर नौशीद को भी जेल हो जाती, तो कम से कम हम सप्ताह में एक बार आमने-सामने बैठकर मिल तो लेते। लेकिन बच्चे? उनका क्या होता? नहीं नहीं... बच्चे यहाँ कुपोषित हो जाते...उनका भविष्य चौपट हो जाता। अब वे कम से कम जेल की आबोहवा से तो दूर हैं... और मेरे अलावा उनके पास सब कुछ है।

हालाँकि "मेरे अलावा" भी अपने में बहुत कुछ समेटे हुए था। फिर वो वक़्त याद आया, जब अदालत के समय नौशीद से आमने-सामने की मुलाकात हो जाती थी। माँ से भी कभी-कभी मिल लेता था। सुबह-सुबह अदालत के लिए तैयार होकर जाना, दूसरे बन्दियों के साथ गाड़ी के जाल से बाहर झाँकना अच्छा लगता था। फिर अदालत परिसर में काफी समय खुले में रहना मिल जाता था। जेल के बन्धन ढीले पड़ जाते थे उतने समय के लिए। अक्सर मनपसन्द चीज खाने को भी मिल जाती थी।

फिर अदालत से वापस आना। फिर लाईन में लगकर जेल के मुख्य द्वार पर

सघन तलाशी। कभी-कभी कुछ नये मजाक भी सिपाहियों व बन्दियों के बीच सुनने को मिल जाते थे।

सजा पड़ने के बाद अदालत बन्द हो जाने पर ये थोड़ी सी खुशी भी जाती रही। हाँ त्योहारों पर 'मुलाकात- घर' से अलग खुले में अच्छे से मुलाकात हो जाती थी।

दीवाली, होली, रक्षाबन्धन, ईद, आदि में थोड़ा सुकून से हम खुले में मिल लेते थे। माँ कुछ देर के लिए अकेला छोड़ देती थी या फिर आती ही नहीं थी साथ में, तो कुछ अच्छे पल हम साथ में बिता लेते थे।

रोज़े शुरू हो गए थे, आज फिर उससे मिला था। रोज़ों में घर का सारा काम माँ ही करती थी। उन दिनों माँ पर बहुत बोझ आ जाता था। नौशीद पढ़ी-लिखी जरूर थी, लेकिन नमाज दिन में एक बार जरूर पढ़ती थी। रोज़े रखती थी तथा ईद का त्योहार बहुत जोरों से मनाती थी। शादी के बाद की पहली ईद हमने बहुत जोरों से मनायी थी, बहुत से लोगों को घर पर बुलाया था।

ईद के अलावा उसे सबसे अच्छा त्योहार होली लगता था। सुबह जल्दी से नमाज पढ़ी और हाथों में रंग पोता तथा शुरू हो गयी। पूरी सोसायटी के अधिकतर घरों में महिलाओं के साथ वो होली खेलती थी।

दीवाली पर ढेरों अनार व फुलझड़ी लाती थी तथा छोटे बच्चों की तरफ उछल-उछलकर अनार छोड़ती थी। उसके चेहरे पर उभर आनेवाले बचपने के वे चित्र मेरे जेहन में रचे-बसे हुए थे।

अब तो वो त्योहार जैसे उस तरह से आते ही नहीं थे। दीवाली व होली बहुत संक्षिप्त रूप में वो अब मनाती है। कोई हुडदंग नहीं, बस माँ व बच्चों के साथ अधिकतर समय गुजारती है। सोसायटी की महिलाएँ अब उसकी बाट नहीं जोहती हैं। लेकिन त्योहारों पर मिठाईयाँ व अन्य चीजें अब भी खूब बनाती हैं तथा मेरे पास भरे मन से पहुँचा देती है।

आज की मुलाकात में उसने कहा था कि मेरे चेहरे पर उदासी तथा मुर्दयी कुछ कम हुई है। उसने यह भी बताया था कि उसके अंकल ने विरोधी लोगों से समझौते के कई प्रयास किए, लेकिन वो सफल नहीं हो पाए हैं। फिर उसने बात को आयी-गयी करते हुए कहा था कि अंकल हाईकोर्ट में अपील करने की तैयारी कर रहे हैं।

मैंने उससे कहा था कि सही समय आने पर ही हम अपील करेंगे। कहीं जल्दबाजी में काम न बिगड़ जाए। मैंने उसे हिदायत दे दी थी कि अंकल जब भी अपील का पक्का मन बनाएँ, एक बार मुझसे विस्तार से बात जरूर कर लें।

नौशीद रोज़े रखती थी, लेकिन सारे रोज़े नहीं रखती थीं। कभी-कभी बीच में रोज़े को तोड़ भी लेती थी। उसका मानना था कि खुदा छोटी-छोटी चीजों पर

थोड़े ही ध्यान रखता होगा। उसका दिल इतना छोटा थोड़े ही होगा कि इंसान की छोटी-छोटी गलतियों को भी ध्यान में रखे।

मन हो तो रोज़ा रखो, मन न हो तो न रखो। अगर बीच में ही सहन नहीं हो रहा हो, तो रोज़ा बीच में छोड़ने में कोई परेशानी नहीं है। हमें आस्था एवं अंध-विश्वास के अन्तरों को समझते हुए धर्मों का पालन करना चाहिए।

लेकिन जब से बुरे दिन आए थे और मैं जेल आ गया था, तब से वो कुछ सहमी-सहमी सी रहने लगी थी। कुछ अंधविश्वासी भी हो गयी थी। फकीरों व पण्डितों को दान भी ज्यादा देने लगी थी। रोज़े भी अब ज्यादा से ज्यादा रखने की कोशिश करती थी।

आज भी वो रोज़ा रखे हुए थी, इसलिये कुछ थकी-थकी सी लग रही थी। मुलाकात करने में वैसे भी व्यक्ति थोड़ा थक ही जाता है। पहले पर्ची लगेगी, फिर काफी देर बाद नम्बर आएगा, फिर मुलाकात घर का शोर। इस समय तो कड़ाके की गर्मी एवं उमस ने हाल बेहाल कर रखा था।

गर्मी व बरसात का मौसम जेल में बहुत आफत लेकर आता है। शुरू में पहली गर्मी तो मैंने लगभग जागकर ही निकाली थी, अब तो कुछ अभ्यस्त हो गया था। फिर भी एक दिन में ही कपड़े पसीने से इतने गन्दे हो जाते थे कि अगले दिन उन्हें पहनना मुश्किल हो जाता था।

जेल के कपड़ों में पहली बार जब नौशीद ने मुझे देखा था, तो वो रो पड़ी थी। तब मुलाकात होने पर तथा खत लिखकर उसने अपना दुख व्यक्त किया था। त्योहार जब पास आते थे, तो वो मेरे कपड़ों को लेकर दुखी होने लगती थी। वो अच्छे कपड़े न पहनने की मेरी पीड़ा को समझती थी।

ईद आने वाली थी, आज फिर उसने एक खत मुझे दिया था।

''मेरे शिवेन्द्र''

पहली बार बन्दी वाले कपड़ों में आपको देखा था तो मन फट पड़ा था, मन किया था कि मुलाकात घर से भाग जाऊँ उसी वक़्त और आपको उन कपड़ों में देखना न पड़े। लेकिन अब तो हर मुलाकात में आपको इन बेढंग, बेतरतीब व गन्दे से कपड़ों में ही देखना पड़ता है। त्योहार पास आने पर ये कपड़े मुझसे बर्दाश्त नहीं होते हैं।

कितने स्मार्ट लगते थे आप। हर कपड़ा आप पर अच्छा लगता था। आप हमेशा अच्छा कपड़ा ही खरीद कर लाते थे। अब आपके सारे कपड़े भी आपसे दूर हो गए हैं। सारे शौक, सारी इच्छाएँ आपसे दूर हो गयी हैं।

वो शोरूम वाले, जिन पर हम अक्सर जाते थे... पूछते हैं कि साहब कहाँ हैं? आज कल आते नहीं... बार-बार पूछते हैं मुझसे। मेरे आँसू निकल आते हैं। मैं कह

देती हूँ कि साहब विदेश गए हैं लम्बे समय के लिए। पता नहीं कैसे एक शोरूम वाले को आपके बारे में पता चल गया है। एक बार उसने झिझकते झिझकते पूछ ही लिया–

'मैडम हमें सब कुछ पत चल गया है। कितने भले तथा स्मार्ट थे साहब। हम सबसे बहुत प्यार से बात करते थे। साहब के साथ बहुत अन्याय हुआ है। ईश्वर भी सच्चे लोगों को ही दंड देता है। उन्हें किसी की नजर लग गयी। ईश्वर करे कि वो जल्दी जेल से छूट जाएँ। आप परेशान न हों, हमारे यहाँ से आप लोगों ने इतनी खरीदारी की है कि आप मेरी बहन की तरह हैं।. जब भी मेरी... या हमारी जरूरत हो तो आजमाना जरूर... पीछे नहीं हटेंगे।' कहते हुए उसकी आँखे नम हो गयीं। मैं हाँ में हाँ मिलाते हुए जल्दी से शोरूम से बाहर निकल गयी।

उस दिन से उसके शोरूम में मेरी जाने की हिम्मत ही नहीं हुई। लेकिन उस सड़क से जब भी गुज़रती हूँ तो उस शोरूम... उसके मालिक... उसके लोगों की याद आती है। कुछ अपनेपन की महक सी आती है। फिर आपकी याद भी उससे जुड़ जाती है।

ये मन्हूस कपड़े कब उतरेंगे आपके शरीर से? मुझे अब जवाब चाहिए। कहीं न कहीं से जवाब मिलना ही चाहिए मुझे... वरना मैं पागल हो जाऊँगी। मुझसे अब रहा नहीं जाता... आपका दु:ख देखा नहीं जाता।

मम्मी भी पहले से कमजोर हो गयी हैं... दिन भर बच्चों को सम्भालना पड़ता है... ऊपर से आपका दु:ख तो हर समय सहती ही हैं। फिर भी अपना दु:ख मुझे दिखाती नहीं हैं। मेरा तो हौंसला ही बढ़ाने की कोशिश करती रहती हैं। बच्चे मेरे से ज्यादा उनके पास ही खुश रहते हैं।

अम्मी-अब्बू अक्सर फोन करते रहते हैं... आपके बारे में भी पूछते रहते हैं। बच्चों को लेकर सहारनपुर आने के लिए कहते हैं... कि वहीं पर मुझे कोई न कोई जॉब भी मिल ही जाएगी। मुझे कहीं नहीं जाना है... यहाँ पर लगता है कि जैसे आपके पास ही हूँ।

कभी-कभी जब सुबह जल्दी उठकर बालकनी में खड़ी हो जाती हूँ और तेज हवाएँ बहती हैं... तो ऐसा लगता है कि जैसे हवा का झोंका आपको छूकर आया है और अब मुझे भी छू रहा है... सोचते ही महसूस सा होता है जैसे हवा बनकर आप मुझे छू रहे हैं।

उस हवा को तो जेल नहीं है न, जो आपको छूकर निकलती है। रात में उन तारों को तो आप भी देखते होंगे, जिन्हें मैं अक्सर निहारती हूँ। वो चाँद तो जेल में भी ऐसे ही चाँदनी बिखेरता होगा, जैसे यहाँ बिखेरता है... सूरज तो वहाँ भी वही दिखता है, जो यहाँ पर दिखता है। बारिश तो वहाँ भी वैसे ही बादल करते हैं जैसे

यहाँ करते हैं... अक्सर उसी दिन करते हैं... चाँद, तारे, सूरज, हवा, बारिश... ये सब कहीं न कहीं हमें आपस में जोड़ ही देते हैं... बस हमें इंसानों के बनाए जटिल व अंधे कानून ने अलग कर रखा है।

मैं हज हो आयी हूँ... इस बार खुदा मेरी जरूर सुनेगा... आप जरूर-जरूर जेल से बाहर आएँगे... आएँगे न...खुदा खैर करेगा।

आपकी अपनी

''नौशीद''

वो एक मजबूत महिला रही थी... उसे मैं जब खतों में बिखरते हुए देखता था, तो मुझे बहुत खराब महसूस होता था...दु:ख और गहरा हो जाता था। बस यही चाहता था कि उसकी मानसिक मजबूती बनी रहे। वो सबको सँभाले रहे... और वो भी किसी तरह अपने को सँभाल ही लेती थी।

खत पढ़कर माँ की चिन्ता हुई... वो बेहद सहनशील एवं मजबूत महिला थी। लेकिन उसका कमजोर पड़ना साबित कर रहा था कि पुत्र-प्रेम क्या होता है? एक माँ के लिए पुत्र की क्या अहमियत होती है?

हज जाने के लिए नौशीद बहुत दिन से कह रही थी। मैं ही बच्चों की वजह से मना कर देता था। लेकिन इस बार उसकी जिद के आगे मैं झुक गया था। बच्चों को माँ ने सँभाल लिया था तथा उसका साथ देने के लिए नौशीद की अम्मी भी आ गयी थीं।

हज से लौटने के बाद उसने वहाँ की पूरी कथा विस्तार से सुनायी थी। अभी ज्यादा दिन नहीं हुए थे। इसीलिए खुदा को लेकर कुछ ज्यादा ही उत्साहित थी। खुदा पर कुछ ज्यादा ही भरोसा जता रही थी।

रोज़े गए, ईद आयी... थोड़ी खुशी लायी, साथ में सिमईयाँ, मिठाईयाँ भी लायी। इस तरह की चीजों को जेल में अन्दर ले जाने के लिए मनाही थी। लेकिन मेरी अच्छी इमेज थी, इसलिए मैं थोड़े जुगाड़ से इन चीजों को अन्दर ले जाता था। फिर कई दिनों तक धीरे-धीरे खाता रहता था। डॉक्टर को कुछ न कुछ जरूर खिलाता था।

इस बार तो मैंने डॉक्टर, छत्रपाल, चेतन... सभी को सिमईयाँ खिलायीं। सभी ने मुझे ईद की मुबारकबाद दी... मैं समझ गया कि चेतन को भी पता चल गया है कि मेरी पत्नी मुस्लिम है। मैंने डॉक्टर को घूरा, वो समझ गया तथा अपनी नजरें दूसरी तरफ घुमा लीं।

''इंजीनियर साहब सिमईयाँ बहुत अच्छी थीं। त्योहार के दिन जेल बहुत कचोटती है न?'' चेतन ने मेरी तरफ देखते हुए कहा।

''बहुत ज्यादा... मन एकदम असहाय सा महसूस करता है। खुले में...

परिवार के साथ न रहने की बहुत गहरी पीड़ा होती है। अपने को सम्भालना बहुत कठिन हो जाता है। सजा काटने का पक्का अहसास होता है।'' मैंने चेतन की ओर उन्मुख होते हुए कहा।

''त्योहार क्या... यहाँ तो हर दिन ही बन्धन है। ऐसे है, जैसे लोग गावों में घरों में जानवरों को रस्सी से बांधकर रखते हैं और कुछ देर के लिए उन्हें खोल देते हैं... यहाँ पर भी कुछ-कुछ वैसा ही महसूस होता है।

... आप दूसरों के लिए एक उदाहरण बनते हो कि जेल में आने पर ऐसा होता है और जब आप छूटते हो तो प्रचार करते हो स्वयं ही...कि जेल जाने से डरो। जेल समाज को डराने का, सभ्य बनाने का एक तरीका है। लोगों के सामने स्वतन्त्र समाज एवं जेल दो अलग-अलग दुनिया हैं। यहाँ आकर लोग वस्तु-मात्र बनकर रह जाते हैं, ये अहसास सचमुच बुरा है।

लेकिन मेरा मानना है कि सभ्य समाज यह भी सीखे कि उसने प्रकृति, पशु-पक्षी,...सब के लिए कहीं न कहीं या तो ऐसी जेल बना दी हैं या फिर बना रहा है। प्रकृति मनुष्य की इतनी गुलाम कभी नहीं रही, जितनी आज है।'' चेतन ने बातचीत को अपना रंग दे दिया।

'' हाँ जेल कई बार आपको अस्तित्वहीन होने का बोध कराती है। जीवन के निम्नतम पायदान तक आपको पहुँचा देती है। लेकिन प्रकृति की हालत तो और भी बुरी है। प्रकृति मनुष्य के लिए उपादान बनकर रह गयी है। उसके सुरक्षित एवं सम्पन्न होने का साधन है।

सभ्यता-संस्कृति के प्रारम्भ में प्रकृति हम पर हावी थी... या कहो हमने उसके अनुसार रहना सीख लिया था। लेकिन निर्भरता कहीं न कहीं एक हीन भावना को जन्म देती है... मनुष्य की चेतना ने तब प्रकृति से स्वयं को हीन महसूस किया होगा। प्रकृति के प्रति ये हीन भावना उन क्षेत्रों में ज्यादा रही होगी, जहाँ प्रकृति से जूझना कठिन रहा होगा।

मनुष्य में प्रकृति के प्रति एक आक्रोश...एक हीन-भावना पनपती गयी... जिसके परिणामस्वरूप मनुष्य ने प्रकृति को लगातार नियंत्रित करने का प्रयास किया। इसी क्रम में वो प्रकृति को नुकसान पहुँचाता गया, उसको साधन में परिवर्तित करता गया। आज वो प्रकृति के दोहन में पूर्णत: लीन हो चुका है। उससे पूर्णत: कट चुका है। उसका वश चले तो वो अपने अनुसार बारिश करवाए,... सूरज निकलवाए... हवा चलवाए... आदि-आदि।

बड़े-बड़े दर्शनिकों ने दावे किए है कि मनुष्य स्वतन्त्र है... वह अपनी मर्जी का मालिक है। सब कुछ करने व प्राप्त करने में सक्षम है। वह परिस्थितियों का दास नहीं है। प्रकृति की सर्वश्रेष्ठ रचना है। इससे बढ़कर वह प्रकृति को नियंत्रित करने में

सक्षम हैं। लेकिन वह स्वतन्त्र कहाँ है? वो स्वयं के जीवन के लिए पानी, हवा, धूप, बारिश, पृथ्वी के घूर्णन, गुरूत्वाकर्षण व अन्य प्राकृतिक नियमों पर पूर्णत: निर्भर है।

तब वो स्वतन्त्र कहाँ से हुआ? पृथ्वी पर कुछ ही समय के लिये हवा बहना रूक जाए, ऑक्सीजन गायब हो जाए, तो मनुष्य कालकलवित हो जाएगा। उसका पृथ्वी से नामोनिशान मिट जाएगा। तब स्वयं को स्वतन्त्र कहना केवल आत्मश्लाघा ही है और कुछ नहीं। वैचारिक रूप से भी मनुष्य स्वतन्त्र नहीं है। विचारों पर भी क्षेत्र विशेष की हवा, पानी, मौसम, मिट्टी, अक्षांशीय स्थिति का बहुत गहरा प्रभाव पड़ता है।

साथ ही उसके विचारों पर सामाजिक, आर्थिक, मनोवैज्ञानिक परिवेश का भी प्रभाव पड़ता है। मनुष्य पैदा होने का कारण नहीं जानता है अर्थात उसका पृथ्वी पर आने का क्या औचित्य है?... इससे वो पूरी तरह अपरिचित है। उसे यह भी पता है कि उसकी मौत निश्चित है अर्थात उसका एक न एक दिन अन्त निश्चित है।

हम सब मृत्युदंड प्राप्त लोग हैं... बस मृत्युदंड का समय थोड़ा इधर से उधर रहता है। जेल में मौत की सजा प्राप्त लोगों पर हमें दया आती है। परन्तु हम सब दया के पात्र हैं, क्योंकि हम सभी मृत्युदंड पाए व्यक्ति हैं... बस उसका निश्चित समय हमें ज्ञात नहीं रहता है। हाँ ये अवश्य है कि एक ख़ास अवस्था के बाद मृत्यु का अहसास प्राय: सभी को होने लगता है।

मृत्युदंड की ये प्रक्रिया इतनी धीमी है कि हम उसे स्वाभाविक रूप में लेते हैं। हम ही नहीं, सभी पशु-पक्षी, जीव, पेड़-पौधे... प्रकृति की हर वो चीज जो पैदा हुई है, वह मरने के लिये अभिशप्त है।

ये पृथ्वी. सूरज...तारे... गैलेक्सी. ब्रहमाण्ड सब के सब मृत्युदंड की सजा पाए हुए हैं।...जो भी पैदा हुआ है...वो मरेगा... बस हमने आत्मा व परमात्मा को ही मृत्युदंड से अलग रखा है।" सब के सब मुझे कुछ चौंक कर देख रहे थे... ख़ासकर चेतन एवं डॉक्टर।

"अरे इंजीनियर साहब आप तो प्रकृति के बहुत बड़े चिन्तक हैं... और वैचारिक रूप से सम्पन्न भी।" चेतन ने प्रशंसा के भाव से कहा।

अब इनको कौन बताए, जब मैं इंजीनियर नहीं था, तब भी मैं पर्यावरण व प्रकृति के बारे में खूब सोचता था। शायद ये गुण मुझमें मेरी माँ से आया था। वो भी पेड़-पौधों को घंटों निहारती रहती थी, जानवरों को बहुत ज्यादा प्यार करती थी। उनके जीवन में कई बार खो जाती थी।...मैं तो प्रकृतिप्रेमी जन्मजात हूँ। चिन्तन तो अपने आप ही होता चला गया।

"इतनी लम्बी चुप्पी शायद इसीलिए थी... यही सब चिन्तन चल रहा था। इनके दिमाग़ में।" डॉक्टर ने हँसते हुए कहा।

"वाह इंजीनियर साहब... आपने मजा ला दिया। बताओ फिर मैं... आप क्यों जेल में बन्द हैं? मैंने जिन्हें मारा है, वो भी तो मृत्युदंड प्राप्त लोग थे... जब मैंने उन्हें मारा, उनका मृत्युदंड का वही समय निश्चित था। मैं तो बस माध्यम मात्र था।...और हाँ आप भी उन बिगड़ैल लड़कों को मृत्युदंड देने का माध्यम थे... सरकार को हमें तुरन्त रिहा करना चाहिए।" छत्रपाल खुश होते हुए बोला।

"डकैत हो, कम पढ़े हो... लेकिन अपने मतलब के लिए खूब दिमाग़ चलाते हो। मानना पड़ेगा तुम्हें छत्रपाल।" डॉक्टर ने उसे दाद दी तथा फिर कहा—

"अरे भई, ये तो विचार एवं दर्शन के स्तर की बात है, व्यवहार में तो तुम ही कसूरवार हो। कानून तो व्यवहार को, गवाह को, सबूत को ही देखता है... कानून व्यवहार की, समाज की, सभ्यता की रखवाली कल्पना या विचार के आधार पर नहीं करता है।"

"मनुष्य की सभ्यता एवं संस्कृति ही तो प्रकृति की दुश्मन बन गयी है। जैसे लोकतन्त्र का नारा — "जनता का, जनता के लिए, जनता द्वारा" ही दर्शाता है कि लोकतन्त्र जैसी आधुनिक व्यवस्था भी केवल और केवल मनुष्य की ही फिक्र करती है। उसमें प्रकृति को कहीं भी सम्मिलित नहीं किया गया है। सारा का सारा चिन्तन मनुष्य को केन्द्र में रखकर ही गढ़ा गया है। परिणाम यह हुआ कि आज प्रकृति की चिन्ता केवल भाषणों या टी.वी. चैनलों तक सिमट कर रह गयी है।

मनुष्य का बस चले तो प्रकृति को भी मनुष्यों के प्रतिरूप या छाया में बदल दे। जैसे कि अनेक कार्टून चैनलों या फिल्मों में जीव व पौधे मनुष्यों की आवाज़ में मनुष्यों जैसा व्यवहार करते हुए नजर आते हैं। प्रकृति का मानवीकरण किया जा रहा है। लोग कैमरे लेकर जंगलों में पैसा व नाम कमाने के लिए दिन-रात घूम रहे हैं। घने जंगलों, गहरे समुद्रों तक की शांति व स्वतन्त्रता छिनती जा रही है।

मनुष्य जितना स्वतन्त्र व सशक्त हो रहा है... मानव समाज जितना शोषणमुक्त व सभ्य बन रहा है, उतना वह जाने-अनजाने प्रकृति का भक्षक बनता जा रहा है। प्रकृति पूरी तरह मनुष्य की गुलाम बन चुकी है... वह कराह रही है... तड़प रही है।...

लेकिन उसका यह रूदन कौन-सुने? किसे फुरसत है? हमें तो मनुष्यों की समस्याओं से ही फुरसत नहीं है। सही मायने में प्रकृति को हमने जेल में डाल दिया है... और वो कहीं अपील भी नहीं कर सकती है। उसे हमने उम्र-कैद दे दी है।" चेतन ने बात पूरी की।

"ऐसा भी नहीं है कि मनुष्य जानबूझकर प्रकृति के साथ ऐसा व्यवहार कर रहा है। देखा जाए तो उसका जीवन जीने का ढांचा ऐसा होता जा रहा है।. उसके विचार ऐसे होते जा रहे हैं कि उसकी चेतना संकुचित होती जा रही है... स्वयं तक

सिमटती जा रही है।...'' मैंने चेतन की बात को ही एक तरह से आगे बढ़ाते हुए कहा।

''ये सच है कि हम आने वाली पीढ़ियों के जीवन को कठिन बना रहे हैं। वर्तमान के भोग-विलास में डूबकर प्रकृति से विमुख हो रहे हैं। कहीं न कहीं मनुष्य अपने मूल स्वभाव से दूर होता जा रहा है। प्रकृति के साथ हो रहे अन्याय पर व्यापक विमर्श जरूरी है। इस मुद्दे पर मैं चेतन जी का पूर्ण समर्थन करता हूँ।

इसी से जोड़कर अगर अपराध एवं अपराधी की मनोदशा पर विचार करें तो पाएँगे, वहाँ भी स्वभाव का ही अतिक्रमण होता है। अपने वजूद के प्रति असन्तोष होता है। अपराध भी व्यक्ति स्वयं से विमुख होकर, अर्थात स्वयं के मूल स्वभाव से विमुख होकर ही करता है। हाँ विमुख होने के अनेक कारण हो सकते हैं।

व्यक्ति जब अपराध कर देता है, तो उसे जेल भेज दिया जाता है। समाज की सुरक्षा एवं बेहतरी के लिए बहुत पहले से ही जेल का प्रावधान किया गया है। जेल जाना ही अपने आप में एक दंड है।

जेल आने का निहितार्थ यह है कि आप हर अपनी चीज से अलग-थलग हो जाएँ... हर चीज का अभाव महसूस करें। तभी तो आपको कष्ट होगा, पीड़ा होगी... वरना कौन डरेगा जेल से? जेल का डर ही अपराधों पर अंकुश लगाता है।

सदियों से समाज में उदारवादी परम्पराएँ काम कर रही हैं। उसी परम्परा के तहत जेल सुधार बड़े स्तर पर हो चुके हैं और अन्य कई हो रहे हैं। अब तो आपकी शिकायतों पर पूरा ध्यान दिया जाता है। अनेक इन्सपेक्शन होते हैं... खेल खेले जाते है। सांस्कृतिक-आध्यात्मिक गतिविधियाँ होती रहती हैं। खाने-पीने पर ठीक से ध्यान दिया जाता है। पुराने समय में थीं जेल तो... अंग्रेजों के समय में ही जेलों में कितनी सख़्ती थी।

'काला-पानी' की जेल के नाम से ही व्यक्ति कांप उठता था। मानवाधिकारों की आवाज़ जेलों की दीवारों में आकर गुम हो जाती थी। अब कुछ बन्धन, बंदिशें तो रहेंगी ही और रहनी भी चाहिएँ। वरना बेरोज़गार, कामचोर लोग छोटे-मोटे अपराध शौकिया करने लगेंगे और जेल की निःशुल्क सेवाओं का आनन्द लेने लगेंगे... जेल को पर्यटन स्थल समझने लगेंगे।

जहाँ तक मनुष्य की स्वतन्त्रता की बात है... तो पूर्ण स्वतन्त्रता की बात करना बेमानी है... लेकिन मनुष्य अब यथासम्भव स्वतन्त्र है। इससे अधिक स्वतन्त्रता स्वयं मनुष्य के लिए विनाशकारी होगी।'' डॉक्टर ने जैसे बहस को विराम देने की तरफ बढ़ा दिया था। मैं भी अब जाना चाहता था।

अस्पताल से निकला, तो जेलर सतपाल सिंह मिल गए, वो अभी-अभी ट्रांसफर होकर आए थे। काफी अच्छे इंसान थे। जब से जेल में आए थे तब से जेल

में सांस्कृतिक व आध्यात्मिक गतिविधियाँ बढ़ गयी थीं। उन्हें अस्पताल में हमारे होने वाले वार्तालापों के बारे में पता था।

"जय हिन्द सर।" उनके पास आते ही मैंने कहा।

"क्यों इंजीनियर साहब? हो गयी आपसी वार्ता। अरे उस चेतन के बारे में तो सुना है कि वो इंसानों का दुश्मन ही हो चुका है चिन्तन करते-करते।" जेलर साहब अपने दाएँ हाथ को ऊपर उठाते हुए बोले।

"...नहीं ऐसा नहीं है जेलर साहब।... वो तो बस इंसानों के भविष्य की ही चिन्ता करता है... हाँ उसके लिए वो वर्तमान के मानवीय तौर-तरीकों का विरोध अवश्य करता है।" मैंने जेलर साहब से कहा।

"और वो डाकू... उसे भी आप लोगों ने चिन्तक बना डाला है। अरे सब अपने कामों को जायज ही ठहरा देंगे... तो फिर अपराध किसे कहेंगे आप लोग? फिर जेल की, हम सब की क्या जरूरत है? आप लोगों का चिन्तन, जैसे कि मैंने डॉक्टर से पूछा है... के बारे में सोचें तो हमें जेल के द्वारों को ही खोल देना चाहिए।... जेल कर्मियों व अधिकारियों की कोई जरूरत ही नहीं है।

अरे भई, आप लोग हज़ारों साल के मानवीय चिन्तन को पलटने का प्रयास कर रहे हैं।... बताइए मुझे भी जरा आप लोग ऐसा ही सोच रहे हैं न।" जेलर साहब ने अपनी टोपी को थोड़ा आगे को खींचते हुए कहा।

जेलर साहब यही कोई पचास साल की उम्र के रहे होंगे। मध्यम, गठी हुई कद-काठी, गोल चेहरा, रंग कुछ-कुछ लाल सा, किन्तु साफ। नाक आगे से थोड़ी चौड़ी तथा आँखें छोटी थीं। वो जेल में डयूटी-टाईम में घूमते ही रहते थे। उनके आने से जेल की व्यवस्था में काफी सुधार आया था, ख़ासकर खाना पहले से अच्छा बनने लगा था। प्रायः सभी बन्दी उन्हें मन से सम्मान देने लगे थे। वैसे तो छोटी-छोटी गलतियों पर ध्यान देते थे, परन्तु बहुत व्यावहारिक थे। सबको साथ लेकर चलने में यकीन रखते थे।

"नहीं... नहीं जेलर साहब ऐसी बात नहीं है, मैं तो बस ये चाहता हूँ कि बेकसूर लोग जेल न आएँ और अनजाने में या किसी दबाव में किए गए अपराध में किसी व्यक्ति को एकाएक जेल न भेजा जाए।... बस यही सोचते-सोचते मैं भी विचारों की दुनिया में कई बार बहुत आगे निकल जाता हूँ।" मैंने उन्हें सफाई देते हुए कहा।

"और वो चेतन... वो क्या सोचता है?" जेलर साहब ने थोड़ा मुस्कुराते हुए पूछा।

"वो...अरे वो तो प्रकृति का बहुत बड़ा चिन्तक है, बहुत प्यार करता है प्रकृति से। बस वो यही चाहता है कि मनुष्य प्रकृति-विनाश का पाप न करे, वरना

एक दिन मनुष्य स्वयं भी नष्ट हो जाएगा।... वो मनुष्य के बेहतर भविष्य के लिए ही सब सोचता है।''

''अरे... आप लोग कोई किताब क्यों नहीं लिखते हो? मैं छपवाऊँगा। आप लोगों का वक़्त भी कटेगा... और दो पैसे भी मिलेंगे। जनता तक आपकी आवाज़ भी पहुँचेगी।... गांधी, नेहरू... पता नहीं कितने लोगों ने जेल में रहते हुए किताबें लिखी हैं।'' जेलर साहब ने कुछ निश्चिंत होते हुए मुझसे कहा।

जेलर साहब ने मेरे चेहरे से अपनी नजरें हटाकर अब मुख्य गेट की तरफ कर ली थीं। वहाँ अदालत आने की हलचल थी। वापस आते समय बन्दियों की सघन तलाशी होती थी। जैसे ही तलाशी शुरू होने वाली थी, जेलर साहब की निगाह उधर चली गयी। ऐसे समय वो अक्सर आसपास टहलने लगते थे।

तलाशी शुरू हुई, लेकिन तभी एक बीस-इक्कीस साल का सुन्दर सा इकहरे शरीर का युवा अपने कपड़े उतारने लगा. । जल्द ही उसने अपने कपड़े या तो उतार डाले या फाड़ डाले।... ऐसा करते समय वह ऊल-जलूल, अनाप-शनाप गालियाँ बके जा रहा था,... गालियाँ किसे दे रहा था-ये पता नहीं चल पा रहा था।

उसे सिपाही व दूसरे बन्दी समझाने की कोशिश कर रहे थे, लेकिन वो नहीं मान रहा था। हद तो तब हो गयी, जब उसने अपना अन्डरवियर भी फाड़ डाला। सिपाहियों ने उसे पकड़ने की कोशिश की।

कुछ बन्दी पीछे से खी-खी की आवाज़ करके हँसने लगे। तभी वो एकाएक झटका देकर सिपाहियों की गिरफ़्त से निकलकर भाग निकला। सपाट नंगा होकर वो बस भागता जा रहा था। उसने मुख्य गेट के पास से एक लम्बी दौड़ लगायी, फिर इधर से उधर तथा उधर से इधर बस दौड़ता जा रहा था। बीच-बीच में छाती पीटकर तथा हाथ दिखा दिखाकर गालियों की बौछार भी कर रहा था।

शीघ्र ही अधिकारी एवं सिपाही इकट्ठे हो गए और उसे पकड़ लिया गया। लोग समझ गए कि वो पागल हो गया है। वहाँ तक पहुँचते-पहुँचते उसने कई नम्बरदारों को थप्पड़ भी जड़ दिया था। डॉक्टर ने इंजेक्शन लगाया और उसे निपट अकेले कमरे में जंजीर से बांधकर छोड़ दिया। वहाँ पर अकेले बन्दी के लिए सारा इन्तजाम था। यहाँ तक कि जंजीर के साथ ही वह नित्य क्रियाएँ भी कर सकता था।

मैंने पहली बार इस तरह से मनुष्य को असहाय, बेबस व निर्लज्ज होकर व्यवहार करते हुए देखा था। डॉक्टर ने बताया कि उसे फिल्हाल पागलपन का दौरा पड़ा है, दवाई से उसे आराम पड़ जायेगा। धीरे-धीरे सभी लोग वहाँ से हट गये और वो गहरी नींद में चला गया।

उसके साथी बन्दी ने बताया कि जैसे ही अदालत में फैसला उसके खिलाफ गया, वैसे ही वह अदालत परिसर में ही बेवजह चिल्लाने लगा। उसकी प्रेमिका ने

उसे धोखा दे दिया था। वो किसी सवर्ण जाति की थी तथा ये पिछड़ी जाति का था। दोनों एक ही गाँव के रहनेवाले थे। दोनों एक-दूसरे को बेइन्तहा चाहते थे।

जब घर वाले शादी के लिए तैयार नहीं हुए तो दोनों घर से भाग गए। कई दिन तक लड़की के घर वालों से बचने के लिए इधर-उधर भागते रहे। साथ-साथ जीने मरने की कसमें खाते रहे।

आखिरकार एक दिन पुलिस के हत्थे चढ़ गए। लड़की वालों ने पहले ही लड़के के खिलाफ लड़की के अपहरण का केस दर्ज करवा रखा था। बाद में बलात्कार का केस भी दर्ज करवा दिया। लड़की ने मरते दम तक लड़के का साथ देने का वादा किया था। उसे लड़की पर पूरा विश्वास था कि वो उसका साथ नहीं छोड़ेगी और अदालत में उसके पक्ष में...दोनों की शादी के पक्ष में गवाही देगी।

लेकिन लड़की घर गयी और कहानी ने दूसरा रूप ले लिया। पता नहीं लड़की किस दबाव में आ गयी और उसने अदालत में अपने घर वालों का समर्थन कर दिया। साथ में बलात्कार की भी हामी भर दी। लड़के को इसकी कल्पना भी नहीं थी... वो बेहद संवेदनशील था। उस लड़की के बगैर रहने की कल्पना भी नहीं कर सकता था। ऊपर से कुल इक्कीस साल की उम्र। उसे गहरा भावनात्मक सदमा लगा। वो अपनी प्रेमिका के यू-टर्न को पचा नहीं पाया। टूट गया... बिखर गया... परिणाम हुआ उसका पागलपन का दौरा।

कुछ दिन बाद भी उसकी स्थिति नहीं बदली। अन्तत: वो पागल ही हो गया। समाज के सामन्तवादी चरित्र ने एक सुन्दर व संवेदनशील व्यक्ति को पागल कर दिया।

जेल ऐसी अनेक मर्माहत कहानियों से भरी हुई दुनिया है। जहाँ पर अच्छी कहानियाँ तो न के बराबर ही होती हैं। उन मर्माहत कहानियों में मेरी भी एक कहानी शामिल हो गयी थी।

शाम को मैं तो कुछ खेलता नहीं था, परन्तु इधर कभी-कभी बालीबाल थोड़ी-बहुत जरूर देखने लगा था। एक-दो अधिकारी, एकाध सिपाही व अन्य कैदी जब एक साथ बॉल को उछालते थे तो थोड़ी देर के लिए उन कैदियों के लिए जेल की दीवारें गिर जाती थीं, वे कुछ आज़ाद महसूस करते थे।

ये देखकर कि डकैत, चोर, खूनी, बलात्कारी, अपहरणकर्ता, अधिकारी, सिपाही सब बॉलीबोल खेल रहे हैं और जीत-हार के लिए पूरे मनोयोग से एक-दूसरे पर चिल्ला रहे हैं। अपराध जैसे दूर छिटक जाता था, मन से दूषित विचार दूर हो जाते थे। अवसाद कहीं खो जाता था। सब कुछ सामान्य जीवन जैसा लगने लगता था। जेल सिमटकर एक परिवार की तरह हो जाती थी।

शाम होने को आती थी, तो फिर वही जेल की मनहूस आबोहवा चेतना को

जकड़ने लगती थी। सारे खिलाड़ी खिलाड़ी न रहकर पूर्ववत् रूप को ग्रहण करने लगते थे। अधिकारी फिर से एक दूरी बना लेते थे। बन्दी बैरकों की तरफ दबे मन से लौटने लगते थे।

शाम का सूरज जेल में उदासी लेकर आता है... बन्दियों को बैरकों में बन्द कर दिया जाता है, जेल बन्द हो जाती है। अधिकारी अपने घर चले जाते हैं। ड्यूटी वाले सिपाही तथा नम्बरदार जागते रहते हैं। कुछ बन्दी थोड़ी-बहुत देर तक टी.वी. देखते हैं, फिर वे भी सो जाते हैं। एक अजीब सी उदासी पूरे जेल परिसर को अपने आगोश में ले लेती है।

फिर सुबह उठते हैं... अधिकारी आ जाते हैं। वो बैठकर चाय पीते रहते हैं। सिपाही लाईन लगाकर बन्दियों को बैरकों से निकालते हैं और बन्दियों की गिनती करवाते हैं।

जेलर साहब का जब मूड होता था, तो मुझे रोककर थोड़ा-बहुत बतिया लेते थे। एक दिन बता रहे थे कि पहले-पहल तो लगता था कि ये कौन-सी नौकरी मिल गयी। अपराधियों, गुंडों-मवालियों के बीच रहना पड़ेगा ज़िन्दगी भर। कब जेल, कब घर, याद ही नहीं रहता था। लगा कि अपराधियों के बीच रहते-रहते कहीं वो भी अपराधी वाली मानसिकता के न हो जाएँ। परन्तु धीरे-धीरे परिवार एवं जेल के बीच एक सन्तुलन बन गया।

बच्चे जब बड़े होने लगे, तो ऐसा लगने लगा जैसे उनके दो परिवार हैं... एक अपना बनाया हुआ, दूसरी यह जेल।... अब तो बिल्कुल घर जैसी लगती है जेल। घर पहुँचने पर भी यहाँ की चिन्ता लगी रहती है।

शुरू-शुरू में दोस्त-परिजन पूछते थे कि रहना कहाँ हो रहा है? तो बताते थे कि जेल में। वे मजाक बनाते थे कि अपराधी भी जेल में रह रहे हैं और तुम भी। उनके एक हस्तरेखा विशेषज्ञ दोस्त ने उन्हें बताया था कि उनके हाथ में जेल-लाईन है, और मंगल उच्च का है। इसीलिये उन्हें जेल में नौकरी मिली है। उसने यह भी कहा कि शायद पिछले जन्म में कोई अपराध किया होगा, हाँ अपराध बहुत खतरनाक नहीं रहा होगा। इसीलिए स्वतन्त्रता व जेल साथ-साथ उन्हें मिली है। शुरू में उन्हें भी ऐसा लगता था। लेकिन अब उन्हें अच्छा लगता है।

उनके अनुसार जेल के लोग हाशिए पर डाल दिये गये लोग हैं। गलती किसी से भी हो सकती है... कई बार चाहते हुए तो कई बार अनचाहे भी हो सकती है। अर्थात् जाने या अनजाने में हो सकती है। ऐसी परिस्थिति भी बन जाती है कि व्यक्ति गलती करने पर मजबूर हो जाता है। जबकि वो सब जान रहा होता है।

उसके पास गलती न करने का विकल्प लगभग समाप्त हो जाता है। कुछ-कुछ आत्महत्या वाली मनोदशा। बिना जाने या बिना चाहे गलती करना तो गलती

की श्रेणी में आता ही नहीं है। कुछ अपराधियों को छोड़ दें, तो ज्यादातर कमोवेश ही अपराधी बन जाते हैं या परिस्थितियाँ उन्हें बना देती हैं।

उन्हें इन लोगों के लिए काम करना अच्छा लगता है। वो जेल की नौकरी को सामाजिक सेवा के रूप में देखते हैं। हालाँकि बहुत कम ऐसे अधिकारी हैं, जो जेल से पूरी तरह अपने आपको सम्बद्ध कर पाते हैं। वैश्वीकरण, पूँजीवाद का प्रभाव तो सभी पर पड़ ही रहा है।

उनके दो बच्चे हैं... एक लड़का व एक लड़की, दोनों क्रमशः पन्द्रह व बारह साल के हैं। उनका मानना है कि उन पर ईश्वर की असीम कृपा है कि दोनों बच्चे बेहद अनुशासित एवं पढ़ाई में होशियार हैं। कुल मिलाकर वो अपने जीवन से सन्तुष्ट थे तथा इसके लिए वो ईश्वर को धन्यवाद देते थे। वे सूक्ष्म रूप में बात कहना पसन्द करते थे। जैसे उन्होंने निश्चित निष्कर्ष पहले ही निकाल रखा हो।

एक बार उन्होंने मुझसे प्रश्न किया था कि देश में क्या मुख्य समस्याएँ हैं? मेरी सुने बगैर ही वो बोल पड़े...

''देश व विश्व में सबसे बड़ी समस्या आबादी का अनियंत्रित रूप में बढ़ना तथा सभी धर्मों के लिए एक समान आचार संहिता लागू न होना। किसी भी तरह कंटरपंथी लोगों को धर्मों में दखल देने से रोकना होगा। साथ ही पर्यावरण को व्यक्ति द्वारा प्राथमिक धर्म एवं कर्म के रूप में अपनाना होगा। आबादी को सख़्ती से नियंत्रित करना होगा।''

वो बातों को लम्बा खींचना नहीं चाहते थे। उन्होंने फिर कहा—

''विस्तृत एवं निष्पक्ष रूप में सोचने पर हर व्यक्ति इन्हीं समस्याओं का प्राथमिक रूप में समाधान करना चाहेगा।''

जेलर साहब से बात करना मुझे अच्छा लगता था। अन्य अधिकारी भी थे, लेकिन उनसे सिर्फ मतलब भर की बात ही हो पाती थी। जेलर साहब प्रतिदिन कहीं न कहीं मुझसे टकरा ही जाते थे। उन्हें देख भर लेना ही मन को खुशी देता था। इधर वो मुझसे सांस्कृतिक व आध्यात्मिक गतिविधियों में संलिप्त होने के लिए कहते रहते थे। उनका मानना था कि जेल में व्यक्ति को अधिक से अधिक व्यस्त रहना चाहिये।

उन्होंने एक योग अध्यापक व प्रवचनकर्ता को जेल से नियमित तौर पर जोड़ लिया था। वो हर सोमवार सुबह सात बजे जेल आता था तथा प्रवचन देता था और योगासन-प्राणायाम सिखाता था। मुझसे जेलर साहब उसकी कक्षा से जुड़ने के लिए कई बार कह चुके थे, लेकिन मैं ही अभी तक जा नहीं पाया था। आज वो नहीं माने और मुझे खींचकर ले ही गये। कई बार वे स्वयं भी बन्दियों के साथ अग्रिम पंक्ति में बैठ जाते थे। लेकिन आज उन्हें जल्दी थी और वे स्वामी जी से कुछ बात करके

चले गये।

'स्वामी पवन' नाम था योगाचार्य जी का। गेरूआ वस्त्र, माथे पर चन्दन का तिलक तथा सिर सपाट गंजा, उम्र यही कोई पैंतालिस - छियालिस वर्ष। रंग गेहूँआ, नाटा कद, आँखें गोल व छोटी, नाक चपटी, माथा थोड़ा चौड़ा था उनका। ठीक-ठाक व्यक्तित्व था स्वामी जी का।

मुझे देखकर थोड़ी देर तक मुझ पर उनकी निगाह अटक गयी थी। फिर थोड़ा शुरुआत से मुझे समझाया, कुछ योगासन बताए तथा अगले सोमवार को जल्दी आने का सुझाव दिया। कुछ समय बाद उनका प्रवचन शुरू हो गया। उनके प्रवचन में कुछ बातें तो वही घिसी पिटी थीं... एक तरह से अखबारी भाषा, जैसे-

"सभी को ईश्वर ने बनाया है। हम सब उसकी सन्तान हैं। वो सबसे प्रेम करता है, सबके साथ न्याय करता है, सबका रक्षक, पालनकर्ता है। हम सबको ईश्वर में दृढ़ विश्वास होना चाहिए आदि-आदि।" कुल-मिलाकर मैंने पहले दिन तो बोरियत ही महसूस की। लेकिन पूरे समय तक मैं वहाँ बैठा रहा। वे बार-बार मेरी ओर देख लेते थे। शायद उन्होंने मेरे मन की दशा को कुछ हद तक भाँप लिया था।

फिर मैं उनकी कक्षा में अक्सर जाने लगा। जिस दिन नहीं जाता था, वे जेलर साहब से मेरी शिकायत कर देते थे।

जेलर साहब मुझे अगले दिन ही पकड लेते था तथा मेरी एक लम्बी क्लास लगाते थे। मेरा मन अगर नहीं भी होता था, तो भी मैं स्वामी जी की कक्षा में जाने का पूरा प्रयास करता था।

पिछले एक हफ्ते से चर्चा थी कि किसी भी दिन चेतन की रिहाई आ सकती है। उसका छूटना तो पहले से ही तय था, बस समय की बात थी। वो समय बस आने ही वाला था।

हम लोग आपस में इतने घुल-मिल गए थे कि रिहाई पर बहुत चर्चा नहीं करते थे। मेरी वजह से चर्चा और भी कम होती थी। सभी जानते थे कि चेतन एवं छत्रपाल तो छूट ही जायेंगे। लेकिन मेरा छूटना थोड़ा कठिन था। उनके छूटने के बाद मेरा अकेलापन बढ़ना ही था। डॉक्टर इस चीज का बहुत ख्याल रखता था। उसने मेरा डिप्रेशन देख रखा था।

चेतन ने आज स्वयं अदालत जाते हुए मुझसे कहा था कि संभवत: आज उसकी रिहाई आ जाएगी। शाम तक हम सभी लोग उसका व उसकी रिहाई का इन्तजार करते रहे। सभी का मन उद्विग्न था। मेरा कुछ अधिक था।

वो भी आ गया तथा पीछे-पीछे उसकी रिहाई भी आ गयी। हम सब उसके लिए बहुत खुश थे। जेलर साहब ने उसे बुलाकर बधाई दी तथा 'इंसानों' से भी प्रेम करने की हिदायत दी।

जेलर साहब अन्दर ही अन्दर मेरा व चेतन का काफी सम्मान करते थे। चेतन को बुलाकर उन्होंने अपने पास वाली कुर्सी पर बिठा लिया। फिर मुझे भी बुलाया और पास में बैठने को कहा। कुर्सियाँ ऑफिस के किनारे पड़ी हुई थीं, जिससे कोई देख नहीं पा रहा था। जेलर साहब भी यही चाहते थे, अन्यथा लोग सोचते कि जेलर साहब ने हम दोनों से कुछ ले लिया होगा, तभी रिहाई के समय इतने पास कुर्सी पर बिठाए हुए हैं।

जेलर साहब ने बिठा तो लिया, लेकिन वो परिस्थिति को भाँपकर कुछ तनाव में थे। रिहाई के समय बन्दी से घुलना मिलना या उसे पास में बिठाना अधिकारी के लिये संदिग्ध स्थिति बना देता था। जेलर साहब धीमे स्वर में बोले-

''अब तो खुश हैं आप चेतन बाबू। बस मुझे आपके विचार थोड़े विध्वसंक लगते हैं, जैसा कि मैंने जाना है- समझा है। अरे भई, हम सब इंसान हैं। हम इंसानों की चिन्ता नहीं करेंगे, तो क्या पशु-पक्षी हमारी चिन्ता करेंगे। प्रकृति हमारी चिन्ता करेगी? बताइए...बताइए।'' फिर उन्होंने मेरी तरफ मुखतिब होते हुए कहा—

''इंजीनियर साहब, मैंने कुछ सार्वभौमिक समस्याएँ बतायी थीं सारे विश्व की। उन पर गौर किया आपने।''

''हाँ-हाँ, जेलर साहब। आप बिल्कुल ठीक कहते हैं। मुख्य समस्याएँ वही हैं हम सभी के सामने।'' चेतन मुझे व जेलर साहब को गौर से देखने लगा। मैंने जेलर साहब के साथ हुए वार्तालाप को किसी से भी साझा नहीं किया था। बस ये कहा था कि जेलर साहब बहुत ही सुलझे हुए चिन्तक हैं।

''आबादी का अनियंत्रित रूप में बढ़ना, पर्यावरण की अपूर्णनीय क्षति एवं सभी लोगों के लिए एक समान नागरिक संहिता का न होना। बस इन्हें ही सुधार लो, बाकी सब अपने आप ठीक हो जाएगा। लेकिन लिजलिजा लोकतन्त्र या धर्मतन्त्र या बिगड़ैल तानाशाही इन समस्याओं पर काबू कर पाएगी, इस पर मुझे संदेह है। चेतन बाबू आपका प्रकृति प्रेम भी इसमें आ जाता है। बस एक सन्तुलन जरूरी है।'' जेलर साहब शान्त भाव से बहुत धीरे-धीरे बोले।

''सर, यहाँ लोग किसी के बारे में नहीं सोच रहे हैं। बस प्रतिदिन दौड़ रहे हैं, भाग रहे हैं। नित्य क्रियाएँ करने का भी वक़्त नहीं है। हर आदमी सपने पूरा करने के लिए बस भाग रहा है। वो किसी की क्या चिन्ता करेगा? वो तो स्वयं सपनों का गुलाम हो चुका है। दुनिया एक नई तरह की गुलामी में जकड़ चुकी है। दुनिया अर्थात इंसानों की बनाई दुनिया।

इलैक्ट्रानिक व सोशल मीडिया द्वारा परोसी गयी सामग्री लोगों को सपने दिखा रही है। दुनिया में रचनात्मकता भी भौतिकता का लिबास पहनती जा रही है। इस सबसे क्या मनुष्यों द्वारा रचित दुनिया सुरक्षित रहेगी? सर, मैं मनुष्य के खिलाफ

नहीं हूँ। मैं तो उसकी अधंचाल, अंधसोच के खिलाफ हूँ, और उसके लिए मैं किसी भी हद तक जाने के लिए तैयार हूँ। चाहें फिर लोग मुझे मनुष्य विरोधी ही क्यों न समझें।'' चेतन आज कुछ ज्यादा खुश था। उसके बोलने के लहजे से ये झलक भी रहा था।

''जेलर साहब चेतन भी एक मनुष्य ही है। बस वो प्रकृति का कट्टर समर्थक है। वो प्रकृति का समर्थन करने के लिए सभी के साथ बेरहमी से पेश आता है। ऐसे में कई लोग पृथमदृष्ट्या उसके विचारों को गहराई से जाने बिना उसके खिलाफ राय बना लेते हैं, लेकिन वास्तव में वो ऐसा नहीं है। वो स्पष्टवादी तथा मुखर है। वो सच्चा मनुष्य है।'' मैंने चेतन का पक्ष लेते हुए कहा। चेतन ने प्रेमपूर्ण आखों से मुझे निहारा।

''चलो, अच्छा है। चेतन बाबू ऐसे ही हों। सदैव मनुष्य की फिक्र करते रहें। वैसे आज बहुत अच्छा दिन है। आपकी रिहाई हो रही है, अब कहाँ जाना होगा?'' जेलर साहब ने खड़े होते हुए कहा।

''सर, अभी तो कुछ दिन आराम करूँगा। फिर प्रकृति की चिन्ता व रक्षा के लिए निकल पड़ूंगा। मैं उसकी चिन्ता करता हूँ, वो मेरी करती है।'' चेतन ने कुर्सी से उठते हुए कहा।

''इंजीनियर साहब रिहाई के वक़्त तक चेतन बाबू के साथ रहने की आपको छूट है। कल आप अकेले हो जाएँगे। कोई नहीं, डॉक्टर साहब तो रहेंगे ही और मैं भी। और हाँ चेतन बाबू रिहाई के बाद मिलते जरूर रहिएगा। इंजीनियर साहब से जरूर मिलने आइयेगा।'' जेलर साहब ने मेरी तरफ देखते हुए कहा।

''हाँ...हाँ सर, जरूर आऊँगा। इंजीनियर साहब से जरूर मिलने आऊँगा और आपसे भी। इंजीनियर साहब को मशीनों का नहीं प्रकृति का इंजीनियर बनाना है। मशीनों के इंजीनियर तो बहुत हैं।'' मैं देख रहा था कि चेतन बोलते बोलते कुछ भावुक हो गया था।

फिर हम दोनों चेतन की बैरक तक गए। वहाँ पर चेतन ने अपना सारा सामान समेटा। एक-एक चीज पर गौर किया। नम्बरदार ने भी उसकी मदद की। मैं तब तक बैरक के बाहर ही खड़ा रहा। फिर उसने परिचित बन्दियों से गले मिलकर विदाई ली।

हम दोनों ने कैन्टीन से दो कप चाय ले लीं तथा चुस्कियाँ लेने लगे। कैन्टीन के जो कूपन उसके पास बचे थे, उसने मुझे थमा दिए। कुछ फुटकर पैसे नम्बरदार को दे दिए।

''इंजीनियर साहब जेल तो मैं पहले भी आ चुका हूँ लेकिन इस बार जेल आना विशेष याद बन गया है। आपकी, डॉक्टर की... और हाँ छत्रपाल की वजह

से। मेरी सोच एवं भावों को नई दिशा मिली है इस बार। रिहाई आते ही जैसे नई ऊर्जा का अहसास हुआ। ऐसा पहले कभी नहीं हुआ था।'' कुछ रूका तथा चाय की चुस्की लेते हुए फिर बोला-

''एक बात कहूँ, अगर आप बुरा ना मानें तो...।''

''हाँ...हाँ बुरा क्यों मानूँगा? आप कोई पराए थोड़े ही रह गए हैं अब।'' बातचीत अब कुछ भावुक होने लगी थी।

''...आपको यहाँ छोड़कर यूँ जाना मुझे बहुत अखर रहा है। आप मुझे अपना समझें तो एक बात कहूँ।''

''हाँ-हाँ आप हिचक क्यों रहे हैं? कहिए न।'' मुझसे भी अब इन्तजार नहीं हो रहा था। आखिर वो क्या कहना चाह रहा था? जो उसे इतनी झिझक थी।

''...मेरे कोई बहन नहीं है। मैंने हमेशा बहन के अभाव को सहा है। आप में कुछ ख़ास है, जिसे मैंने कई बार महसूस किया है। मैं नौशीद जी को अपनी बहन बनाना चाहता हूँ, अगर आपको कोई परहेज न हो। आप एक बार उनसे जिक्र कर देगें तो मैं उनसे मिल भी आऊँगा। आपके बच्चों को सगे मामा जैसा प्यार दूँगा, और आपके केस में भी जितना सहयोग बन पड़ेगा मैं करूँगा। मैं कोई दबाव नहीं बना रहा हूँ... बाकी जैसा आप चाहें... हम हमेशा दोस्त तो बने ही रहेंगे।'' चेतन ने रूक-रूककर अपने जज्बातों को कह दिया।

एक बार तो मुझे लगा कि इसने पहले तो कुछ ऐसा नहीं कहा था। फिर अचानक ऐसा क्या हो गया? फिर उसकी सच्चाई, स्पष्टता व मुखरता ने मुझे उसकी भावनाओं से जोड़ दिया। मैंने बिना कुछ कहे ही उसे अपनी बाँहों में भर लिया। भावनाएँ इतनी तीव्र थीं कि उन्हें शब्द नहीं मिल रहे थे। आँखे नम हो गयी थीं। भावनाओं पर काबू पाते हुए मैंने कहा—

''मुझे ऐसी उम्मीद नहीं थी। हाँ आपसे अलग होते हुए मुझे अन्दर से बहुत खराब लग रहा था। कुछ उदासी जो इधर टूटी थी, कल से उसके फिर से सवार होने के विचार अवश्य आ रहे थे। लेकिन उन भावनाओं को मैं व्यक्त नहीं कर पा रहा था।... आप इतना प्रेम मुझसे, मेरे परिवार से करने लगेंगे, इसकी मुझे उम्मीद नहीं थी। वो भी तब जब मेरे भविष्य का कुछ भी निश्चित नहीं हैं। अरे इससे बड़ी खुशी क्या होगी? अब तो मुझे आपकी रिहाई में कुछ हद तक अपनी भी रिहाई नजर आ रही है।'' मैंने खुश होते हुए कहा।

''नहीं...नहीं, आप बिल्कुल निराश न हों। देखना आप जल्द ही रिहा होंगे। मैं देखूंगा पूरे केस को।'' चेतन ने मुझे आशा दिलाते हुए कहा। मैंने एक छोटा कागज लिया, उस पर नौशीद के लिए कुछ लिखकर, लिफाफे में रखकर, उसे स्टेपल करके चेतन को थमा दिया।

उस पर मैंने नौशीद के लिए लिख दिया था— "नौशीद मुझे तो जेल से बाहर आने में शायद अभी काफी वक़्त लगेगा, लेकिन मैं तुम्हारे पास एक बहुत ही अच्छे इंसान, चेतन बाबू को भेज रहा हूँ। उस पर तुम मुझ जितना ही विश्वास कर सकती हो। तुम्हें एक सच्चा भाई मिल गया है। उससे अपनी परेशानियाँ, उलझनें बाँट सकती हो। वैसे तो जनाब प्रकृति प्रेमी, प्रकृति भक्त हैं। पर पता नहीं क्यों मुझसे इतना गहरा रिश्ता बना लिए हैं। बाकी तुम मिलने पर स्वयं समझ जाओगी। –

तुम्हारा
'शिवेन्द्र'

फिर चेतन व नम्बरदार ने सामान उठाया और जेलर साहब के दफ्तर की तरफ चल दिए। वैसे तो रिहाई डिप्टी जेलर के दफ्तर से शुरू होती है तथा जेलर साहब प्रक्रिया को पूर्ण करते हैं। परन्तु चेतन की रिहाई जेलर साहब ने अपने ऑफिस से ही कर दी। तब तक एक सिपाही मिठाई का डिब्बा लेकर जेलर साहब के ऑफिस में पहुँच गया था। जिसे चेतन ने मिठाई के लिए पैसे दिए थे। जेलर साहब ने चेतन बाबू का मुँह मीठा करवाया, फिर एक-एक करके सबने मिठाई ली। माहौल काफी हल्का हो गया।

सबको नमस्कार करके जल्द ही चेतन जेल के दरवाजे से निकल गया। अन्य बन्दी देखते रह गए कि इसे इतनी जल्दी और वो भी अकेले कैसे रिहा कर दिया गया। लेकिन बेचारे चुप रहे। क्योंकि रिहाई के समय बन्दियों को बहुत दबाव में रहना पड़ता है, उन्हें सच बोलकर सारी लिखित जानकारी से मिलान कराना होता है, जिससे सही बन्दी की ही रिहाई हो सके।

एक नाम के कई-कई बन्दी होते हैं। ऐसे में कई बार कुछ बन्दी मार भी खा जाते हैं। रिहाई के वक़्त बन्दियों को पिटाई उतनी खराब नहीं लगती है। अक्सर वो उसे बर्दाश्त कर लेते हैं। माहौल सकारात्मक जो रहता है।

चेतन के बाहर निकलने के बाद जैसे ही सिपाही ने दरवाजा बन्द किया, वैसे ही दिल बैठ सा गया, कदम भारी हो गए, दिमाग़ शिथिल पड़ गया। एक बारगी तो कदम मुख्य दरवाजें की तरफ बढ़ने लगे। नम्बरदार चिल्लाया –

"कहाँ जा रहे हो? अपनी बैरक में जाइए।" कदम वापस खींच लिए, मन को पक्का बनाने की कोशिश की। भारी मन व लाचार कदमों से बैरक की तरफ बढ़ चला। कुछ-कुछ वैसा लगा, जैसे कि जेल में पहले दिन आकर लगा था।

चेतन के जाने से महसूस हुआ कि जेल में वो मेरा एक आधार सा बन गया था। उसने जेल की पीड़ा, वेदना को कुछ हल्का कर दिया था। लगा जैसे वो वेदना, वो पीड़ा अब दोगुने वेग से मेरे पास लौट आयी है। बैरक में जाते ही निढ़ाल होकर

लेट गया। उस दिन न खाना खाया, न पानी पिया। बस देर रात तक टक-टकी लगाए अँधेरी रात में तारों को निहारता रहा, झींगरों की आवाज़ों को सुनता रहा।

सुबह की अजान होने लगी, तब जाकर पता लगा कि कितना समय हो गया है जागते-जागते। नींद तो पूरी तरह से उड़ी हुई थी। सुबह होने तक कोई आधे घंटे की झपकी ही लग पायी।

अगले दिन स्वयं ही कदम अस्पताल की तरफ चलने लगे। डॉक्टर मरीज को देख रहा था। चेतन जिस बैड पर रहता था, उस पर दूसरा बन्दी लेटा हुआ था। काफी दिन तक उसी बैड पर चेतन रहा था, बाद में वो बैरक में लौट गया था। फिर भी हम लोग अस्पताल में ही इकट्ठा होकर चर्चा करते थे।

छत्रपाल अस्पताल में ही टिका हुआ था। आज वो भी बिस्तर पर नहीं था। पता चला कि वो चोरनी सपना से मुलाकात करने गया हुआ है।

''बैठिए इंजीनियर साहब, अभी आ रहा हूँ। बस एक मरीज और देखना है।... आज कुछ थके-थके से लग रहे हैं। रात में नींद नहीं आयी है क्या?'' डॉक्टर अपने केबिन से ही कुछ चिल्लाकर बोला।

''नहीं-नहीं वो बात नहीं है। हाँ रात में नींद अच्छी नहीं आयी है बस।'' मैंने बात को जल्दी ही समाप्त किया। थोड़ी देर में डॉक्टर खाली हो गया तथा छत्रपाल भी आ पहुँचा।

''ओ-हो, इंजीनियर साहब कैसे हैं आप। आपके दोस्त चेतन कल आज़ाद हो गए, क्या इसीलिए आज उदास हैं? आप भी हो जाएँगे जल्द ही आज़ाद, मुझे मेरा वादा याद है।'' छत्रपाल सपना से मिलकर आया था, उसका मूड अच्छा था। वो जब भी सपना से मुलाकात करके आता था, बहुत प्रसन्न रहता था।

''जेल तोड़कर भाग क्यों नहीं जाते छत्रपाल या फिर पेशी पर जाते समय ही किसी दिन भाग जाओ। क्या फर्क पड़ता है तुम पर? जमानत पर छूटो या जेल से भागो। तुम्हें तो जेल से छूटने के बाद फिर से बीहड़ में ही जाना होगा।'' मैंने अचानक ऐसी बात कह दी कि डॉक्टर व छत्रपाल दोनों ही भौंचक्के रह गए। दोनों ने मेरी मनोदशा समझ ली थी, इसलिए मेरी बात को उन्होंने गम्भीरता से नहीं लिया और टाल गए।

''इंजीनियर साहब हमारा परिचय तब से है, जब चेतन बाबू जेल आए भी नहीं थे, लेकिन उनके रिहा होने के बाद आप तो बहुत उदास हो गए हैं। आपके चेहरे से लग रहा है कि जैसे आप अस्पताल केवल चेतन बाबू से ही मिलने आते थे। अरे भई, हम लोग भी आपके अपने ही हैं।'' डॉक्टर ने छत्रपाल की तरफ देखते हुए कहा।

''इंजीनियर साहब आप नेक दिल इंसान हैं। ईश्वर आपकी परीक्षा ले रहा

है... आप जेल से जल्दी ही छूट जाएँगे, आप अपना मन भारी न किया करें। आप को निकालने के लिए मुझे चाहें किसी भी हद तक जाना पड़े, मैं जाऊँगा। बस एक बार यहाँ से छूट जाऊँ।'' छत्रपाल ने माहौल हल्का बनाते हुए कहा।

''हाँ, एक कम्पनी सी बन गयी थी हम सबकी। बातचीत करते-करते कई बार जेल में होने का बोध ही नहीं रहता था। पता नहीं क्यों चेतन बाबू के जाने से एक खालीपन सा महसूस हो रहा है। शायद एक-दो दिन में ठीक हो जाएगा।'' मैंने जैसे स्वयं को तसल्ली देते हुए कहा।

''हाँ ये तो है, वो दिल का हीरा आदमी है। वो यारों का यार तो है ही, साथ में सच्चा इंसान भी है। उसने एक बार बीहड़ में आने का वादा भी किया है।'' छत्रपाल ने प्रशंसा का भाव लाते हुए कहा।

''चेतन बाबू अच्छे आदमी हैं, इसीलिए वो आपको भूलेंगे नहीं। वो हम सबसे मिलने आते रहेंगे। हम सब हमेशा जुड़े रहेंगे। उनके आज़ाद होने पर तो हमें खुश होना चाहिए, जश्न मनाना चाहिए। अच्छा इंजीनियर साहब बताइए क्या खाएँगे, मैं मंगाता हूँ कैन्टीन से आज।'' डॉक्टर ने मेरी तरफ देखते हुए कहा।

''हाँ एक सच्चा इंसान, मैं उसके लिए बहुत खुश हूँ। वो मेरा बहुत अजीज बन गया है, ये उदासी तो बस एक-दो दिन की ही बात है। वो जल्द ही मुझसे तथा हम सबसे मिलने आएगा।'' मैंने सिर को झटका देते हुए कहा।

फिर हम लोग तब तक बतियाते रहे, खाते रहे जब तक कि डॉक्टर के घर लौटने का समय नहीं हो गया।

पिछले कई हफ्तों से मैं स्वामी पवन की सुबह की योग कक्षा में नियमित रूप से जा रहा था। आज मैं समय से पहले ही पहुँच गया। स्वामी पवन जितना ज्ञान रखते थे, उससे ज्यादा ही देने की कोशिश करते थे-

''बुरा समय हमारा सच्चा मित्र होता है। वह हमें संघर्ष की क्षमता से भर देता है। उसी समय अपने व पराए का भेद पता चलता है। अपनों से सम्बन्ध और अधिक प्रगाढ़ हो जाते हैं, गलत लोगों से छुटकारा मिल जाता है। जेल का समय विशुद्ध आत्म-चिन्तन का समय होता है, आत्म-साक्षात्कार का समय होता है। इन्द्रिय-नियंत्रण में सिद्धस्त होने का समय होता है। अनेक महान लोगों ने जेल जाने के बाद और अधिक जिजीविषा को प्रदर्शित किया है।

अपराधी तो हम सब हैं। अन्यथा ईश्वर हमें अपने से दूर ही क्यों करता? उसने हमें पृथ्वी पर दण्डित करने के लिए ही तो भेजा है। सब पृथ्वीवासी दंड भोग रहे हैं। परम-सुख तो ईश्वर के सानिध्य में ही है। हमारा लक्ष्य उसी ईश्वर का सानिध्य प्राप्त करने में हैं। पृथ्वी पर सबसे सुखी व्यक्ति भी बहुत दीन-हीन है, क्योंकि वह ईश्वर के सानिध्य में नहीं हैं।''

''तो क्या हम आत्महत्या कर लें? तब तो ईश्वर का सानिध्य प्राप्त हो ही जाएगा।'' एक बन्दी बीच में ही बोल उठा।

''न...नहीं, सहज मृत्यु तभी प्राप्त होगी, जब आपका दंड पूर्ण हो जाएगा। सहज मृत्यु ही मुक्ति की तरफ प्रस्थान है। सहज मृत्यु प्राप्त होगी ईश्वर की साधना में लीन होने से, योग करने से, साधु-सन्तों के प्रवचन सुनने से। अन्यथा पुनर्जन्म होगा, फिर दंड भोगोगे, यह क्रंम चलता रहेगा।

आत्महत्या एक भयंकर भूल है, नकारात्मक विचार है। मनुष्य-योनि से पलायन का तरीका है। मोक्ष प्राप्त करना ही हम सभी का लक्ष्य होना चाहिए। जेल में रहकर आप ईश्वर पर पूर्ण ध्यान केन्द्रित कर सकते हैं...।'' स्वामी पवन ने आँखे बन्द करते हुए मृदुवाणी में ये शब्द बोले।

उनकी कक्षा में अब काफी बन्दी आने लगे थे। बन्दी वहाँ आने पर कुछ सुकून अवश्य महसूस करते थे।

उनसे कई बार अकेले में बात हुई थी। वे बाल-ब्रहमचारी थे, पूरी तरह योग-अध्यात्म को समर्पित। हालाँकि एक-दो मजेदार किस्से उनके भी सुनने को मिल ही गए थे। कई आध्यात्मिक लोग जेल में आते रहे थे, उन सबमें वो बेहतर थे। सबसे अच्छी बात ये थी कि वो ज्यादातर बन्दियों को कक्षा में नाम से पुकारते थे। इससे बन्दी उनसे कुछ जुड़ाव सा महसूस करने लगे थे।

नास्तिक लोग पता नहीं क्यों अध्यात्म का, ईश्वर का इतना विरोध करते हैं। अध्यात्म में कुछ न मिले, फिर भी कमजोर को, गरीब को कोई न कोई अवलम्ब तो मिलता ही है। संसार में विश्वास का, सहारे का इतना बड़ा संबल अन्यत्र खोजना असम्भव है। वहाँ से निकला तो मेरा मन कुछ हल्का हुआ।

सामने निगाह पड़ी तो जेलर साहब कुर्सी पर बैठकर अखबार पढ़ रहे थे। जेलर साहब आज सुबह से घर नहीं गए थे,

''क्या चल रहा है इंजीनियर साहब आपके केस का? हाईकोर्ट में अपील दायर क्यों नहीं कर रहे हैं? अच्छा सा वकील कीजिए और अपील दायर कीजिए। मेरे हिसाब से आपके छूटने के अच्छे चांस हैं। जमानत तो जल्दी ही मिल जानी चाहिए। विरोधी लोगों से सम्पर्क फिर से शुरू कीजिए। हो सकता है अब भूल-भाल गए हों मामले को या उनका दर्द कुछ कम हो गया हो। वैसे आपको कितने साल हो गए हैं?''

''कई साल हो गए हैं जेलर साहब। अभी पत्नी से पिछले हफ्ते मैंने कहा है कि वो मामले को फिर से दिखवाए। वो दिखवा रही है। अकेले क्या-क्या करेगी? विरोधी लोगों से भी बातचीत चलायी है।'' पिछले हफ्ते नौशीद को मैंने काफी विस्तार से समझाकर मामले को फिर से शुरू करने के लिए कहा था।

उसके अंकल तो अब उतना साथ नहीं दे पाते हैं। लेकिन अंकल और चाचा मिलकर विरोधी लोगों को सँभाल लें, तो हाईकोर्ट में अपील समय निकाल कर की जा सकती है। शायद चेतन बाबू किसी काम आ जाएँ। पता नहीं क्यों अभी तक वो नौशीद से मिलने घर नहीं पहुँचा था।

"अगर समय लगे तो लखनऊ की मॉडल जेल भी एक विकल्प हो सकता है। लेकिन वहाँ पर भी केस के हाईकोर्ट से निबटारे के बाद ही ज्यादा लाभ मिलता है। वहाँ पर साफ सुथरी छवि वाले,...परिवार वाले तथा किसी असामान्य परिस्थितिवश अपराध करनेवाले बन्दियों को ही प्रवेश मिलता है। लेकिन वह एक खुली जेल की तरह ही है। आप वहाँ आराम से जा सकते हो। ईश्वर न करे यदि सजा बरकरार रहती है हाईकोर्ट से, तो आपको खुली जेल की सुविधाएँ मिलेंगी।

यानि मेहनत, मजदूरी या अपने स्वयं के काम के लिए आप प्रतिदिन सुबह जेल से बाहर जा सकते हैं, जैसा कि कई अन्य बन्दी बाहर जाते हैं। शाम को वापस आना होता है। बस आपको रात्रि में सोने के लिए ही जेल आना पड़ता है। अधिकतर बन्दी शहर में किसी जगह या कार्यस्थल पर अपने परिवार को रखे रहते हैं। पूर्ण स्वतन्त्रता तो नहीं मिलती है, लेकिन अर्द्ध-स्वतन्त्रता तो मिल ही जाती है।

वैसे आपको जरूरत शायद ही पड़े, क्योंकि आपका केस उतना मजबूत नहीं हैं। ऊपर से आपने अच्छी-ख़ासी सजा काट भी ली है। बस जल्दी से अपील कर डालिए।" जेलर साहब ने एक ही साँस में अपनी बात पूरी की, मेरे कन्धे पर हाथ रखा और सर्किल की तरफ बढ़ गए।

लखनऊ की मॉडल जेल के बारे में सुना जरूर था। लेकिन इतना विस्तार से नहीं सुना था। कभी ज्यादा इच्छा भी नहीं हुई थी जानने की। लखनऊ इतना दूर है कि वहाँ जाने की तो मैं सोच भी नहीं सकता था। फिर नौशीद, माँ, बच्चे .. ये सब तो असंभव था।

हाईकोर्ट तो क्या, मैं सुप्रीम कोर्ट तक जाऊँगा। हार कैसे मान लूँ? जब मैंने कुछ गलत किया ही नहीं। अब तो मुझे चेतन से भी उम्मीद है। उसका तो प्रधानमन्त्री तक से मिलना जुलना है। उसके पीछे प्रकृतिवादियों, पर्यावरणवादियों का राष्ट्रीय संगठन भी खड़ा है। उसने बताया था कि वो कई अन्तर्राष्ट्रीय संगठनों में सक्रिय होने का प्रयास कर रहा है। उसके छूटने के बाद मुझे रिहाई की उम्मीद पहले से अधिक हो गयी थी।

हमारे देश में न्याय की आशा रखना आसान है, लेकिन उसे हासिल करना बहुत कठिन है। उत्तर प्रदेश में हाईकोर्ट इलाहाबाद में है तथा उसकी एक ब्रांच है लखनऊ में। इतना बड़ा राज्य है उत्तर प्रदेश और हाईकोर्ट की बुन्देलखंड एवं पश्चिमी उत्तर प्रदेश में एक भी ब्रांच नहीं है। लोग ब्रांच की माँग करते हैं तो उसके

पक्ष व विपक्ष दोनों में आन्दोलन और राजनीति होने लगती है। लोकतन्त्र में वोट की दुकान चलाने वालों के द्वारा ये माँग हर बार कूड़े के ढ़ेर में फेंक दी जाती है।

उत्तर प्रदेश जैसे प्रदेश में कम से कम तीन और हाईकोर्ट की ब्रान्च होनी चाहिएँ। साथ ही हर जगह जजों की संख्या में बढ़ोत्तरी होनी चाहिए। लेकिन न्यायपालिका में सुधार सबसे कठिन काम है। स्वयं न्यायपालिका पुरानी सोच से नहीं उभर पाती है और न्याय की देवी मूर्च्छित ही पड़ी रहती है। आम-आदमी तो हाईकोर्ट जाने के बारे में सोच भी नहीं पाता है, जाना तो दूर की बात है।

दो दिन बाद नौशीद मुलाकात करने आयी। आज उसके चेहरे पर उदासी का भाव कुछ मन्द दिखायी दे रहा था। मुझसे कुछ जल्दी से बताना चाह रही थी। बगल में खड़े लोगों को मैंने धीमी आवाज़ में बात करने के लिए कहा। उसने बताया—

''तीन दिन पहले चेतन भैय्या घर आए थे, आपकी लिखी चिट्ठी दरवाजे पर ही पकड़ा दी। कहा पहले पढ़ लीजिए। मैंने चिट्ठी पढ़ी और उन्हें अन्दर बुला लिया। मम्मी भी थीं। बच्चे भी थे। कुछ देर बतियाए फिर अगले दिन के लिए आने को कह गए। अपने साथ में केस को समझने वाले कागज ले गए। बड़ी जल्दी मम्मी व बच्चों से घुल-मिल गए।

अगले दिन आए तो बच्चों, मम्मी व मेरे लिए ढेर सारे गिफ्ट लाए, मिठाईयाँ लाए। बच्चों के साथ देर तक खेलते रहे, उनसे बतियाते रहे। ऐसा लगा ही नहीं कि उनसे एक ही दिन की पहचान हो, बच्चे भी उनसे एकदम घुल-मिल गए। मम्मी को भी उनका आना अच्छा लगा। बता रहे थे कि हम लोग चिन्ता न करें, वो कोई न कोई रास्ता रिहाई के लिये निकाल ही लेंगे।

वो दिल्ली में ही रह रहे हैं। नोएडा एवं ग्रेटर नोएडा में उन्हें काफी लोग जानते हैं। उनकी काफी बड़े-बड़े वकीलों से भी पहचान है। कोई बड़ा वकील कम पैसों में ही करने की बात कर रहे थे। विरोधी पक्ष से फिर से समझौते के प्रयास करने के लिए कह रहे थे। जल्द ही फिर से आने के लिए कहकर चले गए। अपना फोन नं. भी दे गए हैं।'' नौशीद ने जल्दी से अपनी बात पूरी की। फिर कुछ रूककर कहा—

''वैसे एक बात कहूँ। आपको पूरा विश्वास है न उन पर?'' मैंने नौशीद के चेहरे को ध्यान से देखा। आज वो थोड़ा लिपिस्टक लगाए हुए थी। थोड़ा मेक-अप भी कर रखा था। दो सादे कंगन हाथों में थे। साड़ी आसमानी रंग की पहने हुए थी।

''बहुत अच्छा व्यक्ति है। उस पर तुम मेरे बराबर ही विश्वास कर सकती हो। काफी वक़्त हमने साथ में गुजारा है। बस अंकल व चाचा को उसके कहे पर ध्यान दिलाते रहना। जो होगा ठीक ही होगा।'' मैंने उसकी उँगलियों को पकड़ने की कोशिश करते हुए कहा।

मुलाकात का समय पूरा होने तक वो बच्चों के बारे में बतियाती रही। कई

सालों के बाद उसके व्यवहार में रूखापन कुछ कम हुआ था, उसकी आवाज़ भी पहले से ज्यादा मधुर थी। जाते समय उसने मुझे एक छोटा सा पत्र दिया, मैंने सँभाल कर रख लिया। कुछ सामान भी लायी थी, जिसमें बच्चों के फोटो भी थे।

मैं तेज कदमों से बैरक में गया और सबसे पहले बच्चों के फोटो देखे। बच्चे पहले से दुबले हो गए थे। लड़का थोड़ा अधिक लम्बा था। काफी देर तक दोनों के फोटो देखता रहा, फिर उन्हें कागज में लपेटकर सँभाल कर रख लिया। फोटो वो लगातार भेजती रही थी। जिन्हें मैं सँभाल कर रखे रहता था। बहुत दु:खी होने पर नौशीद, माँ व बच्चों के फोटो को निहारता रहता था। अब तक मेरे पास काफी फोटो इकट्ठा हो गए थे। बहुत पुराने फोटो तो अब काफी गन्दे भी हो गए थे।

कभी-कभी मैं उम्र बढ़ने के क्रम में बच्चों के फोटो जमीन पर लगा लेता था। फिर उन्हें ध्यान से देखते हुए उनके बड़े होने की कल्पना करता था। फिर उन्हें सहेज कर रख लेता था। कई बार मेरी अनुपस्थिति में बैरक की तलाशी हो जाती थी, जिससे सामान उलट-पुलट जाता था। इससे फोटो के खोने का डर बना रहता था। कुछ फोटो गन्दे भी हो जाते थे। ये फोटो ही तो परिवार को महसूस करने का बहाना थे।

फिर नौशीद का दिया हुआ पत्र खोला—

''प्रिय शिवेन्द्र''

आपसे एक बात कहनी है बुरा मत मानिएगा। कुछ दिन पहले मम्मी बहुत बीमार हो गयी थीं। उन्हें तो लगता था कि वो अब नहीं बचेंगी। बस यही कहे जा रही थीं कि उन्हें तुम्हारे पास ले चलें। लेकिन बीमारी की हालत में कैसे ले जाते? अभी भी वो पूरी तरह से ठीक नहीं हैं, वरना आज मैं उन्हें साथ ही लाती।... वो एक दिन मुझे बिना बताए ही गाँव वाले चाचा के साथ कहीं चली गयीं। शाम को जब वापस आयीं, तो मैं नाराज हुई, तो वो रोते हुए कहने लगीं—'बिटिया वो बहुत ही बुरे व नीच लोग हैं।'

मैंने कहा कि 'कौन लोग'।

'वही बिटिया जिनकी वजह से मेरा बेटा जेल में है।' उन्होंने बताया कि 'वो उन लोगों के पास गयीं तथा उनसे समझौते के लिए कहा। उन्हें बहुत मनाने की कोशिश की, लेकिन वे नहीं माने।' चाचा ने यह भी बताया कि उनके मना करने के बावजूद मम्मी मृतक के पिता के पैरों में गिर पड़ीं और रहम की भीख तक माँग डाली। लेकिन वे दुष्ट नहीं पिघले। मम्मी ने इतना कुछ बिना किसी से सलाह लिए ही कर डाला।

बाद में मुझसे भी किसी से न बताने के लिए कहा। लेकिन मेरा दिल नहीं माना। आपको बुरा जरूर लगेगा, लेकिन वो माँ हैं। मैं समझ सकती हूँ उन पर क्या

गुज़र रही है? उन्हें हर समय आपकी रिहाई की चिन्ता लगी रहती है। चेतन भैय्या के घर आने से वे जरूर खुश हुई थीं। तब से उनका व्यवहार भी कुछ ठीक हुआ है। अब मुझे भी लग रहा है, खुदा हम लोगों की जरूर सुनेगा, आप रिहा हो जाएँगे। अपना ख्याल रखिएगा।...

आपकी

''नौशीद''

रिहाई से हटकर दिमाग़ माँ पर जा अटका। उसे ये सब करने की क्या जरूरत थी? ऐसे भी भला इस तरह के लोग मानते हैं क्या? माँ पर बहुत ग़ुस्सा आया। बेकार में सबकी फजीहत करवा दी। मेरी वजह से उसने अपने को कितना कमजोर महसूस किया होगा उस समय। जो किसी के सामने बेवजह या स्वार्थवश कभी नहीं झुकी, वो उन लोगों के सामने गिड़गिड़ायी।

एकाएक मैंने थकान सी महसूस की। ऐसा लगा जैसे किसी ने मेरे मुँह पर जोरदार थप्पड़ दे मारा हो। लगा कि जैसे माँ के उस व्यवहार से मैं बहुत कमजोर व असहाय सा हो गया हूँ। नौशीद ने भी स्वयं को शर्मिन्दा महसूस किया होगा। स्वयं माँ की क्या हालत होगी? लेकिन मैं कर ही क्या सकता हूँ। वो माँ हैं, उसकी पीड़ा को मैं समझ सकता हूँ? उसने बेवश महसूस किया होगा, तभी यह कदम उठाया होगा।

रात काफी हो चुकी थी। नम्बरदारों की सीटियों की आवाज़ पहले से तेज आ रही थी। आसमान में कुछ बादल थे, मानसून आने का समय हो चुका था। इस बार कुछ अधिक बारिस होने की सँभावना जतायी जा रही थी। कुछ ही तारे आसमान में जगमगा रहे थे, शेष को बादलों ने घेर लिया था।

बादल इधर से उधर घुमड़ रहे थे। बारिस होने पर जेल में गर्मी से कुछ राहत मिल जाती है, लेकिन गन्दगी पहले से कुछ बढ़ जाती है। पहली बरसात में मुझे बहुत खराब महसूस हुआ था, अब ज्यादा फर्क नहीं पड़ता था।

अचानक पिताजी की याद आने लगी। जब मैं आठ साल का था, तब वे चल बसे थे। तब से माँ और मैं, बस दो ही प्राणी... घर में रह गए थे। बाद में मैं बाहर पढ़ने लगा, तो माँ अकेले ही घर पर रहती थी। कितनी हिम्मत थी उसमें और कितना धैर्य।

पिताजी बहुत सीधे थे, पूरे गाँव में उनका सम्मान था। कभी किसी से झगड़ा नहीं करते थे। हम दोनों को बहुत चाहते थे। अधिकांश समय हमारे साथ ही गुजारते थे। बस एक बार ऐसा बुखार आया कि उतरा ही नहीं, कई जगह दिखाया, लेकिन बच न सके। माँ सालों तक रोती रही। अभी भी यदा-कदा याद करके अकेले में रो लेती है। मेरे सामने नहीं रोती है। लेकिन मैं अक्सर समझ जाता हूँ जब वो रोती है।

पता नहीं लोग मरने के बाद कहाँ चले जाते हैं? इतने विशाल ब्रह्माण्ड में कहाँ बसेरा बनाते हैं? या फिर पृथ्वी के गुरूत्वाकर्षण में फँसकर ही उन्हें भी बसेरा बनाना पड़ता है। जीवन तो बहुत छोटा है? उससे पहले व उससे बाद के सफर का तो हमें पता ही नहीं रहता है। बस सब कुछ अनुमान व आशा पर ही निर्भर रहता है।

जन्नत-स्वर्ग, जहन्नुम-नरक, ये सब अगर हैं तो कहाँ हैं? धर्मगुरूओं ने भी उनकी स्थिति को स्पष्ट नहीं किया है। ये सोचकर अच्छा लगता है कि पिताजी स्वर्ग में गये होंगे, क्योंकि वे अच्छे व्यक्ति थे। परन्तु ये स्वर्ग है कहाँ? या यह एक कोरी कल्पना है। काश वो यथार्थ में हो तथा उसकी स्थिति पता चल जाए।

डॉक्टर की याद हो आयी। उसने रहस्य की बात की थी। हाँ जहाँ से हमारी न जानने की सीमा शुरू हो जाती है, वहाँ से रहस्य की शुरुआत हो जाती है। ये रहस्य हमें असहाय बना देता है, हमारे बौने अस्तित्व को उजागर कर देता है। हमारी स्वतन्त्रता का उपहास बनाता है।

फिर डॉक्टर की वो बात याद आयी, जिसमें उसने कहा था कि मनुष्य को जितनी स्वतन्त्रता प्राप्त है, वो पर्याप्त है तथा रहस्य हमारे ज्ञान को एक सीमा तक रोके रखता है। ये रहस्य ही है, जो हमारी बुद्धि, हमारी इन्द्रियों को विराम देता है। वो कुछ सुकून प्राप्त कर लेती हैं। अन्यथा जीवन और भी अधिक बेचैन हो जाता। रहस्य हमें अनन्त की यात्रा पर जाने से रोकता है। बुद्धि से भावना की तरफ खींचता है। आस्था की तरफ खींचता है। प्रेम से साक्षात्कार करना सिखाता है।

पिताजी आज होते तो माँ का अपमान न होता। शायद मैं अब तक जेल से बाहर निकल गया होता। यूँ अपराधियों की तरह जेल में न रहता। आखिर पिता की स्थिति कोई नहीं ले सकता है। बिना बाप के रहना वास्तव में बहुत कठिन है और अब मेरे बच्चे भी बिना बाप के रह रहे हैं। ऐसा क्यों हैं?

लोग कहते हैं कि मरने के बाद व्यक्ति तारा बन जाता है, बहुत से लोग अपने प्रियजन का अस्तित्व तारे में खोजते हैं। क्या पिताजी भी तारा बन गए होंगे? तब तो हमेशा टिमटिमाते होंगे। अचानक तारे अपने लगने लगे। माँ अक्सर बहुत रात होने तक तारे निहारती रहती है। उन्हें देखकर उसे बहुत राहत मिलती है। कितने स्थिर व चमकदार हैं ये तारे। काश पिताजी भी कोई तारा बन गए हों... काश।

भावनाएँ बढ़ती जा रही थीं। झिंगुर अपनी आवाज़ तीव्र करते जा रहे थे। मैं कितनी भी कल्पना कर लूँ, भावना में बह लूँ, लेकिन पिताजी का अस्तित्व खोज तो नहीं सकता था लेकिन अभी भी जब मैं उन्हें बहुत एकाकी होकर एवं गहराई से याद करता हूँ, तो मुझे काफी शांति का अहसास होता है। बहुत बुरे वक़्त में मुझे वो जरूर याद आते हैं।

पहली बार जब जेल आया था, तो महीनों तक वो मुझे याद आते रहे थे। आज

फिर उनकी यादें पूरे वेग से लौट आयी थीं। उनकी बहुत ज्यादा कमी महसूस हो रही है और माँ... बेचारी मुझसे भी ज्यादा असहाय है...।

लगभग एक माह बाद चेतन मुझसे मिलने आया। जेलर साहब ने उसे अपने ऑफिस में ही बिठा लिया। फिर मुझे भी वहीं बुला लिया। वैसे जेलर साहब ऐसा करते नहीं थे, परन्तु अपवाद-स्वरूप कभी-कभी अपने ऑफिस में मुलाकात करवा देते थे। ज्यादातर राजनीतिक या रसूख वाली मुलाकातें इस तरह से हो जाती थीं।

फिर भी जेलर साहब बहुत खराब इमेज वाले बन्दियों की कतई सहायता नहीं करते थे, चाहें कितना ही बड़ा राजनीतिक दबाव क्यों ना आ जाए। वे थोड़े मध्यम मार्गीय स्वभाव के व्यक्ति थे। थोड़ी देर हालचाल लेने के बाद वे ऑफिस से किसी बहाने से बाहर चले गए। ताकि हम लोग आपस में बातचीत कर सकें।

''मित्र केस तो आपका बहुत टेढ़ा है। उसे टेढ़ा बना दिया गया है जाँच अधिकारी द्वारा। मैं तो सीधा-साधा समझ रहा था। मैंने गेटर-नोएडा के कई रसूखदार लोगों से विपक्षी लोगों पर दबाव बनवाया, लेकिन वे तो एक भी बात सुनने के लिए तैयार नहीं हैं। अगर समझौता हो जाए तो हमारे लिए बहुत बढ़िया रहेगा।

वैसे मैंने हिम्मत नहीं हारी है। मैं बड़े रसूख वाले राजनेताओं को जानता हूँ, वहाँ से दबाव बनवाऊँगा। कहीं न कहीं से रास्ता निकलेगा। नहीं तो हम हाईकोर्ट में बड़े से बड़ा वकील करेंगे, आपको मैं बाहर निकालकर ही दम लूँगा।'' चेतन एक ही साँस में बोले जा रहा था।

''हाँ अब मुझे भी लगता है कि हमें हाईकोर्ट में अपील की तैयारी करनी चाहिए। मुझे आप पर पूर्ण विश्वास है। मुझे अपने चाचा एवं नौशीद के अंकल पर उतना विश्वास नहीं था। इसीलिए मैं अपील से बच रहा था। बस एक ही आशंका है कि क्या आपके पास मेरे लिए इतना समय रहेगा? आप दे पाएँगे समय?'' मैंने कुछ झेंपते हुए धीरे-धीरे कहा।

''अरे...अरे। क्यों नहीं इंजीनियर साहब? इसमें मेरा भी स्वार्थ है। मेरी इच्छा है कि आप हमारे आन्दोलन से जुड़ें। रोज़ी-रोटी का इन्तजाम हमारे यहाँ भी हो ही जाता है। आप हमें सारा समय भले ही न दें, अपने काम के साथ-साथ कुछ समय तो दे ही सकते हैं। इससे हमें अच्छा लगेगा और देखना इससे आपको भी अच्छा लगेगा।'' उसने मेरे चेहरे के भावों को पढ़ते हुए कहा।

''...हाँ...हाँ, क्यों नहीं। अब मेरे विचार भी पहले से परिवर्तित हो रहे हैं। अपने काम के साथ आपके आन्दोलन के लिए समय निकालना बहुत बेहतर रहेगा...।'' मैंने उसे आश्वासन देते हुए कहा।

''भई हमारी बहन, नौशीद बहुत अच्छी है। उसमें भी आपकी तरह सच्चाई

है। माँ भी अच्छी है और दोनों शैतान बच्चे, वो तो अब मुझसे पूरी तरह घुल-मिल गए हैं।'' उसने कुछ भावुक होते हुए कहा।

फिर हमने केस के कुछ तकनीकी पहलुओं पर बात की। तब तक जेलर साहब भी आ गए। कुछ देर और बतियाने के बाद मैं चला गया। चेतन भी जेलर साहब से विदा लेकर मेरे साथ ही निकल गया।

वहाँ से मैं सीधा अस्पताल चला गया। डॉक्टर व छत्रपाल दोनों इस बात से नाराज थे कि चेतन उनसे मिलने नहीं आया। उससे भी ज्यादा इस बात से नाराज हुए कि उसने उनका हालचाल भी नहीं पूछा। छत्रपाल तो बोल ही गया कि ''भई अब हमारे जैसे छोटे-मोटे, जाहिल आदमियों को कौन याद रखेगा?''

थोड़ी शिकायत के बाद दोनों ने हमारी मुलाकात के बारे में जाना तथा मेरी हाईकोर्ट में अपील की इच्छा के बारे में सुनकर प्रसन्न हुए। छत्रपाल निश्चिंत था कि मैं छूट जाऊँगा।

पिछले हफ्ते सपना जेल से छूट गयी थी। छत्रपाल ने उसे छुड़वाने में काफी मदद की थी। उसे उम्मीद थी कि वो भी जल्द ही छूट जाएगा। वैसे भी उसका खौफ इतना था कि कोई भी उसके खिलाफ गवाही देने को तैयार नहीं था। सपना बाहर जाकर उसकी रिहाई का रास्ता और आसान बना देगी। उसने एक बार मजाक में कहा था कि सपना उस पर मर-मिटने को तैयार है। ऐसा कहते हुए उसका सीना फूलकर चौड़ा हो गया था।

जेल में अन्य सन्त आते थे, तो उतनी उत्सुकता नहीं होती थी, जितनी जैन सन्तों के आने पर रहती थी। इस बार जैन सन्त समाज के बहुत ख्याति प्राप्त सन्त मुनि गिरिराज महाराज आनेवाले थे। जेल में कई दिनों से इसको लेकर तैयारी चल रही थी। फूलों की एक-एक क्यारी को साफ-सुथरा किया जा रहा था। अतिरिक्त घास की सफाई की जा रही थी। बाथरूम व टायलेट साफ किए जा रहे थे, कुछ की मरम्मत भी की जा रही थी। बैरकों एवं अस्पताल की भी काफी साफ-सफाई की गयी थी।

बन्दियों को सख़्त हिदायत थी कि उस दिन सभी साफ-सुथरे कपड़े पहनेंगे तथा फटे-पुराने कपड़े नहीं पहनेंगे। कहाँ से वो गुजरेंगे, कहाँ बैठकर प्रवचन देंगे, उनकी खातिरदारी कैसे की जाएगी। इस सब पर काफी ध्यान दिया जा रहा था। उनको गुलदस्ता देने वालों में भी पढ़े-लिखे व साफ-सुथरे बन्दियों को तवज्जो दी जा रही थी।

मुझे भी गुलदस्ता भेंट करनेवाले बन्दियों के ग्रुप में जगह दी गयी थी। लेकिन मैंने जेलर साहब से कहकर किसी तरह अपना नाम हटवा लिया था। ये भी सख़्त हिदायत दे दी गयी थी कि ज्यादा टेढ़े प्रश्न मुनि जी से बन्दी न करें तथा उन

प्रश्नों का जो भी वे उत्तर दें, उन पर विश्वास करें तथा हो सके तो तालियाँ भी बजाएँ। ऐसे अवसरों पर प्राय: बन्दियों को कुछ न कुछ नया खाने-पीने को भी मिल जाता था। नये जेलर साहब इस पर अधिक ध्यान देते थे।

जिस दिन मुनि जी को आना था, उस दिन ढेर सारी फूल-मालाएँ तैयार कर ली गयी थीं। जिस रास्ते से उन्हें गुज़रना था, उस पर चूना छिड़क दिया गया था। जिस स्टेज पर उन्हें बैठना था, वो लकड़ी के तख्तों से बनी हुई थी, तथा उस पर मोटे गद्दे बिछा दिए गए थे। उन पर साफ-सुथरी चादरें भी बिछा दी गयी थीं।

बन्दियों के बैठने के लिए स्टेज के पास चादरें बिछी हुई थीं तथा दूर उन्हें ऐसे ही बैठना था या खड़े रहना था। सारे अधिकारी एवं सिपाही बड़े साफ-सुथरे कपड़े पहनकर सुबह से ही तैयारी का निरीक्षण करवा रहे थे। डर इसलिए भी रहे थे कि कहीं कलैक्टर साहब भी प्रवचन सुनने न चले आएँ। इससे पूरे समय प्रवचन कम, तनाव का माहौल ज्यादा बना रहेगा।

खैर कलेक्टर साहब का आना किसी तरह बाधित हो गया, इससे पूरा जेल प्रशासन खुश हो गया। पता नहीं क्या कमी पकड़ लेते और डाँट पड़ जाती। कलेक्टर लोग दूसरे विभागो की कमी पकड़ने में माहिर होते है। हाँ, उनकी कमी पकड़ना बहुत कठिन काम है। कमी अगर किसी ने पकड़ भी ली तो उनकी सेहत पर क्या फर्क पड़ जायेगा?

आखिरकार मुनिराज आ गए तथा अपने लिए व्यवस्था देखकर काफी प्रसन्न हुए। सफल कार्यक्रम हुआ, मुनि जी चले गए। फिर आराम से बैठकर जेल अधिकारियों ने चाय की चुश्कियाँ लीं।

थोड़ी तबियत खराब होने की वजह से एक हफ्ते बाद मैं अस्पताल में भर्ती हो गया था। फिर बिस्तर पर लेटे-लेटे पुरानी यादें, जो कि मेरी अपनी यादें थीं, उनमें खो गया था। कई दिन तक बिस्तर पर पडे-पडे मैं यूँ ही सोचता रहा था। डॉक्टर मेरे इस रवैये पर नाराज भी हुआ था। लेकिन मैं तो बस खोया हुआ था।

''कई दिनों से गुम-सुम से क्यों रहते हो इंजीनियर साहब? चेतन बाबू के जाने के बाद आप पुराने वाले इंजीनियर साहब बनते जा रहे हो। जो केवल अपने तक ही सीमित थे।'' डॉक्टर मेरे से दूर जाते हुए बोला।

''नहीं, नहीं डॉक्टर साहब। कई तरह की चीजें दिमाग़ में चल रही थीं। फिर बीमारी ने भी थका दिया था। बस आराम कर रहा था। थोड़ी उदासी जरूर थी, पर

अब उतनी नहीं है। और पुरानी वाली तो बिल्कुल भी नहीं।'' मैंने बिस्तर से उठते हुए कहा।

शाम होने को थी, अदालत वापस आ रही थी। अचानक मेरी निगाह उस लड़के पर पड़ी जो प्रेमिका के धोखा देने पर पागल हो गया था। पुराने से कपड़ों में बहुत कमजोर व काला सा दिखायी दे रहा था। एक सिपाही उसका हाथ पकड़े-पकड़े साथ-साथ जा रहा था। अदालत ले जाने से पहले डॉक्टर उसको पूरी दवाई देने के बाद ही जाने देते थे।

पता चला कि उसकी स्थिति में कोई सुधार नहीं हुआ था। कभी-कभी थोड़ा ठीक हो जाता था, लेकिन फिर से वैसी ही उल्टी-सीधी हरकतें करने लगता था। इसलिए उसे अभी भी अलग कोठरी में ही रखा जा रहा था। कम उम्र में प्यार, उस पर बड़ा धोखा- जेल में इस तरह के भावनात्मक आघात झेलने वाले लोग पागल होने के बाद प्राय: ठीक नहीं हो पाते हैं।

किसी बन्दी ने बताया कि उसकी प्रेमिका को जैसे ही पता चला कि उसकी वजह से उसका प्रेमी जेल में पागल हो गया है, तो वो भी बहुत उदास रहने लगी। उसने जो किया था, वो सब घर वालों के दबाव में ही किया था। सो वो भी अवसाद में रहने लगी।

एक दिन उसने जहर खाकर आत्महत्या कर ली। तबसे उसके ठीक होने की सँभावना और भी घट गयी थी। अपनी प्रेमिका की मौत का पता चलने पर उसके पागलपन में उदासीनता भी घुल गयी थी। ऊपर से जेल की दीमक धीरे-धीरे उसे खोखला कर ही रही थी।

अदालत के रेले में कुछ अच्छी व कुछ खराब बातें सुनने को मिलती रहती थीं। जिसको सजा पड़ती थी, वो दुखी हो जाता था। जिसकी रिहाई आती थी, वो खुशी को समेट नहीं पाता था। ऐसी ही खुशी आज छत्रपाल को मिलने वाली थी। आज सुबह ही वो मुझसे व डॉक्टर से रिहाई की उम्मीद जताकर गया था। मुझे एवं डॉक्टर को आज सुबह से ही उसके आने का इन्तजार था।

वो मुझे दूर से ही दिखाई दे गया और खुशी से हाथ हिलाने लगा। मैं खुशखबरी के बारे में समझ गया। छत्रपाल खुशी से चहक रहा था। मैं उसके पास गया तो वो मुझसे चिपट गया।

''इंजीनियर साहब, मैंने कहा था न कि मैं ज्यादा दिन जेल में नहीं रहूँगा। आ गयी रिहाई आज।'' उसने अपनी बड़ी सी मूछों पर ताव देते हुए कहा।

''अरे दीवान जी, है किसी में हिम्मत जो मेरे... डाकू छत्रपाल के खिलाफ गवाही दे सके और मैं तो कभी गलत रहता भी नहीं हूँ।'' एक सिपाही से हाथ मिलाते हुए वो बोला।

"बधाई हो छत्रपाल जी।" मैंने अपनी आवाज़ में जोश भरने की कोशिश करते हुए कहा।

लेकिन छत्रपाल मेरा दुःख समझ गया "परेशान न होइए इंजीनियर साहब, सब जानते हैं आपने कोई अपराध नहीं किया है। आप बस अपराधी बना दिए गए हैं परिस्थितियों द्वारा। परिस्थितियाँ ही शीघ्र आपको अपराधी के चोले से बाहर भी निकालेंगी।

मैं देखता हूँ कि आपके खिलाफ कौन गवाही देने आता है। आपको बहुत जल्द मैं छुड़वा दूँगा और चेतन बाबू तो बाहर हैं ही। हम दोनों मिलाकर आपको रिहा करवाएँगे। बस आप हाईकोर्ट में अपील की अर्जी लगवा दीजिए जल्द से जल्द।" उसने मेरी उदासी को कुछ हल्का करने की कोशिश की।

अपने साथ वो मिठाई का डिब्बा भी लेकर आया था। वैसे तो मिठाई अन्दर ला नहीं सकते थे, परन्तु आज खुशी के मौके पर छत्रपाल मिठाई अन्दर ले आया था। जेलर साहब ऐसे मौकों पर सब कुछ जानते हुए भी अनजान बने रहते थे।

"जाओ... छत्रपाल जल्दी से सामान पैक कर लो, रिहाई जो करनी है तुम्हारी, और हाँ अब जल्दी से फिर से जेल मत आ जाना। कुछ दिन तो चैन से रह लिया करो।" जेलर साहब उसे अन्दर भेजना चाहते थे, ताकि अदालत से लौटे बन्दियों की अच्छे से तलाशी हो सके।

छत्रपाल मेरे साथ हो लिया, हम दोनों डॉक्टर के पास गए। डॉक्टर उसके लिए बहुत खुश था। डॉक्टर ने यह कहते हुए उसे विदा किया कि कुछ शान्त रहकर अपने जीवन के बारे में फिर से सोचे।

बैरक की तरफ जब वो मेरे साथ जा रहा था तो फिर से बीहड़ लौटने के बारे में बातें कर रहा था। कुछ अधूरे कामों को जल्द पूरा करने की बात कर रहा था, शायद वो बड़ी डकैतियाँ ही रही होंगी।

छत्रपाल ने खुशी-खुशी सामान पैक कर लिया तथा सबसे खुशी खुशी मिलकर जेलर साहब के पास आ बैठा। उसके लिए जेल आना कोई सजा नहीं रह गयी थी। उसके लिए तो जेल दूसरा घर जैसा ही था, फिर भी जेल से छूटने पर वो खुश था।

डॉक्टर एवं मुझसे फिर से मिलने का वादा करके वो रिहा हो गया। मैंने काफी प्यार व सख़्ती से उससे कह दिया था कि वो मेरे मामले में कोई अनाप-शनाप काम न करे। मुझे अपने तरीके से ही काम करने दे। वो बड़ी मुश्किल से कुछ न करने के लिए राजी हुआ था।

चेतन के छूटने के बाद मेरी नींद की स्थिति बिगड़ती जा रही थी। कई बार तो पूरी रात जागकर बितानी पड़ रही थी। परेशान होकर डॉक्टर ने नींद की गोलियाँ

मुझे दे दी थी। लेकिन बेवजह न खाने की हिदायत भी साथ में दी थी।

कई बार तो ब्लड-प्रैशर भी बढ़ा सा लगा था, लेकिन मैं बाल-बाल बच गया था। आज फिर मेरा एक पुराना साथी जेल से छूटा था। अच्छे के साथ साथ कुछ बुरा भी मुझे लग रहा था। अच्छा उसके लिए और बुरा अपने लिए। उसके छूटने के बाद मेरा खालीपन और बढ़ने वाला था।

पता नहीं क्यों आज मुझे उन लड़कों की याद आ गयी, जो उस दिन दुर्घटनावश मारे गए थे। मदन एवं अर्जित चौधरी। याद तो कई बार आती थी, लेकिन हमेशा मन ही मन उनको गाली ही देता था। अपने दुर्भाग्य के लिए उन्हें कोसता था। परन्तु आज इस याद में कुछ सकारात्मक पहलू भी था।

वो चाहें जैसे भी रहे हों, परन्तु उनके भी तो माँ होगी, पिता होंगे, परिवार-रिश्तेदार होंगे। वो तो चले गए, लेकिन उनके अपने तो दुःखी हुए ही होंगे, फूट-फूटकर रोए ही होंगे। अब भी रोते होंगे। मैं उनकी मौत का एक कारण तो हूँ ही। इस सच्चाई से मैं बार-बार मुँह चुराने की कोशिश करता हूँ, लेकिन पूरी तरह से बचना असम्भव है।

हालाँकि ये भी सच है कि दोनों की मौत परिस्थितिवश ही हुई थी, दुर्घटनावश हुई थी। बस मैं तो उनकी मौत का कारण बन गया था। मुझे किन शक्तियों ने एक कारण बनाया और क्यों बनाया, इस सवाल का जवाब खोजते खोजते मैं थक गया हूँ। जो भी हो कानून की नजर में और शायद उनके परिजनों की नजर में भी मैं एक अपराधी ही हूँ और शायद आगे भी रहूँगा। सोचकर मेरा मन खराब हो गया।

उनकी उम्र काफी कम थी। नई उम्र का जोश था, उनके आस-पास का माहौल भी वैसा ही था। हुडदंगई व बदमाशी उन्हें ले डूबी। जो चला गया, वो तो झटके में चला गया, लेकिन जिन्हें अपना गम दे गया, उसका क्या? वो गम तो अब उसके अपनों के साथ ही जाएगा।

अचानक मुझे लगा कि मैं विपक्ष के प्रति कुछ ज्यादा ही कठोर रहा हूँ। मैं भी उन परिस्थितियों में पला बढ़ा होता, तो शायद मैं भी कुछ वैसा ही व्यवहार करता। छोटी उम्र में अपना विवेक ही कहाँ होता है, वो भी तब जब बिना मेहनत के ही जीवन का सारा सुख उपलब्ध हो जाए। बिना मेहनत किए तो स्वयं के जीवन का मूल्य भी पता नहीं चलता है, तब दूसरों के जीवन के बारे में व्यक्ति क्या सोचेगा?

मैं ज़िन्दा तो हूँ, मुझे अभी भी अच्छा अवसर मिल सकता है जीवन में। पर उनका क्या, वे तो दुनिया से ही चल बसे। उनके घरवाले मेरे लिए इस तरह से थोड़े ही सोचेंगे कि उनके बच्चों की मौत तो निश्चित थी, मैं तो बस एक माध्यम था।

वे आखिर मुझे क्यों माफ कर देंगे? क्यों अपना केस वापस ले लेंगे? तब समझौते की कोशिश तो बेकार ही जाएगी। अपील ही एकमात्र सहारा है।

अगली कुछ मुलाकातों में मैंने नौशीद को सारी चीजें समझा दीं। उसने चेतन को सब बता दिया। जल्दी ही चेतन ने कोई बहुत बड़ा वकील इलाहाबाद में कर लिया और अपील दायर कर दी। ठीक पच्चीस दिन बाद हमें सुनवाई की तिथि भी मिल गयी।

अगले दिन नौशीद मिलने आयी, चेहरा पहले से कुछ ठीक लग रहा था। लग रहा था कि वो अपील से कुछ ज्यादा ही उम्मीदें पाल रही थी। अच्छा है, कम से कम वो उदासी से कुछ बाहर तो आयी।

वो आज मुझे बहुत कम बोलने दे रही थी। आज उसके पास बोलने के लिए बहुत कुछ था। बच्चे, चेतन, माँ, केस की तैयारी, बड़ा वकील... वो बस बोले जा रही थी, और मैं था कि बस उसे सुने जा रहा था। आज वो आसपास होने वाले शोर से ज्यादा परेशान नहीं हो रही थी।

''चेतन भईया बहुत अच्छे हैं, वे बिना किसी लोभ के बहुत सहायता कर रहे हैं। घर पर जब भी आते हैं, बड़ी तमीज से पेश आते हैं सबके साथ। बच्चों को ढेरों गिफ्ट एवं कपड़े ला चुके हैं, मम्मी से भी देर तक बातें करते रहते हैं। उन्होंने वकील भी बहुत अच्छा किया है, वो इस तरह के केस बहुत कम हारता है। सभी जज उसका बहुत सम्मान करते हैं। बच्चे चेतन भईया को देखकर खिल उठते हैं, अब तो मामा-मामा भी कहने लगे हैं।''

मैंने उसे बहुत देर तक सुना। आज वो काफी चीजें लायी थी। नई तौलिया, नई चादरें, नई मच्छरदानी और खाने-पीने की बहुत सी चीजें।

फिर समय से खाने-पीने की हिदायत देकर चली गयी। जाते समय मुझे एक खत भी दे गयी थी।

जेल में रहते हुए मेरा वजन काफी घट गया था। जब मैं यहाँ आया था तो मेरा वजन लगभग अस्सी कि.ग्रा. था। धीरे-धीरे वो अब साठ कि.ग्रा. के आसपास पहुँच गया था। जब से सजा हुई थी और कैदियों के कपड़े पहनने लगा था, तो वजन घटने का ज्यादा पता ही नहीं चल पाया था।

वो तो अभी एक दिन अस्पताल में डॉक्टर ने वजन लिया, तब सच्चाई सामने आई। वजन घटने पर वो भी दुःखी हुआ। इतना ज्यादा वजन घटने का अन्दाज़ा मुझे भी नहीं था। खाना-पीना समय से होता नहीं था, किसी तरह ज़िन्दा रहने के लिए खाना था। नींद तो गहरी आती ही नहीं थी, वजन का होश ही कहाँ था।

मेरे कमजोर हो जाने को लेकर नौशीद बहुत परेशान थी, वो खाने-पीने के लिये हमेशा टोकती रहती थी। इस बार खत काफी साफ-सुथरा लिखा हुआ था, जैसे तसल्ली में लिखा गया हो।

''प्रिय शिवेन्द्र''

अपील हो गयी है... अब तो आपको रिहा होना ही है। ऐसा मेरा दिल कह रहा है। विरोधी लोगों से किसी फैसले को लेकर चेतन भईया को अभी भी उम्मीद बनी हुई है। इस बार मम्मी को भी कुछ उम्मीद है।

बच्चे स्कूल से आने के बाद या तो टी.वी. से चिपक जाते हैं या फिर अपने अपने खेलों में रम जाते हैं। स्कूल से आने के बाद एक दिन लड़का पूछने लगा- 'मम्मी हमारे पापा हमारे साथ क्यों नहीं रहते हैं? सबके पापा तो साथ रहते हैं।' मेरे आँसू निकल आए। मैंने कहा वो विदेश में रहते हैं, जब भी आएँगे, वे ढेर सारे खिलौने लेकर आएँगे।

वापस आओगे तो देखोगे, दिन में इनके साथ रहना कितना कठिन काम है। दिन-भर दिमाग़ इनके पीछे ही लगा रहता है। मम्मी की बातों को भी कई बार अनसुना कर देते हैं। रात में जल्दी सुला देती हूँ। बच्चों को सुलाने के बाद जब बिस्तर का छोर खाली देखती हूँ, तो आपकी बहुत याद आती है। दिल मुँह को आने लगता है। अब आ भी जाओ न शिवेन्द्र, खुदा खैर करे। अब आप छूट जाओगे, फिर सब ठीक हो जाएगा। अपना ख्याल रखना।

आपकी

''नौशीद''

सोते समय मुझे भी लगा कि शायद इस बार छूट ही जाऊँ। लेकिन ज्यादा आशावादी हो नहीं पाया। चेतन सच में बहुत मेहनत कर रहा था, वो जुनून की तरह मेरे केस में दिलचस्पी ले रहा था। पता नहीं उसका ये अहसान कभी मैं चुका भी पाऊँगा कि नहीं। स्वतन्त्र जीवन चाहिए अहसान चुकाने के लिए। देखते हैं जीवन में बंदियों के साथ के अलावा भी कुछ मिलता है या नहीं।

मुझे बताया गया था कि सुनवाई के लिए मुझे इलाहाबाद नहीं जाना था। हालाँकि मुझे पहले से इसके बारे में पता था, लेकिन अगर जाना पड़ता तो अच्छा लगता। एक ही जेल में रहते-रहते मैं अब ऊब महसूस करने लगा था। बाहर निकलता, फिर ट्रेन में चढ़कर लोगों के बीच बैठकर जाता। कुछ समय के लिए ही सही, इस जेल की दीवारों को अपने पीछे छोड़ जाता।

हालाँकि मुझे अगर इलाहाबाद जाना पड़ता तो एक दिन पहले ही वहाँ पहुँचना होता और रात में नैनी जेल में रूकना पड़ता। पता नहीं वहाँ कैसा लगता? फिर अगले दिन सुनवाई के बाद वापस आना पड़ता। लाभ ये रहता कि चेतन, नौशीद, वकील साहब... सब से अच्छे से मिल लेता।

दो दिन बाद चेतन मुझसे जेल में मिलने आया। जेलर साहब के ऑफिस में मुलाकात हुई। उसे देखते ही मैं भावुक हो उठा। मन के भावों को छुपाने की कोशिश की, लेकिन छुपा नहीं पाया। उसे मैंने गले लगा लिया। कुछ देर यूँ ही गले लगाए

रहा।... कुछ कहने की जैसे जरूरत ही महसूस नहीं हो रही थीं, भाव ही इतना गहरा था।

फिर वो केस व वकील के बारे में बात करता रहा। उसे पूरी उम्मीद थी कि हम लोग केस जीत जाएँगे।

सुनवाई के लिये नौशीद तथा अंकल को चेतन के साथ इलाहाबाद जाना था। फिजा भी कुछ दिन के लिए माँ के पास आ गयी थी, ताकि माँ की सहायता कर सके।

सुनवाई की तिथि जितनी करीब आ रही थी, मेरी बेचैनी उतनी ही बढ़ती जा रही थी। मुझे अनिन्द्रा की समस्या तो पहले से ही थी। अब उसमें और इजाफा हो गया था।

सुनवाई की तिथि से एक दिन पहले नौशीद, अंकल एवं चेतन इलाहाबाद के लिये निकल गये। वे सब रात की ट्रेन से ही गये थे। सुबह-सुबह ही वे ट्रेन से इलाहाबाद पहुँच गये थे। ऐसा पहली बार हो रहा था कि सुनवाई के दिन मैं नदारद रहनेवाला था। मुझे उस दिन पूरे समय बेचैनी बनी रही। उसी रात उन लोगों की ट्रेन से इलाहाबाद से वापसी हुई।

अगले दिन थके होने के बावजूद नौशीद सुबह-सुबह ही मुझसे मिलने चली आयी। आज मुलाकात घर में काफी कम भीड़ थी। ज्यादातर बन्दी आज अदालत गये हुए थे। ऐसे में जाल के दोनों तरफ खड़ा होने के लिये हमें ठीक ठाक जगह मिल गयी। आज शोर भी काफी कम था।

वो अपनी खुशी को छिपा नहीं पा रही थी। बोलते समय उसकी आँखे चकर मकर कर रही थी। उसने बिना रूके ही बोलना शुरू किया। उसने सुनवाई का पूरा चित्र ही मेरी आँखों के सामने खींच दिया।

उसने बताया ''कोर्ट रूम में वकील साहब उन लोगों के पहुँचने के कुछ समय बाद पहुँचे, लेकिन सुनवाई का नम्बर आने से ठीक पहले पहुँच गये। वकील नाटे कद का, गोल तथा फूले हुए चेहरे वाला, गेहूँए रंग का था। उसके कोट से उसकी तोंद काफी आगे जा रही थी। लेकिन चेहरे पर ताजगी एवं चैतन्य था। उनसे हम लोगों का छोटा सा परिचय कराया गया।

लेकिन उन्होंने मुझमें तथा अंकल में ज्यादा दिलचस्पी नहीं दिखायी। ये सब तो उनकी रोज़मर्रा की ज़िन्दगी थी। ऊपर से दिन-भर का अतिव्यस्त कार्यक्रम। एक-एक मिनट उनके लिए कीमती था। उनके आस पास तीन जूनियर वकील भी थे, जिनके मन एवं व्यवहार में वकील साहब के प्रति बहुत सम्मान दिखायी दे रहा

था।

लगभग पन्द्रह मिनट सुनवाई चली, सरकारी वकील भी उनकी जिरह का अच्छे से जवाब दे रहा था। जज साहब बड़े ध्यान से सारी जिरह सुनते रहे तथा टाईपराईटर को अँग्रेज़ी में कुछ लिखवाते रहे। वकील ''मी लॉर्ड'' कह-कहकर अपनी जिरह आगे बढ़ाते रहे।

एक-दो बार ऐसा लगा कि जज साहब अपने वकील की बातों से सहमत दिख रहे थे। हमारे वकील की सारी बातें तो समझ में नहीं आयीं, परन्तु कुछ चीजें जरूर सुनायी पड़ीं। बड़ी गति के साथ वो बोलते थे। उनकी बातो का सार यह था-

'मेरा मुवक्किल बेकसूर है। अगर एक जानवर सड़क पर आ जाए और कोई बाईक सवार उससे टकराकर मारा जाए, तो क्या कभी जानवर को सजा होती है? उल्टे लोग बाईक सवार की गलती ही बताते हैं। यहाँ तो एक पढ़े-लिखे, अच्छे चरित्र, नौकरी पेशा व्यक्ति के भविष्य की बात है। जिसे उसे ऐसे किए की सजा मिल रही है, जो उसने किया ही नहीं। बस वो सब तो परिस्थितिवश होता चला गया। उसके पास ड्राईविंग लाईसेंस भी था।

लगभग छः साल की सजा मेरा मुवक्किल काट भी चुका है। जेल में कभी एक भी शिकायत मेरे मुवक्किल की दर्ज नहीं हुई है। वैसे भी जो जुर्म है, उसमें जाँच अधिकारी ने गलत धाराएँ लगा दी हैं। जाँच अधिकारी को कोर्ट में तलब किया जाए तथा उससे पूछा जाए कि उसने ऐसी कठोर धाराएँ क्यों लगायीं?

किसी भी स्थिति में इस जुर्म की सात साल की सजा ही बन सकती है। जो मेरा मुवक्किल पहले ही काट चुका है। अतः मेरे मुवक्किल को बिना किसी देरी के तुरन्त रिहा किया जाए। सजा तो होनी चाहिए उस जाँच अधिकारी को आदि-आदि।'

जज साहब ने सब कुछ लिखवाने के बाद एक माह बाद की अगली तारीख दे दी। वकील ने वास्तव में अच्छी जिरह की थी, सरकारी वकील कई बार दबाव में नजर आया था। वैसे वकील की फीस भी अच्छी ख़ासी थी। एक सुनवाई-अर्थात् लगभग पन्द्रह मिनट के एक लाख रूपये। वो भी चेतन भैय्या की सिफारिश के बाद। वरना तो वकील साहब की एक बार की फीस है तीन लाख रूपए। खैर जो भी हो वकील साहब अच्छे थे।

सुनवाई खत्म होते ही वो पलक झपकते ही गायब हो गए किसी दूसरी सुनवाई के लिए। अच्छी बात ये रही कि अगली सुनवाई पर कठोर धाराएँ लगाने वाले जाँच अधिकारी को जज साहब ने गवाही के लिए तलब कर लिया था।'' ये हमारे लिए बहुत अच्छी शुरुआत थी। उसके बाद नौशीद माँ, चाचा, बच्चों आदि के बारे में बताती रही। मेरी तो उसने एक न सुनी। फिर वो खुशी-खुशी घर चली गयी।

कुछ दिन बाद पता चला कि छत्रपाल एक दिन शराब के नशे में विरोधी पक्ष वालों को समझाने के साथ अच्छे से धमका भी आया था। बाद में चेतन ने उसे बहुत डाँटा था तथा बिना पूछे कभी आगे से ऐसा न करने के लिए कहा था।

चेतन की डाँट खाने के बाद एक दिन छत्रपाल मुलाकात घर में मुझसे मिलने आया था। पहले तो मैं भी उससे मिलने के विचार से थोड़ा परेशान हुआ। फिर हिम्मत करके मिलने चला गया। मुझे देखते ही वो खुशी से चिल्ला उठा। बाहर निकलकर वो तन्दरूस्त हो गया था। मूंछे थोड़ी छोटी करवा ली थी तथा काले रंग का कुर्ता-पाजामा पहने हुए अच्छा दिख रहा था। सिपाही भी कह रहे थे, साहब ये तो पहचान में ही नहीं आ रहा है।

बातचीत में बहुत खुश नजर आ रहा था। बस चेतन द्वारा डाँटे जाने का उसे बहुत दु:ख था। कह रहा था कि उसे डाँटने की किसी में भी हिम्मत नहीं है। उसने पहली बार ऐसी डाँट खायी है... वो भी अपने से कम उम्र के व्यक्ति से तथा दूसरे की भलाई के चक्कर में।

वो अभी भी कह रहा था कि मुझे जेल से बाहर निकालने की जिम्मेदारी उसे सौंप दी जाए। वो सब ठीक कर देगा। मैं जानता था कि वो अपने आतंक से मेरा समझौता करवा सकता है, लेकिन मैंने उसे प्यार से समझाते हुए मना कर दिया तथा चेतन की तरफ से स्वयं माफी माँग ली। वो कुछ उदासी के भाव के साथ चला गया।

वो अभी तक सपना को बीहड़ ले जाने के लिए तैयार नहीं कर पाया था। सुनने में आया था कि सपना अभी एक-दो साल दिल्ली के आसपास ही रहना चाहती थी। अगर छत्रपाल उसका साथ दे तो वो यहाँ पर ही लूट के अच्छे अवसर पैदा कर सकती है और अच्छे शहर में रहने का मजा रहेगा अलग से।

छत्रपाल किसी भी तरह मानने को तैयार ही नहीं था। उसको शहरों की पों-पों, घों-घों एवं गन्दी हवा बिल्कुल भी पसन्द नहीं थी। वो तो घोड़े पर सवार होकर बीहड़ों में ही राजा की तरह घूमना पसन्द करता था। उसने सपना को छ: माह बाद की आखिरी तारीख दे दी थी। अन्यथा उसे सपना सरीखी महिलाओं को अच्छे से ठीक करना आता है। कुछ समय बाद स्वयं कुछ दिनों के लिए बीहड़ों में चला गया था।

डॉक्टर को मैं केस के बारे में समय समय पर जानकारी देता रहता था। उसे चेतन बाबू पर पूरा विश्वास था। उसके अनुसार केस सही दिशा में जा रहा था। आज वो अच्छे मूड में दिख रहा था।

''तो अब उस रहस्य पर बात नहीं करते इंजीनियर साहब।'' डॉक्टर ने चुटकी ली।

''डॉक्टर साहब जेल की चहारदीवारी ने बहुत से सबक सिखा दिए हैं... मैंने अंधकार के सारे कोनों को छुआ है, उन्हें महसूस किया है। रहस्य की बात आपने ही की थी। मुझे भी आपकी कुछ बातें ठीक लगती हैं। लगता है जैसे संसार में हर तरफ रहस्य का जाल बिछा हुआ है। ये संसार जो हमें दिखता है, वो तो उस विशाल का अंश-मात्र भी नहीं हैं जो हमें नहीं दिखता है। वो सब तो हमारे लिए रहस्य ही है।

मनुष्य ने अनवरत् इस रहस्यमयी वातावरण, व्यवस्था से संघर्ष करने का प्रयास किया है। जिसे उसने कई बार अपनी बहुत बड़ी जीत भी माना है। लेकिन ये उसका भ्रम-मात्र है। मनुष्य इस रहस्य के अंश-मात्र को भी जान नहीं पाया है... और शायद ये ठीक भी है।

वरना मनुष्य का जीवन और भी अधिक जटिल हो जाता। वो स्वयं से, परिवार से, भावनाओं से और दूर हो जाता। शायद बहुत पहले ही अपने विनाश की कहानी भी लिख चुका होता।'' मैंने बहुत शांत स्वर में कहा। मुझे शुरुआती दौर की बहस याद आ गयी।

''हाँ, मनुष्य को जो प्राप्त है, वो उसी को नहीं सँभाल पा रहा है। उसी को व्यवस्थित नहीं रख पा रहा है।'' डॉक्टर ने मेरी तरफ प्रशंसा भरे भाव से देखते हुए कहा।

अगली सुनवाई से पहले नौशीद मुझसे दो बार मिली। उसने खूब बातें की, घर का माहौल अब बेहतर हो रहा था। सब लोगों को एक नई सुबह की आहट मिल रही थी। ऐसी सुबह, जिसमें मैं भी परिवार के साथ शामिल रहूँगा। नौशीद अपने चेहरे की भाव-भंगिमा तथा उत्तेजना से उस सुबह के आने की उम्मीदों को अभिव्यक्त कर रही थी। वो सुनवाई के लिये बेचैन थी।

...मैं भी पहले से थोड़ा आशान्वित हुआ था। जाँच अधिकारी को गवाही के लिए बुलाने से उम्मीद बढ़ी थी। जितना वक़्त पास आ रहा था, उतनी ही बेचैनी बढ़ती जा रही थी। कुछ बेहतर होने की उम्मीद दिखायी दे रही थी। रात में झिंगुरों की आवाज़ें, नम्बरदारों की सीटियाँ, अब दिमाग़ में उतनी नहीं चुभती थीं। रात का सन्नाटा अब उदासी में भी कुछ उम्मीदें लिये रहता था।

सुनवाई होने के दो दिन बाद नौशीद आयी और उसने विस्तार से सारी कहानी सुनायी। नौशीद को वकील साहब का चरित्र इस बार भी अटपटा ही लगा था-

''इस बार वकील साहब समय से पाँच मिनट पहले ही पहुँच गए थे। मैंने अभिवादन किया तो उन्होंने बेरूखी के भाव से उसे स्वीकार कर लिया। जूनियर वकील बड़ी तेजी से उन्हें कुछ बता रहे थे। सुनवाई हुई, वकील साहब ने काफी गहराई से जाँच अधिकारी पंकज चौधरी से सवाल किए। वो कई बार असहाय दिखा।

इस बार पहले से भी अधिक जिरह हुई। विरोधी पक्ष से भी एक व्यक्ति

आया हुआ था। सुनवाई खत्म होने पर जाँच अधिकारी काफी नर्वस नजर आया। जज साहब ने पैंतालिस दिन बाद की अगली सुनवाई की तिथि दे दी तथा जाँच अधिकारी को फिर से तथ्यों के साथ आने के लिए कहा। चेतन भईया इस सबसे काफी खुश थे, बता रहे थे कि अगली एक या दो सुनवाई में फैसला हो जाएगा।''

जैसे-जैसे सुनवाई सकारात्मक हो रही थी, मन कुछ उम्मीदें बाँधने लगा था। अगली सुनवाई को अपनी आँखो से देखने का मन कर रहा था। लेकिन ये संभव नहीं था।

कुछ दिन बाद चेतन मुलाकात के लिए आया, जेलर साहब के ऑफिस में ही हम लोग बैठ गए। उसने बताया कि

''पहली बार विरोधी पक्ष वाले समझौतावादी लग रहे हैं। शायद उन्हें केस हारने की गन्ध आने लगी है। जाँच अधिकारी बहुत परेशान है, वह स्वयं ही केस में फँसने के डर से घबरा रहा है। उसने दो बार मुझे मुलाकात के लिए बुलाया तथा बताया कि वो विपक्षी लोगों को समझाने में लगा हुआ है। बता रहा था कि विपक्षी लोगों को हरजाने के रूप में अगर कुछ पैसा दे दिया जाये तो शायद वे लोग केस से अपने हाथ खींच लेंगे।''

मुझे तो ये सब सुनकर अपने कानों पर विश्वास ही नहीं हुआ। मैंने चेतन से कहा—

''चाहें कुछ जमीन बेचनी पड़ जाए। अगर पैसे देने से मामला सुलझ जाए तो बेहतर रहेगा। वैसे भी उनके लोग तो मारे ही गए हैं।'' फिर कुछ देर और बातें करने के बाद वो चला गया। मैंने उससे अगले दिन नौशीद को मुलाकात के लिए भेजने के लिए कह दिया था।

मैंने कई साल नौकरी की थी, अच्छे से की थी। अभी भी मेरे पास दस लाख से कुछ अधिक जमा धन शेष बचा हुआ था। इसके अलावा मैंने ठीक-ठाक प्रोपर्टी ले रखी थी। जिसमें दो प्लॉट भी शामिल थे। तो पैसे की उतनी किल्लत नहीं थी। बस वो हरजाने के रूप में अनाप-शनाप माँग न कर डालें।

अगले दिन नौशीद से मैंने बता दिया कि वो जल्दी से ग्राहक की तलाशी में लग जाए और कोई एक प्लॉट बेच दिया जाये। इसमें अंकल की सहायता भी ली जा सकती है। या फिर अंकल हमें पैसा दे दें और उन्हें हम अपना प्लॉट दे दें या फिर अगर कुछ कम पैसे की जरूर पड़े तो उनसे उधार भी लिया जा सकता है।

खैर पैसा फिलहाल उतनी बड़ी समस्या नहीं था, जितनी दूसरी चीजें। जो कि एक तरह से संशयात्मक चीजें ही कही जा सकती थीं। या कह सकते हैं कि मुझे अभी पूरा विश्वास नहीं हो पा रहा था इन सब चीजों पर। इतनी तेजी से घटनाक्रम बदला कि पूरा विश्वास होना कठिन तो था ही।

डॉक्टर ने सारी चीजों के बारे में जाना तो वो बहुत खुश हुआ। लेकिन अगले ही पल मेरे स्वास्थ्य को लेकर चिंतित हो गया। वो अभी भी मेरे द्वारा पूरी नींद न ले पाने से निराश था। मुझे भी ये समझ नहीं आ रहा था कि आखिर मैं अपने को शांत क्यों नहीं कर पा रहा हूँ?

मैं एक बेचैनी सी महसूस करता रहता था। इससे मेरे स्वास्थ्य पर बुरा असर पड़ रहा था। नौशीद भी मुझे देखकर बहुत परेशान हो रही थी। उसने कहा था कि अब तो बाहर निकलने की उम्मीद है, फिर भी आप ठीक से अपना ख्याल नहीं रख पा रहे हैं।

योगाचार्य पवन अभी भी आ रहे थे। उनसे मैंने इस बात की चर्चा की। उन्होंने मुझे काफी समझाया, लेकिन मेरी दिमाग़ी स्थिति पर ज्यादा असर नहीं पड़ा। उन्होंने अब मुझ पर विशेष ध्यान देना शुरू कर दिया। कुछ अलग योगासन बताए तथा अच्छे से सिखाए भी। मुझे नींद तो आ नहीं रही थी, धीरे-धीरे भूख भी मरती जा रही थी। डॉक्टर ने लिवर का टॉनिक दिया तथा कुछ अन्य एक्सरसाईज करने के लिए कहा।

जेलर साहब भी टोकने लगे थे कि इंजीनियर साहब इतने पढ़े-लिखे होकर भी इतने तनाव में क्यों रहते हो? मैं सब-कुछ समझ रहा था, लेकिन अपने दिमाग़ पर नियंत्रण नहीं रख पा रहा था। कभी-कभी बढ़ती उम्र को दोष देने लगता था। आखिर चालीस के आसपास पहुँच चुका था मैं।

कई पौधे ऐसे थे, जो तभी रौपे गए थे, जब मैं जेल में आया था। अब वो बड़े हो गए थे। कई कुत्ते जो नित्य जेल में आते थे कुछ खाने की तलाश में, वे स्वर्ग-सिधार चुके थे। कई अधिकारी ट्रांसफर होकर आ जा चुके थे। ऐसा ही जेल सिपाहियों के बारे में भी कहा जा सकता था। बन्दियों की तो गिनती ही नहीं थी। कितने आए और कितने छूटे। पड़ोसी भी कई बार बदल चुके थे।

मैं अब पहले जैसा तो बिल्कुल भी नहीं रह गया था। शरीर पहले से कमजोर व कुछ अधेड़ सा दिखने लगा था। सिर व दाढ़ी के काफी बाल पक चुके थे। वो कुर्ता जो पहले कुछ सही आता था, अब वो काफी ढीला सा लगता था। मानसिक थकावट व उदासी ने मेरे शरीर पर बुरा प्रभाव डाला था।

कई अपनों के टोकने के बावजूद मेरी सोच में अन्तर नहीं आ पा रहा था। अपनी नींद, बेचैनी, कमजोरी पर मैं उतना परेशान नहीं हो पाता था, जितना मुझे होना चाहिए था। स्वास्थ्य के प्रति मेरी उदासीनता कम होने का नाम नहीं ले रही थी।

समय अपनी मंथर गति से बढ़ता रहता है। उस उदासी एवं लापरवाही में भी वो आगे की तरफ हर पल खिसक ही रहा था। समय तो बस समय होता है, एकदम तटस्थ। अच्छा और बुरा तो व्यक्ति के सापेक्ष होता है। कई बार एक समय बुरा लगने वाला वक़्त, बाद में अच्छा लगता है। इसी तरह जो इस वक़्त अच्छा लगता है, बाद में वो बुरा दिखाई पड़ता है। परिस्थितियाँ व्यक्ति के लिए समय को अच्छा या बुरा बनाती हैं।

आखिर वो अच्छे पल आ गये जिनका हम सभी को इन्तजार था। वकील जाँच अधिकारी, नौशीद एवं चेतन के अथक प्रयासों से विपक्ष के साथ अन्तिम समझौता हो गया। कुल तीस लाख की रकम वादी पक्ष को देनी पड़ी हरजाने के रूप में, जिसे अंकल ने हमारे प्लॉट के बदले में चुकाया था। प्लॉट की रजिस्टरी भी नौशीद ने करवा दी थी अंकल के नाम। कुल चालीस लाख में बिका था प्लॉट। अंकल ने अच्छी कीमत प्लॉट की दी थी हम लोगों को।

अब बस अगली तारीख का इन्तजार था। मुझे जब नौशीद ने ये सुनाया, तो वो जैसे चीखने ही वाली थी। उसे तो जैसे सब-कुछ मिल गया था। वो बहुत ज्यादा खुश थी। खैर खुशी की बात तो थी ही। कोई भी खुश होता ऐसे समय पर। किसी को भी अपील से इतनी जल्दी अच्छा रिजल्ट मिलने की उम्मीद नहीं थी।

लेकिन पता नहीं क्यों, मैं सब कुछ जानते हुए भी उतना खुश नहीं हुआ, जितना होना चाहिए था। शायद मैं खुश होना भूल ही गया था। नौशीद हँसे जा रही थी, खुदा का शुक्रिया अदा किए जा रही थी। मैंने कोशिश भी की कि खुलकर हँसू, लेकिन होंठ ज्यादा खुल नहीं पाए, एक बनावटी हँसी ही हँसकर रह गया।

इस पर नौशीद बुरा मान गयी।... जैसे मुझे उस अवसाद ने, निराशा ने, हार ने... जेल की चहारदीवारी ने हमेशा के लिए गुलाम बना लिया था। कई बार अपने कानों पर विश्वास ही नहीं होता था कि क्या इतनी जल्दी ऐसा भी हो सकता है? मेरे रिहा होने का समय भी आ सकता है।

वो मूक भाषा जिसे मैं अक्सर पहचान लेता था। जो बिना कुछ कहे ही मुझसे बहुत कुछ कह देती थी... अच्छा या बुरा होने का अहसास करवा देती थी। वो मूक भाषा मैं शायद अब भूल गया था।... उसने शायद जेल में रहते-रहते मुझसे नाता तोड़ लिया था। मूक भाषा ही क्या, अब तो मैं स्पष्ट भाषा को भी नहीं समझ पा रहा था।

यह तो स्पष्ट ही था, एकदम स्पष्ट था कि अब मैं रिहा हो जाऊँगा, यदि कोई महा-अनहोनी न हुई तो। शायद मैं इतनी बड़ी खुशी सँभालने के लायक नहीं रह गया था। समय ने जेल की चहारदीवारी में जकड़कर मुझे अन्दर तक चूस लिया था। अब मैं नौशीद का वो पहले वाला खुशमिजाज व ऊर्जावान पति नहीं रह गया था।

माँ का वो पहले वाला बेटा नहीं था। अवसाद ने मेरे मन मस्तिष्क को खोखला कर दिया था।

नौशीद से मिलने के बाद, उस खुश-खबरी के बाद मैं डॉक्टर से मिलने गया। जेलर साहब से मिला, लेकिन वो जोश... वो खुशी नहीं थी, जो छत्रपाल या चेतन बाबू के व्यवहार में रिहाई आने के पहले के दिनों में थी। डॉक्टर मेरा मनोविश्लेषण कर रहा था। जेलर साहब मेरी विडम्बना को समझ रहे थे। इसीलिए उस दिन उन्होंने बस बधाई दी तथा ज्यादा कुछ नहीं कहा। वे मुझे शायद इस समस्या से खुद ही निपटते हुए देखना चाहते थे।

तो क्या मैं अन्दर ही अन्दर खंड-खंड हो चला था? जिसका अपना मस्तिष्क समयानुसार भावनाएँ उत्पन्न नहीं कर पा रहा था। जेल की चाहरदीवारी ने मुझे अपनों से इतना ज्यादा असम्बद्ध कर दिया था कि अब उनसे सम्बद्ध होने की घड़ी आने पर भी मैं उसे महसूस नहीं कर पा रहा था। क्या ये असम्बद्धता मेरे अस्तित्व से चिपक चुकी थी? क्या ये पुनः ठीक होने में, पटरी पर आने में अपना निर्धारित समय लेगी?

रात के लगभग तीन बज चुके थे, मैं करवटें बदलते बदलते दिमाग़ी एवं शारीरिक रूप से पूर्णतः थक चुका था। नींद की गोली नौ बजे ही ले चुका था, परन्तु नींद आखों से अभी भी नदारद थी। फिर पिताजी की तरफ ध्यान गया, उन तारों की झिलमिलाहट को महसूस किया।

तारों की झिलमिलाहट में मैंने पिताजी को याद किया। फिर पिताजी के साथ मैंने बचपन में बिताये दिनों को याद किया। वो पल मुझे याद आये जब पिताजी सुबह-सुबह मुझे अपने बडे से कन्धो पर बिठाकर खेतो पर घुमाने ले जाते थे और हम लोग घण्टों खेतों पर घूमते रहते थे।

उगते सूरज में पिताजी के सानिध्य को याद करके मेरा मन भीग गया। फिर पिताजी का मुझसे, माँ से हमेशा के लिये दूर हो जाना मुझे याद आया। माँ का वो करूण विलाप याद हो आया, जो वो उनके गुज़रने के बाद कई सालो तक करती रही थी।

धीरे-धीरे झींगुरों की आवाजों ने कानों में चुभना बन्द कर दिया। बढ़ी हुई थकान तथा पुरानी यादें मुझे नींद के आगोश में ले गयीं।

अगले दिन जेलर साहब दिखायी दिए, तो मैं उनसे नजरें चुराकर बच निकलना चाह रहा था। वो समझ गए, तुरन्त मुझे पकड़ लिया। "इतने उदास क्यों हैं? अनमने से भी लग रहे हैं। अब तो सब ठीक हो गया है, फिर भी आपकी ऐसी हालत... क्या बात है?" जेलर साहब ने प्यार भरी नजरों से मुझे देखते हुए कहा। वो मेरे अन्दर थोड़ा झाँकने की कोशिश कर रहे थे।

''न...अ...नहीं जेलर साहब, वो रात भर कुछ बेचैनी सी रही। इसलिए सो नहीं पाया। वैसे तो अब सब ठीक ही है।'' मैंने उनसे नजरें चुराते हुए कहा।

''देखो भई... यहाँ पर लम्बे समय तक रहने पर व्यक्तित्व से अवसाद के चिपकने की पूरी सँभावना रहती है। लेकिन वो सब प्राय: अल्पकालिक ही होता है। बाहर निकलने पर व्यक्ति उससे उबर जाता है। आप तो प्रकृति की, मानव की चिन्ता करते हैं। अरे भई कुछ अपना भी तो ध्यान रखिए। जब तक यहाँ हैं, तब तक खूब भरपेट खाइए, रोज़ बॉलीबॉल खेलिए। बाकी सब अपने आप ठीक होता चला जाएगा।'' जेलर साहब मेरे कन्धे पर हाथ रखते हुए सर्किल में चले गए।

शाम होने पर मुझे बॉलीबॉल खेलने के लिए जेलर साहब ने बुलावा भिजवा दिया। मैं बेमन से चला आया और एकदम पीछे कॉर्नर में खडे होकर बस नाम के लिए खेलने लगा। आज स्वयं जेलर साहब भी खेल रहे थे। वे महीने में एक-दो बार मन होने पर खेल लेते थे। हाँ एक-दो डिप्टी जेलर व सिपाही प्रतिदिन खेलते थे। वो मेरी विरोधी टीम में थे। कुछ देर बाद वो मेरे अनमनेपन को ताड़ गए, बोले-

''अरे भई इंजीनियर साहब से सर्विस करवाइए। इंजीनियर साहब... पूरे दम से कीजिएगा।'' मुझे सर्विस करनी पड़ी, सर्विस मैं अच्छी करता था।

''अरे-अरे इंजीनियर साहब थोड़ा-धीमे... आप तो हमें हरा देंगे।'' जेलर साहब बीच-बीच में कुछ न कुछ बोल रहे थे। उन्हें मेरे जैसे बहुत से बन्दियों का अनुभव था। वो जानते थे मेरे मन की पीड़ा को, अवसाद को तथा उससे बाहर आने के रास्तों को।

अब तो प्रतिदिन मैं बालीबॉल के लिए बुलवाया जाता था, कुछ बन्दियों से भी बातचीत होने लगी थी। जेलर साहब की मेहनत कुछ परिवर्तन लायी थी, मुझे अब नींद की गोली खाने के बाद ठीक से नींद आने लगी थी। जेलर साहब मेरे अन्दर आते परिवर्तन को देख रहे थे तथा शायद अन्दर ही अन्दर खुश थे।

डॉक्टर भी मेरे अन्दर आए थोड़े-सुधार से खुश था। उसने आज मुझे बुलावाया था, वो आज मुझसे बातचीत करने के मूड में था-

''तो इंजीनियर साहब यहाँ से निकलने के बाद क्या काम करेंगे? वही पुराना वाला या फिर कुछ नया सोचा है।''

''अभी निश्चित नहीं हो पा रहा हूँ। इधर दिमाग़ में बाहरी समाज के बारे में कुछ विचार आने लगे हैं। वरना तो जैसे दिमाग़ को भी जेल की चेतना ने पूरी तरह से जकड़ लिया था। अभी तो यहाँ से निकलने दीजिए, फिर आराम से निर्णय लूँगा। मेरे लिए तो यहाँ से छूटना ही बहुत बड़ी उपलब्धि होगी।'' मैंने रूकते-रूकते डॉक्टर से कहा।

''नहीं...नहीं, आप ऐसा क्यों सोचते हैं? छूटना तो आपको था ही। बस

समय की बात थी। चेतन बाबू ने उस समय को थोड़ा कम कर दिया और आपने भी हाईकोर्ट में अपील बड़े धैर्य के बाद ही दाखिल की।''

''हाँ...हूँ, क्या कहा जा सकता है? जीवन बड़ा अनिश्चित है, कल्पना करने और सपने देखने से अब बहुत डर लगता है। बाहर निकलकर ही सब कुछ देखना है, समझना है, पुराना आत्मविश्वास पाना बहुत कठिन है डॉक्टर साहब।'' मैंने फिर से बात को टालना चाहा।

''वातावरण एवं परिस्थितियाँ बदलने से व्यक्ति के विचार भी परिवर्तित होने लगते हैं। अवसाद की स्थिति में नया एवं सकारात्मक वातावरण बहुत अच्छा असर करता है। स्वयं ही आत्मविश्वास बढ़ने लगता है। सम्बन्धियों के बीच रहने से अतिरिक्त ऊर्जा प्राप्त होती है। व्यक्ति फिर से अपने सामान्य स्वरूप को प्राप्त करने लगता है। कुछ अतिरिक्त की चाह रखने लगता है, सपने फिर से पंख पसारने लगते हैं। व्यक्तित्व अलग तरह से प्रतिक्रिया करने लगता है।'' डॉक्टर ने खिड़की की तरफ देखते हुए कहा।

''बस... मैं कल के बारे में सोचना नहीं चाहता हूँ। अच्छा या बुरा, जैसा भी होगा, अब तभी सोचूँगा। उम्र बढ़ चुकी है, सोच में काफी परिवर्तन हो चुका है। कितना भी चाह लूँ, पहले वाला जोश, आत्मविश्वास पाना कठिन होगा।''

''हो सकता है आप पहले से भी बेहतर मनोदशा प्राप्त कर लें। शायद आपके सपने पहले से ज्यादा परिपक्व हों। पीड़ा से गुज़रकर ही व्यक्ति निखरता है। आप यहाँ से छूटने के कुछ माह बाद जब मुझसे मिलने आएँगे, तभी अन्तर पता चल पाएगा। आप मुझसे मिलने तो आएँगे न या जेल की सभी यादों को भूलना चाहेंगे।'' डॉक्टर ने मेरे चेहरे पर निगाहें टिकाते हुए हँसते हुए कहा।

''अरे...अरे नहीं, ऐसा कैसे हो सकता है? आपसे रिश्ता कैसे टूट सकता है? आप, चेतन, जेलर साहब, छत्रपाल... न होते तो शायद जेल का समय कट ही नहीं पाता। आपने हमेशा मेरा बहुत ख्याल रखा है, बहुत सम्मान दिया है मुझे। ऐसा आप सोच भी कैसे सकते हैं।'' मैंने कुछ भावुक होते हुए कहा।

''मैं जानता हूँ, मैं आपको इतने दिनों में अच्छे से जान गया हूँ। मुझे विश्वास है आप जेल के अच्छे समय व साथियों को याद रखेंगे। लेकिन कभी-कभी मुझे हर किसी पर सन्देह होने लगता है। व्यक्ति को परिभाषित करना लगभग असंभव हैं। वो परिस्थितियों के हिसाब से अलग अलग क्रिया-प्रतिक्रिया करने लगता है।

आपने भी देखा होगा कि एक परिस्थिति में बहुत अच्छा व्यवहार करनेवाले व्यक्ति, परिस्थिति बदलने पर पूरी तरह से दूसरे तरह का व्यवहार करने लगते हैं। कई बार तो परिवर्तन बहुत व्यापक होता है। व्यक्ति को पहचानना ही कठिन हो जाता है।'' डॉक्टर ने गम्भीर होते हुए एक लम्बी साँस छोड़ी।

"हाँ, ऐसा मैंने भी देखा है। लेकिन ऐसा प्राय: कनिंग व अवसरवादी लोग करते हैं। या बहुत अधिक अभावग्रस्त तथा हीन भावना से ग्रसित लोग करते हैं। क्या मैं इन सबमें से किसी प्रकार का व्यक्ति आपको लगता हूँ?" मैंने डॉक्टर से शिकायती लहजे में कहा।

"न...नहीं, ऐसे आप हरगिज नहीं हैं। बात ये है कि जेल एक बुरा अहसास है... जब व्यक्ति यहाँ से छूटता है तो उसे खुशी महसूस होती है। छूटने के बाद बहुत से लोग जेल को पूरी तरह भूलना चाहते हैं। इसमें बिताए अच्छे व बुरे, हर तरह के समय व साथियों को भुला देना चाहते हैं। वे भविष्य में जेल की आबोहवा को किसी भी तरह महसूस नहीं करना चाहते हैं। हमने कई ऐसे लोगों को देखा है, इसीलिए।" डॉक्टर कहते कहते रूक गया।

"आप सही होंगे, ऐसा आपने जरूर देखा होगा। जेल ऐसी मनोदशा पैदा कर देती है कि उसकी प्रतिक्रिया इस प्रकार की हो सकती है। लेकिन मेरे लिए जेल में गुजारे पलों को, चाहें वे अच्छे हों या बुरे, भूलना नामुमकिन है। मैं तो जेल से जुड़े लोगों से, ख़ासकर आपसे व जेलर साहब से सम्बन्ध बनाए रखना चाहता हूँ। ताकि सभी तरह की वास्तविकताओं व भावनाओं से जुड़ा रह सकूँ।... अब आपकी तरफ से ही कुछ हो जाए, तब अलग बात है।" मेरी इस बात पर डॉक्टर के होठों पर हँसी तैर गयी।

"अरे, आपने तो उल्टा मुझे ही पकड़ लिया।" फिर हम दोनों काफी हल्के मूड में आ गए।

वापस आया तो सर्किल के गेट पर जेलर साहब मिल गए। वो मुझे अपने साथ ही सर्किल ले गए तथा ऑफिस में अपने पास बिठा लिया।

"आज कुछ हल्के मूड में लग रहे हैं इंजीनियर साहब। क्या कुछ ख़ास बात है? ऐसे ही रहा करो। जिन चीजों पर अपना बस नहीं है, उनके बारे में ज्यादा मत सोचा करो। हमारा जन्म क्यों हुआ है? ये हम नहीं जानते। मृत्यु के बारे में भी नहीं जानते। लेकिन जन्म है, तो मृत्यु निश्चित है। तब मृत्यु के बारे में सोचकर भी आप क्या कर लोगे?

इसी तरह जीवन में हम कोशिश तो बहुत करते हैं अपनी तरह से जीने की, परिस्थितियों को बदलने की। लेकिन कई बार चीजें इतनी ज्यादा नियंत्रण से बाहर हो जाती हैं कि हम कुछ नहीं कर सकते हैं। तब उस स्थिति में ज्यादा परेशान नहीं होना चाहिए। उसे स्वीकार करने में ही भलाई है।

जेल में आकर व्यक्ति बहुत कुछ खोता है। लेकिन जो खुशनसीब इंसान समय से छूट जाता है, वो चाहे तो जेल के अनुभव से अपने आनेवाले भविष्य को कई गुना सुधार सकता है। इसलिए मस्त रहा करो, खुश रहा करो। खूब खेलो, खूब

खाओ और खूब अच्छे से सोओ।'' जेलर साहब कभी-कभार ही इतना लम्बी बातचीत एक साथ करते थे। आज कुछ अच्छे मूड में थे। कुछ देर रूककर फिर बोले-

''यहाँ से बाहर जाकर वही करना, जो दिल करे। लेकिन परिवार को कभी मत भूलना और उन अपनों को भी जो आपके हमेशा काम आते हैं।''... फिर वो मेरे कन्धे पर हाथ रखते हुए उठकर सर्किल में घूमने के लिए चल पड़े। अचानक फिर से वापस मुड़कर मेरे पास आते हुए बोले—

''देखो इंजीनियर साहब— ये देश, समाज-सब ऐसे ही चलता रहता है। देश और समाज के लिए हकीकत में क्या सही है, ये कोई भी नहीं जानता है और न ही जान सकता है। आप प्रकृति की बात करते हैं। तो यही तो है प्रकृति का सबसे बड़ा रहस्य। प्रकृति स्वयं सब कुछ नियंत्रित करती रहती है। कुछ बिगड़ता है, तो वो उसे स्वयं सँवार लेने की क्षमता रखती है।

जैसे अगर आपको चोट लगती है तो आपके अन्दर उसे ठीक करने की अन्तर्भूत क्षमता है। कुछ देर बाद रक्तस्राव स्वयं रूक जाता है तथा खून का थक्का जम जाता है, फिर चोट ठीक हो जाती है।... इसलिए सबसे जरूरी है इंसान के लिए, उसका खुश रहना।'' वो चलने ही वाले थे, लेकिन मुझे बोलने के लिए उत्सुक देखकर रूक गए।

''जेलर साहब कई बार चोट इतनी गहरी होती है कि व्यक्ति की मृत्यु तक हो जाती है तब...।'' मैंने उनकी आँखों में झाँकते हुए कहा।

''इंजीनियर साहब मैं पहले ही कह चुका हूँ कि बहुत सी चीजों पर किसी का भी नियंत्रण नहीं है। इसलिये बुरे दौर, बुरी बातों को भूलकर अब आप आगे बढ़िये। अच्छा समय आपका इन्तजार कर रहा है। आपके बच्चें, आपका परिवार आपकी बाँट जोह रहे है। आप अपने आपको को खुशनसीब समझिये कि आप अभी भी सही समय से जेल से छूट रहे हैं।'' मुझे शान्त देखकर वे कुछ पल सोचते रहे तथा फिर से बोलने लगे-

''यहाँ कुछ नहीं मरता है, व्यक्ति के रूप में ही जन्म-मृत्यु है, दुःख-सुख हैं। समष्टिगत रूप में सब कुछ परिवर्तनशील है, वो भी निरन्तरता में। इसीलिये सब कुछ को परिवर्तनशील समझते हुए आगे बढ़िये। जो हो चुका है, उसे आप बदल नहीं सकते हैं, लेकिन उसे भूलकर आगे जरूर बढ़ सकते हैं। तभी अपने लिये, समाज के लिये अथवा प्रकृति के लिये कुछ सकारात्मक कर पाएँगे।

अगर आप, चेतन बाबू, कुछ करना ही चाहते हैं, और वो भी अपने देश के लिए, समाज के लिए तो आपको क्या करना चाहिए?'' वो कुछ देर तक मेरा मुँह ताकते रहे, फिर खिड़की की तरफ देखते हुए बोले—

''जनसंख्या, पर्यावरण, आतंकवाद, गरीबी, अशिक्षा, नस्लवाद, धार्मिक कट्टरता... इस तरह की देश व दुनिया में अनेक सार्वभौमिक समस्याएँ हैं। मैं पहले भी आपसे सूक्ष्म रूप में कुछ समस्याओं पर ध्यान केन्द्रित करने के लिए कह चुका हूँ। फिर कह रहा हूँ, अगर कोई कुछ करना ही चाहता है तो सबसे पहले उसे जनसंख्या नियंत्रण पर काम करना चाहिए।

अगर केवल एक बच्चा पैदा करने का अनिवार्य नियम बना दिया जाए, तो आतंकवाद, गरीबी... आदि धीरे-धीरे सब दूर हो जाएँगे। लेकिन इसके लिए पूरी दुनिया में एक ही नियम बनाना होगा। तभी सुधार होगा। एक ही बच्चा होगा, तो उसके माता-पिता उसे आतंकवादी बनने से रोकेंगे, उस पर ध्यान रखेंगे। उसकी पढ़ाई, स्वास्थ्य एवं इच्छाओं का ध्यान रखने का प्रयास करेंगे। उस बच्चे के जीवन में कहीं न कहीं नम्रता होगी।

दूसरा काम है— सबको एक समान शिक्षा का अधिकार, जो कि सर्वसुलभ हो।

तीसरा काम है— एक समान सर्वसुलभ स्वास्थ्य सेवाएँ।

बस कोई भी देश इन कार्यों को जितना जल्द पूरा कर लेगा, वहाँ उतनी ही कम समस्याएँ रहेंगी। उसमें भी जनसंख्या पर एक-समान नियंत्रण पूरी दुनिया में तुरन्त लग जाना चाहिए। तभी बाकी के काम हो सकेंगे।'' जेलर साहब ऐसी मुद्रा में आ गए, जैसे उन्होंने अपनी बात समाप्त कर दी हो।

''लेकिन ये सब व्यवहार में कैसे आ सकेगा, जेलर साहब?''

''बस इसी महान कार्य को आप जैसे युवाओं को साक्षात् धरती पर उतारना होगा। बाहर निकलकर अगर मन हो समाज सेवा का, तो इसी के लिए प्रयास करना।'' जेलर साहब ने हिदायत देते हुए कहा।

''ठीक है... जेलर साहब, अभी तो मनोदशा ऐसी है कि कुछ भी सोचने-समझने का उत्साह जैसे रहा ही नहीं है। पहले तो विचार यूँ ही आते रहते थे। सपने जेहन में दौड़ते रहते थे। अब पहले यहाँ से बाहर तो निकलें।'' मैंने वार्ता को विराम देने की तरफ बढ़ाया।

''अरे वो तो आप यहाँ से निकल ही रहे हैं। अच्छा आज कुछ ज्यादा ही हो गया। वैसे सबसे जरूरी है खुश रहना। बाकी काम अगर आप नहीं करेंगे तो कोई और व्यक्ति करेगा।'' जेलर साहब शाम को बॉलीबाल खेलने आने की हिदायत देते हुए चले गए।

इस बार इलाहाबाद बस चेतन बाबू को जाना था। उन्हें वकील का हिसाब करना था। सुनवाई के दौरान उपस्थित रहकर वकील के दिशा-निर्देशों का पालन करना था। बाकी सब तो हो ही चुका था। सब यही सोचते थे कि मेरा रिहा होना

महज एक खानापूर्ति है। उनका ऐसा सोचना जायज भी था। मुकदमा अब ऐसे मोड़ पर जा पहुँचा था, जहाँ से आगे की प्रक्रिया केवल हमारे पक्ष में ही जानी थी।

फिर भी जिस दिन सुनवाई थी, उस दिन सुबह से ही मेरी बेचैनी बढ़ी हुई थी। कभी इधर, तो कभी उधर मैं चक्कर काट रहा था। डॉक्टर के यहाँ भी दो बार जा चुका था। जेलर साहब भी टोक चुके थे। डॉक्टर और जेलर साहब ही नहीं, और भी कई बन्दी तथा अधिकारी मेरी मनोदशा को अच्छी तरह समझ रहे थे। मेरा मन इलाहाबाद में ही अटका हुआ था। मेरे जीवन का ये बहुत बड़ा दिन था।

बड़ा था, इसीलिए उसका बड़ा दबाव भी मेरे जेहन में उतर आया था। सुबह बस एक चाय पी थी, बाकी लंच की तो याद ही नहीं आयी। शाम को बॉलीवाल खेलने भी नहीं आया।

तभी कुछ देर बाद जेलर साहब का बुलावा आया। मैं मन मारकर चला आया। सोचा कि खेलने के लिए बुलाया होगा।

जेलर साहब बॉलीबाल खेल रहे थे, दूर से ही बोले — ''क्यों भई इंजीनियर साहब, अभी से हम लोगों से दूर होने लगे।... रिहाई से पहले ही हमसें दूरी बना ली।''

मैं सुनकर झेंप गया ''नहीं...नहीं, ऐसी बात नहीं है जेलर साहब। आज मन नहीं किया।''

''क्या आपको अभी रिहा कर दें? या फिर शाम को ही छूटेंगे?'' जेलर साहब ने शॉट खेलते हुए कहा। सब लोग हँसने लगे। मैंने सोचा शायद जेलर साहब मजाक बना रहे हैं। मैं चुप ही रहा।

''अरे लो भई, फिर से उदास हो गए। इतने पढ़े-लिखे हैं आप, फिर भी। अरे सच में आपकी रिहाई हो गयी है।'' जेलर साहब ने फिर से दूसरा शॉट खेला। मैं कुछ और पास आ गया।

''बस चार प्वाइंट और बचे हैं, अभी आ रहा हूँ।'' फिर कुछ रूककर गेम रोकते हुए बोले—

''अरे भई, आपको रिहाई की ढेर सारी बधाई।''

मेरे पास आते हुए जेलर साहब बोले — ''छूट तो आप गए हैं, परन्तु रिहाई आदेश आने की प्रक्रिया थोड़ी लम्बी है। पहले वो इलाहाबाद से आएगा, फिर उसके बाद की प्रक्रिया में भी लगभग एक हफ्ता लग जाएगा।'' जेलर साहब ने मेरी उद्विग्नता को भाँपते हुए बहुत धीमे-धीमे कहा।

''ऐं जेलर साहब, मुझे तो पता था कि दो-तीन दिन में ही रिहाई आदेश आ जाएगा।'' मैंने थोड़ा बेचैन होते हुए कहा।

''न...नहीं... कोशिश करने के बाद भी लगभग एक हफ्ता लग ही जाता है।

लीजिये, अब क्या चिन्ता है? अरे एक हफ्ता हम लोगों के साथ और रह लीजिएगा।'' जेलर साहब ने कुछ शिकायती लहजे में कहा।

''हाँ...हाँ कोई बात नहीं, जो प्रक्रिया है... उसमें हम क्या कर सकते हैं?'' फिर मैं ज्यादा बात किए बिना अपनी बैरक में चला गया। बस एक हफ्ता और, फिर मैं इस जेल से रिहा। वहाँ से मैं थोड़ी देर बाद डॉक्टर से मिलने चला गया।

डॉक्टर जैसे मेरा इन्तजार ही कर रहा था ''आईये इंजीनियर साहब।'' मैंने आगे बढ़कर डॉक्टर का हाथ थाम लिया, मेरे मुँह से कोई शब्द नहीं निकल पा रहा था।

''सब ठीक तो है ना।'' डॉक्टर ने मेरे कन्धे पर हाथ रखते हुए कहा

''हाँ... डॉक्टर साहब। लेकिन अभी भी मेरे रिहा होने में एक हफ्ता तो लग ही जायेगा।'' डॉक्टर रिहा होने में देरी का कारण पहले से ही जानता था। उसने इस खुशी के मौके पर दो चाय बनवाने का आदेश दे दिया।

''इंजीनियर साहब, ईश्वर ने चेतन बाबू को जेल में आपके लिये ही भेजा था। वो आपके लिये देवदूत बनकर आये थे। उन्होंने आपकी राह आसान कर दी। वैसे आपके केस में बहुत ज्यादा दम नहीं था। छूटना तो आपको था ही। बस चेतन बाबू ने आपको अपील करने की अतिरिक्त हिम्मत दे दी तथा इलाहाबाद का काम अच्छे से सँभाल लिया।

उनके अच्छे सम्बन्धों से आपको अच्छा वकील भी सस्ते में ही मिल गया। वकील ने भी ज्यादा समय बर्बाद नहीं किया और आप बहुत कम सुनवाई के बाद ही जेल से रिहा हो गये।'' डॉक्टर अभी अभी घर से आया था। एक मरीज देखने के बाद उसने दूसरे मरीजों को इन्तजार करने के लिये कह दिया।

''हाँ डॉक्टर साहब। सच में चेतन बाबू बहुत अच्छे हैं। इतना तो अपना भाई भी मुश्किल से ही करता है। आप और जेलर साहब ने भी मेरी हमेशा ही हौंसला अफजाई की है।... लेकिन डॉक्टर साहब पता नहीं क्यों मैं अभी भी इतनी बड़ी खुशी को महसूस नहीं कर पा रहा हूँ?''

''इंजीनियर साहब आप इस पर बिल्कुल ध्यान मत दीजिए। मैं आपकी मनोदशा को समझ सकता हूँ। जब आप जेल से बाहर निकल जाएँगे तो धीरे-धीरे समय के साथ सब ठीक हो जायेगा। बस आप जब तक यहाँ पर हैं, खूब अच्छे से खाइये, खूब अच्छे से खेलिये तथा समय से सोने का प्रयास कीजिए।'' फिर कुछ देर और बात करने के बाद मैं वहाँ से चला आया। डॉक्टर को भी दूसरे मरीजों को देखना था।

पूरी रात मैंने करवट बदलते-बदलते काटी। ऐसा तो रिहाई के समय शायद सभी बन्दियों के साथ होता होगा। एक अजीब सी बेचैनी पूरे शरीर में दौड़ रही थी। अभी भी विश्वास नहीं हो पा रहा था कि मैं कुछ दिन बाद जेल से छूट जाऊँगा।

अगले दिन नौशीद बहुत जल्दी ही मुलाकात करने चली आयी। मैंने जेलर साहब से उनके ऑफिस में पाँच मिनट की मुलकात करने की इच्छा जतायी। वो थोड़ी ना नुकुर के बाद मान गए। मुलाकात की प्रक्रिया तब तक शुरू भी नहीं हुई थी। जेलर साहब घर जानेवाले थे। उन्होंने अभी नाश्ता नहीं किया था। सिपाही को थोड़ी हिदायत दी, फिर मुझसे कहा— "बस पाँच मिनट।"

"जी-जेलर साहब।" मैंने उन्हें विश्वास दिलाते हुए कहा। नौशीद एक मिठाई का डिब्बा लिए हुए छोटे वाले गेट से अन्दर आ गयी। वहीं जेलर साहब के ऑफिस की तरफ सिपाही ने इशारा कर दिया। हम लोग बैठ गए।

वो आज हरे रंग साड़ी पहने हुए थी। खुशी के मारे उसके मुँह से कुछ निकल नहीं पा रहा था। बस उसकी आँखों से आँसू बहे जा रहे थे, जिन्हें वो अपने सफेद रूमाल से भरसक रोकने का प्रयास कर रही थी। फिर उसने एकांत पाकर मेरे दाएँ हाथ को अपने हाथ में लेते हुए कहा—

"कितने कमजोर हो गए हैं आप, थके-थके से लग रहे हैं। दुखों के पहाड़ ने आपको पूरी तरह निचौड़ दिया है। लेकिन वो सब बीत गया शिवेन्द्र। जीवन का वो काला अध्याय अब समाप्त हो चुका है। अब आप अगले एक हफ्ते तक खूब खाइए, खूब सोइए एवं कुछ न कुछ खेलते रहिए।" उसने हल्का सा दबाने के बाद मेरा हाथ छोड़ दिया।

"बच्चे कैसे हैं? माँ ठीक है?" मैंने संक्षिप्त रूप में पूछा। वो आज पूरी तरह से तैयार होकर आयी थी। मेरी और उसकी उम्र में अब काफी अन्तर दिख रहा था। मैं उम्रदराज लग रहा था। उसकी आँखे कुछ सूजी हुई थीं। रात में वो भी शायद कुछ कम ही सोयी थी।

"...मम्मी तो रात भर खुशी से सो ही नहीं पायी है, चाचा को भी कल ही बुला लिया था गाँव से। उन्हें भी रात भर सोने नहीं दिया। पूरी रात बतियाती रहीं। बच्चे अब बड़े हो गए हैं, पढ़ाई ठीक से करने लगे हैं। हाँ, कार्टून फिल्में बहुत देखते हैं। मैंने उनसे कहा कि अगले हफ्ते पापा विदेश से वापस आ रहे हैं, तो उन्होंने प्रश्नों की झड़ी लगा दी। लेकिन लगता है बस प्रश्न ही कर रहे थे, वे उस चीज को महसूस नहीं कर पा रहे थे।" उसने घड़ी देखते हुए कहा।

बातें करते-करते बीस मिनट हो गए थे, सिपाही दो बार ऑफिस में आकर झाँक चुका था। हम दोनों स्थिति को भाँपते हुए खड़े हो गए।

"शुक्रिया नौशीद... तुम बहुत अच्छी हो। तुमने मुझे, हम सबको बचा लिया।" उसने एक बार फिर से आँसू पोंछे और निकल गयी।

...सच है नौशीद ने बहुत सहा था। उसने सब-कुछ सँभाल रखा था। रिहा होने पर शायद फिर से सब कुछ मुझे मिल जायेगा। उस समय को छोड़कर जो मैंने

अनचाहे अपराध में फँसकर खोया है। वो समय जो उसने, माँ ने, मेरे बच्चों ने भी खोया है। वो जवानी जो मैंने सलाखों के पीछे खो दी है।

अदालत ने मुझे निर्दोष मानते हुए छोड़ दिया था, ये विश्वास नहीं हो पा रहा था। मैं अब अपराधी नहीं रहा था। अपराधी होने का कलंक मेरे माथे से मिट गया था। क्या?... शायद? क्या समाज भी मेरे बारे में ऐसा ही सोचेगा?...हूँ... देखा जाएगा।

अगले एक हफ्ते तक मैं लोगों से कम ही मिला। बस डॉक्टर व जेलर साहब से ही मिल लेता था। शाम को बुलाने पर भी बॉलीबाल खेलने नहीं आता था। आलस्य एवं अनिन्द्रा में ही सारा समय काट रहा था। समय काटे नहीं कट रहा था। वो एक हफ्ता महीने से भी ज्यादा प्रतीत हुआ।

नौशीद उसके बाद मिलने नहीं आयी। बस माँ व चाचा ही एक दिन मिलने आये थे। माँ ने बातें कम की और रोयी ज्यादा। चाचा तो बस उसे शान्त ही करते रह गए।

आखिर आठ दिन बीत गए, तब कहीं जाकर दोपहर बाद लगभग तीन बजे रिहाई आदेश आया। जेलर साहब ने स्वयं मेरे पास आकर इसकी सूचना दी। मैं उस समय अस्पताल से वापस लौट रहा था। डॉक्टर के जाने के बाद भी मैं आज अस्पताल में ही रूक गया था।

''जाइए सामान बांध लीजिए इंजीनियर साहब... शाम को सबसे पहले आपको ही रिहा करूँगा। छूटने के बाद हमें याद जरूर रखिएगा।''

''जेलर साहब धन्यवाद आपको। आपके लिए हमेशा विशेष सम्मान मेरे हृदय में रहेगा। आपको, डॉक्टर एवं चेतन को मैं कभी भूल ही नहीं सकता हूँ।'' मैं अब जल्दी से अपनी बैरक में पहुँचना चाहता था।

बैरक तक मैं कैसे पहुँच गया, मुझे पता ही नहीं चला। जाते ही बिस्तर पर पसर गया। तब तक जेल में मेरी रिहाई की खबर फैल चुकी थी। बन्दी, नम्बरदार, सिपाही धीरे-धीरे मेरी बैरक में आकर मुझे बधाई दे रहे थे।

समय होते ही जेलर साहब ने दो नम्बरदार मेरे पास भेज दिए। उन्होंने कहा ''साहब रिहाई के लिए बुला रहे हैं... हमें आपकी सहायता के लिए भेजा है।'' मैं समझ गया। दिमाग़ में बेचैनी बढ़ गयी। बैरक से बाहर आया तथा कैन्टीन की तरफ बढ़ गया।

मैंने कैन्टीन का हिसाब किया, बैरक में आस-पास के लोगों से गले मिला तथा सारा सामान बाँध लिया। नौशीद ने दो दिन पहले ही मेरे साईज के दो जोड़ी नये कपड़े भिजवा दिए थे। बस मैं शेविंग नहीं कर पाया था और मेरे बाल भी बेतरतीब से थे। मैंने सामान नम्बरदारों को पकड़ा दिया तथा चलने के लिए कहा।

फिर मैंने सर्किल में पहचान के बन्दियों से विदा ली, सिपाहियों से विदा ली और जेलर साहब के ऑफिस की तरफ चल पड़ा। मुझे अचानक याद आया कि डॉक्टर साहब से तो मिला ही नहीं । तब तक मैं जेलर साहब के ऑफिस के पास तक पहुँच चुका था। मैं डॉक्टर से मिलने के लिए वापस मुड़ा तथा दोनों बन्दियों को ये बता दिया। कुछ कदम ही चला था कि पीछे से आवाज़ आयी।

''अरे साहब, डॉक्टर साहब तो अभी आए ही नहीं है जेल में।'' मैं ठहर गया। कभी-कभी डॉक्टर को कुछ देर हो जाती थी, तब दूसरे लोग अस्पताल सँभाल लेते थे। मैंने मेन गेट से संदेश भिजवा दिया कि डॉक्टर साहब को जेलर साहब बुला रहे हैं। वहीं जेल परिसर में ही तो रहते थे।

तब तक डॉक्टर आ ही गए। आते ही बधाई देने लगे। उन्हें जेल के गेट के बाहर किसी सिपाही ने बता दिया था। मैंने उन्हें जेलर साहब के दफ्तर में ही बिठा लिया। मेरे मुँह से शब्द निकल नहीं रहे थे। डॉक्टर ने बताया कि बाहर एक गाड़ी खड़ी है, उसमें कुछ लोग हैं, जो शायद मेरी रिहाई का इन्तजार कर रहे हैं।

तभी मिठाई के दो डिब्बे जेलर साहब के ऑफिस में आ गए। बाहर से भिजवाए गए थे मेरे परिजनों द्वारा। एक बन्दी से मैंने मिठाई बाँटने के लिए कहा। डॉक्टर साहब ने सबसे पहले मुझे मिठाई खिलाई, फिर जेलर साहब को। मैंने भी डॉक्टर को मिठाई खिलायी। शेष मिठाई सिपाहियों एवं बन्दियों में बाँट दी गयी।

बाहर से कौन लोग आए होंगे? नौशीद, उसके अंकल, आंटी शायद आए होंगे और तो शायद ही कोई आया हो। चेतन आता, तो अन्दर ही चला आता।... बच्चों को मैंने स्वयं ही मना कर दिया था। अचानक जेल से निकलते देखते, तो मन पर पता नहीं कितना बुरा प्रभाव पड़ता। अभी तो वो मुझे विदेश गया हुआ मानते हैं। बाहर निकलने के लिए मन उतावला हो रहा था। मेरी बेचैनी को डॉक्टर ताड़ गया, बोला-

''अरे जेलर साहब, इंजीनियर साहब को जेल की आबो-हवा से मुक्त कीजिए।''

''अरे, रिहाई रजिस्टर ले आओ... बस यूँ रिहा करता हूँ अभी।'' जेलर साहब ने मेरी व्याकुलता को समझते हुए कहा।

रिहाई रजिस्टर आ गया। थोड़ी लिखत पढ़त के बाद जेलर साहब बोले -

''आप मुक्त हुए इंजीनियर साहब। बाहर निकलकर तीन काम अवश्य याद रखना— जनसंख्या नियंत्रण तथा एक समान शिक्षा एवं स्वास्थ्य का अधिकार। अगर लड़ना, तो इन्हीं मुद्दों के लिए लड़ना, बाकी सब स्वतः हो जाएगा। चेतन बाबू की बातों को गम्भीरता से लेते हुए भी उनसे अपना दखल अवश्य बनाए रखना। खुश रहिएगा सदा।'' मेरा मन 'मुक्त' शब्द पर अटक गया। 'मुक्त हुए' किससे? जेल से

या अपराधी होने के कलंक से?

"मुबारक हो इंजीनियर साहब। जीवन की नई पारी- जो शायद पहले से अधिक परिपक्व होगी। उसकी शुरुआत के लिए अग्रिम शुभकामनाएँ। चेतन जी को मेरा नमस्कार कहिएगा—अलविदा।" डॉक्टर ने मुझसे हाथ मिलाते हुए कहा। मैंने जेलर साहब से हाथ मिलाया, फिर सबको धन्यवाद देते हुए कुछ जरूरी सामान लेकर मैं जेलर साहब के कमरे से बाहर निकल आया। बाकी का सामान उन दो बन्दियों को ही दे दिया, जो मेरा सामान बैरक से लेकर आए थे।

जेल का द्वार खुलते ही मन पूरी तरह से अनियंत्रित हो चुका था। पैर कांप से रहे थे। अपने शरीर का जैसे भान ही नहीं रह गया था। मैंने सफेद शर्ट एवं नीली पेन्ट पहन रखी थी। आज सुबह अच्छे से स्नान किया था। शायद कुछ ठीक दिख रहा था। शरीर दुबला होने से कपड़े पूरी तरह से फिट नहीं आ रहे थे।

शाम होते होते मौसम बिगड़ गया था। अभी दस मिनट पहले ही हल्की बारिश शुरू हो गयी थी। जेल से बाहर निकलते ही ठंडी हवा एवं बारिश की बूँदों ने स्वागत किया। एक सिपाही हँसते हुये बोला—

"साहब, आपके छूटते ही बारिश आपका स्वागत कर रही है।" चेहरे पर कुछ बूँदें पड़ीं तो लगा कि शायद गाड़ी तक पहुँचते-पहुँचते भीग ही जाऊँगा। गाड़ी एक पेड़ की छाँव में खड़ी थी।

'आज़ादी', अब मैं जेल से बाहर आज़ादी की हवा में साँस ले रहा था। मुझे अभी भी विश्वास नहीं हो रहा था कि मैं जेल से बाहर आ चुका हूँ। ये एक सपना सरीखा ही तो था। नौशीद मुझे लेने के लिए जैसे दौड़ी चली आ रही थी। खुशी से उसके आँसू बह रहे थे। उसने झट से मेरा सामान लपक लिया और गाड़ी की तरफ इशारा किया। एक ठीक सा भाव मेरे मन में पनपा, लेकिन उसी क्षण विदा भी हो गया।

गाड़ी से बाहर आंटी, माँ, चाचा और नौशीद की अम्मी खड़े थे। अंकल किसी काम की वजह से नहीं आ पाए थे। माँ ने आज स्वयं ही आने की इच्छा जताई थी। उसके आँसू उसके पल्लू को पहले ही भिगो चुके थे, गला भर-भरा रहा था। वो कुछ भी बोल पाने में असमर्थ थी-

"मेरा बेटा" गले से ऐसे चिपकाया, जैसे मैं कोई बहुत छोटा सा बच्चा होऊँ।

"मेरा बेटा कभी गलत नहीं था... वो अपराधी,...मुजरिम नहीं था... वो बस फँस गया था।... ईश्वर ने बस तेरी परीक्षा ली है बेटा...मेरा बेटा।" माँ बस रोये जा रही थी।

गाड़ी घरघराकर स्टार्ट हुई तो सब लोग गाड़ी में बैठ गये। तभी नौशीद को ढेर सारी मिठाई की याद आयी, जो वह अपने साथ लायी थी। मैंने मिठाई के दस डिब्बे चाचा के हाथों जेल के गेट पर भिजवा दिए और स्टॉफ एवं बन्दियों में बाँटने के लिए कहलवा दिया।

जेल मुख्य सड़क से थोड़ा अन्दर थी। जेल के गेट के पास एक रेलवे क्रासिंग था। क्रासिंग से पहले सड़क के दोनों तरफ जेल अधिकारियों, सिपाहियों एवं कर्मचारियों के क्वार्टर बने थे। जेलर साहब एवं डॉक्टर साहब दोनों क्रॉसिंग के पास ही अगल बगल रहते थे। दोनों में अच्छी दोस्ती हो गयी थी। दोनों के परिवारों में भी अच्छी छनती थी। दोनों के घर काफी बडे क्षेत्र में बने हुए थे।

कुछ दुकानें वगैरह आने के बाद वो पतली सी सड़क खेतों के बीच से निकलती थी। शाम के समय खेतों से बहने वाली हवा ने गाड़ी की खिड़कियों में सरसराहट भरी तो जैसे मेरी उदासीनता में हल्की सी कमी आयी। गाड़ी की सभी खिड़कियाँ थोड़ी खुली हुई थी। इक्का दुक्का पानी की बूँद अन्दर आ रही थी।

माँ लगातार बच्चों के बारे में बातें किए जा रही थी। उन्हें कैसा लगेगा पहली बार पापा को यूँ घर पर देखकर? वो तो पहचान ही नहीं पाएँगे। उन्होंने जो पुरानी तस्वीरें पापा की देख रखी हैं, वो तो वैसे चेहरे को तलाशेंगे। अब तो पापा के हल्की दाढ़ी-मूछें हैं। बाल भी वैसे नहीं हैं... आदि-आदि।

चाचा ने सब सुनते हुए कहा ''माँ बाप का बच्चों के प्रति स्पर्श एकदम अलग होता है... वो धीरे-धीरे स्पर्श से पहचान जाएँगे, अपने पापा के लाड़ को पहचान जाएँगे।''

''बेटा तुम कुछ बोल क्यों नहीं रहे हो? अब तो खुदा ने सब ठीक कर दिया है।'' आंटी ने मेरी तरफ देखते हुए कहा।

''अरे- थोड़ा सब्र रखो- धीरे-धीरे ही मन ठीक होगा।'' नौशीद की अम्मी ने आंटी को टोका।

''कल रात मुझे नींद कुछ कम आयी थी, इसी से थोड़ी सुस्ती है... ठीक हो जाएगी।'' कुछ रूककर मैं फिर बोला ''मुझे इस सब पर विश्वास ही नहीं हो रहा है, इतनी जल्दी अचानक सब ठीक हो गया... सपने सरीखा है न।''

''हाँ-हाँ बेटा - ठीक तो होना ही था। सच की हमेशा जीत होती है और वो बेटा, अचानक कोई न कोई सहायता भी मिल जाती है। वो है न तेरा दोस्त चेतन... वो तो बेटा तेरे लिए देवता बनकर आया है— उसी ने सब इतनी जल्दी करवा दिया। ऊपर वाले के यहाँ देर है पर अँधेर नहीं।'' माँ ने एक लम्बी साँस भरते हुए बात पूरी की।

''बेटा सब कर्मों का फेर है, पता नहीं पिछले जन्म में ऐसा कौन-सा कर्म

किया था कि यूँ अचानक जेल काटनी पड़ी।'' चाचा ने खराब समय को तर्क-संगत ठहराने का एक परम्परावादी तर्क प्रस्तुत किया। आंटी एवं नौशीद की माँ इस पर चुप ही रहीं, क्योंकि इस्लाम पुर्नजन्म को नहीं मानता है।

पहले मैं सोच रहा था कि जेल से बाहर निकलकर शोविंग करवाऊँगा, उसके बाद घर पर जाऊँगा। लेकिन बच्चों से मिलने की ललक के चलते मुझे अपना निर्णय बदलना पड़ा और मैंने बिना शेविंग किए ही घर जाने का विकल्प चुना। बच्चों के फोटो देख-देखकर ही इतने साल काट दिए थे। बच्चों के पास फिजा थी। वो भी अब बड़ी हो गयी होगी।

फ्लैट का गेट खुला तो फिजा मुझे पहचान नहीं पायी। फिर सबको साथ में देखकर ही पहचान पायी। बच्चे कार्टून चैनल पर चिपके हुए थे, बेटे ने रिमोट पकड़ रखा था। कौन घर में आया है— इसकी उन्हें न तो भनक लगी और न ही इसकी उन्हें कोई परवाह थी।

बेटी ने पिंक कलर की मिनी स्कर्ट पहन रखी थी तथा एक लम्बी सी चोटी बनाई हुई थी। बेटा पीली शर्ट एवं ब्लू जीन्स पहने हुए था। दोनों सोफे पर पसरे हुए थे, बहुत ही प्यारे लग रहे थे। इस समय उन्हें देखकर कोई नहीं कह सकता था कि ये इतने शरारती एवं लड़ाकू होंगे।

नौशीद ने कहा— ''देखो बच्चों कौन आया है?'' उन्होंने कोई ध्यान नहीं दिया। उसने टी.वी. बन्द कर दिया। दोनों तेज-तेज चिल्लाने लगे तथा फिर से टी.वी. चलाने की जिद करने लगे। मैं सोफे पर बैठकर उनका तमाशा देखने लगा। कुछ पलों के बाद दोनों चॉकलेट लेकर शांत हुए। नौशीद दोनों का हाथ पकड़कर मेरे पास ले आयी।

''देखो बच्चों कौन आया है आज अपने घर? सरप्राइज, पहचानकर बताओ।'' अभी तक बच्चों को मेरे आने के बारे में कोई सूचना नहीं दी गयी थी। बच्चों ने मुझे पहचानने से इंकार कर दिया। नौशीद एलबम उठा लायी, उसने उनके साथ मेरी फोटो दिखायी तथा फिर से पहचानने के लिए कहा। लेकिन फिर से वही असफल प्रयास। हार कर उसने कहा—

''ये तुम्हारे पापा हैं— आज विदेश से वापस आए हैं। अब पहचान में आए या नहीं?'' दोनों बच्चे घूर-घूरकर मुझे देखने लगे। मैंने उन्हें अपने पास खींचने की कोशिश की, लेकिन नाकाम रहा। वो दूर जा बैठे तथा आपस में बातें करने लगे।

चेतन के बारे में नौशीद ने बताया कि वो थके हैं, इसलिए नहीं आ पाए। कल को आने के लिए कह रहे थे।

घर पहले से काफी परिवर्तित हो चुका था। काफी सामान नौशीद ने हटा दिया था। सामान में कहीं कोई चमक-दमक नहीं थी। वो सब पुराना होने की वजह से ही

बदला गया होगा। मेरे सारे कपड़े नौशीद ने धुलवाकर अलमारी में पहले की तरह लगवा दिए थे। माँ ने मुझसे हाथ-मुँह धोकर कपड़े बदलने के लिए कहा।

बाथरूम में बच्चों की छोटी-छोटी दो बाल्टी व मग रखे हुए थे। शेविंग किट भी रखी हुई थी, मैंने जल्दी जल्दी शेविंग कर ली। फिर थोड़ा सोचकर मूछें भी साफ कर दीं।

काफी अच्छे साबुन व शैम्पू रखे हुए थे। मैं हाथ-मुँह धोने की बजाय शॉवर के नीचे अच्छे से नहा लिया। ऐसा लगा जैसे शरीर कुछ अधिक साफ हो गया है। बाल भी कुछ मुलायम हो गए थे। शेविंग करने के बाद नहाने से मन अच्छा हो गया था।

मैंने पुराना लोवर पहन लिया। ऊपर से हल्की सी टी-शर्ट डाल ली। दोनों काफी ढीले आ रहे थे। बाहर निकला, तो सभी लोग कुछ चौंक गए। फिजा तो बोल ही उठी "जीजू आप तो एकदम फ्रेश हो गए हैं। मैं आपके लिए एक अच्छी सी चाय बनाकर लाती हूँ। अब बच्चे आपको पहचान लेंगे।"

कुछ देर बाद नौशीद की अम्मी एवं माँ ही बचे थे फ्लैट में, और सब चले गए थे। वे दोनों भी मुझे कुछ एकान्त देना चाह रही थीं। वो मेरी मनोदशा समझ रही थीं।

बच्चे मुझसे अभी भी दूर भागने की कोशिश कर रहे थे। अपने-अपने खेल में रमे हुए थे।

नौशीद ने मुझे बेडरूम में जाने का इशारा किया, फिर कुछ देर बाद दोनों बच्चों को पकड़ लायी। दोनों को जबरदस्ती मेरी गोद में बिठा दिया।

"पापा हैं बच्चों- दूर क्यों भाग रहे हो? अब हम लोगों के पास ही रहेंगे। अब विदेश नहीं जाएँगे।"

"लेकिन मम्मा - ये तो बुड्ढे हैं, पापा तो हमारे बहुत अच्छे दिखते हैं। ये तो कमजोर भी हैं। ये हमारे पापा नहीं हो सकते हैं।" बच्ची ने अटकते-अटकते कहा। बेटे ने भी हाँ में हाँ मिलायी।

"वो तो बेटा बहुत पहले का फोटो है- पापा बीमार हो गए थे, इसलिए ऐसे दिख रहे हैं।" फिर नौशीद भी मेरे पास बेड पर बैठ गयी तथा मुझे एवं बच्चों को बाँहों में घेरते हुए सिसकने लगी। उन बहते आसुओं ने मेरी चेतना के अवसाद को कुछ पिंघला दिया।

"मम्मा तुम रो क्यों रही हो?" बच्चे ने नौशदी के चेहरे पर धीरे से हाथ रखते हुए कहा।

"न, नहीं बेटू - बस ऐसे ही, कुछ नहीं।" उसने आज हरे रंग की एक बहुत ही अच्छी साड़ी पहन रखी थी। लिपिस्टिक भी गहरे लाल रंग की लगा रखी थी।

जब वो मुझसे चिपकी तो परफ्यूम की कुछ खुशबू आयी। एक साथ उसका व बच्चों का चिपकना मेरे लिए बहुत कुछ था। बहुत सालों बाद फिर से जीवन में ऐसे पल आये थे।

''ओह शिवेन्द्र, खुदा ने हमारी सुन ली। मुझे आपको छूकर ही पूरा विश्वास हो पाया है कि आप वापस लौट आए हैं। कितना बर्दाश्त किया है आपने, हम सबने। हम सब बहुत थक चुके हैं और आप, आपकी थकान तो बहुत गहरी होगी। अब आप खूब आराम कीजिए, बाकी सब बाद में सोचियेगा।'' नौशीद ने होले से मेरे सिर पर हाथ फिराते हुए कहा। मैंने बच्चों को कुछ सहलाने एवं दुलारने की कोशिश की, लेकिन वो मेरी पकड़ से दूर छिटक गए।

''धीरे-धीरे घुल-मिल जाएँगे, अभी तो उन्हें अपने खेलों से ही फुरसत नहीं है। मेरा तो दिमाग़ ही पका कर रख देते हैं। मम्मी ही इन्हें सँभाल पाती हैं। कई बार रात में उन्हीं के साथ सो भी जाते हैं।'' नौशीद ने मुझे बेडरूम के एक कोने में ले जाते हुए कहा।

फिर वो मेरे सीने से चिपक गयी, उसकी आवाज़ फिर से भीग गयी। मैंने उसे अपनी बाँहों में घेर लिया। लेकिन मन-मस्तिष्क में अभी स्थिरता नहीं थी। भावों में गहराई नहीं थी। वो मेरी मनोदशा को समझते हुए कुछ पलों के बाद बाहर चली गयी।

रात में नौशीद सोने का नाम ही नहीं ले रही थी। बस मेरा मूड ठीक करने की कोशिश करती रही। फिजा के बारे में, उसके अफेयर के बारे में बातें करती रही। माँ, चाचा, अंकल, चेतन, सबके बारे में कुछ अलग चीज खोजकर लाने की कोशिश करती रही।

वो प्रत्येक कोशिश कर-करके थक गयी तथा अन्ततः सो गयी। मेरे लिए अच्छा ये रहा कि रात होते-होते मेरी बेचैनी कुछ हद तक जाती रही, आज नींद की गोली खाते ही मुझे नींद आ गयी।

सुबह बच्चे स्कूल नहीं गए - उनकी छुट्टी कर दी गयी। माँ नौशीद की अम्मी से ढेर सारी बातें करती रही। फिर चेतन आ गया।

उसे देखकर मेरा मन भर आया, पता नहीं क्यों उसके आते ही मैं उसके गले से लग गया। गले से लगते ही वो मेरी मनोदशा को समझ गया। अपने साथ बच्चों के लिए गिफ्ट, चॉकलेट तथा मिठाई भी लाया था।

उसने मुझे मिठाई खिलाई, मैंने भी उसे खिलाई तथा फिर बैठकर बाते करने लगे। नौशीद उसके आने से बहुत खुश हुई। बच्चों को तो इतनी खुशी हुई कि वो चेतन अंकल से चिपट गए। आज बच्चों का मेरे प्रति भी व्यवहार कल से कुछ ठीक था।

"लम्बा समय जेल में गुजारने के बाद किसी का भी मानसिक अवसाद गहरा जाता है। आप आराम कीजिए इंजीनियर साहब, फिर हम आगे की रणनीति बनाएँगे। हो सके तो आप किसी मनोचिकित्सक की राय भी ले सकते हैं। इससे आपको लाभ होगा। कोई बुराई नहीं है इसमें। आजकल बहुत सामान्य सी बात है मनोचिकित्सक के पास जाना।" चेतन को कुछ जल्दी थी, इसलिए वो कुछ देर बातचीत करने के बाद चला गया।

अगले दिन मैं नौशीद के साथ एक प्रसिद्ध मनोचिकित्सक के पास चला गया। उसने कुछ दवाईयाँ दीं तथा आराम करने के लिए कहा। किसी ठंडी जगह पर परिवार के साथ घूम आने की भी सलाह दी। कुछ ख़ास बीमारी तो बतायी नहीं , बस यही कहा कि मैं दो तीन माह में ठीक हो जाऊँगा।

अगले सप्ताह नौशीद ने छुट्टी ले ली तथा हम लोग सुबह चार बजे ही कार से बच्चों के साथ शिमला के लिए निकल पड़े। पहले जब हम शिमला आये थे तो हमारे साथ बच्चें नहीं थे। अब दोनों शैतान बच्चों ने हमे परेशान कर रखा था। दोनों बच्चे बार बार आगे पीछे जा रहे थे। नौशीद उन्हें बार बार डाट रही थी, लेकिन वे अपनी हरकतो से बाज नहीं आ रहे थे। नौशीद बीच वाली शीट पर बैठी थी और मैं ड्राईवर के बगल वाली सीट पर बैठा हुआ था। आगे की सीट अगर खाली छोड़ देते तो निश्चित ही बच्चे उस पर जम जाते।

ड्राईवर गाड़ी को काफी तेज चला रहा था। नौशीद और मैं उसे कई बार टोक चुके थे। गाड़ी हम पुरानी वाली सफारी ही साथ में लाये थे। हालाँकि माँ अब इस गाड़ी को अशुभ मानती थी तथा कई बार बेचने के लिये कह चुकी थी। लेकिन मैं इन सब चीजों को नहीं मानता था।

रास्ते में हम लोग 'मामा-भांजे' के ढाबे पर नाश्ता करने के लिये रुके। बच्चों को भी पराठा एवं लस्सी काफी पसन्द आयी। थोड़ी देर बाद वहाँ से चल दिये।

धीरे-धीरे हम सभी को अच्छा लगने लगा। नौशीद खिड़की से आने वाली हवा का आनन्द ले रही थी। बच्चों की हरकतों पर अब उसे उतना ग़ुस्सा नहीं आ रहा था। बच्चे नाश्ता करने के बाद सुस्ताने लगे थे। थोड़ी देर बाद नौशीद की बगल में वो सो गये।

जैसे ही पहाड़ी सफर शुरू हुआ, नौशीद काफी खुश हो गयी तथा पुरानी यादों को याद करने की कोशिश करने लगी। ड्राईवर भी अब गाड़ी को ठीक से चला रहा था।

लगभग बारह बजे हम लोग शिमला में प्रवेश कर गये। बच्चे भी कुछ देर पहले उठ गये थे तथा पहाड़ों को देखकर काफी खुश हो रहे थे।

हम शिमला में हनीमून के समय वाले होटल में ही ठहरे। होटल में घुसते ही

नौशीद जैसे कुछ याद करने की कोशिश करने लगी। शिमला को वो बहुत पसन्द करती थी।

बच्चे कमरें में घुसते ही उछल कूद करने लगे। ड्राईवर तब तक सामान कमरे में रखवा ही रहा था। उन्होंने एक अंकल की सहायता से टी.वी. स्टार्ट करवा दिया तथा कार्टून चैनल देखने लगे। कमरे की हर चीज पर वो नजर डाल चुके थे। इन्टरकॉम से भी छेड़छाड़ कर चुके थे।

नाश्ता करने के बाद हम लोगों ने थोड़ा आराम किया। फिर बच्चों के साथ लंच का आर्डर कर दिया। बच्चों ने लंच में ढेर सारी डिमांड कर डाली। किसी तरह नौशीद के समझाने से वो माने। लंच करके नौशीद ने किसी तरह से उनको सुला दिया।

हम लोग कमरे की बालकनी में आकर बैठ गये। नौशीद ने कॉफी मंगवा ली और हम लोग कॉफी पीने लगे। मौसम काफी अच्छा था तथा आसमान में बादल घुमड़ रहे थे। बालकनी में काफी अच्छी हवा लग रही थी।

रात में डिनर करने के बाद बच्चे काफी देर तक टी.वी. देखते रहे। फिर कहीं उन्हें नौशीद ने सुलाया। लेकिन हम लोग तो देर रात तक बिस्तर पड़े-पड़े जागते रहे। दिन में सोने के बाद अभी आँखो में नींद नहीं थी। कमरे की बड़ी-सी खिड़की से मैंने पर्दा हटा दिया था। दूर दूर तक पहाड़ों का खूबसूरत नजारा दिख रहा था। शहर की झिलमिलाती लाईटें पहाड़ों की घाटियों में बड़ी खूबसूरत दिखाई पड़ रही थी। नौशीद नाईटी पहने लेटी हुई थी, मैंने भी ट्रेक सूट पहन रखा था।

''अब ठीक लग रहा है न।'' नौशीद ने मेरे कुछ पास आते हुए कहा।

''ऐ...हाँ, यहाँ पर कुछ ठीक लग रहा हैं। बच्चे बहुत शरारत कर रहे है। इन पर हमें बहुत ध्यान रखना पड़ेगा।''

''आप बच्चों की बिल्कुल भी चिन्ता न करें। मैं सब सँभाल लूँगी। बस आप अपने हिसाब से आराम कीजिऐ। जब आपका घूमने का मन हो तो हमें बता दीजियेगा। हम लोग माल रोड वगैरहा घूम आएँगे।'' नौशीद ने अपनी सुस्ती से भरी हुई आवाज़ में मुझसे कहा।

दो रात रूकने के बाद ऐसा लगने लगा, जैसे बहुत सी नकारात्मक चीजें पीछे छूट गयी हैं। बच्चे बहुत खुश थे। उन्होंने पहली बार पहाड़ देखे थे। बाहर काफी जगह थी बच्चों के खेलने के लिए। खाने के लिये ऑर्डर देने पर कुछ भी आ जाता था। उन्हें ऑर्डर देने में बहुत मजा आ रहा था। खाने के बाद या तो वे टी.वी. से चिपक जाते थे या उछल कूद करने लगते थे।

हमें शिमला में लगभग दस दिन हो गए थे। धीरे-धीरे मेरा मन ठीक होने लगा था। बच्चे अब मुझसे काफी घुल-मिल गए थे। शिमला की शान्ति एवं एकान्त

में पूरा दिन उनके तथा नौशीद के साथ बिताने से मन स्थिर होने लगा था। मन उनसे, नौशीद से सम्बद्ध होने लगा था।

माल रोड की चहल-पहल तथा रौनक ने भी अवसाद की सफाई का काम किया था। शिमला की ताजी हवा व स्वास्थ्यवर्धक मौसम की मेरे मन को अभी और आवश्यकता थी। नौशीद भी मेरे स्वास्थ्य में तेजी से होते सुधार से बहुत खुश थी, इसीलिये कुछ और दिन रहने का हम लोग प्लान बना चुके थे।

कोने का कमरा था। आधी रात हो चुकी थी। बच्चे सो गए थे। हम धीमी आवाज़ में टी.वी. देख रहे थे। नौशीद को भी नींद आ रही थी। मैं खिड़की पर आकर खड़ा हो गया। नौशीद ने उठकर टी.वी. बन्द कर दिया तथा सोने के लिए बिस्तर पर पसर गयी।

अप्रैल का पहला हफ्ता था, इस समय शिमला का मौसम बहुत अच्छा रहता है। खिड़की मैंने खोल दी थी, ठंडी हवा धीरे-धीरे कमरे में आ रही थी। नौशीद धीरे से बोली "अरे खिड़की बन्द कर दीजिए। बच्चों को ठंड लग जाएगी।" मैंने खिड़की बन्द कर दी।

मेरा मन ताजा हो गया। दूर-दूर तक घरों की लाईटें टिम-टिमा रही थीं। बहुत खूबसूरत नजारा दिख रहा था। दिन में थोड़ी बारिश हो गयी थी, इसीलिए मौसम में कुछ अतिरिक्त नमी आ गयी थी। शाम को माल रोड पर हमने खूब मस्ती की थी, इसलिए नौशीद थकी हुई थी। जेल से छूटे हुए काफी दिन हो गए थे, लेकिन अभी तक हम एक-दूसरे से अलग-अलग ही रहे थे। नौशीद को कोई जल्दी नहीं थी। मेरा तो इधर ध्यान ही नहीं जाता था।

नौशीद खिड़की के पास ही लेटी हुई थी। उसने खिड़की से दूसरी तरफ मुँह कर रखा था। आज उसने कत्थई रंग की नाईटी पहनी हुई थी, जो उसने शिमला में ही खरीदी थी। बाहर घूमने आने पर वो खूब खरीदारी करती थी। इस बार कुछ कम कर रही थी।

नाईटी में उसके उभार साफ दिखाई दे रहे थे। कोई उसे देखकर कह नहीं सकता था कि वो दो बच्चों की माँ है। लगभग पहले ही जैसा सांचे में ढला हुआ शरीर। फिगर का उसने इन वर्षों में भी बहुत ख्याल रखा था। चेहरे की रंगत भी कुछ हद तक लौट आयी थी। शिमला की ठंडी वादियों ने उसकी त्वचा में पुराना वाला लावण्य भर दिया था। आज बहुत दिन बाद उसके लिए मेरे मन में इतना प्यार एवं रोमांस उमड़ रहा था।

मैं धीरे से उसके पास बैठ गया। फिर उसकी बगल में लेट गया तथा धीरे-धीरे बाँहों का घेरा उसके चारों तरफ डाल दिया।

"हूँ, क्या कर रहे हो शिवेन्द्र, नींद आ रही है। आप भी सो जाइये, दवाई

खाकर सोना।''

''आज नहीं सोना है...।''

''क्यूँ... ?''

''आज तुमसे ढेर सारी बातें करने का मन है, अपनी नौशीद को फिर से पाने का मन है।'' मेरी बात पूरी होते होते वो मेरी तरफ पलटकर बोली-

''क्या हो गया है आपको अचानक? अभी अपने को स्वस्थ तो हो जाने दीजिए।'' उसने मेरी पकड़ को ढीली करते हुए कहा।

'' अब मैं काफी हद ठीक हो गया हूँ। मुझे और अधिक ठीक होने के लिए तुम्हारे प्यार की जरूरत है। यही होटल तो था नौशीद, जब हमने रोमांस को भरपूर तरीके से जिया था। रोमांस में हम लोग कितना खो गये थे। क्या दिन थे वो भी?''

''हाँ ये तो मैं भी देख रही हूँ कि आप अब काफी हद तक ठीक दिख रहे हैं। बस कल ये दाढी-मूछें कटवा दीजिएगा, एक बार शेविंग करने के बाद आप जैसे इन्हें फिर से काटना भूल गए हैं। ये मुझे जेल की विरासत जैसी लगती हैं। अब सो जाइए... सुबह बातें करेंगे।'' उसने आँखें बन्द करते हुए कहा। लेकिन बदन को ढीला छोड़ दिया था।

मुझे वो पल याद हो आए, जब हम हनीमून के लिए शिमला आए थे। आने-जाने का सफर तथा शिमला में रूकने का समय शानदार रहा था। हमने हर पल का मजा लूटा था। नौशीद तो शिमला से जाना ही नहीं चाहती थी।

शिमला एवं माल रोड की वो सारी मस्ती याद हो आयी। नौशीद का मेरी बड़ी-बड़ी बाँहों में समा जाना तथा हनीमून की दूधिया चाँदनी में पिघल जाना भी याद हो आया।

मैंने उसे बाँहों में जकड़ लिया, फिर उसे धीरे-धीरे चूमना शुरू कर दिया। होंठ फिसलकर जैसे ही उसके होठों पर पहुँचे, वो मुझसे चिपक गयी।

''ओह शिवेन्द्र, कितना मिस किया है मैंने आपको। इतने सालों में बिस्तर जैसे काटने को दौड़ता था। अब मेरे लिए इतना ही काफी है कि आप मेरे पास हो, साथ हो। मुझे कुछ और नहीं चाहिए।'' कहते हुए उसने मेरे होठों को चूम लिया।

उसने कुछ देर तक मेरा विरोध किया, लेकिन मैं आगे बढ़ता गया। पहाड़ की ठंडी एवं शान्त वादियों में दो बदन एक होने लगे। लम्बे विरह की दूरी बहुत जल्दी मिटना चाह रही थी।

''ओह...आह...ओह, अब हम कभी अलग नहीं होंगे शिवेन्द्र। अब आपको कोई मुझसे अलग नहीं कर सकता है।''

''हाँ, नौशीद। अब सब ठीक रहेगा। ओह, मेरी नौशीद, ओह।''

पहाड़ी वादियाँ जैसे अब पहले से अधिक शान्त हो गयी थीं। वर्षों की जमी

बर्फ पिघल चुकी थी।

सुबह मैं जब तक उठा, नौशीद तब तक सारा काम निबटा चुकी थी। बाहर खुले में बच्चे क्रिकेट खेल रहे थे। धूप पूरी तरह से खिली हुई थी। मुझे देखकर नौशीद का चेहरा लाल हो गया। वो ऐसे शरमायी, जैसे रात में कुछ अजीब हो गया हो।

''क्या हुआ तुम्हें...यूँ शरमा क्यों रही हो?''

''धत्-मक्कार हैं आप, अच्छे से सोने भी नहीं देते।'' कहते हुए कमरे से बाहर निकलना चाह रही थी। मैंने उसे बाँहों में लेते हुए कहा—

''नौशीद तुम बहुत जिम्मेदार एवं गम्भीर हो। तुमने सारे दुख उठाकर सब सँभाल लिया था। नौकरी की, मेरा ख्याल रखा, माँ का ख्याल रखा और बच्चों को किसी प्रकार की कमी महसूस नहीं होने दी। तुम्हारे प्यार एवं देखभाल का ही नतीजा है कि मैं जेल से छूटने के बाद इतनी जल्दी स्वस्थ महसूस करने लगा हूँ।''

''ऐसा नहीं है शिवेन्द्र, आपने मुझसे अधिक सहा है। अन्त में सब ठीक हो गया। हमने हिम्मत नहीं हारी। बाकी अच्छे लोगों का साथ मिल गया... अब हम फिर से सब कुछ शुरू करते हैं।'' उसने मेरे सीने पर सिर रखते हुए कहा।

''अरे, अच्छे लोगों से याद आया, चेतन बाबू का हालचाल लिए हुए तो हमें बहुत दिन हो गए।''

''अभी-अभी तो मैंने अपने फोन पर उनकी मिस्ड कॉल देखी है। आप भी देखिए, शायद आपके फोन पर भी कॉल हो।'' उसने धीरे से मुझसे अलग होते हुए कहा। फिर वो बच्चों के पास चली गयी।

मोबाईल चैक करने पर मैंने पाया कि चेतन की कई मिस्ड कॉल थीं। मैंने तुरन्त फोन लगाया। वो दो दिन बाद शिमला आ रहा था। उसका तो पहाड़ों में अक्सर आना-जाना लगा ही रहता था। हम लोगों से मिलना चाहता था। मैंने थोड़ा सोचकर दो दिन बाद मिलने के लिए कह दिया। नौशीद को पता चला तो वो खुश हुई।

होटल से निकलकर मैं पास के ही एक सैलून में गया और अपनी दाढ़ी-मूछें मुंडवा दी। बाल भी छोटे करवा दिए तथा बालों में कलर भी करवा लिया। नहाकर मैं जब नौशीद के सामने आया, तो वो खिल उठी। गालों पर हाथ फिराते हुए बोली-

''अब आप लगने लगे हैं एकदम स्मार्ट।'' बच्चे तो देखकर सकपका ही गए, फिर पहचानते हुए खुश हो गए। दाढ़ी-मूछों व बालों के साथ जैसे जेल की परछाई से भी मुक्ति मिल गयी थी। हम सबको अच्छा लग रहा था।

जेल ने बुरा अहसास दिया तो कुछ अच्छी यादें एवं अच्छे दोस्त भी दिए- डॉक्टर, चेतन, छत्रपाल एवं जेलर साहब। इन सब ने अंधकार की गहरी खाईयों में पूरी तरह डूबने से मुझे बचा लिया।

और चेतन... उसने तो वो किया, जिसका अहसान चुकाना मेरे लिए असम्भव है।... मुझे अभी भी कई बार लगने लगता है कि अगर वो मुझसे न जुड़ता तो शायद जेल की चाहरदीवारी में मैं हमेशा के लिए कैद हो जाता, वहीं दम तोड़ देता। सारा परिवार बिखर जाता। या फिर बाहर आता भी तो बहुत देर हो चुकी होती। तब तक मैं बहुत कुछ गवां चुका होता। लेकिन अब परिस्थितियों ने मुझे फिर से नया जीवन दे दिया था।

वही चेतन आज आने वाला था। हम सब उसकी बाट जोह रहे थे।

चेतन सूरज चढ़ते ही हमारे होटल पहुँच गया। बच्चे उस समय सो रहे थे। नौशीद और मैं भी गुनगुनी धूप का लुत्फ उठा रहे थे।

''आओ चेतन भईया... हम आपका ही इन्तजार कर रहे थे।'' नौशीद ने चेतन के लिए धूप में एक कुर्सी खींचते हुए कहा। मुझसे हाथ मिलाकर चेतन उस पर बैठ गया। कुछ थका-थका सा लग रहा था।

''अचानक शिमला कैसे आना हो गया?'' मैंने चेतन की तरफ देखते हुए कहा।

''हमारा ''सेव ट्रीज'' नाम का जो आन्दोलन चल रहा है, वो मुझे पेड़ों व पहाड़ों के बिना रहने ही नहीं देता है। जंगल तो पहाड़ों में ही थोड़ा-बहुत बचा है, बाकी तो इंसानों ने सब जला डाला है, काट डाला है। खैर अपनी सुनाईये। हवा-पानी बदलने का प्रभाव तो दिख रहा है।'' फिर काफी देर तक वह अपने आन्दोलन के बारे में चर्चा करता रहा।

ये कहना भी नहीं भूला कि वो अपने आन्दोलन में उन्हीं लोगों को शामिल करना चाहता है, जो उसे समय दे सकें एवं पेड़-पौधों, प्रकृति से प्यार कर सकें। उसने यह भी बताया कि वो बहुत व्यस्त होने वाला है, अगले दो माह के लिए।

बातचीत करते-करते नौशीद ने चेतन से कहा ''भैय्या जो बीत गया, जो चला गया उसे तो वापस लाया नहीं जा सकता है। लेकिन फिर भी खैर, क्या मैं आपको एक सलाह दे सकती हूँ?''

''हाँ...हाँ क्यों नहीं?'' चेतन ने नौशीद की तरफ कुछ आंशका से देखते हुए कहा।

''भैय्या...आप अतीत को भूलने की कोशिश कीजिए... फिर से कोई अच्छी सी लड़की को पसन्द कर लीजिए...और शादी कर लीजिए।'' उसने सकुचाते हुए अपनी बात कह दी।

''नौशीद... मेरी बहन, तुम भी न।... अब मेरा मन शादी का नहीं रहा। मेरी शादी हो चुकी है, हमेशा के लिए।''

''किससे चेतन भाई?'' मैंने चकित होते हुए कहा।

''अरे भई प्रकृति से... पेड़-पौधों से... और किससे।'' चेतन ने हमारी तरफ देखते हुए कहा।

''भैय्या...आप भी न।... अपने आन्दोलन से जुड़ी किसी लड़की को भी तो पसन्द कर सकते हैं।'' नौशीद ने कह तो दिया, लेकिन फिर उसे लगा कि कहीं चेतन को खराब न लग जाए। पहले की प्रेमिका श्रद्धा विष्ट के बारे में वो सब जानती थी।

''नौशीद, मेरी बहन, पुराने जख्म इतने गहरे हैं कि उनकी याद न दिलाओ। शादी की बात करते ही वो सब फिर से जीवित होने लगते हैं।... अब प्रकृति के लिए... पेड़ों के लिए काम करने में ही मुझे बहुत सन्तोष मिलता है। उसी के सहारे मैं जी लेता हूँ।... मैं फिर से शादी के बारे में सोच भी नहीं सकता हूँ।'' बात पूरी करने के बाद उसने बातचीत का टॉपिक ही बदल दिया। नौशीद भी समझ गयी।

हम उसके साथ में लंच लेने की तैयारी कर रहे थे। लेकिन वो बिना लंच लिए ही वापस चला गया। बता रहा था कि पास की ही किसी ऊँची चोटी पर जाना है, वहाँ से कुछ अवैध पेड़ कटान की सूचना है। प्रकृति के प्रति उसका प्रेम, उसका दायित्व देखते ही बनता था।

कितना रमा हुआ था वो अपने काम में। न शादी की चिन्ता, न घर की और न ही खाने-पीने की। दिन-रात केवल पेड़ों के लिए, प्रकृति के लिए संघर्ष कर रहा था।

नौशीद का मूड खराब हो गया। वो एक दिन पहले से ही चेतन के साथ लंच की तैयारी कर रही थी। चेतन भैय्या के साथ बच्चों को खेलते देखना चाह रही थी। ढेर सारी बातें भी उसके साथ शायद करना चाहती थी। उसके शाम तक भूखा रहने के विचार ने उसका और मूड खराब कर दिया।

''हमारे यहाँ पर होते हुए भी चेतन भैय्या शाम तक भूखे रहेंगे।'' उसने दुखी होते हुए कहा।

''अरे। उसकी असली भूख तो प्रकृति प्रेम से ही मिटती है। ऊपर जाकर काम करने का सन्तोष ही उसका पेट भर देगा।'' मैंने नौशीद को समझाते हुए कहा।

बात को आगे बढ़ाते हुए मैंने कहा— ''वो अपनी प्रेमिका को लेकर इतना दीवाना एवं रोमांटिक रहा था कि अब उसको देखकर विश्वास ही नहीं होता है कि वह कभी इतना रोमांटिक भी रहा होगा। इंटर तक दोनों साथ में पढ़े थे।

बाद में श्रद्धा ने पर्यावरण की पढ़ाई के लिए चेतन से अलग एडमिशन ले लिया। श्रद्धा पर्यावरण के क्षेत्र में ही आगे बढ़ना चाहती थी। चेतन को पर्यावरण का विषय पसन्द नहीं था। लेकिन उसने श्रद्धा के साथ ही एडमिशन ले लिया तथा पर्यावरण विषय में पढ़ाई करने लगा।

धीरे-धीरे श्रद्धा भी उसे पसन्द करने लगी तथा श्रद्धा के व्यक्तित्व के प्रभाव में वो पर्यावरण एवं प्रकृति को जानने के लिए लालायित रहने लगा। उसका

पर्यावरण एवं प्रकृति के प्रति लगाव बढ़ता गया।

बाद में श्रद्धा ने पर्यावरण एवं प्रकृति से जुड़ा एन.जी.ओ. 'सेव ट्रीज' रजिस्टर्ड करवा लिया। चेतन ने पहले तो उसके एन.जी.ओ. को थोड़ा समय ही दिया। लेकिन जब उसे ये काम पसन्द आने लगा तो वो श्रद्धा से भी अधिक समय देने लगा। श्रद्धा भी धीरे-धीरे उसे बेहद पसन्द करने लगी।

दोनों ने सही समय आने पर शादी करने का फैसला कर लिया था। लेकिन शादी करने का फैसला भविष्य में बच्चे पैदा न करने के फैसले से भी जुड़ा था। वे बच्चे इसलिए नहीं चाहते थे, क्योंकि परिवार की जिम्मेदारी बढ़ने से अपने काम से ध्यान भटक सकता था और समय भी कम ही दे पाते।

श्रद्धा दिल की बहुत अच्छी थी, उसका हृदय बहुत विशाल था। चेतन के लिए श्रद्धा के बहुत मायने थे। श्रद्धा का प्रकृति से बहुत गहरा व साक्षात् सम्बन्ध था। विरोध प्रदर्शनों में भी वो ही अगुआ रहती थी।

ऐसा लगता था कि जैसे वो पेड़-पौधों, पशु-पक्षियों के दर्द को स्वयं महसूस करती थी। उसने चेतन को भी वैसा अहसास दिलाने का कई बार प्रयास किया। हमेशा उसका चेहरा ऊर्जा से लवरेज रहता था, कभी थकान तो महसूस ही नहीं करती थी। चेतन भी धीरे-धीरे वैसा ही हो गया था।

विरोध-प्रदर्शनों में उसे श्रद्धा की बहुत चिन्ता रहती थी। वो कई बार ज्यादा आक्रामक हो जाती थी। एक बड़े व व्यापक विरोध प्रदर्शन में पुलिस का लाठीचार्ज हो गया और श्रद्धा भयंकर रूप से घायल होकर चल बसी।

चेतन पूरी तरह से टूट गया। वो उसका हिस्सा बन चुकी थी। उसके बिना वो अपने जीवन के बारे में सोच भी नहीं सकता था। बहुत दिनों तक तो वो घर से बाहर ही नहीं निकला। काफी समय बाद उस मनोदशा से निकल पाया। फिर वो भी श्रद्धा जैसा ही हो गया। उतना ही प्रकृति, पर्यावरण के लिए लड़ने वाला तथा आक्रामक। प्रकृति, पशु-पक्षियों से साक्षात् सम्बन्ध बनाने वाला।

उसकी शादी का तो सवाल ही पैदा नहीं होता है। जेल में जब भी कोई उसके शादी की बात छेड़ता था, तो वो नाराज हो जाता था। मुझसे ही ये सब उसने एक बार भावुक होकर बता दिया था। उसका मानना है कि श्रद्धा अभी भी ज़िन्दा है, वो पेड़-पौधों, पशु-पक्षियों के माध्यम से उससे बातें करती है, अपने वजूद का उसे अहसास दिलाती रहती है।

वो जब भी अकेला एवं कमजोर महसूस करता है, तो पेड़-पौधों के झुरमुट में चला जाता है तथा घंटों वहाँ बिता देता है। वहाँ बैठकर उसे श्रद्धा के आगोश का अहसास होने लगता है।

इसलिए उससे शादी की बात करना ठीक नहीं है। पता नहीं कैसे तुमसे इस

मुद्दे पर बात कर ली और नाराज नहीं हुआ। मुझे तो उसके नाराज होने का भय सता रहा था।'' सुनते-सुनते नौशीद की आँखें भर आयीं।

''उनके साथ सच में बहुत बुरा हुआ है, तभी वे पेड़-पौधों के लिए इतने चिन्तित रहते हैं।'' नौशीद ने अपने दुपट्टे से आँसू पोंछते हुए कहा। वो उठकर बालकनी में चली गयी तथा वहाँ से पहाड़ों की तरफ एकटक देखने लगी। शायद वो उस तरफ देखने का प्रयास कर रही थी, जहाँ पर चेतन गया हुआ था।

मैं वहीं धूप में बैठा-बैठा सोचने लगा कि क्या पेड़-पौधों की, पशु-पक्षियों की भी कोई भाषा होती है? शायद होती है। किसी भी जीव के लिये बिना भाषा के इस पृथ्वी पर अस्तित्व बनाए रखना असम्भव है। ऐसे व्यक्ति के बारे में मैंने सुना था, जिसे शेरों से भी डर नहीं लगता है। वो शेर के पास चला जाता है, शेर उसे देखता है, कुछ महसूस करता है, तथा उसे अपने झुंड का सदस्य मानते हुए व्यवहार करने लगता है। कई अन्य जानवरों के साथ भी वो ऐसा कर चुका है।

तो क्या जानवरों में भी अहसास की क्षमता होती है। जवाब हाँ में ही है। वो निडर व्यक्ति प्रकृति प्रेमी है, पशु-पक्षी प्रेमी है।... वो उनके दर्द, उनकी समस्याओं को उन्हीं की तरह समझता है, महसूस करता है। जैसे ही वो शेर के पास जाता है तो शेर व्यक्ति के उस गुण को पहचान लेता है, उसकी सारी असुरक्षा समाप्त हो जाती है। दोनों की आँखे मिलती हैं, संवाद और गहरे स्तर पर उतर जाता है। शेर समझ जाता है कि ये तो हमारा मित्र ही है।

सारा विवाद एवं अविश्वास परस्पर समझ एवं प्रेम में तब्दील हो जाता है। उस व्यक्ति के लिए वो शेर, शेर न होकर पृथ्वीवासी एक प्राणी हो जाता है, जिसका अपना वजूद है... और शेर के लिए वो व्यक्ति उसका अपना एक भाई ही बन जाता है। दोनों उस स्तर पर हैं, जहाँ पर वे एक-दूसरे की भाषा को समझ सकते हैं, उसमें संवाद कर सकते हैं।

यहाँ एक गूढ़ बात यह भी है कि व्यक्ति को उस स्तर तक पहुँचने के लिए बहुत मेहनत एवं तपस्या करनी पड़ती है, जबकि शेर में या अन्य किसी जानवर में या पशु-पक्षी में ये क्षमता स्वाभाविक रूप में जन्मजात होती है।

तब प्रश्न ये उठता है कि व्यक्ति इस कार्य में क्यों पिछड़ गया है? व्यक्ति अपने कर्मों से पिछड़ गया है। सभ्यता के विकास में प्रकृति से पूरी तरह कट गया है। जब उसका प्रकृति, पशु-पक्षियों से नाम-मात्र का सम्पर्क रह गया है तो फिर उनकी भाषा को कैसे समझ पाएगा।

कुछ पीढ़ी पीछे जाते हैं, तो पाते हैं, पहले व्यक्ति प्रकृति से उतना विमुख नहीं था। गाँव में लोग समय का पता चाँद-तारों एवं सूरज की स्थिति के हिसाब से लगा लेते थे। सुबह भोर में अपने आप उठ जाते थे तथा तारों की स्थिति के हिसाब से

समय को पढ़ लेते थे।

खेती-किसानी भी पशुओं के माध्यम से होती थी। लोग इलाज भी देशी-जड़ी-बूटियों के माध्यम से कर लेते थे। उनकी जीवन चर्या कहीं न कहीं प्रकृति से जुड़ी हुई थी।

इसी तरह जितना हम पीढ़ीगत पीछे जाएँगे... समय को पीछे ले जायेंगे। मनुष्य को प्रकृति के और करीब पाएँगे। दोनों का और अधिक साहचर्य पाएँगे। कुछ हज़ार वर्ष अगर पीछे जाएँगे तो पाएँगे कि व्यक्ति प्रकृति की हर गतिविधि में शामिल था।

सबसे पहले उसने अपनी प्रजाति की मजबूती एवं रक्षा के लिये झुंड में रहना शुरू किया। पैरों पर चलना शुरू करके हाथों को अन्य कार्यों के लिये स्वतन्त्र किया।

धीरे-धीरे उसने अपनी गतिविधियों का विस्तार करना शुरू किया। लेकिन जब तक व्यक्ति श्रमिक एवं खेतिहर रहा, तब तक वो हवा, आन्धी, वर्षा, ओलावृष्टि, गर्मी, उमस तथा बर्फवारी आदि के प्रत्यक्ष सम्पर्क में रहा। तब तक व्यक्ति प्रकृति के हर एहसास से जुड़ा रहा। दोनों पक्ष एक दूसरे की भाषा को अच्छे से समझते थे।

वर्तमान में व्यक्ति सुबह से शाम तक मोबाईल, टी.वी. एवं अन्य भौतिक संसाधनों के साथ में समय व्यतीत करता है। मनुष्य के परस्पर सम्बन्धों में भी भौतिकता की प्रधानता बढ़ती जा रही हे। प्रकृति से व्यक्ति की निकटता अब टी.वी. प्रोग्राम एवं आंगन में लगे पौधों के गमलों तक सिमट कर रह गयी है।

पहले घरों की बनावट ऐसी थी कि उनमें छोटे मोटे कीड़े-मकौड़े अपने आप बने रहते थे... अब उनको भी हम लोग पेस्टीसाईडस के माध्यम से खत्म कर देते हैं। आज की पीढ़ी के बच्चों का पेड़-पौधों, पशु-पक्षियों एवं प्रकृति के बारे में ज्ञान कार्टून चैनलों या हद से हद चिडियाघर तक सिमट कर रह गया है, वो भी मनोरंजन भर के लिये।

प्रकृति केवल मनुष्य के लिये साधन बनकर रह गयी है। उससे साहचर्य का सम्बन्ध लगभग समाप्त हो चुका है। बस गाँव में रहनेवाले किसान एवं मजदूर ही प्रकृति से थोड़ा बहुत सम्पर्क बनाये रहते है, लेकिन उनकी आत्मा भी भौतिकवादी साधनों की प्राप्ति के लिये ही प्रयास करती रहती है। वहाँ भी भौतिकता अपने पांव पसार चुकी है।

जंगलों को हम इतना उजाड़ते जा रहे हैं कि वहाँ पर रहनेवाली जनजातियाँ भी विलुप्ति की कगार पर हैं। उन्हें भी हम सभ्य होने के नाम पर जंगलों से निकालकर अपने जैसे जीवन से जोडने का प्रयास कर रहे हैं। उनके जीवन का हम लोग अपने नजरिये से विश्लेषण करने लगते हैं, जैसे लगता है कि हमने बड़ा सन्तुलित जीवन दर्शन खड़ा कर रखा है।

जीवन पूर्णत: कृत्रिम होता जा रहा है। अब हम टेक्नोलॉजी, भोग-विलास, भौतिकता की भाषा समझते हैं। प्रकृति, पशु-पक्षियों से संवाद करने की क्षमता पूरी तरह से खो चुके हैं। इसी को हम विकास की महागाथा कह रहे हैं। जबकि हकीकत में हम जितना भौतिक विकास प्राप्त कर रहे हैं, उससे अधिक प्राकृतिक विरासत एवं अनुभव को खो रहे हैं या खोते जा रहे हैं।... इस पथ पर चलते चलते हम संभवत: एक दिन पृथ्वी से जीवन को ही समाप्त कर देंगे।

नौशीद रसोई में काम करते करते बाहर आ गयी थी। आते ही उसने कहा—

"क्या सोच रहे हैं? बच्चों को उठा दीजिए।"

"हूँ...तुम उठा दो... मेरा मन नहीं हैं।" वो समझ गयी। कुछ देर बाद दोनों बच्चे आँखे मलते हुए मेरे पास चले आए तथा बेटी गोद में आकर बैठ गयी, बेटा पास पड़ी कुर्सी पर आकर बैठ गया। नौशीद उनके लिए दूध तैयार करने लगी।

छुट्टी खत्म होने को आयीं, लेकिन हम वहाँ पर कुछ और वक़्त गुजारना चाहते थे। बच्चों की पढ़ाई थोड़ा डिस्टर्ब हो रही थी, लेकिन वो गर्मियों की छुट्टियों में कवर करवायी जा सकती थीं। नौशीद ने बीमारी का प्रार्थना पत्र एक मित्र को स्पीड पोस्ट से भिजवा दिया, उसे उसको ऑफिस में भिजवाना था। ऑफिस में भी फोन द्वारा बीमारी की सूचना दे दी। वैसे ऑफिस में सब जानते थे कि मैं वापस जेल से लौटा हूँ, और हम लोग घूमने कहीं गए हुए हैं। इसलिए जानते हुए भी लोगों ने ज्यादा एतराज नहीं किया।

हमने होटल छोड़ दिया, वो बहुत महँगा पड़ रहा था। शिमला से सटे हुए छोटे से स्थान पर एक सस्ती कॉटेज ले ली, जिसमें रसोई थी। राशन-पानी का इन्तजाम किया और सुकून से रहने लगे। वहाँ पर और अधिक शान्ति व एकान्त था।

सुबह होते ही अपनी कॉटेज के बाहर हम दोनों बैठकर चाय पीते थे। पहाड़ों की शुद्ध एवं ठंडी हवा में घंटों प्रकृति के सौन्दर्य को निहारते रहते थे। फिर बच्चों के उठने के बाद उन्हें कुछ खिला पिलाकर उनके साथ क्रिकेट या फुटबॉल खेलते थे। बच्चे जब टी.वी. से चिपक जाते थे तो हम लोगों को अपने लिये कुछ अच्छा समय मिल जाता था।

दो दिन पहले पास की ही कॉटेज में अपने परिवार के साथ कुछ छोटे बच्चे और आ गये थे। इससे हमारे बच्चों को एक और कम्पनी मिल गयी थी। वो भी हमारे बच्चों की ही उम्र के थे।

मैं बीच-बीच में बच्चों को पहाड़ों में होने वाली खेती तथा अन्य गतिविधियों के बारे में जानकारी देता रहता था। कई बार मैं उन्हें साथ लेकर पहाड़ पर होने वाली खेती को दिखाकर भी लाया था। बच्चे पहाड़ों के ढलान पर उपर नीचे दौड़ने की कोशिश करते थे। नौशीद इसीलिये बच्चों को पहाड़ों पर लाने के लिये मना करती

थी। वो बच्चों की हरकतों को देखकर बहुत घबरा जाती थी।

पहाड़ के बच्चे अपने माँ बाप के साथ खेती एवं अन्य कार्यो के लिये पहाड़ों पर ऊपर नीचे बड़ी तेजी से दौड़ते रहते थे। उनके माँ बाप भी उनकी हरकतों से बिल्कुल परेशान नहीं होते थे। उनके खून में ही ऐसी हरकते रची बसी थीं तथा ये सब बचपन से ही उन्होंने देख रखा था।

वहाँ से भी हम लोग दिन में एक बार माल रोड अवश्य घूम आते थे। जिससे एकरसता न आ जाये और बच्चों का मन लगा रहे।

चालीस दिन शिमला तथा उसके आसपास रहने के बाद हम लोग घर वापस आ गए। माँ तथा रिश्तेदार तो मुझे देखकर हैरान रह गए। माँ का तो जैसे पहले वाला बेटा वापस आ गया था। रिश्तेदार भी मेरे अन्दर आए बाहरी एवं आन्तरिक परिवर्तन से खुश थे।

बच्चे फिर से स्कूल जाने लगे। अब उनके पापा पूरी तरह से घर लौट आए थे। शिमला में उनके साथ वक़्त गुजारने से लम्बे समय तक उनसे अलग रहने की टीस कुछ कम हो गयी थी। जेल में रहते हुए उनके अनेक चित्र मेरे मन में उभरते रहते थे... उनका अभाव मुझे अन्दर ही अन्दर खोखला कर रहा था। उनके बचपन का बड़ा हिस्सा मेरे जेल से बाहर आने से पहले ही बीत चुका था।

बच्चे अब मुझे बेहद प्यार करने लगे थे। हाँ ये जरूर पूछ लेते थे कि पापा आप इतने दिनों के लिए विदेश क्यों चले गए थे। उनके बार-बार पापा कहने से मेरा रोम-रोम खिल उठता था।

नौशीद पुन: ऑफिस जाने लगी। जीवन धीरे-धीरे ढर्रे पर आ रहा था। कुछ समय बाद मनोचिकित्सक के कहने पर मैंने सारी दवाईयाँ धीरे-धीरे बन्द कर दीं। अब मैं लगभग पूरी तरह स्वस्थ हो चुका था। हाँ रात में कई बार हड़बड़ाकर जरूर उठ जाता था, एक भयानक सपना आने के बाद। जो अक्सर जेल के इर्द-गिर्द ही होता था। उठने के कुछ देर बाद ही मुझे विश्वास होता था कि मैं तो जेल के बाहर हूँ।

ऑफिस में लोग नौशीद से मेरे बारे में पूछ रहे थे। वे सब मेरे भविष्य के बारे में जानने को उत्सुक थे। मैं भी अब घर में पड़ा-पड़ा बोर हो रहा था। डॉक्टर ने भी कोई काम करने की मुझे सलाह दी थी।

मैंने अपने पुराने मित्रों से सलाह ली तथा एक सॉफ्टवेयर कम्पनी डालने की ठान ली। उसमें बहुत खर्चा भी आने वाला नहीं था। कुछ पूँजी मेरे पास थी ही, बाकी उधार लेने की योजना थी। नौशीद को नौकरी ही करते रहना था।

इधर एक बार जेल के डॉक्टर से तथा जेलर साहब से भी फोन पर बात हुई। आज फिर डॉक्टर का फोन आया था। उन्होंने मुझे अपने घर पर मिलने के लिये बुलाया था। मैं सुबह सुबह ही उनके पास पहुँच गया।

"अरे इंजीनियर साहब, आप तो बहुत स्मार्ट हो गए हैं... बिल्कुल भी पहचान में नहीं आ रहे हैं। वो उदास एवं खोया-खोया सा इंजीनियर कहीं लापता हो गया है, ये तो कोई और ही व्यक्ति है।" डॉक्टर ने चुटकी लेते हुए कहा।

"हाँ, डॉक्टर साहब। जेल में रहते हुए तो सोचा भी नहीं था कि वही पुरानी खुशियाँ जीवन में फिर से लौट आएँगी। अभी भी मुझे तो विश्वास ही नहीं होता है कि मैं अचानक जेल चला गया और फिर जेल से छूट भी गया। सब कल की ही बात लगती है। जीवन कितनी जल्दी बीतता चला जाता है।" मैंने डॉक्टर के सामने कुछ भावुक होते हुए कहा।

"हाँ, जीवन बहुत छोटा है, मेरे दोस्त। उसमें भी कुछ समय विपत्तियों में चला जाता है, तो वह और छोटा हो जाता है। लेकिन इन सब चीजों पर हमारा नियंत्रण नहीं है।" डॉक्टर ने बात को आगे बढ़ाते हुए कहा।

"जेलर साहब कैसे हैं डॉक्टर साहब? उनसे भी मिलना है... कुछ समय बाद मिलूँगा।" मैंने बात को बदलते हुए कहा।

"जेलर साहब मस्त हैं, रोज़ाना बॉलीबाल खेलते हैं बन्दियों के साथ। कभी-कभी आपका जिक्र करते हैं, चेतन बाबू को याद करते हैं। अरे हाँ, याद आया चेतन बाबू के क्या हाल हैं? सब ठीक तो है।"

"चेतन बाबू अपने काम के प्रति समर्पित व्यक्ति हैं, वो दिल से काम करते हैं, दिल की सुनते हैं। अभी शिमला में मुलाकात हुई थी। खाना खाने तक का समय नहीं है उनके पास।"

"गम्भीर स्वभाव के तो हैं ही वो। अच्छा काम कर रहे हैं। हम सबकी दुआएँ हैं उनके साथ। मिलें तो हमारा नमस्कार कहिएगा उनसे।" डॉक्टर ने पुरानी यादों में जाते हुए कहा। फिर काफी देर तक हम लोग जेल के बारे में बात करते रहे। जेल के बन्दियों की चर्चा होती रही।

चेतन ने कभी भी मुझ पर किसी तरह का अतिरिक्त दबाव नहीं बनाया था, जिससे कि मैं उसके साथ काम करूँ। लेकिन एक अजीब सा दबाव मैं कई बार महसूस करता था। दबाव क्या, धीरे-धीरे मेरा भी मन सामाजिक कार्यों की तरफ हो चला था। जीवन में अब सिर्फ पैसा कमाना ही उद्देश्य नहीं रह गया था।

सारी प्रक्रियाएँ पूरी करने के बाद मैंने ग्रेटर-नोएडा में एक सॉफ्ट्वेयर कम्पनी डाल दी। मुहुर्त के दिन मैंने जेलर साहब, डॉक्टर साहब व अपने पुराने इंजीनियर साथियों को बुलाया था। ऑफिस मैंने किराए पर लिया था। कुछ लोन लेने से मेरा काम बन गया था। चेतन मुहुर्त पर आ नहीं पाया था। वो फिर से व्सस्त था।

कम्पनी का नाम रखा था-डेस्टीनेशन कम्पनी। मैंने जेलर साहब एवं डॉक्टर दोनों से फीता कटवाया। जितने भी लोग वहाँ उपस्थित थे, सभी ने तालियाँ

बजायीं। जेलर साहब एवं डॉक्टर आज अपने बच्चों एवं पत्नियों के साथ आये थे। नौशीद एवं हमारे बच्चे दोनों के परिवारो से घुल मिल गये थे। दोनों के डयूटी के समय को देखते हुए मैंने मुहुर्त का समय सुबह के नौ बजे का रखा था।

बाद में तीन चार लोगों ने कम्पनी के बारे में कुछ अच्छे शब्द बोले। उनमें जेलर साहब भी शामिल थे। डॉक्टर ने बोलने से मना कर दिया था। वो सार्वजनिक मंचो पर बोलने से परहेज करता था।

जेलर साहब ने कहा था–... ''इंजीनियर साहब को नई कम्पनी के लिये बहुत बहुत बधाई। मुझे आपसे ऐसी ही अच्छी उम्मीद थी। आप पर पूरा भरोसा था कि आप जल्द ही जीवन की नई पारी की शुरुआत अच्छे तरीके से करेंगे।... यही जीवन है, वो अपनी रफ़्तार से चलता रहता है। हमें हमेशा सकारात्मक रहते हुए अपने कार्यो को करते रहना चाहिये।... फिर से आपको एक बार और बधाई।''

मुहुर्त पर माहौल काफी अच्छा रहा था। नाश्ता करने के बाद धीरे धीरे सब लोग चले गए। बस मैं, डॉक्टर एवं जेलर साहब ही रह गए।

''काफी कम समय में आप स्वस्थ हो गए इंजीनियर साहब और नये काम के लिए ऊर्जा भी जुटा ली। आप सफल हों तथा आपका भावी जीवन आपकी इच्छाओं के अनुरूप हो।'' जेलर साहब ने खुश होते हुए कहा।

''ये सब आपके, डॉक्टर साहब... चेतन बाबू जैसे मित्रों के प्यार एवं सहयोग का कमाल है। मैं तो खुद आश्चर्यचकित हूँ कि मैं स्वस्थ होकर काम करने लगा हूँ। हालाँकि अभी भी जेल का फोबिया कभी-कभी सपनों में मुझे जकड़ लेता है, लेकिन धीरे-धीरे वो भी चला जाएगा मेरे जेहन से।'' मैंने जेलर साहब की तरफ सम्मानपूर्वक देखते हुए कहा।

फिर हम लोगों ने बहुत सी पुरानी बातों को फिर से दोहराया तथा ढेर सारे ठहाके लगाए। दोनों लोग फिर से मिलने का वादा करके चले गए।

शाम को नौशीद ने कहा कि मैं एक ड्राईवर रख लूँ, जो मुझे व उसे ऑफिस छोड़ दिया करे। हम लोगों में गाड़ी चलाने की हिम्मत उस घटना के बाद जाती रही थी। साथ ही उसने ये भी हिदायत दी कि कम्पनी में एक या दो पार्टनर बना लिए जाएँ, जिससे काम का बँटवारा हो जाएगा तथा उसी अनुपात में निवेश भी बढ़ जाएगा। तब आमदनी भी उसी अनुपात में स्वत: बढ़ जाएगी।

काफी समझाने-बुझाने पर फिरोज़ कम्पनी से जुड़ गया। उसका स्वयं का पैकेज अब काफी बढ़ चुका था और वो नोएडा में ही दूसरी कम्पनी में शिफ्ट हो गया था। उसने कम्पनी में अपनी पत्नी आयशा को पार्टनर बनाया, उसे ही कम्पनी में काम सँभालना था। उसकी पत्नी भी बी.टेक पास थी तथा घर पर बैठी-बैठी बोर हो रही थी। मुझे इससे काफी राहत मिली। क्योंकि मैं बहुत आराम से धीरे-धीरे काम

को बढ़ाना चाहता था।

लगभग एक साल और बीत गया। कम्पनी ने धीरे-धीरे गति पकड़ ली थी। एक दो अच्छे काम हाथ में आ गए थे। मैं पूरा ध्यान कम्पनी की तरफ लगा रहा था। अच्छा ये रहा कि आयशा मुझसे ज्यादा मेहनती थी तथा हर कार्य एवं प्रक्रिया पर पूरा ध्यान रखती थी। नौशीद एवं फिरोज़ भी अक्सर सहयोग करते रहते थे। इससे कम्पनी कुछ हद तक समय से पहले ही स्थापित हो गयी। सच कहूँ तो आयशा कम्पनी को मुझसे अधिक सँभाले हुए थी।

'आयशा' उम्मीद से अच्छा काम कर रही थी। वो दिल की भी बहुत अच्छी थी। दोनों की लव मैरिज हुई थी। वो महत्त्वाकांक्षी थी तथा अपनी अलग पहचान बनाना चाहती थी। धीरे-धीरे हम दोनों में अच्छी समझ पैदा हो गयी थी।

आधे दिन मैं ऑफिस में रहता था, तो आधे दिन वो ऑफिस में रहती थी या फिर एक दिन मैं ऑफिस जाता था, तो अगले पूरे दिन के लिए वो चली जाती थी। कम्पनी का स्टॉफ उससे बहुत खुश रहता था और दो गुनी मेहनत से काम करता था। उसके रहते मैं कम्पनी के अच्छे भविष्य के प्रति निश्चिंत हो चुका था।

नौशीद भी अब मेहनत कर रही थी, जिससे उसका पैकेज बढ़ गया था तथा प्रमोशन भी हो गया था। बच्चे अब पहले से कुछ कम लड़ने लगे थे। दोनों मेरे साथ प्रतिदिन कुछ न कुछ खेलना चाहते थे। मेरा समय चाहते थे। मैं भी कुछ समय उनके साथ जरूर खेलता था। घर पर पढ़ाने के लिए दोनों के ट्यूशन लगे हुए थे।

कम्पनी की सफलता पर हमने अपने निकट सम्बन्धियों को पार्टी दी। चेतन बाबू के अलावा लगभग सभी लोग पार्टी में आए। नौशीद के घर वाले, उसकी आंटी एवं अंकल तथा माँ, सभी लोग आए थे। जेलर साहब एवं डॉक्टर भी परिवार सहित आए थे। पार्टी ग्रेटर नोएडा के एक अच्छे होटल में रखी थी, जो कि परी चौक के पास ही था। जहाँ हमारा एक्सीडेन्ट हुआ था, उससे कुछ ही दूरी पर था।

सबने खूब मस्ती की। आयशा एवं नौशीद ने तो खूब डांस किया। आंटी एवं फिजा भी जमकर नाचे। लेकिन मेरा मन नहीं किया।

ऑफिस के लोग इस बात से काफी प्रभावित थे कि इतने कम समय में कम्पनी अच्छे से स्थापित हो गयी थी। जेलर साहब एवं डॉक्टर ने खूब अच्छे से एन्जॉय किया एवं उन्होंने मेरी फिर से काफी प्रशंसा की।

वैसे मुझे भी इतनी जल्दी कम्पनी से इतनी ज्यादा उम्मीद नहीं थी, लेकिन सब अपने आप ठीक होता चला गया। मैं पहले जितना पैकेज अपनी जॉब से लेता था, उससे कहीं ज्यादा कम्पनी के माध्यम से मुझे अब बचत होने लगी थी।

आयशा लगभग फिरोज़ के बराबर ही पैसा कमाने लगी थी। फिरोज़ आयशा के बारे में लिये गये अपने निर्णय पर बहुत खुश था। वो कह रहा था कि उसने काफी

सोच विचार के बाद ही आयशा को कम्पनी ज्वाईन करवायी थी। उसके घर वाले तो आयशा के बाहर काम करने के निर्णय के बहुत खिलाफ थे। दोनों ने बहुत दबाव के बीच आयशा के पक्ष में फैसला किया था।

अच्छी बात ये है कि आज फिरोज़ के घरवाले आयशा के बारे में सोचकर बहुत खुश थे तथा घर में आयशा का सम्मान काफी बढ़ चुका था।

पार्टी लगभग रात के एक बजे तक चली। दूर से आनेवाले लोग ग्यारह बजे तक चले गए थे। लेकिन मेरे ऑफिस से आए लोग पार्टी की समाप्ति तक बने रहे थे। नौशीद के घर वाले उनकी आंटी के यहाँ चले गए थे। उन्होंने अगले दिन घर पर आने के लिए कहा था।

घर आते ही बच्चे व माँ तुरन्त ही सो गए, लेकिन मेरी आँखों में नींद नहीं थी। आज की शाम इतनी अच्छी गुज़री थी कि मुझे बिल्कुल भी थकान नहीं हो रही थी। नौशीद कुछ देर बाद समझ गयी, वो मुझे बच्चों के कमरे से दूसरे कमरे में ले गयी। हम लोग बिस्तर पर लेट गए।

''अब दिमाग़ में कुछ सुकून लौटा है। कम्पनी की तरफ से कुछ निश्चिंतता आयी है। अब मैं अपने लिए कुछ समय निकाल सकता हूँ।'' कहते हुए मैंने नौशीद को बाँहों में समेट लिया। वो भी अपनी सम्पूर्ण कोमलता एवं मासूमियत के साथ मेरी बाँहों में समा गयी।

''वक़्त धीरे-धीरे सारे जख्म भर देता है शिव। खुदा पहले हमसे रूठ गया था, अब हम पर मेहरबान है। उसने हमें सब-कुछ पहले से भी ज्यादा मात्रा में लौटा दिया है।'' नौशीद ने अपना मुँह मेरे कान के पास लाते हुए बहुत हौले-हौले कहा।

''हाँ, वक़्त जख्मों को तो भर देता है, लेकिन वक़्त बीते खराब वक़्त की भरपाई नहीं कर पाता है।... खैर फिर भी अब मुझे ज़िन्दगी से कोई गिला-सिकवा नहीं है। बस अब कुछ सृजनात्मक करना चाहता हूँ।'' फिर धीरे-धीरे मैंने नौशीद के कोमल शरीर को बाँहों में जकड़ लिया तथा होंठो ने अपनी हरकत शुरू कर दी।

''अरे, बच्चे न जग जाएँ। माँ भी तो है, आप भी न।'' उसने धीमी आवाज़ में इस तरह से बोला कि जैसे वो बस कहने मात्र की खानापूर्ति कर रही है। वो बहुत खुश थी, उसकी खुशी की अभिव्यक्ति उसका शरीर कर रहा था।

''ओह शिवेन्द्र आपके कन्धे फिर से वैसे ही विशाल हो गए हैं। आपकी बाँहों की जकड़न अब पहले जैसी ही हो गयी है...ओह...शिवेन्द्र।''

''...तुम भी नौशीद... बिल्कुल वैसी ही हो।... जैसी शुरू के समय थीं... वैसा ही है सब कुछ,...ओह नौशीद।...ओह... वैसी ही कोमलता... वैसा ही दूधिया रंग...ओह।'' फिर बिस्तर पर पूर्ण शान्ति पसर गयी।

मैंने फिलहाल विदेश जाने का सपना त्याग दिया था तथा नौशीद ने स्कूल

खोलने का सपना छोड़ दिया था। हालाँकि हम दोनों के लिए ही अपने पुराने सपनों को छोड़ना बहुत कठिन था। जो सपने मुझे सोने नहीं देते थे। जिन्होंने हर मोड़ पर मेरा पीछा किया था। यहाँ तक कि जेल में भी दिन-रात परेशान किया था। उनके पूरा न होने की चिन्ता में मैं खंड-खंड हो गया था।

जेल से छूटने तक विदेश जाने का सपना ज़िन्दा था। नौशीद भी स्कूल खोलने का सपना पाले हुए थी। काफी समय तक हम परेशान रहे, सोचते रहे। अन्ततः चेतन बाबू के साथ जुड़ने की लालसा ने इन सपनों से दूर हो जाने के लिए प्रेरित किया। उन सपनों का बोझ कन्धों से उतार फेंका। माँ भी कई बार विदेश जाने से मना कर चुकी थी। नौशीद की भी इच्छा नहीं थी। कम्पनी ठीक से चल ही रही थी। अन्य सपनों के बारे में कुछ सालों बाद फिर से विचार किया जा सकता है।

हम लोग बचे हुए समय में कुछ ऐसा करना चाहते थे कि चेतन बाबू के आन्दोलन को उससे लाभ पहुँचे। मैं उनके आन्दोलन से अभी तक जुड़ा अवश्य नहीं था, लेकिन चेतन बाबू एवं उनके आन्दोलन को कभी भूलता भी नहीं था। उनके आन्दोलन के इतिहास के बारे में मैंने सारी जानकारी इकटठा कर रखी थी। बस यही सोचता रहता था कि कैसे उनकी तथा उनके आन्दोलन की कुछ कारगर सहायता की जाये।

हमारे पास समय कम था, इसलिये हम लोग उनकी तकनीकि रूप से सहायता करना चाहते थे, जिससे नोएडा-ग्रेटर नोएडा में रहते हुए भी उनकी अच्छे से सहायता की जा सके और जिससे उनके आन्दोलन को ठीक ठाक फायदा भी मिल सके। इस चीज के तकनीकि पहलुओं पर मैं नौशीद से चर्चा करता रहता था।

अब हम चेतन बाबू से जल्द से जल्द मिलना चाहते थे, ताकि उन्हें अपने प्लान के बारे में विस्तार से बता सकें। हमने पहले तो उन्हें अपने घर पर ही बुलाने की कोशिश की, लेकिन वो इस समय बहुत व्यस्त चल रहे थे। इसलिये हमने उनसे दिल्ली में ही मिलने का मन बना लिया था।

चेतन बाबू से वक़्त मिला तो मैं और नौशीद दिल्ली में उनसे मिलने के लिये पहुँच गए। वो हमें देखकर ज्यादा खुश नहीं हुए। शायद वे अन्दर ही अन्दर मुझे लेकर थोड़े नाखुश थे। जेल में हुए वार्तालाप से उन्होंने शायद मुझसे ज्यादा ही उम्मीद बाँध ली थी।

"चेतन बाबू - मुझे अफसोस है कि मैं आपके आन्दोलन से अभी पूरी तरह से नहीं जुड़ पाऊँगा। ऐसा नहीं है कि मैं प्रकृति से, पेड़-पौधों से प्यार नहीं करता। मैं अभी बस तकनीकी रूप से आपकी सहायता करना चाहता हूँ। मैंने महसूस किया है कि आपके आन्दोलन का तकनीकी पक्ष काफी कमजोर रहा है, जिससे आन्दोलन की लोकप्रियता उतनी नहीं हो पायी है। आप मेरा, हमारा काम देखेंगे तो निराश नहीं

होंगे।

फिलहाल तो इतना ही जुड़ पाऊँगा, हाँ आगे का नहीं पता। हो सकता है कि कुछ सालों बाद मैं अधिक वक़्त आपके आन्दोलन के लिए निकाल पाऊँ।'' मैंने कुछ संकोच करते हुए अपनी बात पूरी की।

''नहीं-नहीं, इंजीनियर साहब, इतना बहुत है हमारे लिए। जब पूरा मन हो तभी पूरी तरह से जुड़िएगा। अधूरे मन से किया गया काम फलदायी नहीं होता है।'' उसने मुझसे नजरें बचाते हुए कहा।

''मैं आपके आन्दोलन ''सेव ट्रीज'' को तकनीकी के व्यापक फलक पर ले जाऊँगा। मेरे पास उसकी एक विस्तृत योजना है। उसमें जो खर्च आएगा, उसे मैं स्वयं ही उठाने की कोशिश करूँगा। इसके अलावा आपको एक सलाह भी देनी चाहूँगा।'' मैंने बात पूरी करते हुए उसके चेहरे पर निगाह टिका दी। उसकी आँखें फैलकर कुछ चौड़ी हो गयी थीं।

''क्या सलाह देना चाहते हैं— बताइए, ये तो बहुत अच्छी बात है।''

''मैंने एक मैग्जीन का ब्लू प्रिन्ट तैयार किया है— उसका नाम रखा है— ''ग्रीन''। यह हिन्दी एवं अँग्रेज़ी, दोनों भाषाओं में होगी। इसका डिजिटल संस्करण भी निकाला जाएगा। इसमें शिक्षा, स्वास्थ्य एवं जनसंख्या पर एक-एक लेख प्रारम्भ में होंगे। एक लेख देश-दुनिया में प्रकृतिवादी आन्दोलनों के बारे में, उनकी प्रगति, भविष्य के बारे में होगा। उसके बाद पर्यावरण एवं परिस्थिति से संदर्भित नये-नये शोधों पर आलेख होंगे। यह मैग्जीन नये विचारक एवं नये विचार तैयार करने का कार्य करेगी, जिससे पर्यावरण को भविष्य में अधिक सुरक्षित बनाया जा सके।'' मैंने आत्मविश्वास के साथ अपनी बात रखते हुए आगे फिर कहा—

''इसका प्रथम संस्करण अगले दो माह में छपवाकर मैं प्रकाशित करवाऊँगा। यह पत्रिका मासिक होगी, जिससे इसकी गुणवत्ता बनी रहे। आगे आप इसे अपनी योजना में शामिल कर लीजिएगा।''

''ये तो कमाल का विचार है... इससे हम वैचारिक रूप से मजबूत होंगे। इसके लिए फंड की चिन्ता आप मत कीजिएगा। बस आप इसको निकालने की तैयारी कीजिए। भई वाह, मान गए इंजीनियर साहब। मैं तो सोच रहा था कि आप हमारे आन्दोलन को भूल ही गए। लेकिन आप तो लगता है मुझसे ज्यादा वैचारिक मेहनत कर रहे थे।'' चेतन ने मेरे हाथ को अपने हाथ में लेते हुए कहा।

''मैं चाहता हूँ 'ग्रीन' मैग्जीन का प्रचार-प्रसार आप अपने लोगों में करना शुरू कर दें। जो भी आलेख वे लिखना चाहें, लिखकर मेरे घर के पते पर भेज दें। मैं मैरिट के हिसाब से उन्हें मैग्जीन में जगह दे दूँगा। कुछ सीनियर लोगों का मुझे कान्टेक्ट नम्बर दे दीजिएगा। ताकि मैं उनके माध्यम से सम्पादक मंडल का विस्तार

कर सकूँ। मैग्जीन के ऑफिस के लिए ग्रेटर नोएडा में ही एक ऑफिस किराए पर लेना है। अभी छोटा ही लेंगे। बाद में बड़ा कर लेंगे।'' मैंने एक ही साँस में अपनी बात पूरी कर ली।

''अरे आपने तो सब सोच लिया है। मैग्जीन तथा उससे जुड़े सारे खर्चे हमारा एन.जी.ओ. उठाएगा। उसकी आप चिन्ता मत कीजिएगा। बस आप कुछ ऐसे लेखकों को जोड़ने का प्रयास कीजिए, जो वास्तव में पर्यावरण बचाने के लिए कोई नया विचार या शोध रखते हों।'' उसने उत्सुकतापूर्वक कहा।

''वो सब धीरे-धीरे होने लगेगा, भारत में प्रतिभा की कमी नहीं है। बस उसे सही प्लेटफार्म चाहिए।'' मैंने उसे आश्वासन देते हुए कहा।

अगले तीन माह तक ऑफिस से आने के बाद मैं 'ग्रीन' मैग्जीन को यथार्थ रूप देने में लग जाता था। इसका प्रधान सम्पादक मैंने चेतन बाबू को बनाया तथा कार्यकारी सम्पादक स्वयं मैं बन गया था। नौशीद को भी सम्पादक मंडल में शामिल कर लिया था।

इन्टरनेट एवं अपने सम्बन्धों के माध्यम से इसका प्रचार किया, साथ ही विभिन्न मुद्दों पर आलेख माँगे। क्योंकि मेरी पैठ ''सेव ट्रीज'' आन्दोलन के सक्रिय एवं चिन्तक सदस्यों में भी हो चुकी थी। इसलिए प्रथम संस्करण के लिए आवश्यकता से कई गुना आलेख आ गए। पर्यावरण से जुड़े शोधपरक आलेख अवश्य कम आ रहे थे, परन्तु शोध की तरफ बढ़ने वाले ऊर्वर विचारों से भरपूर आलेख ठीक-ठाक मात्रा में प्राप्त हुए।

प्रथम संस्करण का ब्लू-प्रिन्ट तैयार करके मैं चेतन बाबू तथा आन्दोलन के अन्य प्रमुख सदस्यों से मिला। उन्हें मेरा काम काफी पसन्द आया, मुझे आगे बढ़ने के लिए कहा गया। पैसे की कोई कमी नहीं थी। मुझे आन्दोलन की गहराई एवं मजबूती का अहसास हो चुका था।

कुछ दिन बाद मैग्जीन का डिजिटल संस्करण भी तैयार हो गया। हमने 'ग्रीन' मैग्जीन के तीनों संस्करण हिन्दी, अँग्रेज़ी एवं डिजिटल...जारी कर दिए। मैग्जीन का उद्घाटन चेतन बाबू को केन्द्रीय पर्यावरण मन्त्री से दिल्ली में कॉन्स्टीट्यूशन क्लब में करवाना था। चेतन बाबू तो 'मैग्जीन' को देखते ही रह गए थे।

उद्घाटन की तिथि निश्चित हो चुकी थी। हम सभी बहुत खुश थे। मुझे भी इतनी अच्छी मैग्जीन की उम्मीद नहीं थी। डिजिटल संस्करण के लिए मैंने आयशा एवं कम्पनी के स्टॉफ की सहायता ली थी। अभी मैग्जीन से जुड़ा सारा स्टॉफ व्यवस्थित नहीं हो पाया था। प्रथम पेज पर मेरा सम्पादकीय 'लेख' था, जो कि सभी को बहुत पसन्द आया था।

आज पाँच दिसम्बर की तारीख थी, हमारी मैग्जीन का उद्घाटन होना था। मेरे

लिये जेल से छूटने के बाद का यह सबसे बड़ा दिन था। इससे पहले कम्पनी का मुहुर्त भी करवाया था, फिर उसकी सफलता की पार्टी भी दी थी। लेकिन जितना इन्तजार आज के दिन का था, उतना उस समय नहीं रहा था। जब चेतन बाबू मैग्जीन को देखकर सन्तुष्ट हुए थे, तब मुझे लगा था कि मैंने चेतन बाबू के अहसानों का उधार कुछ हद तक चुका दिया है।

आज सुबह से ही घर में काफी चहल पहल थी। आंटी, अंकल, फिजा सब सुबह ही घर पर पहुँच चुके थे। जेलर साहब एवं डॉक्टर के पास ड्यूटी की वजह से दिल्ली जाने के लिये समय नहीं था। इस अवसर पर मैंने नौशीद की अम्मी एवं अब्बू को भी बुला लिया था। अब्बू तो नहीं आ पाये थे, लेकिन उसकी अम्मी दो दिन पहले ही घर पर पहुँच गयी थी। फिजा आज बहुत खुश थी, क्योंकि मैंने उसे मैग्जीन के क्रिएटिव सम्पादक के मंडल में जगह दी थी।

बारह बजे मैग्जीन का उदघाटन होना था। मैंने आज सफेद कुर्ता पायजामा पहन लिया था तथा नौशीद ने हल्के हरे रंग की साड़ी पहन ली थी। सारी तैयारी हो चुकी थी। मैग्जीन के सभी संस्करणों की लगभग तीस-तीस प्रतियाँ हम लोग साथ में ले जा रहे थे।

हमने अच्छे से नाश्ता किया तथा दो गाड़ियों से दिल्ली के लिये रवाना हो गये।

कुछ साल पहले दिसम्बर की शुरुआत में दिल्ली में हाड़ कंपा देने वाली ठंड पड़ती थी, कई बार अखबारो में लोगों की अलाव पर तापते हुए तस्वीरें भी छपती रहती थी। लेकिन अब तो जैसे ठीक से ठंड ही नहीं आती थी। अधिकतर लोगों ने केवल हाफ स्वेटर ही पहन रखा था। अंकल और मैंने ही बस फुल स्वेटर डाल रखा था। नौशीद एवं फिजा ने तो कोई गर्म कपड़ा पहन ही नहीं रखा था।

माँ बच्चों को सँभाले हुए थी तथा मेड उसकी सहायता कर रही थी। बस चाचा ही आज नहीं आ पाये थे। माँ का भी आने का मन नहीं था, लेकिन बच्चों की वजह से माँ को हम किसी तरह से ले आये।

दोनों बच्चे अब काफी समझदार हो गये थे। दोनों अपनी दादी एवं नानी से खेल रहे थे। नानी जब आती थी तो दोनों बच्चे कुछ ज्यादा ही सक्रिय हो जाते थे। दोनों नानी के बहुत लाडले थे। सिकन्दर तो नानी को छोड़ता ही नहीं था।

लेकिन दादी की जगह कोई नहीं ले सकता था। दोनों ही बच्चे दादी के पास रहने के लिये किसी को भी छोड़ सकते थे। दादी भी उनकी हर छोटी से छोटी इच्छा को पूरा करने की कोशिश करती थी। बाहर तो उन्हें घुमाती ही रहती थी।

दोनों गाड़ियाँ अब दिल्ली में प्रवेश कर चुकी थीं। फिरोज़ को फोन किया तो पता चला कि वे लोग भी दिल्ली में पहुँच चुके हैं तथा कुछ ही देर में वो क्लब में

पहुँच जाएँगे। पिछले कुछ सालों में दिल्ली में काफी फलाईओवर बन गये थे तथा चौड़ी-चौड़ी सड़को का जाल बिछ चुका था। फिर भी दिल्ली में गाड़ियों का इतना रेला रहता है कि अक्सर लोग जाम में फँस ही जाते हैं।

ठीक ग्यारह बजे हम लोग कॉन्स्टीट्यूशन क्लब में पहुँच गये। जिस हॉल में हमारा कार्यक्रम था, उसमें लोगों के बैठने के लिये काफी जगह थी। काफी लोग पहले ही पहुँच चुके थे। चेतन बाबू भी कुछ ही समय में पहुँचने वाले थे।

'सेवट्रीज' आन्दोलन के बहुत से कार्यकर्ता हरी टोपियाँ लगाये हुए काम को देख रहे थे। मंच पर सारी तैयारी हो चुकी थी। मैंने मैग्जीन की प्रतियाँ मंच के एक कोने में रखवा दी थीं।

चेतन बाबू कुछ समय के बाद पहुँच गये। उनके पीछे पीछे ही फिरोज़ एवं आयशा भी आ पहुँचे। मैंने चेतन बाबू का उन दोनों से परिचय करवाया। अपने परिवार के अपरिचित सदस्यों को भी चेतन बाबू से मिलवाया। फिजा उनसे मिलकर बहुत खुश हुई।

फूल मालायें, गुलदस्ते एवं अन्य जरूरी सामान मंच पर आ चुका था। हम लोग मंच पर विराजमान हो गये। मैग्जीन से जुड़ा हुआ सारा स्टाफ भी मंच के पास बैठा हुआ था। बस अब मन्त्री जी का ही इन्तजार था।

मन्त्री जी लगभग आधा घंटा देर से पहुँचे। मुख्य अतिथि की कुर्सी पर वे विराजमान हो गए। उनके एक तरफ मैं तथा दूसरी तरफ चेतन बाबू बैठे हुए थे। हज़ारों की संख्या में लोग इस अवसर पर पहुँचे थे। उद्घाटन वाकई में भव्य हो चला था।

सम्पादक मंडल के सभी सदस्य मंच पर विराजमान थे। मीडिया के भी काफी लोग पहुँचे हुए थे। एक-एक करके सभी लोगों ने अपने विचार रखे। सभी का मानना था कि ग्रीन मैग्जीन के माध्यम से प्रकृति के प्रति विद्वान एवं पढ़े-लिखे लोगों में चेतना का विस्तार होगा। आन्दोलन की साख बढ़ेगी तथा विश्व-फलक पर कुछ अच्छे आन्दोलनों एवं व्यक्तियों से सम्पर्क सधेगा।

सभी वक्ता अच्छा बोले, लेकिन सभी को चेतन बाबू के बोलने का इन्तजार था। औपचारिकता के बाद उन्होंने बोलना शुरू किया-

"मेरे भाईयों और यहाँ पर पधारी बहनों।...ये हमारा कोई व्यक्तिगत कार्य नहीं है। ये तो हम सभी का कार्य है, जिम्मेदारी है। हम अपने बच्चों को यही सिखाते हैं कि बड़े आदमी बनो, खूब पैसा कमाओ... खूब नाम कमाओ। हम केवल उपभोक्तावादी संस्कृति को बढ़ावा देने का काम करते हैं। इसी का परिणाम है वर्तमान में उपजा प्राकृतिक असन्तुलन तथा प्रदूषण।

महान वैज्ञानिक स्टीफन हाकिंग कई बार चेतावनी दे चुके हैं कि बहुत जल्द

ये पृथ्वी आग के गोले में तब्दील हो जाएगी। मनुष्य की वर्तमान गतिविधियों से ये पृथ्वी रहने लायक नहीं रह जाएगी। इसीलिए उन्होंने पृथ्वी से इतर मनुष्य के लिए बसेरा खोजने की सलाह दी थी।

प्रकृति के प्रति इतनी ही व्यापक चिन्ता हमें हिन्दी उपन्यास फरिश्ता में भी देखने को मिलती है। इस उपन्यास में प्रकृति के साथ सन्तुलन बिठाने के कई विकल्पों पर भी विचार किया गया है। इसी तरह के अनेक विचार कुछ और विद्धानो द्वारा भी समय समय पर व्यक्त किये गये हैं।

मेरा मानना है कि हमने पृथ्वी को खराब किया है... और कर रहे हैं। हमने एक से एक महान आविष्कारों को जन्म दिया है। मनुष्य के जीवन को भौतिक दृष्टि से बेहतर बनाया है। तब हम मनुष्य के जीवन को प्राकृतिक रूप से बेहतर बनाने के लिए भी कठिन श्रम कर सकते हैं।

ऐसे महान आविष्कार किए जा सकते हैं, जो पृथ्वी को फिर से रहने लायक बना सकें।... हम ऐसी गतिविधियों को नियंत्रित कर सकते हैं, जो पृथ्वी को बरबाद कर रही हैं।'' तालियों की गड़गड़ाहट से पूरा हॉल गूँज उठा। उन्होंने गिलास से एक घूँट पानी पीने के बाद फिर से बोलना शुरू किया।

''मैं नौजवानों का आह्वान करता हूँ कि वे इस कार्य की जिम्मेदारी लें। किसी की पहल का इन्तजार न करें, स्वयं अगुआ बनें। हम सब इस प्रकृति की ही सन्तान हैं..., इसलिए हमारा फर्ज है इसको बेहतर व सन्तुलित बनाए रखना।

अन्त में यही कहूँगा कि 'ग्रीन' मैग्जीन को सभी पढ़ें तथा हमारे आन्दोलन से जुड़कर हमारे काम में हिस्सेदार बनें। धन्यवाद।'' तालियों की गड़गड़ाहट से पूरा हॉल फिर से गूँज उठा। उपस्थित लोगों में चेतन बाबू के भाषण से अपार ऊर्जा का संचार हो चुका था।

मैग्जीन का कवर पेज नौशीद ने तैयार किया था। उसमें प्रकृति की पीड़ा झलक रही थी। सभी ने नौशीद की प्रशंसा की। केन्द्रीय मन्त्री ने विशेष रूप से मंच से कवर पेज की प्रशंसा की। चेतन बाबू बहुत खुश थे, इतने खुश कि उनकी आँखों में आँसू आ गए।

प्रिन्ट-मीडिया ने भी अगले दिन हमारे काम को खूब सराहा, इलैक्ट्रानिक मीडिया ने तो अच्छा कवरेज किया ही था।

नौशीद और मैं सन्तुष्ट थे। हमने चेतन बाबू के अहसान का उधार कुछ हद तक चुका दिया था। इतनी खुशी हमें अपनी कम्पनी के स्थापित होने पर नहीं हुई थी, जितनी मैग्जीन के लोकार्पण से हुई। ये खुशी आन्तरिकता से फूट रही थी।

सपनों का रंग बदल चुका था, अब वे समष्टि से जुड़ने लगे थे। वे अब केवल भौतिकता तक ही सीमित नहीं रह गये थे, बल्कि प्रकृति के सम्पूर्ण फलक को अपने

में समावेशित करने लगे थे। व्यक्तित्व अलग प्रकार की परिपक्वता लेकर रोशन हो रहा था।

मैग्जीन को लोगों ने खूब सराहा तथा उसे आगे बढ़ाने का कार्य भी किया। शीघ्र ही आन्दोलन के सदस्यों के बीच वो काफी लोकप्रिय हो गयी।

मैग्जीन के ऑनलाईन प्रचार तथा सदस्यता अभियान की बाग़डोर भी मैंने स्वंय ही सँभाल रखी थी। इसका भी लाभ आन्दोलन एवं मैग्जीन को मिल रहा था। आन्दोलन के अन्तर्राष्ट्रीय स्तर पर भी अनेक सदस्य बन् गए थे। मैग्जीन के लिए लेख भी बाहर से भेजे जाने लगे थे। प्रकृतिवादी, पर्यावरणवादी एवं पारिस्थितिकीय आन्दोलनों से सक्रिय सहयोग बढ़ने के आसार दिख रहे थे। परस्पर विचारों का आदान-प्रदान शुरू हो चुका था।

माँ को ये सब बहुत खराब लगता था। उसका मानना था कि सन्तोष से रहने में ही लाभ है। ज्यादा हाय-तौबा से कोई फायदा नहीं है। ऑफिस से आने के बाद वो चाहती थी कि मैं आराम करूँ और बच्चों पर ध्यान दूँ। इस बारे में वो मुझसे कई बार लड़ भी चुकी थी, मेरी ज्यादा मेहनत को देखते हुए। लेकिन मैंने कठिन परिश्रम करना जारी रखा। मेरे साथ नौशीद एवं माँ को भी अधिक मेहनत करनी पड़ रही थी।

समय गुज़रने के साथ आन्दोलन की लोकप्रियता बढ़ गयी। मैग्जीन भी और अधिक लोकप्रिय हो गयी। ऑनलाईन संस्करण विदेशों में धीरे-धीरे लोकप्रिय हो रहा था।

कुछ समय गुज़रने के बाद मैंने अपने काम को सम्पादक मंडल के अन्य सदस्यों में तार्किक रूप से बाँट दिया गया था, जिससे मेरा काम कुछ हल्का हो गया था।

आयशा ने कम्पनी को और बेहतर कर दिया था। कड़े अनुशासन के चलते धीरे-धीरे चीजें अच्छे से व्यवस्थित होने लगी थीं।

माँ अब गाँव में रहने के लिए जाना चाहती थी। कई बार मुझसे व नौशीद से गाँव जाने के लिए कह चुकी थी। घर में अब दो नौकर रख लिए थे, तो उसके लिए अब काम ज्यादा बचा नहीं था। वो खाली बैठे-बैठे बोर होती रहती थी। सुबह बच्चे स्कूल चले जाते थे, कुछ देर बाद मैं और नौशीद भी ऑफिस चले जाते थे। तब वो परेशान एवं बोर होने लगती थी।

''अब तो नौकर हैं, भगवान की दया से सब ठीक हो गया है... मेरा मन भी गाँव की तरफ ही लगा रहता है। अपने घर, खेतों, जानवरों की याद आती रहती है। अब मुझे जाने दो।''

बार-बार जब उसने ऐसी ही बातें की, तो मैं उसे गाँव छोड़ने चला गया। जेल से छूटने के बाद मैं पहली बार गाँव आया था। चाचा ने बुलाया तो कई बार था, माँ ने भी चलने के लिए कहा था, क्योंकि माँ तो पन्द्रह-बीस दिन में गाँव घूमने चली ही जाती थी। वो इससे ज्यादा गाँव से दूर रह ही नहीं सकती थी। लेकिन मैं हर बार टाल देता था।

गाँव में कुछ ज्यादा नहीं बदला था। बस जो छोटे-छोटे बच्चे पहले शरारतें करते रहते थे, वे अब काफी बड़े हो गए थे। वे अब मुझसे बातें करते हुए कुछ झेंपने लगे थे। उनकी जगह अब कुछ नये छोटे-छोटे बच्चे शरारतें कर रहे थे। उनमें से ज्यादातर तो मुझे पहचानते ही नहीं थे।

गाँव के बाहर कुछ नये घर बन गए थे तथा अन्दर भी अनेक घरों में सुधार हो गया था। गाँव में अब अधिकतर व्यक्तियों के पास मोबाईल आ गया था, अनेक कारें भी बढ़ गयी थीं। बाईक तो लगभग सभी घरो में आ चुकी थी। काम के लिये कई लोग सुबह ही शहर निकल जाते थे तथा शाम को वापस गाँव लौट आते थे।

वे कुछ हद तक शहर के लोगों से ठीक ही थे। अपना कामकाज शहर में कर लेते थे तथा सुबह, शाम व रात गाँव में गुजार लेते थे। इससे वो पानी, खाना एवं दूध तो शुद्ध ले ही लेते थे। शोर एवं प्रदूषण से भी अधिकतर समय बचे रहते थे। नींद तो गाँव में अच्छी आती ही है।

माँ ने गाँव पहुँचते ही एक लम्बी साँस ली, मानों वो अपनी मनचाही जगह पर पहुँच गयी हो। कई लोग मुझसे मिलने आए, मेरी कुशल क्षेम पूछी। कई महिलाएँ माँ के पास इकट्ठा हो गयीं। मैं चाचा के घर चला गया तथा उन्हें माँ का ख्याल रखने के लिए अच्छे से समझा दिया।

चाचा ने बुरे वक़्त में मेरा व माँ का बहुत साथ दिया था। इसलिए मेरे मन में उनके लिए बहुत सम्मान था। मैं उन्हीं के सहारे माँ को गाँव में छोड़ रहा था।

चलते समय माँ बच्चों को याद करते करते रो ही पड़ी।

''अरे जब मन हो तो नोएडा चली आना। हमारी जरूरत होने पर बिना देरी के फोन से बता जरूर देना। हमारी परेशानी के बारे में बिल्कुल मत सोचना।'' उसके चेहरे पर पड़ी हुई गहरी झाईयों में उसके आँसू बह निकले। उसने उन्हें पल्लू से पोंछते हुए मुझसे बिदा ली। गाँव के बाहर तक छोड़ने आयी, उसके साथ कई छोटे-छोटे बच्चे भी चले आए।

चलते समय मैंने माँ को एक छोटा सा नया फोन दे दिया, जिसमें मेरा, नौशीद

एवं चाचा के ही नम्बर थे। वे 1, 2, 3 नं. पर सैट कर दिए थे, जिससे कि वो जरूरत पड़ने पर आसानी से सम्पर्क कर सके। उसका पुराना फोन खराब हो गया था।

घर आया तो नौशीद को उदास पाया। इतने सालों में उसे भी माँ की आदत पड़ गयी थी, उसे माँ से बहुत लगाव हो गया था। वो माँ को अब अकेला नहीं छोड़ना चाहती थी। बच्चे भी दादी को बार-बार पूछ रहे थे। माँ न होती और वो इतना सबल सहारा नौशीद को न देती, तो शायद नौशीद इतने सालों में बिखर जाती।

रात में घर पर उदासी पसरी हुई थी। नौशीद मेरी बाँहों में थी, लेकिन माँ के न होने का सूनापन हमारे बीच पसरा हुआ था। पूरे घर में एक खालीपन का अहसास हो रहा था।

''मम्मी बहुत अच्छी हैं शिवेन्द्र, अब बूढ़ी हो गयी हैं... गाँव में उनका यूँ अकेले रहना ठीक नहीं रहेगा। चाचा तो खुद बूढ़े हो गए हैं, वो उनका कितना ख्याल रख पाएँगे? अस्पताल भी वहाँ से दूर है। आप उन्हें क्यों नहीं मना पाए।'' नौशीद ने रूआँसा होकर कहा।

''वो जिस मिट्टी से बनी है मैं जानता हूँ। वो यहाँ रूक तो जाती... लेकिन यहाँ रहकर उसकी उम्र और घट जाती। वो वहाँ के हवा-पानी, माहौल में ही खुश रहती है। तुमने भी देखा है— वो यहाँ पर इतने सालों में कहीं ज्यादा बूढ़ी हो गयी है। मेरा दुख तो उसे अवश्य था, लेकिन उसका पूरा मन कभी यहाँ पर नहीं रमा। उसके लिए यहाँ पर रहना बहुत बड़ा बन्धन था। मैं जल्दी-जल्दी उसकी खबर लेता रहूँगा।'' फिर काफी देर तक पुरानी बातों को हम याद करते रहे। माँ और बच्चों को लेकर काफी बाते होती रही।

सुबह मैं उठा तो मन उदास था— लगभग आठ बज चुके थे। शनिवार का दिन था। शनिवार को मैं ऑफिस देर से जाता था। सूरज अभी निकला नहीं था, आसमान में काले बादल छाए हुए थे। मैं बालकानी में आ गया था। दूर-दूर तक घने काले बादल दिखाई दे रहे थे। ऐसा लग रहा था, जैसे जल्द ही बारिश होने वाली है।

नौशीद ने अन्दर से कहा ''पता नहीं क्यों कल शाम से लगातार मेरी दायीं आँख फड़क रही है। कई बार दायीं आँख फड़कने पर कुछ बुरा हो जाता है, रूक ही नहीं रही है।''

''तुम भी न नौशीद, इन चीजों को क्यों मानने लगी हो? पहले तो तुम ऐसी नहीं थी।'' उसकी बात सुनकर मेरा मन और उदास हो गया। एकाएक ध्यान माँ की तरफ चला गया। नौशीद इधर इस तरह की कई चीजों को मानने लगी थी।

फोन देखा तो डॉक्टर, चेतन बाबू की मिस्ड कॉल पड़ी हुई थीं। चेतन बाबू को फोन मिलाया तो उनकी आवाज़ भर-भरायी हुई थी।

"अरे क्या हुआ चेतन बाबू? सब ठीक तो है।"

"आप को पता नहीं क्या?" चेतन ने भारी आवाज़ में कहा।

"न, नहीं, क्या हुआ?" मेरा मन आंशकाओं से भर गया।

"अरे- वो अपना छत्रपाल, आज पुलिस ने उसका एनकाउन्टर कर दिया। बहुत बुरा हुआ - एकदम अलग जीव था वो।" चेतन की आवाज़ लड़खड़ा रही थी।

"कैसे? क्यों? वो तो बीहड़ में था?" मेरे तो जैसे पैरों तले जमीन ही खिसक गयी। मुझे विश्वास नहीं हो रहा था।

"नहीं वो सपना के चक्कर में पड़ा था— सपना ने उससे कहा था कि बस दो डकैती यहाँ पर डाल लो, फिर वो उसके साथ बीहड़ में चली जाएगी। वो उसकी बातों में आ गया। वो उसे फँसा ले गयी, वो तो कभी बीहड़ में जाना ही नहीं चाहती थी। वो बस उसका इस्तेमाल करके मोटा पैसा कमाना चाहती थी, फिर उससे पीछा छुड़ा लेना चाहती थी। बस वो ही उस पर बुरी तरह लट्टू था तथा उस पर विश्वास करता था।

कुछ माह पहले वो मुझसे मिला था। वैसा ही खुशमिजाज तथा यारों का यार। आपके लिए बहुत खुश था— आपसे मिलना चाहता था, लेकिन कुछ झेंप रहा था। उसे आपके विरोधियों को धमकाने का दुख था। वो आपके बारे में सब कुछ जानता था, हमारे बारे में भी, आन्दोलन के बारे में भी। हमारे आन्दोलन, हमारी मैग्जीन, हर चीज में उसे उत्सुकता थी- बस वो अपना काम फिलहाल छोड़ना नहीं चाहता था। मैंने सपना को लेकर उसको समझाया था। लेकिन वो नहीं माना।" चेतन कहते कहते रूक गया।

"फिर ये सब कैसे हुआ?" मैं मूल बात जानना चाह रहा था।

"पहली डकैती तो उनकी सफल रही। अच्छा पैसा भी उगाह लिया और पुलिस के भी हाथ नहीं आए दोनों। वो दिल्ली में डाली थी। लेकिन इस बार गाज़ियाबाद में किसी राजनीतिक पार्टी के नेता के यहाँ मोटा हाथ साफ कर दिया था। डकैती तो सही से डाल ली, लेकिन बाद में पुलिस के हत्थे चढ़ गया। पुलिस ने माल भी बरामद कर लिया। सारा काम सपना की मुखबिरी से हुआ। पैसा कमाने के बाद वो छत्रपाल को रास्ते से हटाना चाहती थी।" चेतन ने सपना को कोसते हुए कहा।

"वो जैसा भी था... उसके अपने स्वयं के सिद्धान्त थे— वो गरीबों का हमदर्द था— प्रकृति की बातें समझता था। बस सपना जैसी दुष्ट औरत को समझ नहीं पाया। बहुत कहता था, उसे कोई भी जेल ज्यादा दिन तक रोक नहीं पाती है— कोई गवाही नहीं दे पाता है उसके खिलाफ। अब न कोई गवाही, न सबूत, न जेल, बस मृत्युदंड।"

चेतन ने मुझे बीच में ही टोकते हुए कहा "उसे आपसे, मुझसे बहुत लगाव था। कह रहा था कि जब और बूढ़ा हो जाएगा और बीहड़ों में दौड़ते दौड़ते थक जाएगा तो हमारे आन्दोलन से जुड़ जाएगा। वो हमसे प्यार करने लगा था। हमारे इर्द-गिर्द रहने की इच्छा रखने लगा था।"

"हाँ वो सीखने वाला तथा तार्किक व्यक्ति था, बुराई के खिलाफ था। लेकिन उसके अपने सिद्धान्त थे। अब तो इतनी दूर चला गया कि कभी मिल भी नहीं पाएगा। पता नहीं किस अनजान बीहड़ में गया होगा।" मेरा मन डूब रहा था, मैंने चेतन बाबू से बात समाप्त की और बालकनी में ही कुर्सी पर पसर गया।

फोन की घंटी फिर से बजी। देखा तो डॉक्टर का फोन था। पहले भी उसकी मिस्ड कॉल थी। मन नहीं था फोन उठाने का, लेकिन रिसीव कर ही लिया

"हैलो- शिवेन्द्र जी फोन क्यों नहीं उठा रहे हो? मैं कई बार आपको मिला चुका हूँ।" डॉक्टर ने कुछ परेशान होते हुए कहा।

"हाँ... डॉक्टर साहब। थोड़ा मन खराब हो गया था, इसीलिए। वो...।" मेरी बात को बीच में ही काटते हुए डॉक्टर बोल पड़ा

"कुछ पता है आपको,...वो अपने छत्रपाल का।...उसका पुलिस ने एनकाउन्टर कर दिया है।"

"हाँ, डॉक्टर साहब। उसे दुष्टों ने हम लोगों से छीन लिया।" मैंने भारी आवाज़ में कहा।

"बहुत हँसमुख था। आपको तो बहुत चाहता था। आपको छुड़ाने के लिए बहुत परेशान रहता था। सुनते हैं उस चुड़ैल सपना ने उसे मरवा दिया। भोले दिल का था, इसीलिए उसके जाल में फँस गया।" डॉक्टर ने बहुत दु:खी अन्दाज़ में कहा।

"हाँ-हाँ डॉक्टर साहब, उस धोखेबाज औरत के जाल में फँसकर वो हम सबसे दूर चला गया।" डॉक्टर क्या, जेलर साहब को भी उसकी मौत का दुख था। कुछ और देर बात करने के बाद मैंने फोन एक तरफ रख दिया।

मुझे वो लम्हा याद आया, जब वो मेरे लिए मेरे विरोधी गुट को उल्टा-सीधा सुना आया था, बाद में चेतन ने उसे समझा दिया था तथा डाँट भी दिया था। उसके बाद वो मुझसे जेल में मिलने आया था। तबसे वो हम लोगों से मिलने में थोड़ा झिझकने लगा था। चेतन बाबू के बुलाने पर उनसे बाद में भी एक बार मिल आया था। लेकिन मुझसे, मेरे जेल से छूटने के बाद भी मिलने नहीं आया था।

लेकिन हमारे बारे में उसे पता सारी चीजें रहती थीं, हमारी चिन्ता भी उसे रहती थी। जेल के बाद उसे न देख पाने का मुझे बहुत दु:ख हो रहा था। मैं उससे मिलता, तो शायद वो सपना का मोह छोड़ देता... अब तो वो सभी मोह छोड़ गया था। मेरी भी गलती रही कि मैंने उसे मिलने के लिये कभी नहीं बुलाया।

जेल के वो सारे चित्र मेरी आँखों के सामने उभर आए, जो मैंने छत्रपाल – चेतन बाबू के साथ गुजारे थे। फिर उसकी रिहाई का चित्र याद आया। जब वो ढेर सारी उम्मीदों से भरा हुआ था, आत्मविश्वास से लबरेज था। उनमें एक उम्मीद ये भी थी कि वो सपना को जल्द ही छुड़ाएगा और फिर उसके साथ बीहड़ चला जाएगा। उस उम्मीद के धोखे को वो पहचान नहीं पाया। उसके मृत्युदंड का समय आ गया था। वो चला गया एक अन्य बीहड़ में, अनजान दुनिया में।

''क्या हुआ... यहा क्यों बैठे हैं?'' नौशीद ने पास आकर कहा। ''ब्रश कर लीजिए – चाय तैयार है।''

''बहुत बुरा हुआ— छत्रपाल को दुष्टों ने, पुलिस ने मार दिया।'' फिर मुझे उसकी सीधी आँख फड़कने वाली बात याद आयी।

''ऐं, किसे... वही कुख्यात डाकू, जो हमारे विरोधियों को धमका आया था।'' नौशीद ने फटी आँखों से कहा।

''हाँ, वहीं डाकू— लेकिन वो कुख्यात नहीं था। उसके अपने सिद्धान्त थे— उसकी अपनी नैतिकता थी। मैं उससे पूरी तरह सहमत तो नहीं था। लेकिन वो दिल का सच्चा था...प्यार करनेवाला इंसान था। उसके कुछ कामों को बुरा मानते हुए भी लोग उसे प्यार किये बिना रह ही नहीं पाते थे। उसके व्यक्तित्व में एक अलग तरह का विस्तार था...जिससे हर कोई प्रभावित हो जाता था। उस लड़की सपना के इश्क में मारा गया।'' मैंने छत्रपाल की सारी कहानी नौशीद को पहले ही बता रखी थी।

''लेकिन था तो डाकू ही...उसे शहर में तो ये काम नहीं करना चाहिए था। सभ्य समाज में तो ऐसे कार्यों के लिये कोई जगह नहीं होनी चाहिए। सपना की बातों में आने की गलती क्यों की उसने? आप इतना दुःखी क्यों हो रहे हैं?'' नौशीद ने कुछ शिकायती लहजे में कहा।

''बात इतनी सीधी नहीं हैं... इसे डकैत की खबर की तरह से लेंगे, तो ये सब गलत लगेगा। उसे मैं भी गलत मानता हूँ। परन्तु अगर इसे छत्रपाल से जोड़कर देखेंगे, उसके वामपन्थी विचारों से जोड़कर देखेंगे, तो छत्रपाल को गलत कहना आसान नहीं होगा। फिर कोई भी व्यक्ति उसके पास वक़्त गुजारकर, बात करके, उससे मोहित हुए बिना नहीं रह पाता था। वो दिल का साफ आदमी था। हाँ साधन-साक्ष्य को लेकर जरूर बहस की जा सकती है।'' मैंने छत्रपाल को याद करते हुए कहा।

''ठीक है...जो भी रहा हो छत्रपाल— आप लोगों को बहुत प्यार करता था, इतना मैं समझ चुकी हूँ... और आप लोग भी उसे बहुत चाहते थे। अच्छे-बुरे को देखने का नजरिया तो सापेक्ष ही होता है।'' नौशीद शायद बहस को इस समय लम्बा नहीं खींचना चाह रही थी। मैंने उसके चुप होने पर राहत महसूस की।

बादल और घने हो गए थे... ऐसा लग रहा था जैसे रात हो गयी है। नौशीद

को इस तरह के मौसम से अब घबराहट होने लगती थी। इसलिए वो भी एक और कुर्सी बालकनी में खींच लायी, बच्चों को स्कूल पहले ही भेज चुकी थी। वहीं मेरे पास आकर बैठ गयी।

सोचते-सोचते मैं बुद-बुदाया— "हाँ-हम सब मृत्युदंड प्राप्त व्यक्ति हैं... बस समय की बात है— हम सबको एक न एक दिन इस पृथ्वी से जाना है— विदा होना है। मेरे दोस्त छत्रपाल, तुम अकेले नहीं हो। समस्त पृथ्वी-वासी, सभी जीव मृत्युदंड प्राप्त हैं। बस मृत्युदंड का समय व तरीका अलग-अलग है।"

"ये सब क्या कह रहे हो?" नौशीद कुछ-कुछ समझते हुए बुदबुदायी।

अचानक बड़ी तेजी से बिजली कड़कने लगी। बारिश भी कुछ तेज गति से होने लगी। तभी एक तेज हवा का झोंका आया और उसने खुली हुई खिड़की के काँच को तोड़ डाला। इतनी तेज आवाज़ हुई कि नौशीद घबरा गयी। वो मुझसे सट गयी।

"देखिए पूरे घर में काँच बिखर गया है... क्या करें, कहीं पैर में न चुभ जाए।"

मुझे तो जैसे कोई आवाज़ ही नहीं आ रही थी। सारा ध्यान छत्रपाल पर ही जाकर अटक गया था। आसमान में बिजली अभी भी कड़क रही थी। कड़कती बिजली की रोशनी घने बादलो के बीच एक रहस्यमयी वातावरण को पैदा कर रही थी।

आँखे दूर-दूर तक धने काले बादलों से घिरे आसमान के विस्तार में कुछ खोजने का प्रयास कर रही थीं। शायद मृत्युदंड प्राप्त व्यक्तियों के लिए निर्धारित जगह को, ओह...एक लम्बी टीस मेरे तन-मन को भेद गयी।

❑ ❑ ❑

श्रेष्ठ भारतीय साहित्य

भारतीय ज्ञानपीठ